MARLIES FOLKENS
Inseltochter

Weitere Titel der Autorin:

Gezeitenstürme - Nordsee-Saga
Küstenträume
Sternschnuppentage

Über die Autorin:

Marlies Folkens wurde 1961 in Stollhamm-Ahndeich, einem kleinen Dorf direkt an der Nordseeküste, geboren. Als jüngstes von vier Geschwistern wuchs sie auf einem Bauernhof auf. Nach dem Abitur zog sie zum Studium der Geschichte und Politik nach Oldenburg. Sie ist verheiratet, hat zwei Töchter im Teenager- und drei Kater im Flegelalter. Neben dem Schreiben ist klassische Musik ihre große Leidenschaft.

MARLIES FOLKENS

Inseltochter

ROMAN

Nordsee-Saga

lübbe

Dieser Titel ist auch als E-Book erschienen

Unveränderte Neuausgabe

Copyright © 2020 by Bastei Lübbe AG, Köln
Lektorat: Stefanie Zeller
Umschlaggestaltung: © www.buerosued.de unter Verwendung von
Motiven von © Arcangel Images/Rehka Arcangel
Satz: two-up, Düsseldorf
Gesetzt aus der Caslon
Druck und Verarbeitung: GGP Media GmbH, Pößneck
Printd in Germany
ISBN 978-3-404-18087-5

5 4 3 2 1

Sie finden uns im Internet unter www.luebbe.de
Bitte beachten Sie auch: www.lesejury.de

Für Dagmar

Prolog

HELGOLAND, 1930

»Nein, ich geh da nicht rein!« Wiebke blieb stehen, legte den Kopf ein wenig schräg und musterte ihren Freund mit zusammengezogenen Augenbrauen. »Hier draußen können wir genauso gut sehen, und außerdem stehen wir dann gleich in der ersten Reihe, wenn das Brautpaar rauskommt und *Bointjes* wirft.«

Sie versuchte, ihre Hand aus seinem Griff zu ziehen, aber Jan hielt sie ganz fest.

»Bangbüx!«, sagte er lachend und zwinkerte ihr mit seinen strahlend blauen Augen zu. »Du hast doch nur Angst, weil die ganze Kirche voller Hansens ist.«

»Von wegen Bangbüx«, murmelte Wiebke, spürte aber gleichzeitig, wie ihr das Blut in die Wangen schoss. So ganz unrecht hatte Jan nicht.

Die Hansens von Helgoland, das war ein Schlag für sich. Schon immer hatte es Hansens auf der Insel gegeben, jedenfalls behaupteten sie selber das. Angeblich schon zu der Zeit, als Klaus Störtebeker, Gödeke Michels und die anderen Liekedeeler auf Helgoland ihr Piratenversteck gehabt und von hier aus die Schiffe der Engländer und der Hanse gekapert hatten. Früher waren die Männer der Familie Hansen alle Fischer gewesen, aber jetzt fuhr nur noch Jans Vater zu den Hummergründen hinaus. Sein älterer Bruder Johann, *der Hansen*, wie das Oberhaupt der Familie von allen genannt wurde, besaß zwei Hotels auf dem Oberland und hatte sein Haus im Unterland gerade erst umbauen lassen, um auch dort Feriengäste aufnehmen zu können.

»Was willst du denn bloß immer bei denen?«, brummte Wiebkes Papa immer. »Die Hansens halten sich für was Besseres.«

Er war alles andere als glücklich darüber, dass Wiebke und Jan schon seit ihrem ersten Schultag die besten Freunde waren und alles zusammen machten. Aber Papa mischte sich nicht ein, dafür war er einfach zu selten zu Hause. Im Sommer fuhr er jeden Tag zu seinen Hummerkörben hinaus, und im Winter heuerte er oft in Cuxhaven oder Hamburg auf einem der großen Fangschiffe an und war für Wochen weg. Wiebkes Erziehung überließ er ganz seiner Frau, und die hatte mit den Pensionsgästen, an die die zwei besten Zimmer im Haus vermietet wurden, mehr als genug zu tun. Solange Wiebke mit heilen Kleidern pünktlich zum Abendessen wieder nach Hause kam, war für Mama die Welt in Ordnung. Dann gab sie Wiebke einen Kuss auf den roten Haarschopf und setzte sich ihr gegenüber an den Tisch, schmierte Brote und ließ sich erzählen, was Wiebke am Nachmittag zusammen mit Jan erlebt hatte, ohne wirklich zuzuhören.

Dass sie auf der Düne gewesen waren und Möweneier gesammelt hatten, erzählte Wiebke, oder dass sie am Hafen gesessen und den Booten zugeschaut hatten, die die Gäste von den Schiffen bis zum Kai brachten. Dass sie sich von den zehn Pfennig, die Jan fürs Koffertragen von einem dicken Rheinländer bekommen hatte, ein Eis gekauft hatten oder dass sie mit ein paar anderen Kindern aus ihrer Schulklasse Kriegen gespielt hatten. All das schilderte Wiebke ihrer Mutter in lebhaften Farben. Nur dass Jan und sie ihren Großvater John besucht hatten, erwähnte sie nie. Papa und Opa John waren sich nicht grün und sprachen schon seit Jahren kein Wort mehr miteinander. Was der Grund für ihren Streit war, wusste Wiebke nicht, und sie hätte es nie gewagt, danach zu fragen. Die Angelegenheiten der Erwachsenen gingen Kinder nun mal nichts an.

Jeden Nachmittag liefen Jan und Wiebke zu Opa Johns winzigem Häuschen hinüber, nahmen nebeneinander auf seinem alten Küchensofa Platz und ließen sich bei Tee und Zuckerzwieback Geschichten erzählen. *Der verrückte Engländer*, wie Papa ihn nannte, hatte viel erlebt und noch mehr gesehen, war mit Handelsschiffen um die ganze Welt gefahren, ehe er sich auf Helgoland niedergelassen und geheiratet hatte. Damals hatte die Insel noch zu England gehört, und als sie vor dreißig Jahren deutsch geworden war, hatte er darauf beharrt, Engländer zu bleiben. Noch heute hörte man seinen Akzent deutlich heraus, und immer, wenn ihn seine Erzählungen selber mitrissen, wechselte er, ohne es zu merken, in seine Muttersprache. Wiebke machte das nichts aus, sie hatte sich längst daran gewöhnt, aber Jan hatte zu Anfang gar nichts verstanden und musste sich die Geschichten auf dem Nachhauseweg von Wiebke übersetzen lassen. Inzwischen hatte aber auch er so viel Englisch gelernt, dass er dem alten Mann folgen konnte.

Nur heute, an diesem strahlenden Sommertag, waren die beiden Kinder nicht zu Opa John gelaufen. Jan hatte schon an ihrem üblichen Treffpunkt gewartet, als Wiebke um die Ecke gekommen war, und sie ungeduldig mit sich gezogen. Hand in Hand waren sie die Treppen zum Oberland hinaufgelaufen, und erst oben hatte Jan verraten, was los war: Heute heiratete seine Cousine Anneliese, die einzige Tochter seines Onkels Johann.

Bei großen Hochzeiten gab es immer eine Menge *Bointjes* – in Zellophan gewickelte Fruchtbonbons und die rot und weiß gestreiften Pfefferminzdrops, die Wiebke so gern mochte – für alle Kinder, die sich nach der Trauung vor der Kirche einfanden. Bei den Inselkindern hatte sich das Ereignis offenbar schon herumgesprochen, denn als Wiebke und Jan an der gedrungenen Backsteinkirche eintrafen, hatte sich am Tor zum Friedhof bereits eine große Traube gebildet. Doch als Jan sie an den Wartenden vorbei in die Kirche ziehen wollte, zögerte Wiebke und blieb stehen.

»Ich hab doch da drin nichts verloren«, sagte sie.

»So ein Blödsinn! Die Braut ist meine Cousine. Da drin ist meine Verwandtschaft. Ich gehöre dazu, und wen ich mitbringe, ist meine Sache. Nun komm schon, Wiebke.«

Ohne auf ihre Proteste zu achten, zog er sie hinter sich her durch die große Kirchentür und in die letzte Bank. Nur wenige Köpfe wandten sich zu den beiden Kindern um. Als Wiebke das missbilligende Kopfschütteln von Jans Mutter bemerkte, senkte sie rasch den Kopf und setzte sich ganz vorn auf die Kante der Kirchenbank.

Im Gegensatz zur Sommerhitze draußen war es hinter den dicken Kirchenmauern angenehm kühl. Trotzdem hatte Wiebke das Gefühl, ihr Gesicht würde glühen. Jans Mutter Almuth war mit der Freundschaft zwischen ihr und Jan genauso wenig einverstanden wie Papa und hielt mit ihrer Meinung über Wiebke und ihre Familie nicht gerade hinter dem Berg. Einmal hatte sie Wiebke sogar wieder weggeschickt, als sie Jan zu Hause besuchen wollte. Mit so einer rothaarigen Göre solle sich ihr Sohn nicht abgeben, hatte sie gesagt. Immerhin sei er *der nächste Hansen*. Damit hatte sie dem Mädchen die Tür vor der Nase zugeschlagen.

Der nächste Hansen ...

Jans Onkel Johann hatte nur diese eine Tochter, die heute heiratete und dann mit ihrem Mann die Insel verlassen würde. Es war kein Geheimnis, dass Jan einmal das Oberhaupt der Familie werden würde – eine Tatsache, die seine Mutter Almuth die Nase ziemlich hoch in der Luft tragen ließ.

Orgelmusik brandete auf, die Kirchentür wurde geöffnet, und am Arm ihres Bräutigams betrat Anneliese Hansen die Kirche. Eigentlich fand Wiebke sie nicht besonders hübsch, sie war ein bisschen pummelig und hatte ein breites, nichtssagendes Gesicht, aber heute strahlte sie vor Schönheit. Das Brautkleid war nach der neuesten Mode, dazu trug sie einen langen Schleier unter dem Myrtenkranz und einen Strauß roter Rosen im Arm. Nur das goldbestickte Seidentuch um ihre Schultern, das von einer schweren, alten Fibel zusammengehalten wurde, wollte nicht recht dazu passen.

Die ganze Gemeinde erhob sich, um der Braut die Ehre zu erweisen.

Wiebke fühlte, wie Jan an ihrem Ärmel zupfte.

»Siehst du das *Hartjen* an ihrem Tuch?«, flüsterte er ihr ins Ohr. »Alle Frauen in unserer Familie tragen dieses Herz, wenn sie heiraten. Die Töchter der Hansens genauso wie diejenigen, die in die Familie einheirateten. Das soll Glück und langes Leben bringen. Und viele Kinder.«

Wiebke sah ihn lächeln, warf ihm einen warnenden Blick zu und legte den Zeigefinger an ihre Lippen, dann drehte sie sich um und schaute zu, wie die Braut langsam auf den Altar zuschritt.

»Wir nennen diese Fibel das *Liekedeeler Gold*. Die Münzen daran sollen aus dem Schatz von Klaus Störtebecker stammen und aus purem Gold sein«, fuhr Jan unbeirrt fort. »Aber die Braut bekommt die Fibel nur für diesen einen Tag geliehen. Vor der Kirche steckt die Frau des ältesten Hansen sie ihr an. Denn sie ist das Herz der Familie.«

Das Brautpaar hatte den Altar erreicht, die Orgelmusik endete, und die Gemeinde setzte sich wieder, um dem Pastor zu lauschen, der mit der Trauzeremonie begann. »Im Namen des Vaters, des Sohnes und des Heiligen Geistes …«

Wieder zupfte Jan an Wiebkes Ärmel und beugte sich zu ihr herüber. »Du wirst die Fibel auch tragen, Wiebke. Dann, wenn wir beide heiraten!«, flüsterte er. »Und eines Tages wirst du das Herz der Familie Hansen sein.«

Kapitel 1

Fedderwardersiel, 1946

Eine Steckrübe, fünf Pfund Kartoffeln und ein Streifen fetter Speck. Ein richtiges Festessen!

Das Einkaufsnetz mit ihren Schätzen fest in der Hand, lief Wiebke schnellen Schrittes den schmalen Feldweg entlang, der an den Weiden von Bauer Wenke vorbeiführte. Am Vortag hatte es geregnet. In den tiefen Wagenspuren im weichen Kleiboden standen noch Pfützen, in denen sich der blaue Frühlingshimmel und die träge dahintreibenden Schäfchenwolken spiegelten. Der erste richtige Frühlingstag. Tief sog Wiebke die Luft ein, die nach Salz und Schlick roch, und lächelte.

»Das würde dir gefallen, Jan!«, murmelte sie und begann vor sich hin zu summen.

In aller Herrgottsfrühe war Wiebke aufgebrochen, um auf dem Wenkehof beim Schlachten und Wurstmachen zu helfen. Den ganzen Tag über hatte sie Borsten von der Schweinehaut geschabt, Blut gerührt und Därme gewaschen. Sie hatte so lange Fleisch durch den Wolf gedreht, bis ihr Arm vom vielen Kurbeln ganz taub war. Den Schinken und den Speck hatte sie eingesalzen und in die Räucherkammer gehängt, und zu guter Letzt hatte sie am Kohleherd gestanden und Leberwurst gekocht.

Zu Mittag hatte es frische Blutballen und Frikadellen, dazu Kartoffeln und sauer eingelegtes Gemüse gegeben. Wiebke hatte mit allen anderen am langen Tisch gesessen und gehofft, dass niemandem auffiel, dass sie sich noch einmal nachnahm. Sie wollte ja nicht gierig erscheinen.

Als der Bauer mit den Knechten am späten Nachmittag zum Melken auf die Weide gegangen war, hatte seine Tochter Anni Wiebke beiseitegenommen, sich leise für die Hilfe bedankt und ihr die Kartoffeln, den Speck und die Steckrübe geschenkt. Der Vater dürfe das nicht wissen. Seit die Mutter im Winter gestorben wäre, sei er noch wunderlicher und grantiger geworden als zuvor. Nichts könne man ihm recht machen.

In den Augen der sechzehn Jahre alten Anni hatten Tränen gestanden, als sie nach Wiebkes Hand griff und sagte, sie wisse nicht, wie sie das Schlachten ohne ihre Hilfe geschafft hätten.

»Gelernt ist gelernt!«, hatte Wiebke achselzuckend erwidert. »Immerhin bin ich ein paar Jahre in einer Hotelküche in Stellung gewesen, damals, vor dem Krieg, als noch Gäste nach Helgoland kamen.« Die Bilder, die sie sofort wieder vor sich sah, kämpfte sie nieder und bemühte sich um ein Lächeln. »Wenn du wieder mal Hilfe brauchst, dann sag Bescheid. Ich kann die Arbeit gut gebrauchen.«

Nicht nur das hatte Anni zugesagt, sondern auch versprochen, sich in der Nachbarschaft umzuhören, ob vielleicht jemand eine Köchin bräuchte. Immerhin stünden ja die Konfirmationen vor der Tür.

Bei diesen Worten hatte Wiebke einen Funken Hoffnung geschöpft, auch wenn sie nicht ernsthaft damit rechnete, dass die anstehenden Konfirmationen in diesem Jahr so groß gefeiert werden würden, dass man eine Köchin benötigte. Die Zeiten waren für alle hart.

Aber alles war schon schlimmer gewesen – viel schlimmer sogar. Ohne es zu wollen, dachte Wiebke an das vergangene Jahr zurück. An den Tag nach der Bombardierung, als sie Helgoland verlassen mussten, jeder nur mit einem einzigen Koffer in der Hand. An die drangvolle Enge auf dem überfüllten Schiff und die Furcht vor einem erneuten Fliegerangriff. An die ersten Nächte in der mit Stroh ausgestreuten Scheune, in der alle Evakuierten untergebracht worden waren. Den ganzen Sommer über waren sie von Ort zu Ort weitergeschickt worden, weil es nirgends Platz genug für ihre Familie gab. Den Winter hatten sie zu siebt in einer winzigen Wellblechhütte verbracht, durch deren Tür der schneidende Ostwind pfiff. Furchtbar war das gewesen, immer nur Zank und Streit und Sticheleien. Ihre Schwiegermutter trauerte den alten Zeiten hinterher, wusste alles besser und stritt sich dauernd mit ihrer Schwester Fenna. Wiebkes jüngere Brüder Gerd und Enno trieben sich den ganzen Tag sonst wo herum und stellten Gott weiß was an. Piet, ihr sechsjähriger Sohn, schreckte jede Nacht aus dem Schlaf und schrie wie am Spieß, weil er wieder von den Bombennächten in den Tunneln unter der Insel geträumt hatte. Und der bellende Husten der kleinen Ike hatte sich gar nicht bessern wollen.

Gott sei Dank war das jetzt vorbei. Jetzt würde alles besser werden. Sie hatten eine neue Unterkunft gefunden, in Fedderwardersiel in der Nähe des Hafens. Das winzige Häuschen direkt hinter dem Deich gehörte einem Verwandten des Mannes von Jans Cousine Anneliese. Jener Cousine, zu deren Hochzeit Jan sie mit in die Kirche geschleppt hatte, als sie beide zehn Jahre alt gewesen waren. Jahrelang hatte Wiebke kaum Kontakt zu Anneliese gehabt, aber schließlich war sie so verzweifelt gewesen, dass sie ihr einen Brief geschrieben und sie um Hilfe gebeten hatte.

Drei ganze Zimmer hatten sie jetzt, wenn man die Küche mitrechnete. Einen Verschlag für ein Schwein und ein paar Hühner gab es auch, und einen völlig verwilderten Garten hinter dem Haus, den Gerd und Enno umgraben sollten, damit sie Kartoffeln ziehen konnten.

Eine Steckrübe, fünf Pfund Kartoffeln und ein Streifen fetter Speck.

Wiebke hob das Netz hoch und betrachtete ihren Schatz.

»Zwei Pfund für den Eintopf und drei Pfund zum Einpflanzen«, sagte sie zu sich selbst. »So werden wir das machen, Jan!«

Jan. Ihr Jan.

Mit ihm zu reden vermisste sie am meisten. Neben ihm auf dem Sofa zu sitzen, ihm Tee einzuschenken und ihm alles zu erzählen, was passiert war, seit er mit dem Boot zu den Hummerkörben hinausgefahren war. Zu spüren, wie er den Arm um ihre Schultern legte und sie an sich zog oder ihre Hand in seine nahm und festhielt. Im Sommer 1941 war er eingezogen worden, um für Führer, Volk und Vaterland zu kämpfen.

Zuerst hatten sie sich geschrieben. Auf jeden ihrer langen Briefe war eine kurze Antwort von ihm gekommen, nur ein paar Zeilen in seiner krakeligen Handschrift. Doch dann waren die Antworten ausgeblieben. Vermisst in Russland, hieß es, vermutlich in Gefangenschaft. Die überlebte kaum ein Soldat.

Drei Jahre waren seit seinem letzten Brief vergangen, aber Wiebke weigerte sich, die Hoffnung aufzugeben. Statt ihre Briefe an ihn abzuschicken, schrieb sie sie in eine Kladde, die sie in der Schublade ihres Nachtschrankes aufbewahrte. Und immer häufiger ertappte sie sich dabei, mit ihm zu sprechen, wenn sie allein war.

Ihn zu vermissen tat so weh, als habe ihr jemand ein Stück aus dem Herzen gerissen und eine klaffende Wunde hinterlassen, die bei jedem Atemzug schmerzte. Inzwischen hatte sie gelernt, irgendwie damit zu leben. Nur manchmal, ganz unvermittelt, wenn Piet sie genau so anlachte, wie sein Vater es immer getan hatte, oder wenn Ike durch die Stube tanzte, dass ihre roten Zöpfe flogen, und Wiebke daran denken musste, wie stolz Jan auf diese Tochter wäre, die er nie gesehen hatte, dann wurde das Stechen in der Brust unerträglich und die Sehnsucht machte sie für einen Moment lang blind.

Wiebke biss sich auf die Lippen und wischte sich mit einer schnellen Bewegung über die Augen. Nur noch einmal abbiegen, und sie würde die Straße am Deich erreichen, an der ihre Unterkunft lag. Gut möglich, dass Piet und Ike auf der Straße spielten, und die Kinder sollten ihre Mama auf keinen Fall weinen sehen.

Wiebke warf einen Blick auf die alte Herrenarmbanduhr, die sie am Handgelenk trug. Schon sechs Uhr vorbei! Jetzt musste sie zusehen, dass sie nach Hause kam, damit das Abendbrot um sieben Uhr auf dem Tisch stand. Unpünktlichkeit konnte ihre Schwiegermutter auf den Tod nicht ausstehen. Sie würde sicher ein paar spitze Bemerkungen fallen lassen, Tante Fenna würde dagegenhalten, und schon würden die beiden alten Frauen sich wieder zanken und für den Rest des Abends kein Wort mehr miteinander wechseln.

Alles, nur das nicht!

Wiebke klemmte sich den Beutel mit ihren Schätzen fest unter den Arm, rannte das letzte Stück des Feldwegs entlang und dachte sehnsüchtig daran, wie viel sie jetzt gerade für ein Fahrrad geben würde.

Kapitel 2

Die alte *Margarethe* hatte wirklich schon bessere Tage gesehen. Der Motor stotterte und röchelte immer wieder bedenklich und stieß dabei schwarze Rußwolken aus, die träge davonsegelten. Einige der Winden, mit denen die Schleppnetze hochgezogen wurden, protestierten quietschend, sobald man an ihnen drehte, und die blaue Farbe am Rumpf blätterte an so vielen Stellen ab, dass der alte Kutter regelrecht pockennarbig aussah. Ein richtiger Seelenverkäufer.

Freerk Cordes lehnte sich an die Reling, ließ den Blick über die gekräuselte Wasseroberfläche der Flussmündung schweifen, die der Kutter auf dem Weg nach Hause durchpflügte, und hing seinen Gedanken nach.

Eigentlich müsste die *Margarethe* dringend überholt werden. Früher wäre das keine große Sache gewesen, da wären sie nach Bremerhaven oder Elsfleth gefahren und hätten sie für zwei Wochen in die Werft gebracht. Dort hätte man den Motor ausgebaut und gereinigt, das Schiff im Dock neu gestrichen und die Netze ausgetauscht. Aber die Werften gab es nicht mehr. Zerbombt und dem Erdboden gleichgemacht. Verfluchte Tommys!

Freerk holte seinen Tabaksbeutel aus der Hosentasche, sah hinein und entschied sich dagegen, sich eine Zigarette zu drehen. Die paar Krümel würden nur noch für eine einzige reichen. Wenn nicht am Pier jemand stand, der etwas Tabak gegen den Beifang eintauschen wollte, wäre das die letzte Zigarette für lange Zeit. Lieber bis heute Abend warten.

Natürlich könnte er zu Onkel Emil in die Kajüte gehen

und ihn fragen, ob er noch etwas Tabak für ihn hätte, aber der würde nur versuchen, ihn »ein bisschen aufzuheitern«, wie er das nannte.

»Na, min Jung? Was ziehst du für ein langes Gesicht? Ist dir mal wieder 'ne Laus über die Leber gelaufen?«, war Onkel Emils übliche Begrüßung, wenn Freerk sich im Morgengrauen beim Kutter einfand, um mit ihm zusammen zum Fischen hinauszufahren. Dann lachte der alte Mann schallend über seinen eigenen Witz und schlug Freerk mit der Hand auf die Schulter, ehe er sich an den Tauen zu schaffen machte, mit denen die *Margarethe* festgemacht war.

Einmal, ganz zu Anfang, als Freerk zum dritten oder vierten Mal mit Onkel Emil hinausgefahren war, hatte der alte Mann ihn beiseitegenommen, um ihm ins Gewissen zu reden.

»Nimm das doch alles nicht so schwer, Jung!«, hatte er gesagt. »Anderen geht's genauso. Was meinst du, wie viele mit kaputten Knochen zurückgekommen sind? Dem Sohn von Meyerdierks fehlt der linke Arm, und die rechte Hand haben sie ihm zerschossen. Der kann kein Tau mehr anpacken. Nie wieder.« Dann hatte er Freerk mit traurigen Augen angeschaut und ihm zugenickt. »Das kommt schon alles wieder auf die Reihe bei dir, Jung. Wenn du dich erst mal daran gewöhnt hast und die Krücke nicht mehr brauchst.« Er hatte auf Freerks Bein gezeigt. »Sollst sehen, das geht schneller, als du denkst. Wenigstens bist du wieder nach Hause gekommen. Nicht so wie ...«

An dieser Stelle hatte Onkel Emils Stimme versagt, und Freerk hatte trocken den Satz für ihn vollendet: »Nicht so wie Cord.«

Cord war sein Bruder gewesen. Sein Zwillingsbruder. Sein Gegenstück.

Obwohl sie einander wie ein Ei dem anderen geglichen hatten, waren sie vom Wesen her ganz verschieden gewesen. Während Freerk bedächtig und vorsichtig war, war Cord fix und patent gewesen. Einer, dessen Mundwerk nie stillstand, der mit den Leuten umgehen konnte, immer einen Witz parat hatte und bei allen beliebt gewesen war. Einer, der in die Welt passte.

Sie hatten immer alles zusammen gemacht, von Kindesbeinen an. Und es war für beide selbstverständlich gewesen, dass sie auch gemeinsam an die Front gingen. Cord hatte für beide geredet und Freerk für beide aufgepasst. Alles war gut gegangen, bis zu jenem Tag vor drei Jahren. Da hatte Freerk nicht gut genug aufgepasst. Die Granate, die ihm den Fuß abgerissen hatte, hatte seinen Bruder zerfetzt.

Freerk sah die Rauchschwaden, die um die zerschossenen Häuser zogen, noch vor sich. Er fühlte den kalten Wind im Gesicht, hatte den Gestank des Pulvers in der Nase und hörte den ohrenbetäubenden Lärm um sich herum. Und zum tausendsten Mal stellte er sich die Frage, was er hätte anders machen können, um Cords Tod zu verhindern.

Onkel Emils Stimme riss ihn aus seinen Gedanken. »Kannst du mal die Kisten aufeinanderstapeln, Jung?«

Freerk wandte sich zu ihm um. »Was?«

»Die Kisten! Wir sind gleich im Hafen«, sagte der alte Mann, der den Kopf aus dem Kajütenfenster streckte. »Träumst du, oder was?«

Statt einer Antwort nickte Freerk nur. Mühsam humpelte er zu den Metallwannen mit dem Fang hinüber, darauf bedacht, mit dem Holzbein nicht auf den feuchten Planken auszurutschen. Inzwischen hatte er den Bogen ganz gut raus, sich an Deck zu bewegen, besonders, seit er ein Stück alten Gummireifen unten an sein Holzbein genagelt hatte.

Missmutig betrachtete er die magere Ausbeute eines ganzen Tags auf See. Zwei Kisten Schollen, eine halbe Kiste Seezungen und drei kleine schwarze Heilbutts hatten sie gefangen. Das war alles. Freerk beschloss, morgen die Angeln mitzunehmen, um auf Makrelen zu gehen.

Vorsichtig lenkte Onkel Emil die *Margarethe* durch das kleine Hafenbecken auf die Kaimauer zu und kletterte von Bord, um sie festzumachen. Am Kai wartete wie immer bereits der alte Onno de Buhr auf sie, die Hände in den Hosentaschen vergraben und die Schiffermütze schräg auf dem kahlen Schädel.

»Na, ihr beiden?«, rief er, ohne die kurze Tabakspfeife, die zwischen seinen Zähnen klemmte, aus dem Mund zu nehmen. »Heute mal mehr Glück gehabt?«

»Nee, nicht so richtig«, erwiderte Onkel Emil und deutete auf die Kisten. »Mag sein, dass vor uns schon jemand da gewesen ist, wo wir gefischt haben.«

De Buhr nickte zwar, aber an seinem Blick war deutlich zu erkennen, dass er Onkel Emil kein Wort glaubte. »Und Beifang?«, fragte er.

»Zwei Eimer voll. Nur kleine Schollen. Den Rest haben wir wieder über Bord gekippt.«

Geräuschvoll zog de Buhr die Nase hoch und hustete. »Ist ja nicht berühmt! Dann bringt den Fisch mal fix in die Halle und kommt in mein Büro, damit ich den Fang in dein Buch eintragen kann, Emil. Mal gucken, ob das genug ist für einen Dieselschein.«

»Was soll das denn heißen?«, stieß Freerk entrüstet hervor. »Willst du etwa sagen …«

Als er Onkel Emils Hand auf seinem Arm spürte, verstummte er.

»Ja, ist gut, Onno. Wir beeilen uns. Ist ja auch gleich Abendbrotzeit, und wir wollen alle nach Hause.«

De Buhr brummte etwas Unverständliches, tippte sich an die Mütze und stiefelte auf das Gebäude der Fischereigenossenschaft zu.

Freerk sah ihm mit gerunzelter Stirn hinterher. »Was glaubt der eigentlich, wer er ist?«, knurrte er. »Das klang ja fast so, als ob er uns unterstellt, was zu unterschlagen.«

»Na ja, ist nun mal seine Aufgabe, aufzupassen, dass keiner von den Fischern in die eigene Tasche wirtschaftet.« Onkel Emil grinste. »Und, glaub mir, das haben schon etliche versucht. Ist wirklich besser, sich nicht mit Onno anzulegen, Jung. Der sitzt einfach am längeren Hebel. Wenn der uns keinen Diesel mehr aufschreibt, dann ist Schluss mit lustig.«

Freerk schnaubte verächtlich, während er zusah, wie de Buhr durch die Tür verschwand, über der ein Schild mit der Aufschrift *Fischereigenossenschaft Fedderwardersiel* hing. »Was glaubt der denn, wie viel Fisch wir beide aus dem Wasser holen können? Ein alter Mann von über siebzig und ein Krüppel mit einem Holzbein ...«

Onkel Emil lachte und schlug ihm auf den Rücken. »Wer ist hier alt? Und nun lass uns zusehen, dass wir die Kisten in die Halle bringen.«

Eine halbe Stunde später hatten die beiden ihren Fang abgeliefert und verließen das Büro der Genossenschaft. Onkel Emil steckte zufrieden den sorgfältig zusammengefalteten Bezugsschein für Diesel in seine Brieftasche.

»Ärger dich nicht wegen der Schollen, Jung!«, sagte der alte Mann und zeigte auf das kleine, in Zeitungspapier eingewickelte Päckchen, das Freerk in der Hand hielt. »Fürs Abendbrot wird's schon reichen. Und die kleinen schmecken sowieso am besten.«

De Buhr hatte darauf bestanden, dass sie den Beifang noch mal aussortierten und die Fische bis auf die ganz kleinen Mickerlinge in die Kisten warfen, die sie abliefern mussten. Von dem, was übrig war, würde kaum eine Person satt werden. Emil hatte darauf bestanden, dass Freerk die mickrigen Schollen nahm. Er selber habe noch Schwarzbrot im Haus, das reiche ihm, Schollen äße er sowieso nicht so gern. Zu viel Geprökel. Da sei man ja nach dem Essen noch hungriger als vorher.

»Hochwasser ist morgen um Viertel nach sechs«, sagte Onkel Emil. »Dann sollten wir so um halb sieben auslaufen, oder was meinst du?«

Freerk nickte nur, klemmte das Paket auf den Gepäckträger seines alten Fahrrads, das an der Mauer der Fischereigenossenschaft lehnte, und griff nach dem Lenker.

»Dann sehen wir uns morgen früh um sechs in alter Frische! Lass dir deine Schollen schmecken. Und lies nicht wieder bis in die Puppen, sonst hast du morgen dicke Augen.« Onkel Emil lachte. »Hatten wir ja schon öfters. Bis morgen dann!« Er tippte sich an die Mütze und stapfte in Richtung seines Hauses auf der anderen Seite des Hafenbeckens davon.

Freerk schluckte seinen Ärger hinunter. Dass Onkel Emil diese kleinen spitzen Bemerkungen über seine Leidenschaft fürs Lesen einfach nicht lassen konnte! Natürlich war Freerk seinem Onkel dankbar, dass er ihn auf dem Kutter beschäftigte, obwohl er zu nicht viel nütze war. Onkel Emil gab sich zwar Mühe, es nicht zu zeigen, aber Freerk war klar, dass ihn reines Mitleid zu diesem Schritt bewogen hatte. Freerk war sein Neffe, und unter Verwandten half man sich eben. Immerhin war Freerk so nicht von den mageren Rationen abhängig, die man mit den Lebensmittelkarten bekam, und er saß nicht ständig zu Hause herum und starrte die Wände an. Dass er je wieder als Zimmermann Arbeit finden würde, war ausgeschlossen. Mit dem Holzbein würde er nie wieder auf einen Dachstuhl steigen können.

Der Fischer in der Familie war Cord gewesen. Er hätte den Kutter des Vaters übernehmen sollen, und weil die Fischerei nicht genug für zwei abwarf, hatte Freerk eine Zimmermannslehre in Burhave gemacht. Gerade als er seinen Gesellenbrief in der Tasche hatte, war der Frontbefehl für beide Brüder gekommen und sie waren eingerückt.

Im Frühjahr darauf war ihr Vater auf See geblieben. Niemand wusste, ob er im Sturm gekentert oder auf eine Mine gelaufen war. So kehrte Freerk, als er das Lazarett nach Monaten endlich verlassen konnte, in ein kaltes, leeres Haus zurück.

An seine Mutter hatte er nicht viele Erinnerungen. Sie war an Schwindsucht gestorben, als die Jungen noch klein waren. Manchmal sah er sich die Fotografie an, die bei der Hochzeit seiner Eltern aufgenommen worden war. Wie jung sie darauf aussahen, wie sie da nebeneinanderstanden und mit ernstem Gesicht in die Kamera schauten, Mama im guten schwarzen Kleid, die Haare zu einem Zopf geflochten, der wie ein Kranz um den Kopf geschlungen war. Hellblonde Haare hatte sie gehabt, daran erinnerte Freerk sich noch, aber sonst an gar nichts mehr, weder an die Farbe ihrer Augen noch an den Klang ihrer Stimme. Daneben Papa in seinem Sonntagsstaat mit einem Vatermörder, der ihm die Luft abzuschnüren schien, die widerspenstigen Haare mit Pomade geglättet und den Schnauzbart nach oben gezwirbelt wie Kaiser Wilhelm. In seinen Augen blitzte derselbe Schalk wie später in Cords. Die beiden waren vom gleichen Schlag gewesen. Auch wenn er mit dem Glauben, den der Pastor von der Kanzel predigte, nichts im Sinn hatte, war es Freerk doch ein Trost, sich vorzustellen, die beiden wären jetzt irgendwo, wo das Meer ruhig und der Himmel unendlich war.

Langsam schob er sein Rad die geklinkerte Straße zur Deichkrone hinauf, blieb oben einen Augenblick stehen und sah sich um. Im Siel, dem breiten Kanal, der den Marschboden entwässerte und im Hafenbecken endete, spiegelten sich der blaue Himmel und die Wolken, die sich im Licht der tief stehenden Sonne golden färbten. Einen Moment lang war Freerk versucht, auf das Fahrrad zu steigen und vom Deich hinunterzurollen, doch seine Vernunft siegte. Mit dem Holzbein war die Gefahr zu groß, vom Pedal zu rutschen und zu stürzen, trotz des Metallbügels, den er als Halterung angebracht hatte. Wenn er erst einmal eine richtige Beinprothese hätte, eine mit einem Fuß unten und einem Schuh, dann vielleicht. Aber es würde wahrscheinlich noch Monate dauern, bis er die bekommen würde. So lange musste es das Holzbein tun, das ihm der alte Petersen, der in Tossens Holzschuhe schnitzte, angefertigt hatte.

Langsam und vorsichtig humpelte Freerk die Klinkerstraße hinunter und bog in die schmale Straße ab, die unten am Deich entlangführte. Erst als diese eben wurde, stieg er vorsichtig aufs Rad und fuhr langsam los. Die Häuser hier, in denen die meisten der Fedderwardersieler Fischer wohnten, waren winzig, jedenfalls verglichen mit den Höfen der reichen Marschbauern weiter im Landesinneren. Trotzdem hatte jedes von ihnen einen kleinen Stall für eine Kuh oder ein paar Schweine. Die Fischerei warf nicht genug ab, als dass man das ganze Jahr über davon hätte leben können.

Freerks Haus war das letzte an der Straße und lag hinter einer scharfen Kurve. Ein Stück vor ihm schlenderten ein paar Leute nebeneinander die Straße entlang, zwei junge Burschen in kurzen Hosen und eine Frau mit einem Kopftuch. Die drei nahmen fast die ganze Fahrbahn ein. Flüchtlinge vielleicht, jedenfalls niemand, den er auf Anhieb erkannte. Als er klingelte, drehten sich alle drei um und machten ihm Platz. Die Frau, sehr schmal und hochgewachsen, mochte Mitte zwanzig sein, die Jungen nicht älter als vierzehn oder fünfzehn.

Während die beiden Burschen ihn mit offenem Mund anstarrten, nickte ihm die junge Frau freundlich zu. »Moin!«, rief sie und lächelte, als er an den dreien vorbeifuhr.

Freerk erwiderte den Gruß nicht. Womöglich kämen sie

sonst noch bei ihm an die Tür, um zu betteln. Entschlossen trat er mit dem gesunden Bein in die Pedale und achtete darauf, dass das Holzbein nicht aus der Halterung rutschte.

Er hatte die Kurve noch nicht ganz erreicht, als er vor sich einen Motor aufheulen hörte. Sekunden später brauste ein Jeep auf ihn zu, schlingerte kurz hin und her, ehe er dicht an ihm vorbeischoss. In großen weißen Buchstaben stand *MP* auf der Seite des Fahrzeugs. Nur mit Mühe schaffte es Freerk, das Fahrrad unter Kontrolle zu halten. Er bremste und stieg ab.

»Verdammte Tommys!«, keuchte er.

Schwer atmend sah er dem Jeep einen Augenblick hinterher, ehe er sich ungelenk wieder aufs Fahrrad schwang und nach Hause fuhr.

Kapitel 3

»Was war das denn für ein Stinkstiebel?«, fragte Gerd mit finsterer Miene. »Wenigstens zurückgrüßen könnte er, das wär doch wohl das Mindeste.«

Wiebke warf ihrem Bruder einen strafenden Blick zu. »Das muss einer der Fischer sein. Der kennt uns doch noch gar nicht.«

Gerade als Wiebke die Deichstraße erreicht hatte, waren ihre beiden jüngeren Brüder vom Hafen herübergekommen, und die drei hatten den Heimweg zusammen fortgesetzt.

»Sagst du nicht immer, wir sollen jeden grüßen, weil man das so macht, wenn man nicht unhöflich sein will?«

»Schon, aber ...«

»Das muss der verrückte Cordes sein«, unterbrach sie der dreizehnjährige Enno. »Von dem haben die Jungs unten am Hafen erzählt. Seit sie dem das Bein weggeschossen haben, tickt der nicht mehr richtig.«

»Enno!«, rief Wiebke entrüstet. »So was sagt man nicht.«

»Stimmt doch! Habt ihr das Holzbein gesehen?«, fuhr Enno unbeirrt fort. »Die Jungs haben gesagt, der redet mit niemandem mehr, höchstens mit sich selbst. Und wenn die Jungs ihn ärgern ...«

»Sag mal, sind das da unsere Hühner?«, unterbrach Gerd ihn. »Hat Piet etwa vergessen, die in den Stall zu bringen?« Er deutete nach vorn, neben die Einfahrt zu ihrem Haus, wo zwei braune Hühner im jungen Gras der Berme scharrten und pickten.

»Dieser kleine Dussel! Die Hühner einfach so laufen zu lassen«, rief Gerd. »Was, wenn die geklaut werden? Na, warte!« Er lief ein paar Schritte voraus und begann zu rufen: »Piet? Piet! Die Hühner sind noch draußen!«

Aus dem Graben neben der Auffahrt kletterte ein schmächtiger, kleiner Junge mit blonden Locken hervor und winkte. »Ihr kommt aber spät. Ich warte schon ewig auf euch«, rief er vorwurfsvoll, drehte sich zum Haus um und legte die Hände trichterförmig an den Mund. »Ike! Mama ist wieder da!«

Hinter der niedrigen Gartenhecke wurde ein feuerroter, zerzauster Haarschopf sichtbar, und einen Augenblick später tauchte Ike auf. Vermutlich hatten weder Tante Fenna noch Wiebkes Schwiegermutter bemerkt, dass sie sich nach draußen geschlichen hatte, denn sie trug weder Jacke noch Mütze und hatte statt ihrer Schuhe nur dicke Wollsocken an. Wiebke seufzte. Ike hatte beim Spielen im Garten offenbar viel Spaß gehabt, denn sie starrte geradezu vor Dreck. Die Strümpfe waren über und über mit Kleierde beschmiert, und die Spielschürze, die Wiebke ihrer Tochter morgens erst frisch angezogen hatte, war voller Grasflecken. Dafür strahlte sie über ihr ganzes rundes Gesicht.

»Mama?«, rief Ike begeistert und rannte, so schnell ihre kurzen Beine sie tragen konnten, die Auffahrt hinunter.

Piet hatte auf seine Schwester gewartet, griff nach ihrer ausgestreckten Hand, und zusammen liefen die beiden auf Wiebke, Gerd und Enno zu.

Wiebke ging lächelnd in die Knie und breitete die Arme aus. »Wer kommt in meine Arme, der kriegt auch Schokolade!«, rief sie, wie sie es immer tat, wenn sie nach Hause kam.

In diesem Moment schoss ein Jeep um die Kurve der Deichstraße, wich um Haaresbreite dem Radfahrer aus, der Wiebke und ihre Brüder eben überholt hatte, dann heulte der Motor wieder auf, und der Jeep raste auf sie zu.

»Was zur…«, keuchte Wiebke und sprang auf die Füße. »Da kommt ein Auto! Runter von der Straße!«, schrie sie panisch.

Noch ehe die Kinder reagieren konnten, gab es einen dumpfen Schlag, gefolgt vom protestierenden Quietschen der Bremsen. Der Wagen schlingerte ein Stück und kam kurz vor Piet und Ike zum Stehen. Braune Federn segelten durch die Luft, als wäre ein Kissen geplatzt.

Wiebke rannte zu ihren Kindern, riss Ike hoch und presste sie an sich. Ihr Herz klopfte vor Schreck bis zum Hals. Piet klammerte sich mit beiden Armen an ihre Taille. Er sagte kein Wort, aber Ike schrie wie am Spieß.

»Ist ja gut«, sagte Wiebke, so ruhig sie konnte, und streichelte Ike über den Kopf, den die Kleine gegen ihre Schulter presste. Das Kind zitterte am ganzen Körper. »Es ist ja nichts passiert«, wiederholte Wiebke wieder und wieder.

Zaghaft löste sich Ike ein wenig von ihr und sah zu dem Auto und den Federn, die noch immer zu Boden rieselten.

»Berta!«, jammerte sie und deutete auf die Straße. »Meine dicke Berta!« Sie legte ihre Arme um Wiebkes Hals, verbarg ihr Gesicht erneut an ihrer Schulter und schluchzte verzweifelt.

Jetzt sah auch Wiebke den leblosen, blutverschmierten Körper des Huhns. Offenbar war eine der beiden Hennen über die Straße gelaufen und von dem Jeep erfasst worden. Eine ungeheure Wut schoss in Wiebke hoch. Ausgerechnet die dicke Berta!

Sie musste daran denken, wie viel Mühe es sie gekostet hatte, die beiden Hühner zu beschaffen, und wie schwierig es war, sie zu versorgen. Und natürlich hatte es nicht die magere Agathe getroffen, die nur alle paar Tage ein Ei im Nest hatte, sondern Berta, die pünktlich jeden Morgen ein Ei legte. Hinzu kam, dass Ike an dem Tier geradezu einen Narren gefressen hatte, denn während Agathe schon mal nach den Kindern pickte, hockte Berta sich immer hin und spreizte ein wenig die Flügel, um sich von Ike über den Rücken streicheln zu lassen.

Wiebke griff nach Piets Hand, nahm sie fest in ihre und marschierte entschlossen auf den Jeep zu, die immer noch jammernde Ike auf dem Arm. Sie sah den jungen Mann in Uniform hinter dem Steuer sitzen, nahm auch den weißen Stern und die Buchstaben *MP* für *Military Police* auf der Motorhaube wahr, aber das war ihr in ihrem Zorn völlig egal.

»Sind Sie verrückt geworden, so zu rasen?«, rief sie aufgebracht. »Hier wohnen Leute! Hier spielen Kinder! Stellen Sie sich mal vor, das wäre meine Tochter gewesen, die auf der Straße stand, dann wäre sie jetzt tot! Aber ein Menschenleben zählt für euch Tommys doch sowieso nichts!« Sie fühlte, dass sie vor lauter Wut zu zittern begann.

Der Soldat hinter dem Steuer starrte sie einen Moment lang durch die Windschutzscheibe an, dann neigte er den Kopf ein wenig, um nicht gegen den Rand des Stoffverdecks zu stoßen, und stieg aus dem Jeep.

Er war groß, bestimmt einen halben Kopf größer als Wiebke, dabei sehr schlank. Unter dem offenen Mantel trug er eine braune Offiziersuniform. Seine hellen Augen musterten sie durchdringend, und er öffnete den Mund, um etwas zu erwidern, aber Wiebke ließ ihm keine Gelegenheit dazu.

»Meine beste Legehenne haben Sie überfahren«, rief sie. »Haben Sie eigentlich eine Ahnung, was das für uns bedeutet?« Sie stieß ein bitteres Lachen aus. »Sie? Ganz sicher nicht! Sie bekommen ja immer genug zu essen. Aber wir kriegen nur das bisschen, das es für Lebensmittelmarken gibt, und das reicht vorn und hinten nicht. Wissen Sie, wie das ist, wenn man seine Kinder jeden Abend hungrig ins Bett schicken muss? Was glauben Sie wohl? Das bricht einem das Herz! Und gerade, wenn man glaubt, dass es endlich bergauf geht, dann kommt so ein … so ein Tommy …«

Das Schimpfwort für die englischen Soldaten spuckte Wiebke

förmlich aus. Ihre Stimme überschlug sich und gehorchte ihr nicht mehr, ihre Augen brannten wie Feuer, und sie musste blinzeln, um wieder klar sehen zu können.

Der Soldat zog die Augenbrauen zusammen. »Entschuldigen Sie, Madam!«, sagte er langsam und überdeutlich mit schwerem englischen Akzent. »Ich habe nicht alles verstanden. Mein Deutsch ist nicht so gut, alles zu verstehen. Bitte sprechen Sie langsam. Ich meine, mehr langsam.«

Wiebke schnaubte verächtlich.

»Und ...« Der Offizier schien einen Moment nach dem richtigen Ausdruck zu suchen. »Wie sagt man? ... Calm down, please.«

»Ich soll mich beruhigen?«, entfuhr es ihr. »Hören Sie mal, Sie hätten um ein Haar meine Kinder überfahren!«

Der Soldat warf ihr einen überraschten Blick zu. »Sie sprechen Englisch?«, fragte er verblüfft.

»Ja. Sieh mal einer an, ich spreche Englisch«, gab sie immer noch aufgebracht zurück. »Es ist zwar eine Ewigkeit her, dass ich es gelernt habe, aber ich verstehe noch immer jedes Wort.«

Der Anflug eines Lächelns umspielte die schmalen Lippen des Engländers, und seine blaugrauen Augen blitzten amüsiert. »Dafür war es aber gar nicht schlecht«, erwiderte er auf Englisch. Wiebke war überhaupt nicht bewusst gewesen, dass sie ihm in seiner Sprache geantwortet hatte.

»Das mit Ihrem Huhn tut mir wirklich leid«, fuhr er fort. »Ich war sehr in Eile und habe wohl die Kurve unterschätzt. Und ich hatte wirklich keine Ahnung, wie dicht die Häuser hier an der Straße stehen.« Sein Lächeln vertiefte sich. »Selbstverständlich werde ich Ihnen das Huhn ersetzen. Kommen Sie morgen in die Gemeindeverwaltung von Burhave, dann werden wir alles Weitere regeln, Mrs ...«

»Hansen. Wiebke Hansen.«

»Also gut, Mrs Hansen. Ich muss jetzt weiter. Wie gesagt, ich habe es sehr eilig.« Er griff in die Innentasche seines Mantels und zog eine Visitenkarte hervor.

Wiebke löste Ikes Arme von ihrem Hals und setzte das immer noch weinende Kind auf dem Boden ab. Dann nahm sie die Karte entgegen.

»Wir sehen uns dann morgen«, sagte der Soldat und streckte ihr seine Rechte entgegen. Zögernd ergriff sie sie und nickte.

Er stieg wieder in den Jeep und kramte kurz auf dem Beifahrersitz herum. »Für ihre Kinder«, sagte er und drückte ihr ein kleines Päckchen in silbernem Stanniolpapier in die Hand, ehe er den Motor startete und davonbrauste.

Wie vom Donner gerührt starrte Wiebke auf die Tafel amerikanische Schokolade, die sie in der Hand hielt. Dann fiel ihr Blick auf die Visitenkarte. *Cpt. James Watson* stand darauf.

Also gut, Captain Watson, dachte sie. *Dieses Huhn werden Sie mir teuer bezahlen.*

Kapitel 4

»Das kann doch wohl nicht dein Ernst sein, Wiebke!« Geräuschvoll legte Almuth das Schälmesser auf den Küchentisch und starrte ihre Schwiegertochter entgeistert an. »Du kannst doch unmöglich zu den Tommys gehen!«

»Wieso nicht?«, fragte Tante Fenna ruhig, griff nach einer weiteren Kartoffel und begann in aller Seelenruhe, sie hauchdünn zu schälen. »Der Engländer hat das Huhn auf dem Gewissen und will es bezahlen. Wiebke wäre ja schön dumm, wenn sie nicht hingehen würde.«

Wiebke sagte nichts. Sie wusste, was jetzt kommen würde, und war heilfroh, dass die drei Jungen noch in der Schule waren und Ike draußen in der Sandkiste spielte. Mit gesenktem Kopf, bemüht, keine der Schwestern anzusehen, konzentrierte sie sich darauf, das Huhn zu rupfen, das auf ihrem Schoß lag. Als der britische Offizier mit seinem Wagen davongefahren war, hatte sie ihren Brüdern befohlen, die beiden Kleinen sofort ins Haus zu bringen. Dann hatte sie die dicke Berta von der Straße aufgehoben, war in den Schuppen gelaufen, hatte ihr mit der Axt den Kopf abgeschlagen und sie kopfüber aufgehängt. Zum Glück hatte das Auto das Tier nur gestreift und es nicht überrollt, sonst wäre es sicher nicht mehr essbar gewesen. So aber würde es Hühnersuppe geben. Während sie zusah, wie das Blut langsam aus dem Hals der Henne tropfte, dachte Wiebke daran, wie sie auf Helgoland in der Küche des Hotels *Inselkönig* gestanden und in drei großen Töpfen Hühnerbrühe für eine Hochzeitsgesellschaft gekocht hatte. Das schien so lange her und war so unwirklich, als wäre es in einem anderen Leben geschehen.

»Das war ja mal wieder klar, dass du auf ihrer Seite bist«, rief Almuth aufgebracht und funkelte ihre Schwester wütend an. »Sie kann doch nicht wirklich zum Feind ...«

»Sicher kann sie.« Fenna war nicht aus der Ruhe zu bringen. Gelassen saß sie auf ihrem Stuhl, die Ellenbogen auf den Tisch gestützt, und betrachtete die Kartoffel, die sie gerade schälte, über den Rand ihrer dicken Brille hinweg. Der schmale Streifen Schale, der von der Kartoffel herunterhing, wurde immer länger und legte sich vor ihr auf dem Tisch zu einer Spirale zusammen. »Was ist denn schon dabei? Sie muss doch nur nach Burhave, so weit ist das nicht. Das schafft sie in einer halben Stunde zu Fuß. Wenn sie jetzt bis nach London laufen müsste, sähe die Sache natürlich anders aus.«

Aus den Augenwinkeln sah Wiebke zu Tante Fenna hinüber. Unbeirrt schälte sie weiter ihre Kartoffel, schnitt ein paar unschöne Stellen und ein Auge heraus, viertelte die Knolle schließlich und warf sie in den Kochtopf vor sich. Nur ein winziges Zucken ihrer Mundwinkel verriet, wie viel Spaß es ihr machte, ihre Schwester zur Weißglut zu bringen.

»Du weißt genau, was ich meine, Fenna! Sich einbestellen zu lassen wie ein gewöhnliches Dienstmädchen ... Das ist ja beinahe so, als würde man vor dem Feind zu Kreuze kriechen. Und das nach allem, was sie uns angetan haben. Es waren schließlich die Briten, die unsere Insel zerbombt haben. Ihretwegen mussten wir weg von Zuhause und haben alles verloren. Ein bisschen Stolz sollte man sich doch wohl noch bewahren dürfen.«

»Stolz?« Fenna zog die Augenbrauen hoch. »Stolz hat noch niemanden satt gemacht.«

»Lieber würde ich hungern, als von den Briten irgendwelche Almosen anzunehmen. Immerhin bin ich eine Hansen und Wiebke ebenso. Sie sollte sich entsprechend benehmen!«

»Jetzt fang bloß nicht wieder von den alten Zeiten an, in denen alles besser war, Almuth. Helgoland ist Vergangenheit. Aus und vorbei! Jetzt sind wir in Fedderwardersiel und müssen sehen, dass wir hier zurechtkommen. Hansens hin oder her, wir sind nichts Besseres als all die anderen Flüchtlinge auch.«

Almuth sprang auf die Füße. Ihre Lippen waren zusammengepresst, und sie bebte vor Wut. »Helgoland ist Vergangenheit? So was muss ich mir nicht anhören. Nicht einmal von dir!« Sie lief aus der Küche und schlug die Tür zu.

»Peng! Die ist zu!«, sagte Fenna trocken. »Das war bei Almuth schon immer so. Schon als Kind. Wenn sie nicht mehr weiß, was sie sagen soll, dann rennt sie aus dem Zimmer und knallt mit den Türen.«

»Müsst ihr euch denn immer streiten?«, fragte Wiebke unglücklich. Ihr war das ständige Gezänk der beiden alten Frauen zutiefst zuwider.

»Müssten wir nicht, wenn Almuth endlich damit aufhören würde, der Vergangenheit nachzutrauern.« Fenna stemmte sich mühsam vom Tisch hoch und griff nach ihrem Gehstock. Ihre Hüften wollten schon seit Jahren nicht mehr, und seit dem letzten Winter war es so schlimm geworden, dass sie kaum noch gehen konnte. »Wenn du mir die Henne in den Spülstein legst, rupf ich zu Ende und nehm sie aus, Deern«, sagte sie. »Du solltest dich noch umziehen und dich ein bisschen hübsch machen, bevor du nach Burhave gehst.« Fenna tätschelte Wiebke die Schulter und lächelte. »Wenn du mich fragst, ich finde es goldrichtig, dass du zu den Briten gehst.«

Eine Stunde später stand Wiebke vor dem schmucklosen Klinkerbau in Burhave, in dem die Gemeindeverwaltung untergebracht war, aber sie zögerte, hineinzugehen. Nachdenklich betrachtete sie den dunkelgrünen Jeep mit dem großen weißen Stern auf der Motorhaube, der an der Straße parkte.

Den ganzen Weg über hatte sie überlegt, was sie zu Captain Watson sagen sollte. In Gedanken war sie alles noch einmal durchgegangen, was sie ihm am Vortag an den Kopf geworfen hatte. Sicher, sie war sehr aufgebracht gewesen, aber sie wusste, dass sie zu weit gegangen war. Auch wenn der Offizier nicht beleidigt gewirkt hatte, war es sicher angebracht, sich für ihre Worte zu entschuldigen. Totes Huhn hin oder her, Watson gehörte zur Besatzungsmacht, und es wäre unklug, es sich mit der Obrigkeit zu verderben. Nur gut, dass ihre Schwiegermutter nicht hören würde, wie sie »zu Kreuze kroch«.

»Ich wollte, du wärst hier, Jan!«, murmelte sie. »Du kannst so viel besser mit Leuten umgehen als ich.«

Du schaffst das schon, min Lütten! Du schaffst alles, was du willst! Das hatte Jan immer zu ihr gesagt, und auch jetzt hatte sie seine Stimme im Ohr.

Wiebke seufzte, stieg die drei Stufen zum Eingang hinauf und legte die Hand auf den Knauf. In der Glasscheibe der Tür spiegelte sich ihr blasses, schmales Gesicht mit den vielen Sommersprossen. Sie hatte nicht gut geschlafen, weil Piet, der bei ihr im Bett schlief, immer wieder aufgewacht war und geweint hatte. Wie immer, wenn Wiebke müde war, lagen dunkle Schatten unter ihren hellgrünen Augen und ließen sie groß und besorgt wirken.

»Nun reiß dich mal zusammen! Es wird dir schon niemand den Kopf abreißen«, murmelte sie und strich sich eine vorwitzige hellrote Strähne, die sich aus dem Haarkranz gelöst hatte, hinters Ohr, ehe sie die Tür öffnete und den dunklen Flur betrat.

Durch die erste Tür auf der linken Seite, über der ein Schild mit der Aufschrift *Amtsstube* hing, drang gedämpftes Männerlachen. Wiebke hob die Hand und klopfte.

»Come in!«, rief eine dunkle Stimme.

Sie holte tief Luft, setzte ein Lächeln auf und trat ein.

Im ersten Moment glaubte sie, falsch zu sein, denn niemand war zu sehen. Doch dann tauchten hinter dem großen Holztresen, der den Raum in zwei Hälften teilte, Captain Watson und ein zweiter, ihr unbekannter britischer Soldat auf. Sie schienen sich über etwas gebeugt zu haben, das sich hinter dem Tresen auf dem Boden befand.

»Ah, Mrs Hansen. Ich habe Sie gar nicht so früh erwartet«, sagte Captain Watson auf Englisch, streckte ihr seine Rechte entgegen und lächelte, als sie sie ergriff. »Schön, dass Sie es einrichten konnten.« Er drehte sich zu dem zweiten Soldaten um, einem blonden, sehr jungen Mann in Mannschaftsuniform. »Anderson, kochen Sie doch noch einmal Tee für mich und unseren Gast.«

Der Angesprochene nickte und verschwand durch eine zweite Tür im hinteren Bereich der Amtsstube.

Captain Watson öffnete die hölzerne Schwingtür im Tresen. »Kommen Sie und nehmen Sie Platz, Mrs Hansen!«, sagte er, deutete auf einen der Schreibtischstühle und zog sich selbst einen zweiten Stuhl heran.

Zögernd kam Wiebke seiner Aufforderung nach und setzte sich nervös vorn auf die Stuhlkante. Noch immer hatte sie kein Wort gesagt. Sie wusste nicht, wie sie mit ihrer Entschuldigung beginnen sollte. Gestern in ihrer Wut war es ihr leichtgefallen, Englisch zu reden, aber heute wollten ihr einfach nicht die passenden Worte einfallen. Verlegen räusperte sie sich.

»Ich möchte ... ich wollte mich entschuldigen ... wegen gestern«, begann sie stockend. »Ich habe ein paar Dinge gesagt ...«

Watson winkte ab. »Ist schon in Ordnung. Sie waren sehr aufgebracht und hatten allen Grund dazu. Immerhin habe ich Ihre Henne überfahren.« Er lehnte sich zurück und betrachtete Wiebke mit einem schmalen Lächeln.

Sie wich dem durchdringenden Blick seiner blaugrauen Augen aus und schaute sich verstohlen in der Amtsstube um. Auf dem Boden stand eine Holzkiste, über die eine Decke gelegt war. Das musste es gewesen sein, was die beiden Soldaten bei ihrem Eintreten untersucht hatten.

»Ich habe versucht, beim Bürgermeister Erkundigungen über Sie einzuziehen«, sagte Watson nach kurzem Schweigen. »Aber der wusste auch nicht viel mehr, als dass Sie von Helgoland stammen und vor ein paar Wochen hergezogen sind. Nur Sie, zwei alte Frauen und mehrere Kinder. Ihr Mann ist gefallen?«

»Verschollen. In Russland.«

»Oh«, sagte er leise. »Das muss schwer sein.«

Sie sah auf, und ihre Augen trafen sich. Es lag kein Hohn in seinem Blick und auch kein Mitleid. Nur freundliches Interesse. Die Wut, die sofort in Wiebke hochgekocht war, verrauchte wieder.

»Es ist schwer, immer genug zu essen für alle auf den Tisch zu bringen«, sagte sie leise.

»Das glaube ich gern«, erwiderte er, griff nach einer Schachtel Zigaretten, die auf dem Schreibtisch lag, und zündete sich eine an. »Haben Sie denn Arbeit?«

Wiebke lachte bitter. »Arbeit? Nein. Wer braucht in diesen Zeiten schon eine Köchin? Und etwas anderes kann ich nicht.«

»Oh, das würde ich nicht sagen. Immerhin sprechen Sie Englisch. Und zwar recht gut, wenn ich das so sagen darf.« Er schnippte die Asche in den Aschenbecher auf dem Tisch und fuhr sich mit der Hand durch seine kurzen dunklen Haare. »Wo haben Sie das gelernt?«

»Mein Großvater war Engländer. Als Kind habe ich viel Zeit bei ihm verbracht. Er hat es mir beigebracht.«

»Ich verstehe.«

Captain Watson wollte weitersprechen, aber in diesem Moment kam Anderson zurück, in der Hand ein Tablett mit einer Teekanne und zwei Tassen, das er vor ihnen auf den Tisch stellte.

»Ah, der Tee. Danke, Anderson!« Watson griff nach der Kanne und schenkte Tee in beide Tassen. »Das wäre dann alles.« Anderson nickte und ging wieder hinaus.

»Sahne? Zucker?«, fragte Watson.

»Gern beides«, antwortete Wiebke, der etwas unbehaglich zumute war, weil sie es nicht gewohnt war, bedient zu werden.

»Ein guter Kerl, dieser Anderson«, sagte Watson mit einem Seufzen und rührte in seinem Tee. »Aber er ist leider ein lausiger Koch. Ihm brennt sogar das Wasser an.« Vorsichtig trank er einen Schluck aus seiner Tasse und verzog das Gesicht. »Nicht mal Tee bekommt er hin.«

Auch Wiebke probierte und zog eine Grimasse. Der Tee hatte viel zu lange gezogen und war trotz des vielen Zuckers gallebitter.

Watson zwinkerte ihr zu und lächelte breit. Obwohl er bestimmt schon über dreißig war, wirkte er jetzt wie ein kleiner Junge. »Wie Sie sehen, könnte ich eine Köchin gut gebrauchen.«

Wiebke war wie vom Donner gerührt. »Soll das heißen, Sie bieten mir Arbeit an?«

»Ja, warum nicht? Damit wäre uns doch beiden geholfen.« Er stellte die halb leere Tasse auf den Tisch zurück. »Natürlich nur, wenn Sie kein Problem damit haben, für einen Tommy zu arbeiten!«

»Ich? Nein, natürlich nicht!«, beeilte sie sich, zu versichern, während sie fühlte, dass ihr das Blut in die Wangen schoss. Ihr Herz klopfte bis zum Hals. Arbeit! Richtige bezahlte Arbeit!

»Sehr schön! Ich wurde für ein paar Monate zur Militärverwaltung in Nordenham beordert, aber ich habe hier in Burhave Quartier genommen. Das Haus liegt ein bisschen außerhalb an der Straße nach … wie heißt das Dorf gleich? Woddens?«

»Waddens.«

»Richtig, Waddens. Merkwürdiger Name! Das ist natürlich ein ganzes Stück von Fedd...« Er stutzte und murmelte einen unverständlichen Fluch. »Mit den Ortsnamen habe ich höllische Schwierigkeiten. Von Fedd...siel entfernt.«

Wiebke unterdrückte ein Lächeln.

»Also, wenn Ihnen das nicht zu weit ist?«, fuhr er fort.

»Nein, ganz und gar nicht.«

Wieder zeigte sich auf seinem Gesicht dieses jungenhafte Lächeln. »Sonst kann Anderson Sie mit dem Jeep abholen.«

»Nein, nein, das wird nicht nötig sein«, sagte Wiebke hastig. Den Gedanken daran, was Almuth wohl dazu sagen würde, dass sie im Begriff war, für den Feind zu arbeiten, schob sie beiseite. »Das schaffe ich schon.«

»Abgemacht. Dann hätten wir, wie sagt man? *Zwei Bienen mit ein Klaps* ...« Den letzten Satz versuchte er auf Deutsch.

»Zwei Fliegen mit einer Klappe geschlagen«, korrigierte Wiebke lächelnd.

Watson lachte. »Vielleicht bringen Sie mir sogar noch etwas Deutsch bei. Nötig hätte ich es wahrhaftig.« Er erhob sich. »Dann hat sich das Missgeschick mit Ihrer Henne für uns beide wohl als Glücksfall erwiesen. Oh, die Henne, das hätte ich ja beinahe vergessen!«

Er ging zu der Kiste hinüber und hob vorsichtig die Decke an, die darübergebreitet war. Sofort begann es im Inneren zu piepsen und zu glucksen.

»Ich habe Anderson losgeschickt, damit er für Sie auf einem der Bauernhöfe einen angemessenen Ersatz besorgt. Leider war er nicht sehr erfolgreich.« Er winkte Wiebke heran.

Sie stand auf und ging zu der Kiste hinüber. Ganz in eine Ecke gedrängt saß eine offenbar ziemlich alte, zerzauste Glucke mit drei kleinen Küken.

»Das war alles, was er auf die Schnelle beschaffen konnte.«

»Aber das ist doch nicht …«, begann Wiebke. »Wenn Sie mir Arbeit geben, dann kann ich doch unmöglich …«

»Bitte, Mrs Hansen, ich bestehe darauf. Ich habe Ihnen versprochen, das tote Huhn zu ersetzen.« Watson streckte ihr seine Rechte hin. »Und die Küken nehmen Sie bitte als meine Entschuldigung an. Hoffentlich sind es nicht nur Hähne!«

Wiebke musste lachen und ergriff seine Hand.

Kapitel 5

»Das ist doch wirklich mal was anderes als die ewige Graupensuppe!« Gerd kratzte mit dem Löffel sorgfältig auch noch den letzten Rest Eintopf aus seinem Teller.

Wiebke hatte den restlichen Gulasch, den sie gestern für Captain Watson und Anderson zubereitet hatte, mitnehmen dürfen. Die Soße hatte sie mit Wasser verlängert und Kartoffeln darin gar gekocht. *Braune Kartoffeln*, wie ihre Mutter dieses Gericht genannt hatte, waren früher schon Gerds Lieblingsessen gewesen.

»Untersteh dich, den Teller abzulecken«, sagte Wiebke lachend.

»Warum nicht? Wäre doch schade drum!«

Almuth legte geräuschvoll ihren Löffel auf den Tisch. »Also wirklich!«, rief sie entrüstet.

»Weil Ike und Piet sich das sonst abgucken«, sagte Wiebke eilig. »Und weil es sich einfach nicht gehört.«

Es war ein strahlender Maitag, die Mittagssonne schien durch die Scheiben des frisch geputzten Küchenfensters herein und warf helle Flecken auf den alten wackeligen Holztisch, um den sich Wiebkes Familie drängte.

Wiebke erhob sich und holte aus dem Brotfach das halbe Graubrot, das sie auf dem Rückweg von der Arbeit für ihre sorgfältig abgezählten Brotmarken geholt hatte. Sie schnitt eine dünne Scheibe ab und reichte sie ihrem Bruder. »Da«, sagte sie. »Wisch den Teller damit blank.«

»Darf ich auch ein Stück Brot?«, fragte Ike, die wie üblich bei Tante Fenna auf dem Schoß saß und mit aus ihrem Teller aß.

Gerd war ihr Held, und wenn er etwas tat, dann musste sie es nachmachen.

Almuth rollte entsetzt mit den Augen. »Wie die Bauern«, murmelte sie.

»Wir teilen uns eine Scheibe, was meinst du Ike?«, sagte Tante Fenna im Verschwörerton. »Das schmeckt bestimmt prima mit der leckeren Suppe.«

»Sonst noch jemand?«, fragte Wiebke in die Runde. Piets und Ennos Hände schossen in die Höhe, als säßen sie in der Schule.

Almuth hingegen schüttelte den Kopf. »Ich ganz sicher nicht!«

Sorgfältig schnitt Wiebke noch drei dünne Brotscheiben vom Laib herunter, ehe sie ihn zurücklegte. Der Rest würde kaum noch wie geplant bis morgen Abend reichen. Seufzend beschloss sie, heute auf ihr Abendbrot zu verzichten.

»Wie sieht es aus, Enno, bist du endlich fertig?«, fragte Gerd kauend.

Der Angesprochene nickte nur und stopfte sich den letzten Rest der Brotkruste in den schon übervollen Mund. Die Brüder sprangen auf und wollten an Wiebke vorbei aus der Küche laufen.

»Moment mal!«, sagte sie. »Was habt ihr beide denn vor? Ihr solltet mir doch helfen, im Kartoffelacker Unkraut zu jäten.«

»Geht nicht«, meinte Gerd mit einem laxen Achselzucken. »Der Acker muss bis morgen warten. Wir haben was Wichtiges zu erledigen.«

»Wie, was Wichtiges?« Wiebke runzelte die Stirn.

»Wir wollen zum Hafen. Sind sozusagen verabredet.«

»Verabredet? Mit wem denn?«

Enno öffnete den Mund, um zu antworten, aber Gerd kam ihm zuvor. »Niemand, den du kennst. Wir kümmern uns morgen um das Unkraut. Versprochen!«

»Und wenn alles klappt, haben wir heute Abend eine Überraschung«, ergänzte Enno immer noch kauend. Den warnenden Blick seines Bruders hatte er offenbar nicht gesehen.

»Also gut, verschwindet. Aber macht keinen Blödsinn!«

Gerd grinste. »Blödsinn? Wir?«

Beide lachten und liefen aus der Küche.

»Du solltest viel strenger zu ihnen sein«, sagte Almuth spitz. Sie erhob sich und stellte die Teller zusammen, um sie zur Spüle hinüberzutragen. »Die Jungs tanzen dir doch auf der Nase herum. Jan hätte in dem Alter nie gewagt, mir solche Antworten zu geben. Der wusste genau, was sich gehört. Aber was will man erwarten? Den beiden fehlt nun mal die väterliche Hand. Und jetzt, wo du auch noch den halben Tag aus dem Haus bist, um für die Tommys zu arbeiten, wie sollen sie da Respekt haben?«

»Nun hör aber mal auf, Almuth! Das eine hat mit dem anderen doch überhaupt nichts zu tun«, rief Tante Fenna. Sie stellte Ike, die noch immer auf ihrem Schoß saß, neben sich auf den Boden, ehe sie sich mühsam auf die Beine kämpfte. Eilig sammelte sie die Löffel zusammen und reichte sie Ike. »Bring die mal fix zur Spüle rüber, Deern«, sagte sie zu der Kleinen, ehe sie sich wieder ihrer Schwester zuwandte. »Gerd und Enno sind gerade in einem schwierigen Alter, wo sie sich nicht gern was sagen lassen. Jan war damals genauso, ich kann mich gut erinnern. Aber die beiden sind feine Kerle, und sie würden sich für ihre Schwester ein Bein ausreißen. Von ihnen habe ich noch nie ein böses Wort darüber gehört, dass Wiebke bei den Tommys kocht. Die Einzige, die immer herummeckert, bist du!«

»Ich werde doch wohl noch sagen dürfen, dass ich das nicht richtig finde!« Almuth stellte die Teller so energisch in das steinerne Spülbecken, dass es klapperte.

»Sicher kannst du das sagen, aber doch nicht jeden Tag fünf Mal«, gab Fenna erbost zurück. »Darüber, dass jetzt mehr zu essen auf dem Tisch steht als vorher, hast du dich jedenfalls noch nicht ein einziges Mal beklagt.«

Almuth schnaubte verächtlich, erwiderte aber nichts. Sie griff nach dem großen Kessel, der auf dem Kohleherd stand, und goss heißes Wasser in den Spülstein. Als sie den Kessel wieder gefüllt und aufs Feuer zurückgestellt hatte, hatte sie sich offenbar eine Antwort zurechtgelegt. »Die Nachbarn haben auch schon gefragt, ob Wiebke sich nicht schämen würde.«

Fenna zog die Augenbrauen in die Höhe. »Die Nachbarn? Wann hast du denn jemals mit den Nachbarn auch nur ein einziges Wort gewechselt?«

»Als ich neulich im Dorf war, um Mehl zu holen, da hat mich jemand angesprochen, der ...«

Wiebke wandte sich von den beiden Schwestern ab. So würde das jetzt den ganzen Nachmittag weitergehen. Sie winkte Piet zu sich heran und beugte sich zu ihm hinunter. »Ich gehe jetzt in den Garten und fange an, bei den Kartoffeln Unkraut zu ziehen. Dabei könnte ich deine Hilfe gut brauchen«, sagte sie leise.

Piet sah aus seinen großen blauen Augen, die so sehr denen seines Vaters glichen, zu ihr auf und nickte. Dann griff er nach Wiebkes Hand und zog sie aus der Küche. Er ertrug die ewigen Streitereien zwischen Tante Fenna und seiner Großmutter genauso wenig wie Wiebke.

Im Gegensatz zur lebhaften Ike, deren Mundwerk nur selten stillstand, war Piet ein stiller Junge. Einer, der alles in sich hineinfraß, am liebsten für sich allein spielte und vor sich hinträumte. Seit Ostern ging er zur Schule und sog das, was ihm beigebracht wurde, wie ein Schwamm in sich auf, aber er fürchtete sich vor anderen Kindern.

»Die haben ihn auf dem Kieker«, hatte Enno gesagt, als Wiebke ihn gefragt hatte, warum Piet immer neue Ausreden erfand, um sich so lange wie möglich vor dem Weg zur Schule zu drücken. »Da sind ein paar Jungs, die ihn immer ärgern. Weil er so klein ist und sich nicht wehrt, meinen die, sie könnten ihn rumschubsen, wie sie wollen. Aber Gerd und ich passen auf. Wenn's zu schlimm wird, nehmen wir uns die mal zur Brust. Dann ist Ruhe.«

Auch Gerd und Enno besuchten die winzige Schule in Federwardersiel, in der alle Kinder des Dorfes in einem Klassenzimmer zusammengepfercht saßen und von einem ältlichen Fräulein unterrichtet wurden. Gerd hätte mit seinen fünfzehn Jahren eigentlich schon eine Lehre beginnen können, aber weil er in den letzten Jahren durch die vielen Fliegeralarme auf Helgoland und die Flucht so viel Unterricht versäumt hatte, hatte Wiebke darauf bestanden, dass er noch ein Jahr zur Schule ging. Auch wenn er gemurrt hatte, dass es doch peinlich sei, in seinem Alter noch die Schulbank zu drücken, hatte er sich gefügt.

Wiebke half Piet, seine alte, viel zu große Jacke zuzuknöpfen, und band ihm die Schnürsenkel, dann gingen sie zusammen zum Schuppen hinüber, um die Hacke und einen Korb für das Unkraut zu holen.

»Soll Ike uns nicht auch helfen?«, fragte Piet.

Wiebke schüttelte den Kopf. »Die ist noch zu klein dafür. Am Ende reißt sie statt der Quecke noch die Kartoffeln aus.« Sie gab den Korb an Piet weiter, nahm die Hacke in die Linke und griff nach Piets Hand. Gemeinsam gingen die beiden an den Stachelbeer- und Johannisbeerbüschen vorbei zum Kartoffelacker, wo Wiebke in den letzten Wochen alle Kartoffeln, die sie beiseitegelegt hatte, in die tiefschwarze Marscherde eingepflanzt hatte.

Vor ein paar Tagen hatte es Regen gegeben, richtig warmen, lang andauernden Landregen, der dafür gesorgt hatte, dass nicht nur die Kartoffeln, sondern auch das Unkraut in die Höhe geschossen war. Wiebke seufzte und machte sich an die Arbeit.

Vorsichtig hackte sie um die Kartoffelpflänzchen herum und zeigte Piet, wie er das Unkraut aufsammeln und in den Korb legen sollte.

»Das darfst du später an die Hühner verfüttern«, sagte sie. »Die freuen sich.«

Seit dem Malheur mit der dicken Berta mussten die Hühner die meiste Zeit im Verschlag verbringen. Die neue Henne, die wieder den Namen Berta erhalten hatte, hatte noch nicht ein einziges Ei gelegt, aber sie kümmerte sich rührend um ihre drei Küken, die in den letzten vier Wochen schon recht groß geworden waren. In zwei, spätestens drei Monaten würden auch sie Eier legen. Zumindest, wenn es sich nicht um drei Hähne handelte, setzte Wiebke in Gedanken hinzu. Es wurde höchste Zeit, dass Gerd und Enno einen Freilauf für die Hühner bauten. Wiebke hatte schon einen Teil ihres Verdienstes beiseitegelegt, um irgendwo eine Rolle Maschendraht und ein paar Latten kaufen zu können. Gerade Enno hatte Talent darin, etwas aus Holz zu bauen, und war geschickt im Umgang mit Werkzeug. Die Frage war nur, wo sie das Werkzeug herbekommen sollten.

»Sag mal, Piet, haben Gerd und Enno erzählt, was sie am Hafen machen?«, fragte Wiebke wie beiläufig, ohne den Kopf zu heben, und zog weiter die Hacke durch die Erde.

Piet hob eine Handvoll Unkraut auf, schüttelte sorgfältig die Erde ab und legte es dann in den halb vollen Korb. »Sie haben gesagt, es soll eine Überraschung sein«, antwortete er. »Und ich darf nichts verraten, sonst bin ich nicht mehr ihr Freund.«

»Das ist aber ganz schön gemein.«

»Ja.«

»Ist es denn eine schöne Überraschung?«

Piet zuckte mit den Schultern. »Ich glaube schon. Enno hat gesagt, du wirst dich bestimmt freuen, wenn sie jetzt auch arbeiten. So wie Papa früher. Oder wie Opa.«

»Wie Papa früher?«

»Ja. Dann haben wir auch immer genug zu essen, hat Enno gesagt.« Piet bückte sich und hob eine weitere Handvoll Unkraut auf. »Er meint, dass er es nicht ausstehen kann, immer hungrig zu sein. Wenn er im Bett liegt, dann knurrt sein Magen ganz laut. Neulich hab ich es selber gehört. Enno hat gesagt, da ist ein Wolf unter seinem Bett, aber er wollte mich nur veräppeln. Das macht er gern.« Piet zuckte mit den Schultern, zog einen blühenden Hahnenfuß aus dem Grasbüschel in seiner Hand und reichte ihn Wiebke. »Hier, für dich«, sagte er. »Eine Butterblume!«

Wiebke nahm die Blume und steckte sie vorsichtig ins Knopfloch ihrer Bluse. »Das ist lieb von dir, Piet. Schau, viel schöner als eine Brosche aus Gold.«

Der Junge nickte eifrig, und als Wiebke das glückliche Leuchten in seinen blauen Augen sah, zog sich ihr Herz schmerzhaft zusammen. *Genau wie du früher, Jan*, dachte sie und griff eilig nach ihrer Hacke.

Den ganzen Nachmittag verbrachten die beiden auf dem Kartoffelacker, und Piet genoss es augenscheinlich sehr, mit seiner Mutter allein zu sein. Der sonst so stille und in sich gekehrte Junge erzählte, was er am Vormittag in der Schule gelernt hatte, dass die Lehrerin ihn gelobt hatte, weil er so gut rechnen konnte, und dass Thies, der Sohn von Bauer Büsing, wütend seine Tafel durch den Klassenraum geworfen hatte und dafür den Rest der Stunde in der Ecke hatte stehen müssen.

Fleißig und für einen Sechsjährigen sehr ausdauernd sammelte Piet das Unkraut ein, brachte immer wieder den gefüllten Korb in den Hühnerstall und kam wie der Blitz zurückgelaufen, um zu erzählen, wie sehr sich die Hühner über das frische Gras gefreut hätten und was sie zuerst gefressen und was sie liegen lassen hätten.

»Wenn du ihnen einen Gefallen tun willst, dann sammelst du noch ein paar Regenwürmer und Käfer ein«, sagte Wiebke. »Die mögen sie besonders gern. Das ist für die Hühner wie Pudding zum Nachtisch.«

»Aber ich muss dir doch helfen.« Piet schob die Unterlippe vor. »Ich muss das Unkraut aufsammeln. Das hast du selbst gesagt.«

Wiebke warf einen kurzen Blick auf ihre Uhr. »Ich denke, wir hören für heute auf. Es ist schon fast sechs und gleich Zeit fürs Abendbrot. Aber guck, wie weit wir heute schon gekommen sind!« Auf ihre Hacke gestützt sah sie sich zufrieden um. »Das ist schon fast die Hälfte. Wenn du nicht so fleißig gewesen wärst, hätte ich längst nicht so viel geschafft.«

»Wirklich?«

»Ja, wirklich. Du warst eine große Hilfe.« Wiebke musste lächeln, als sie sah, wie Piets Gesicht vor Stolz glühte. »Und jetzt suchst du noch ein paar Puddingwürmer für die Hühner, und ich sammle in der Zwischenzeit das letzte Gras auf.«

Mit Feuereifer machte sich Piet auf die Suche, und als Wiebke zehn Minuten später nach ihm rief, hatte er bereits eine ganze Handvoll dicker Regenwürmer aufgesammelt, die er ihr voller Stolz entgegenstreckte. Vorsichtig legte er seine Beute auf das Gras im Korb, und gemeinsam trugen sie ihn in den Verschlag.

Die Hühner stürzten sich begeistert auf die Würmer, die im Gras versteckt waren. Zwei der Küken stritten sich um den dicksten Regenwurm und zerrten ihn wie ein Gummiband zwischen sich hin und her.

Piet lachte. »Guck mal, Mama! Wie Gerd und Enno, wenn sie beide was haben wollen!«

Oder wie Schwiegermutter und Tante Fenna, dachte Wiebke, aber sie hütete sich, das laut auszusprechen.

»Nanu, wo bleiben Gerd und Enno denn?« Almuth warf einen Blick auf den alten Wecker, der der Familie als Küchenuhr diente, und räumte ihr Flickzeug in ihren Nähkorb zurück. »Sonst sind sie doch immer die Ersten, wenn es Essen gibt.«

Wiebke, die neben Piet gesessen und überwacht hatte, wie der Junge seine Rechenaufgaben mit dem Griffel auf die Schiefertafel malte, hob den Kopf. »Vermutlich haben sie einfach nur die Zeit vergessen,« sagte sie. »Wir können ja noch ein paar Minuten auf sie warten.«

»Nichts da! Mit so was fangen wir erst gar nicht an. Wer nicht pünktlich am Tisch sitzt, bekommt kein Abendbrot. So haben wir es früher auf Helgoland auch immer gehalten.«

Tante Fenna, die Wiebke gegenübersaß und Wollstrümpfe strickte, warf ihr einen vielsagenden Blick zu, verkniff sich aber eine Antwort. »Das ist schöne dicke Wolle, die du mir mitgebracht hast, Deern«, sagte sie stattdessen. »Wenn die bei der Schäferei noch mehr haben, könnte ich für die Kinder zum Winter hin Jacken stricken.«

Wiebke nickte. »Ich frag nach, wenn ich das nächste Mal vorbeikomme.«

Ikes feuerroter Haarschopf tauchte neben Tante Fenna auf. Sie streckte ihr die Puppe entgegen, mit der sie bis eben in der Ecke neben dem Kohlenkasten gesessen und gespielt hatte. »Kannst du für Suse auch Strümpfe stricken, Tante Fenna?«, fragte sie. »Fühl mal, die hat ganz kalte Füße.«

Sofort ließ Tante Fenna ihr Strickzeug sinken und griff nach den Füßen der Puppe. »Stimmt. Eiskalt! Das geht natürlich gar nicht. Da müssen wir was machen, sonst holt sie sich noch eine Lungenentzündung.« Sie zwinkerte lächelnd und strich dem Mädchen die widerspenstigen Haare aus dem Gesicht. »Wenn ich mit den Strümpfen für Gerd fertig bin und noch ein bisschen Wolle übrig habe, stricke ich für Suse auch welche.«

Ike strahlte über das ganze Gesicht.

»Aber du musst gut darauf aufpassen, hörst du? Nicht dass du sie verlierst!«

Die Kleine nickte eifrig. »Die lege ich in meine Kiste.«

Ikes Kiste war eine alte Zigarrenschachtel, in der sie ihre Schätze aufbewahrte – ein paar Muscheln und zwei Möwenfedern, die sie am Deich gefunden hatte.

»Das ist eine gute Idee, Ike. Und jetzt kannst du mir dabei helfen, den Tisch zu decken. Hol schon mal die Brettchen.«

Ike nickte und hopste zum Küchenschrank hinüber. Wiebke sah ihr lächelnd zu.

»Fertig«, sagte Piet neben ihr und zupfte an ihrem Ärmel. Er hob die Schiefertafel hoch und hielt sie ihr vor die Nase. »Guck!«

Wiebke überflog die Zahlenreihen, die er geschrieben hatte. »Fein, mein Junge. Nur etwas mehr Mühe hättest du dir geben können, die letzte Zeile ist ganz krakelig.«

Piet zuckte die Schultern und grinste. »Aber alles richtig. Und das ist die Hauptsache, sagt Enno immer.«

Wiebke seufzte. Einen Moment lang war sie versucht, Piet die letzte Zeile noch einmal schreiben zu lassen, aber Ike stand schon neben ihr, die Brettchen mit beiden Armen an die Brust gepresst. »Also gut«, sagte sie. »Dann räum deine Tafel mal in den Ranzen. Aber vorsichtig, damit nicht alles verwischt.«

Piet sprang auf und brachte seine Tafel in den winzigen Flur hinaus, wo sein ganzer Stolz, ein alter Lederranzen, den Wiebke hatte eintauschen können, an der Garderobe hing.

Sie saßen alle bereits am Tisch, als die Haustür aufgerissen wurde und im Flur lautes Gelächter erscholl.

»Über sein dummes Gesicht komme ich immer noch nicht hinweg«, hörte Wiebke Gerd sagen. »Am liebsten hätte er gekniffen, das glaub mal.«

»Konnte er aber ja schlecht, weil alle mitbekommen haben, was er uns versprochen hat«, antwortete Enno.

»Genau! Und das hat ihn besonders gewurmt.«

Die Tür zur Küche öffnete sich, und die beiden Brüder traten ein. Offenbar waren sie bester Laune.

»Wo kommt ihr denn jetzt her?«, fragte Wiebke.

»Es ist schon fast halb acht, und wir essen pünktlich um sieben«, fügte Almuth streng hinzu. Sie nahm sich eine Scheibe Brot und schmierte ein winziges Stück Margarine darauf.

»Haben wir doch erzählt. Wir waren am Hafen«, sagte Gerd entrüstet. »Und wir haben was mitgebracht.«

Erst jetzt bemerkte Wiebke den kleinen Zinkeimer, den Gerd triumphierend hochhielt, ehe er ihn mitten auf den Küchentisch stellte. Sie reckte den Kopf, um hineinsehen zu können.

»Da staunst du, was? Drei fette Makrelen.« Gerd strahlte über das ganze sommersprossige Gesicht. »Und das Beste daran: Die sind selbst gefangen mit unserem eigenen Boot!«

Wiebke zog die Augenbrauen hoch und schüttelte verständnislos den Kopf. »Wie, eigenes Boot?«

»Wirklich, Wiebke!«, rief Enno. »Wir beide, Gerd und ich, haben jetzt 'ne kleine Segeljolle, und sie gehört wirklich uns. Haben wir geschenkt bekommen.«

Wiebke lehnte sich zurück und verschränkte die Arme vor der Brust. »Ihr wollt mich wohl veräppeln! Wer sollte euch denn eine Jolle schenken?«

»Genau! Wir kennen die Leute hier doch gar nicht. Niemand würde einem Fremden ein Boot schenken.« Almuth sah die Jungen misstrauisch an. »Oder ist das wieder eine eurer Lügengeschichten und ihr habt die Makrelen gestohlen?«

»Gestohlen? Nun hör aber mal auf, Tante Almuth!«, rief Gerd empört. »Ich würde nie einem anderen Fischer den Fang klauen.«

»Wär ja nicht das erste Mal, dass ihr zwei so was macht. Wie war das letzten Sommer mit den Äpfeln, die ihr bei den Bauern aus der Nachbarschaft habt mitgehen lassen? Einmal ein Dieb, immer ein Dieb.«

»Das war doch was völlig anderes.«

»Wieso war das was anderes? Wenn ich noch an den Ärger denke, den wir euretwegen hatten! Von Haus zu Haus gehen zu müssen, um zu Kreuze zu kriechen, was für eine Schande! Gar nicht auszudenken, wenn das hier auch wieder losgeht. Mit den neuen Nachbarn können wir es uns nicht sofort verderben, sonst ...«

»Nun lass gut sein, Almuth«, unterbrach Tante Fenna den Redeschwall. »Das war ein Dummejungenstreich und ist Schnee von gestern. Lass die beiden erst mal in Ruhe erzählen.«

Enno warf ihr einen dankbaren Blick zu, während Gerd Almuth noch immer wütend anfunkelte.

Als keiner der Jungen etwas sagte, stand Wiebke auf und holte ihren Brüdern Teller und Besteck. Wortlos setzten sie sich und begannen zu essen.

Fenna stupste ihre Schwester an. »Lass uns die Kleinen zu Bett bringen, Almuth«, sagte sie. »Dann kann Wiebke in Ruhe mit den beiden sprechen.«

Almuth öffnete den Mund, um zu protestieren, aber zu Wiebkes Verblüffung überlegte sie es sich anders und nickte nur.

Als die beiden Frauen mit Ike und Piet hinausgegangen waren, setzte sich Wiebke zu ihren Brüdern an den Tisch. »Also? Dann mal raus mit der Sprache, was ist das für eine Geschichte mit der Segeljolle?«, fragte sie. »Und wie seid ihr an die Makrelen gekommen?« Sie zeigte auf den Zinkeimer, der noch immer mitten auf dem Tisch stand.

»Die haben wir heute Nachmittag selbst geangelt, ganz ehrlich. Nicht geklaut, auch wenn *sie* das sicher nicht glauben wird.«

Gerd machte eine Kopfbewegung in Richtung Tür, durch die Almuth gerade verschwunden war. »Immer das Gleiche! Egal, was wir machen, es ist immer verkehrt.«

»Selbst geangelt also«, stellte Wiebke fest. Sie war entschlossen, sich auf kein Ablenkungsmanöver einzulassen. »Und woher hattet ihr Köder und Schnur?«

»Die hat uns der alte Cordes gegeben«, sagte Enno kauend. »Du weißt schon ... Der alte Fischer, der auf der anderen Seite vom Hafenbecken wohnt. Sonst wäre aus der Wette nichts geworden.«

»Welche Wette?«, fragte sie verständnislos.

»Die wollten nicht glauben, dass wir die alte Jolle wieder flottkriegen«, erklärte Enno. »Aber ich habe gesagt, dass wir das schaffen. Und da ...«

»Du musst das schon richtig erzählen«, unterbrach ihn Gerd. »Die Jolle lag in einem halb verfallenen Bootsschuppen unter jeder Menge Gerümpel. Die hat wohl schon jahrelang niemanden mehr interessiert. Der alte Cordes meinte, die Jolle habe einem der Fischer gehört, die im Krieg mit ihrem Kutter als Minensucher unterwegs waren und nicht zurückgekommen sind. Und dann hatten wir die Idee, wir könnten versuchen, die Jolle wieder flottzumachen.« Gerd langte nach einer zweiten Scheibe Brot. »In dem Schuppen lagen Planken genug herum, und Enno meinte, er würde das schon hinbekommen.«

»Aber als wir angefangen haben, stand plötzlich dieser Kerl von der Genossenschaft im Bootsschuppen, de Buhr heißt der, und meinte, das dürften wir nicht. Die Jolle würde ihm gehören«, erzählte Enno weiter.

»Nein, er meinte, sie sei Eigentum der Genossenschaft und wir sollten die Finger davon lassen«, berichtigte Gerd seinen Bruder. »Der alte Cordes, der ja den ganzen Tag am Hafen rumsitzt, wenn er nicht mit seinem Kutter draußen ist, kam dazu und sagte: ›Lass es die Jungs doch versuchen. Noch mehr kaputt machen können sie nicht bei dem ollen Ding!‹ Aber de Buhr wollte nichts davon hören. Erst als noch ein paar andere Fischer auftauchten, die auch meinten, er solle es uns probieren lassen, hat er nachgegeben. ›Also gut‹, hat er gesagt, ›sollen sie ihr Glück versuchen. Aber dann auch ordentlich! Sie müssen das Boot wieder so flottmachen, dass man damit Fische fangen kann. Dann können sie es meinetwegen sogar behalten.‹ Und der alte Cordes hat gesagt: ›Das ist ein Wort, Onno! Wenn die Jungs damit Fische fangen, dann gehört die Jolle ihnen. Schlag ein!‹« Gerd lachte. »Der hat vielleicht blöd geguckt. Aber weil die anderen Fischer alle drumherum standen, konnte er nicht zurück, so gern er auch gewollt hätte. Also hat er Cordes die Hand darauf gegeben.«

»Über vier Wochen haben wir gebraucht«, fuhr Enno fort. »Und wir wären jetzt noch nicht fertig, wenn der alte Cordes uns nicht beim Teeren geholfen hätte. Er hat uns außerdem das Segel und die Angelschnur gegeben und uns verraten, wo wir am besten auf Makrelen gehen können. Ja, und heute war dann endlich der große Tag: Wir haben das Boot zu Wasser gelassen und sind rausgesegelt. Gerd hatte die ganze Zeit Angst, dass wir nichts fangen. Hat auch eine ganze Weile gedauert, bis mal einer angebissen hatte. Gerade als wir aufgeben wollten, hat es doch noch geklappt.«

Gerd lehnte sich zurück und grinste über das ganze sommersprossige Gesicht. »Als wir wieder in den Hafen geschippert sind, standen bestimmt zehn Fischer am Kai und haben auf uns gewartet. Für die war es offensichtlich ein Fackelzug mit Blasmusik, dass de Buhr die Wette verloren hat und uns das Boot geben musste.«

Wiebke sah von einem ihrer Brüder zum anderen und lächelte. Wie sehr sie sich freuten, wie stolz die beiden waren!

Gerd, mit seinen rotblonden, kurz geschorenen Haaren und den tiefen Grübchen in den Wangen, war in dem einen Jahr, seit sie von Helgoland evakuiert worden waren, groß und erwachsen geworden. Die Ähnlichkeit zu Papa war verblüffend. Die gleiche Haltung, die gleiche gedrungene Statur, der gleiche gewitzte Blick. Es versetzte Wiebke einen schmerzhaften Stich, Gerd anzusehen und ihren Vater dabei zu vermissen.

Enno hingegen glich mehr der Mutter. Dunkle, wellige Haare, blaue Augen, die immer etwas nachdenklich in die Welt schauten, ein schmales Gesicht mit hohen Wangenknochen. Er war groß für sein Alter, hatte Gerd schon beinahe eingeholt und würde sicherlich noch ein gutes Stück wachsen. Seine schmalen Hände mit den langen, geschickten Fingern ruhten jetzt vor ihm auf dem Tisch, aber sobald er zu reden begann, unterstrichen sie jedes seiner Worte. Ein Zappelphilipp war er, einer, der nie still sitzen konnte. Einer, der im Kopf schon immer zwei Sätze weiter war als bei dem, was er gerade sagte. Er war schon als kleines Kind so gewesen. Damals, als Wiebkes Mutter krank geworden und schließlich am Krebs gestorben war, der ihren Körper zerfressen hatte.

Wiebke hatte wieder das Bild vor Augen, wie sie mit ihren Brüdern vor Mamas Bett gestanden hatte, Gerds warme, feuchte Hand in ihrer Rechten, den vierjährigen Enno auf dem Arm. Mama hatte die Jungen noch einmal sehen wollen und sich alle Mühe gegeben, trotz ihrer Schmerzen zu lächeln. »Pass immer gut auf deine Brüder auf, wenn ich nicht mehr da bin, hörst du?«, hatte sie zu Wiebke gesagt. »Versprich mir das.«

Weil sie vor den Jungen nicht weinen wollte, hatte Wiebke nur genickt. Als in jener Nacht die Ebbe ihren tiefsten Punkt erreichte, war Mama gestorben, und von einem Tag auf den anderen hatte Wiebke erwachsen sein müssen, obwohl sie doch gerade erst siebzehn geworden war. Sie hatte den Haushalt geführt und gekocht, sich um die Pensionsgäste gekümmert und auf ihre Brüder aufgepasst. Während die anderen Jugendlichen ins Tanzlokal gingen, hatte sie mit Gerd Lesen und Rechnen geübt, mit Enno Türme aus Bauklötzen errichtet oder die zerrissenen Hosen der beiden geflickt. Aber trotz allem war es eine schöne Zeit gewesen. Papa war oft zu Hause geblieben und hatte nicht mehr den Winter über auf einem der Dorschfänger angeheuert. Und wenn er zu seinen Hummergründen hinausfuhr, dann nahm er die Jungen, so oft es ging, auf seinem Boot mit und brachte ihnen alles bei, was er übers Fischen wusste.

Wiebke hatte nichts vermisst. Aus Tanzen hatte sie sich nie viel gemacht, und mit den jungen Leuten, die mit ihr zur Schule gingen, hatte sie nicht viel gemein. Außer natürlich mit Jan, aber der hatte sie jeden Tag besucht und ihr geholfen, wo er nur konnte.

Doch Mama, dachte sie, während sie ihre Brüder betrachtete. *Ich habe mein Versprechen gehalten, und wenn du sie heute sehen könntest, du wärst ebenso stolz auf deine beiden Jungs wie ich.*

Kapitel 6

»So, fertig für heute!«, murmelte Wiebke, trocknete die Suppenkelle ab und legte sie in die Schublade des Küchenschranks zurück.

Sie sah sich noch einmal in der kleinen Küche des Hauses um, das Captain Watson bewohnte, um sicherzugehen, dass sie nichts vergessen hatte. Eilig wischte sie die letzten Wassertropfen aus dem Spülstein und stellte den Topf mit der Kartoffelsuppe auf die hinterste Ecke des Kohleherds, wo sie warm bleiben würde, bis Captain Watson und Anderson am Abend essen würden. Die Küchenuhr zeigte halb vier. Wenn sie sich beeilte, könnte sie in einer Dreiviertelstunde zu Hause sein und noch die Makrelen ausnehmen, die ihre Brüder gestern mit nach Hause gebracht hatten.

Schon wieder Makrelen! Wiebke war nicht wählerisch mit dem Essen, aber so ganz allmählich hing ihr gebratene Makrele zum Hals heraus.

Vielleicht, wenn ich irgendwo einen großen Blecheimer bekommen könnte, oder besser noch eine alte Tonne, dann könnten wir die Makrelen räuchern. Was meinst du, Jan?, dachte sie. *Räucherfisch mochtest du doch immer so gern.*

Wiebke lächelte, während sie tief in Gedanken versunken in den Flur hinausging und ihr das Bild vor Augen stand, wie sie früher zusammen mit Jan hinter Opa Johns Haus den kleinen Räucherofen in Gang gehalten hatte.

Makrele, Heilbutt, Schillerlocke, Bückling … Manchmal auch Schellfisch, aber der war immer so trocken. Und dann haben wir frisches Brot und Butter dazu gegessen.

»Ich kann Sie nach Haus fahren. Ich muss sowieso nach Fedd...siel.«

Wiebke, die gerade im Begriff war, ihren Mantel von der Garderobe zu nehmen, drehte sich um. Captain Watson lehnte in der Tür zum Wohnzimmer und lächelte. Er kam auf sie zu, nahm ihr den Mantel aus der Hand und hielt ihn ihr hin.

»Das ist wirklich nicht nötig, Sir«, sagte sie. »Ich kann ebenso gut laufen. Das macht mir nichts aus.«

»Es macht keine Umstände. Ich muss zur Genossenschaft im Hafen, um etwas zu klären. Da kann ich sie zu Hause absetzen.« Er nahm sein Barett von der Hutablage und setzte es auf. Nach einem prüfenden Blick in den Spiegel öffnete er die Haustür. »Jedenfalls, wenn Sie sich meinen Fahrkünsten anvertrauen wollen«, fügte er mit einem Augenzwinkern hinzu und ließ ihr den Vortritt.

Es war ein strahlender Mainachmittag. Die Sonne, die hoch am Himmel stand, hatte schon viel Kraft. Nur der Wind, der von See her wehte und hoch aufgetürmte Wolken vor sich hertrieb, war noch kühl, aber er trug schon den Geruch von Sommer in sich. Wiebke zog den Mantel enger um sich und genoss die Fahrt im offenen Jeep vorbei an blühenden Wiesen, auf denen Kühe grasten. Watson fuhr langsam und umsichtig für seine Verhältnisse, vielleicht aus Rücksicht gegenüber Wiebke.

Eine Weile schwiegen beide. Erst als sie durch Burhave fuhren, räusperte sich Watson. »Ich bin sehr zufrieden mit Ihrer Arbeit«, sagte er unvermittelt. »Ich wollte Ihnen das schon lange sagen, aber irgendwie hat sich nicht die Gelegenheit dazu ergeben.«

Wiebke sah erstaunt zu ihm hinüber. Bislang hatte er sich nie in diese Richtung geäußert. Seit sie in seinem Haus arbeitete, hatte sie ihn kaum zu Gesicht bekommen. Meist war er schon unterwegs, wenn sie am Morgen kam, um das Haus in Ordnung zu bringen, und kehrte erst zurück, wenn sie am Nachmittag wieder gegangen war. In der Regel hatte sie ausschließlich mit Anderson zu tun, seinem Adjutanten, der mit ihr zum Einkaufen nach Burhave und zu den umliegenden Bauernhöfen fuhr. Er war ein netter Kerl, aber mit seinen gerade mal zwanzig Jahren noch ziemlich grün hinter den Ohren. Regelmäßig ließ er sich von den Bauern beim Feilschen über den Tisch ziehen. Seit sie gehört hatte, was er bislang für eine Kanne Milch bezahlt hatte, bestand Wiebke darauf, ihn zu begleiten.

Watson warf ihr einen kurzen Blick zu und lächelte. »Nun schauen Sie nicht so erschreckt, Mrs Hansen. Ich meine das ernst. Das Haus blitzt geradezu, und das, was sie für uns kochen, ist in der Regel auch sehr gut. Manchmal etwas ungewohnt für den britischen Geschmack, aber schmackhaft. Bis auf ...«

»Dicke Bohnen«, ergänzte Wiebke mit einem breiten Grinsen.

»Bis auf dicke Bohnen.« Watson lachte, und in seinen Augenwinkeln bildeten sich kleine Falten. »Wie Sie das durch die Kehle bekommen, ist mir wirklich ein Rätsel.« Er schüttelte sich, behielt aber das Lenkrad dabei fest in den Händen.

»Ich verspreche, ich werde keine mehr kochen.«

»Verbindlichsten Dank!« Er nickte ihr lächelnd zu, ehe er sich wieder auf die Fahrbahn konzentrierte. »So ganz uneigennützig ist es übrigens nicht, dass ich vorgeschlagen habe, Sie nach Hause zu fahren. Ich habe mich gefragt, ob ich Sie wohl um einen Gefallen bitten könnte.«

»Einen Gefallen?«

»Ja.« Sie hatten Burhave hinter sich gelassen und bogen auf die Straße ab, die am Siel entlang zum Fedderwardersieler Hafen führte. »Ich muss mit dem Vorsitzenden der Fischereigenossenschaft über ein paar Dinge sprechen und hätte Sie gern als Dolmetscherin dabei. Es wird nicht lange dauern, vielleicht eine Viertelstunde, sicher nicht viel länger. Wenn Sie vorher zu Hause Bescheid geben wollen, fahre ich Sie schnell dort vorbei.«

»Nein, das ist nicht nötig. Meine Familie erwartet mich nicht vor fünf Uhr zurück. Ich denke nur ...«

»Ich könnte verstehen, wenn Sie ablehnen«, unterbrach er sie. »Immerhin sind die Fischer Ihre Nachbarn, und wenn Sie mich begleiten und für mich übersetzen, sieht das aus, als würden Sie meine Meinung vertreten.« Wieder musterte er sie kurz von der Seite. »Wie ein Kollaborateur«, fügte er hinzu. »Ich würde nicht fragen, aber die Sache ist wirklich wichtig, und wenn die Fischer in ihrem Dialekt reden, dann verstehe ich nicht einmal die Hälfte von dem, was sie sagen.«

Wiebke starrte durch die Windschutzscheibe und sah den Deich immer näher kommen. »Kollaborateur ...«, murmelte sie. So hatten die Leute auch ihren Vater genannt. Damals, kurz bevor die britischen Flieger die Insel in Schutt und Asche gelegt hatten. Mitten in der Nacht war die SS gekommen und hatte ihn aus dem Haus geholt und weggebracht.

Gedankenverloren strich Wiebke über die alte Armbanduhr, die sie am linken Handgelenk trug. Papas Uhr. »Doch«, hörte sie sich selbst antworten. »Natürlich kann ich für Sie übersetzen, wenn Sie es möchten.« Sie räusperte sich, um ihre raue Kehle wieder frei zu bekommen. »Ich habe keine Angst davor, dass mich jemand einen Kollaborateur nennt. Nicht, wenn es wichtig ist.«

Onno de Buhr, der Vorsitzende der Fischereigenossenschaft, wartete bereits, als Watson den Jeep in der Nähe des Hafenbeckens abstellte. Der stämmige kleine Mann Anfang fünfzig stand breitbeinig vor der Halle, kaute auf seiner kalten Tabakpfeife herum und sah ihnen finster entgegen. Statt dem Offizier die Hand zu geben, tippte er sich nur an die Fischermütze und nickte Wiebke zu, als Watson sie vorstellte. Ins Haus bat er sie nicht. Er habe nicht viel Zeit, meinte er. Die Kutter seien auf dem Weg zurück, und da müsse er ein Auge drauf haben.

Bis die ersten Schiffe sichtbar wurden, verging aber noch beinahe eine halbe Stunde, in der Wiebke neben den beiden Männern stand und, so gut sie konnte, übersetzte, was Captain Watson dem Vorsitzenden der Genossenschaft zu sagen hatte. Hauptsächlich ging es um die bisherigen Fangmengen und darum, dass die Fischer jetzt verstärkt Krabben fischen sollten, die in der Darre, einer vor dem Krieg gebauten Trocknungsanlage, haltbar gemacht werden sollten.

»Ich kann den Fischern nicht vorschreiben, was sie fangen sollen«, knurrte de Buhr missmutig. »Wer soll es ihnen verdenken, dass sie zuerst an sich selbst denken? Wenn sie auf Fisch gehen, können sie auch welchen für die eigene Pfanne fangen. Wer soll ihnen denn den Granat abnehmen? Dafür kriegen sie doch nichts!«

»Die Krabben werden bezahlt«, übersetzte Wiebke die Antwort des Captains. »Und es wird dafür mehr Diesel geliefert.«

De Buhr nahm die Pfeife aus dem Mund und spuckte auf den Boden. »Mehr Diesel!« Er schnaubte durch die Nase. »Solche Sprüche kenn ich! Das glaub ich nicht eher, als bis ich es sehe.«

Wiebke warf ihm einen warnenden Blick zu. »Soll ich das wirklich so übersetzen?«, fragte sie vorsichtig.

»Meinetwegen können Sie dem Tommy das ruhig so sagen. Ist doch eine Schande, was hier abläuft! Die Fischer müssen so viel von ihrem Fang abliefern, dass ihnen zum Leben zu wenig bleibt und zum Sterben zu viel. Und ich soll sie bespitzeln, damit sie man bloß nicht einen mageren Hering zu viel für sich behalten, sonst muss ich ihnen den Diesel kürzen. Und wie sollen sie dann rausfahren? Sollen sie etwa rudern?« De Buhrs wasserblaue Augen waren zu schmalen Schlitzen zusammengezogen und sprühten Funken. »Ja, Deern, sag ihm das man ruhig!«, rief er aufgebracht. Dass er Wiebke jetzt duzte, schien ihm gar nicht aufzufallen. »Ich habe keine Angst vor dem Tommy. Soll er mich doch festnehmen! Ich bin gewählt worden, damit ich für die Fischer rede, und genau das mach ich auch.«

Nein, Angst schien de Buhr wirklich nicht zu haben. Er steckte die geballten Fäuste in die Hosentaschen und sah Captain Watson herausfordernd an. Wiebke überlegte, wie sie das, was der Fischer gesagt hatte, übersetzen sollte, ohne Watson zu provozieren, doch der Brite hatte offenbar jedes Wort verstanden.

»Es geht nicht darum, jemandem etwas vorzuschreiben und schon gar nicht darum, die Fischer zu schikanieren«, sagte er sehr ruhig auf Englisch. Sein Gesicht blieb freundlich, nur die tiefe senkrechte Falte über seiner Nasenwurzel verriet, wie angespannt er war. »Das Problem ist, dass wir die Bevölkerung ernähren müssen.« Er sah zu Wiebke und wartete, bis sie für de Buhr übersetzt hatte, ehe er fortfuhr: »Fisch kann hier vor Ort nicht weiterverarbeitet werden, und roh ist er nicht weiter zu transportieren als bis nach Nordenham oder höchstens bis nach Bremen. Das nutzt uns nicht viel. Die getrockneten Krabben dagegen sind lange haltbar, leicht zu transportieren und geben sehr gutes Viehfutter ab. Wenn wir den Hunger in den Städten in den Griff bekommen wollen, müssen wir dafür sorgen, dass die Menschen auch Fleisch bekommen.«

De Buhr nickte anerkennend. »Das klingt vernünftig«, sagte er an Wiebke gewandt, nachdem sie ihm Watsons Worte übersetzt hatte. »So viel Verstand hätte ich einem Tommy-Offizier gar nicht zugetraut.«

Wiebke warf de Buhr einen schnellen Blick zu und schüttelte unmerklich den Kopf. Watson mochte ein geduldiger Mann sein, aber sie bezweifelte, dass er sich de Buhrs Beleidigungen noch lange gefallen lassen würde. »Er meint, das sei ein vernünftiger Vorschlag«, sagte sie auf Englisch, sah aber an der hochgezogenen Augenbraue des Offiziers, dass er durchaus auch den zweiten Teil von de Buhrs Bemerkung verstanden hatte.

»Sehr gut«, sagte Watson unverändert höflich. »Ich rechne damit, dass er die anderen Fischer umgehend informiert.«

De Buhr versprach, für den nächsten Tag eine Versammlung der Genossenschaft einzuberufen, ehe er dem britischen Offizier zu Wiebkes Verblüffung seine Rechte entgegenstreckte. »Nichts für ungut«, sagte er, »aber eine Frage habe ich noch. Wie sieht es mit Fisch für die eigene Pfanne aus? Dürfen die Männer ihren Fang behalten, oder müssen sie den weiter abliefern?«

»Solange die Fangmengen bei den Krabben stimmen, können wir darüber hinwegsehen, denke ich.« Watson ergriff die Hand, die ihm entgegengestreckt wurde. »Aber wenn der Fisch für die eigene Pfanne auf dem Schwarzmarkt landet, hat meine Nachsicht sofort ein Ende.«

Ein breites Lächeln erschien auf dem Gesicht des Fischers. »Da habe ich schon ein Auge drauf, das können Sie mir glauben.«

Während Wiebke die Verhandlungen der beiden Männer über die genauen Fangmengen und die anstehende Diesellieferung übersetzte, ließ sie ihren Blick über das leere Hafenbecken und den Priel schweifen, der zur Fahrrinne der Weser führte. Die ersten Kutter kamen in Sicht, und mitten zwischen ihnen ein kleines Segelboot mit einem schmutzstarrenden gelb-braunen Rahsegel. Ihre Brüder hatten offensichtlich schon wieder die Schule geschwänzt, um fischen zu gehen. Sie beschloss, ein ernstes Wörtchen mit ihnen zu reden. Ihre Schwiegermutter hatte recht, die beiden tanzten ihr immer mehr auf der Nase herum.

Lass sie doch, hörte sie Jans Stimme in ihrem Kopf. *Sie sind so stolz darauf, dass sie auch was zu essen auf den Tisch bringen. Und sieh nur, wie sie segeln können!*

Das kleine Boot schoss mit geblähtem Segel an einem alten blauen Kutter vorbei, der sich mit knatterndem Motor den Priel hinaufkämpfte und eine dunkle Rußwolke hinter sich herzog. Erst kurz vor dem Hafen refften die beiden Jungen das Segel, und der verbliebene Schwung reichte noch genau bis zum Holzsteg, der ins Hafenbecken ragte.

»Verflixte Bande!«, brummte Onno de Buhr, der das gewagte Manöver ebenfalls gespannt verfolgt hatte. »Aber mit dem Boot können die Jungs umgehen, das muss man ihnen lassen.«

»Sie hatten einen guten Lehrmeister.« Wiebke lächelte bei der Erinnerung daran, wie ihr Vater Gerd und Enno in seinem Boot voller Reusen zu den Hummergründen mitgenommen hatte. »Den allerbesten.«

Gerd sprang von Bord auf den Steg und machte das Segelboot sorgfältig fest, während Enno sich bückte, um die offenbar schwere Holzkiste mit ihrem Fang auf den Steg zu wuchten, ehe er ebenfalls hinaufkletterte. Jetzt bemerkte Gerd seine Schwester. Er deutete mit der Hand auf sie, und Enno winkte ihr zu.

»Wer sind die beiden?«, fragte Captain Watson.

»Das sind meine jüngeren Brüder. Gerd und Enno Rieker.«

»Ich wusste nicht, dass Ihre Brüder Fischer sind.«

»Eigentlich sollten sie in der Schule sein, aber seit sie dieses Boot haben …«

Als de Buhr Wiebke fragend ansah, übersetzte sie das kurze Gespräch mit Captain Watson.

»Die beiden sind die geborenen Fischer«, sagte de Buhr mit Nachdruck. »Und sie liefern ihren Teil des Fanges genauso ab wie alle anderen auch. Muss ja alles seine Richtigkeit haben, hier am Hafen, sonst gibt es böses Blut.« Er nahm seine Mütze ab und kratzte sich am Kopf. »Aber ich habe keine Ahnung, wie die Jungs mit ihrem Boot Granat fangen sollen. Da muss ich mal in Ruhe drüber nachdenken. Wird mir schon was einfallen.«

Inzwischen hatte auch der blau gestrichene Kutter, den die Jungen eben mit der Jolle überholt hatten, den Kai erreicht. Vorn im Bug stand ein hochgewachsener Mann und starrte zu Wiebke und ihren Begleitern herüber. Den Tampen, mit dem er den Kutter am Poller festmachen wollte, hatte er in der Rechten, während er sich mit der Linken an der Reling festhielt. Er mochte um die vierzig sein und war von so hagerer Gestalt, dass sein schmutziger grauer Pullover geradezu um ihn herumschlotterte. Die dunkelblonden Haare, am Scheitel von der Sonne ausgeblichen, hatten offenbar lange Zeit weder Kamm noch Schere gesehen, und ein fusseliger, ungepflegter Bart bedeckte sein schmales Kinn.

»Ah, die *Margarethe* ist da«, stellte de Buhr fest. »Da will ich mal schnell beim Festmachen helfen. Der junge Cordes ist mit seinem Holzbein nicht so fix.« Er nickte Wiebke zu und streckte Captain Watson noch einmal seine Rechte hin. »Wir sind ja auch so weit durch, nicht wahr?«

Watson schüttelte de Buhr die Hand. »Ja, wir sind durch. In ein paar Tagen ich werde wiederkommen und hören, was die Fischer haben gesagt«, antwortete er langsam auf Deutsch. »Und ich werde Mrs Hansen mitbringen zu übersetzen.«

De Buhr nickte grinsend, tippte sich an die Mütze und marschierte zu dem Kutter hinüber, um dem jungen Cordes das Tau abzunehmen.

Aus der Kajüte des Kutters war inzwischen ein alter Fischer herausgetreten, der de Buhr wortreich begrüßte. Der junge Cordes hingegen stand noch immer bewegungslos im Bug und sah unverwandt zu Wiebke und Captain Watson herüber. Seine Stirn lag in Falten, die Lippen waren zu einem Strich zusammengepresst, während seine Augen Funken sprühten.

Noch nie in ihrem Leben hatte Wiebke einen so hasserfüllten Blick gesehen wie diesen.

Kapitel 7

»Und alles nur wegen der Tommys!«, brummte Freerk missmutig.

Er stand neben der Winde und wartete darauf, dass Onkel Emil ihm das Zeichen gab, die feinmaschigen Netze hochzukurbeln, die über den Wattboden gezogen wurden und in denen sich die Krabben verfingen. Früher hätten sie den Fang gesiebt und nur die dicken Krabben in dem Kessel mit Meerwasser gekocht, der mitten auf Deck vor sich hin blubberte. Alles, was durch das Sieb fiel, hätten sie wieder über Bord geworfen und zugesehen, wie sich die Möwen über die Mickerlinge, die Muscheln, Seesterne und kleinen Fische, hermachten. Aber jetzt wanderte alles in den Bottich, wurde abgekocht und dann in die Fangkörbe gekippt. Gammelfischerei nannte sich das, und genau so roch es auch.

Verdammte Tommys!

Eine Woche war es her, dass der britische Offizier bei de Buhr in der Genossenschaft aufgetaucht war und befohlen hatte, dass sie künftig wieder gammelfischen und den kompletten Fang zum Trocknen zur Darre bringen sollten. Die meisten Fischer waren ganz froh, endlich die Netze an den Auslegern zu befestigen, um Granat zu fangen. Auch Onkel Emil schien ganz in seinem Element zu sein, wenn er die glasigen Krabben in den Kessel schaufelte, um Minuten später den rotbraunen Granat wieder herauszufischen.

Der Einzige, der unzufrieden und mürrisch war, war Freerk. Er hatte sich auf der Versammlung der Genossenschaftsfischer gegen den Vorschlag des britischen Offiziers ausgesprochen, obwohl er dort nicht einmal eine Stimme hatte. Ihm ging es entschieden gegen den Strich, sich dem Willen der Besatzungsmacht zu beugen. Sollten die anderen doch diesem Tommy, der so großspurig am Hafen gestanden hatte, in den Hintern kriechen, so wie Onno de Buhr es tat. Freerk weigerte sich, vor dem uniformierten Lackaffen zu buckeln. Da konnte der zwölfmal gesagt haben, die Fischer könnten zukünftig den ganzen Fisch, den sie im Netz hatten, für den eigenen Bedarf behalten. Das war alles nur ein Täuschungsmanöver, um die Fischer gefügig zu machen. Der Tommy schmierte ihnen doch nur Honig um den Bart. Auch der zusätzliche Diesel, den man ihnen versprochen hatte, würde sich bestimmt als Augenwischerei herausstellen, da sollte sich keiner was vormachen.

Onkel Emil drosselte das Tempo der *Margarethe* und streckte den Kopf aus dem Kajütenfenster. »Kannst loslegen, Jung!«, rief er, und Freerk bückte sich, um an der Winde zu kurbeln.

Langsam begannen sich die beiden hölzernen Ausleger zu heben, und die feinmaschigen Fangnetze wurden aus dem Wasser gezogen. Die trichterförmigen Netze waren so gut gefüllt, dass Onkel Emil einen anerkennenden Pfiff ausstieß.

»Das sind mindestens zwei Kisten voll!«, sagte er grinsend. »Da haben wir genug für heute und können uns zeitig wieder auf den Heimweg machen.«

Gemeinsam hievten sie das Netz über die Reling, Onkel Emil zog an dem Seil, mit dem einer der Trichter verschlossen war, und ein Schwall von Krabben, Muscheln und kleinen Fischen ergoss sich auf Deck.

»Dann wollen wir mal«, sagte Onkel Emil und griff nach der großen Schaufel, um den Fang damit in den Kessel zu befördern.

Eine Weile lang waren die beiden Männer so mit ihrem Fang beschäftigt, dass ihnen nichts Ungewöhnliches auffiel. Erst als

Freerk mit einem riesigen Schöpflöffel die letzten Krabben aus dem brodelnden Wasser fischte, bemerkte er, wie düster es auf einmal geworden war. Er richtete sich auf und drehte sich um. Eine kalte Windböe peitschte Gischt in sein Gesicht

»Ach, du Scheiße!«, stieß er hervor. »Lass uns bloß sehen, dass wir zurück in den Hafen kommen, Onkel Emil.« Er deutete zum Horizont. »Hast du so was schon mal gesehen?«

Eine blauschwarze Gewitterwolke hatte sich vor die Sonne geschoben und bedeckte den halben Himmel. Wo die bleischweren Regenwolken bereits ihre Last abzuwerfen begonnen hatten, verschwamm der Horizont. Für einen kurzen Moment fielen ein paar letzte Sonnenstrahlen auf die hoch aufgeschossenen Wolkentürme und tauchten sie in unwirkliches gelbes Licht. Dann wurde es schlagartig dunkel.

Die riesige Wolke, die die Sonne verdeckte, war in Bewegung geraten. Sie schien sich langsam um sich selbst zu drehen, während sie immer tiefer in Richtung Wasseroberfläche sank. Jetzt zuckte ein Blitz aus der Wolke, faserte sich auf und schlug ins Wasser ein. Nur Sekunden später dröhnte der Donner über die beiden Männer auf dem Kutter hinweg.

»Teufel auch, ich hätte es wissen müssen!«, knurrte Onkel Emil und verzog das Gesicht. »Mit tun schon seit gestern alle Knochen weh, da schlägt das Wetter um. Das sieht nicht gut aus. Lass uns bloß sehen, dass wir hier wegkommen, Jung! Wenn sich das Gewitter so eindreht, ist es tückisch. Mach du das Feuer aus und den Kessel leer.« Er zeigte auf den großen Bottich. »Nicht dass uns das heiße Zeug übers ganze Deck schwappt, wenn der Sturm erst mal losgeht. Ich kümmere mich um die Fangkisten.«

Mit großer Mühe zerrte Onkel Emil die vier gefüllten Kisten zur Reling, breitete ein Segeltuch darüber aus und zurrte alles mit ein paar Tauen an den dafür vorgesehenen Metallringen fest. Freerk löschte das Feuer unter dem Kessel mit einem Eimer Wasser und öffnete dann den Hahn unten an dem Bottich. Noch ehe die trübe Flüssigkeit vollständig durch den Schlauch ins Meer geflossen war, schlugen die ersten Hagelkörner auf die Deckplanken. Freerk zog den Kopf zwischen die Schultern und humpelte, so schnell er konnte, zu Onkel Emil in die Kajüte. Er verwünschte sich, weil er den Südwester nicht mitgenommen hatte, aber in den letzten Tagen war es sonnig und warm gewesen. Wer hätte damit rechnen können, dass es ein solches Unwetter geben und er eine wetterfeste Kopfbedeckung brauchen würde?

Inzwischen heulten Sturmböen um den Kutter und peitschten die Wellen so hoch, dass die Gischt über das Deck schwappte. Der Hagel prasselte an das Kajütenfenster, als würde jemand mit voller Wucht Kiesel dagegenwerfen. Onkel Emil umklammerte das Steuerrad so fest, dass seine Knöchel weiß hervortraten.

»Hauptsache, der Wind drückt uns nicht auf eine der Sandbänke«, knurrte er, während er in die aufgewühlte See hinausstarrte. »Man kann aber auch rein gar nichts erkennen. Ich kann nur hoffen, dass wir noch in der Fahrrinne sind!«

Das Schiff stampfte und bockte so heftig, dass Freerk alle Mühe hatte, auf den Beinen zu bleiben.

»Halt dich mal besser gut fest, Jung!«, rief Onkel Emil gegen das Tosen des Sturmes an. »Nicht dass du noch über Kopp gehst.«

Statt eine Antwort zu geben, klammerte sich Freerk am Haltegriff neben der Kajütentür fest und starrte aus dem Fenster. Der Sturm trieb Regen und Hagel beinahe waagerecht am Fenster vorbei und peitschte die schaumbedeckten Wellen auf. Die ganze Welt rund um die *Margarethe* bestand nur noch aus Wasser. Sosehr Freerk sich auch bemühte, er konnte weder eine Boje noch die fünf Meter hohen Pricken erkennen, die die Fahrrinne markierten.

Plötzlich zerriss ein gleißend heller Blitz die Dunkelheit, und beinahe zeitgleich krachte ein ohrenbetäubender Donnerschlag. Nur ein paar Meter vor dem Fenster wurde zwischen den Wellen die lange Reihe der Pricken sichtbar, dünne Birkenstämme, die jedes Frühjahr nach den Winterstürmen neu in den Wattboden gerammt werden mussten.

»Alles in Ordnung!«, rief Freerk zu Onkel Emil hinüber, ohne den Blick vom Fenster abzuwenden. »Wir sind in der Fahrrinne.«

Wieder rüttelte eine heftige Böe an dem alten Kutter, der sich stampfend seinen Weg durch die hohen Wellen bahnte. Beim nächsten Blitz waren die Pricken schon ein Stückchen weiter entfernt. Freerk nickte befriedigt. Offenbar hielt Onkel Emil die *Margarethe* genau auf Kurs.

Ganz allmählich schwächte sich das Gewitter ein wenig ab. Noch immer zuckten Blitze aus den tief hängenden Wolken, aber es regnete nicht mehr ganz so heftig, und Freerk konnte die Pricken jetzt deutlich sehen. Wo die große Sandbank bis an die Fahrrinne reichte, war das Wasser besonders kabbelig. Auch wenn der Sturm etwas nachgelassen hatte, tanzte die *Margarethe* noch immer heftig auf den schaumbedeckten Wellen.

»Was zur ...«, stieß Onkel Emil hervor.

Freerk drehte sich zu ihm um. »Was ist denn?«

»Da vorn!« Freerks Blick folgte Onkel Emils ausgestreckter Hand. »Siehst du das nicht?«

Ein Stück vor ihnen lag auf der Sandbank, die jetzt, bei Ebbe, ein gutes Stück aus dem Wasser ragte, ein großer, länglicher Gegenstand. Vage erinnerte er Freerk an einen gestrandeten Wal, nur dass es so große Wale in der Nordsee nicht gab. Es musste etwas anderes sein.

»Das sind bestimmt die Rieker-Jungs«, rief Onkel Emil. »Denen muss das Boot umgekippt sein. Hoffentlich ist ihnen nichts passiert.« Entschlossen drehte er am Steuerrad und lenkte das Schiff mit voller Fahrt direkt auf die Sandbank zu.

»Meinst du nicht, dass das gefährlich …«, begann Freerk.

»Blödsinn, gefährlich!«, fuhr ihm Onkel Emil ins Wort. »Die Jungs sind in Seenot. Wer fragt da nach gefährlich?«

Freerk sah, wie im Gesicht des alten Mannes die Kiefermuskeln hervortraten, während er auf die Sandbank zusteuerte. Jetzt konnte auch Freerk die Umrisse der Segeljolle erkennen, die auf der Seite im Sand lag. Von den beiden Jungs war keine Spur zu entdecken.

Ohne die Geschwindigkeit zu drosseln, steuerte Onkel Emil zwischen zwei Pricken hindurch direkt auf das Boot vor ihnen zu. Freerk wollte noch »Vorsicht!« schreien, aber es war bereits zu spät. Mit einem hässlichen knirschenden Geräusch bäumte sich die *Margarethe* ein Stück auf und kam ruckartig zum Stehen, als sie mit dem Bug auf die Sandbank auflief. Freerk schaffte es gerade noch, sich am Türrahmen festzuhalten, aber Onkel Emil wurde von den Füßen gerissen. Er schlug mit der Schulter gegen das Steuerrad, ehe er zu Boden sackte.

Sofort war Freerk bei ihm. »Alles in Ordnung?«

Onkel Emil stöhnte.

»Alles in Ordnung, Onkel Emil?«, wiederholte Freerk. »Hast du dir was getan?«

Langsam öffnete der alte Mann die Augen. »Wird schon nicht so schlimm sein«, keuchte er. »Einen ordentlichen blauen Fleck werde ich kriegen, mehr nicht.« Vorsichtig versuchte er, sich hochzustemmen, ließ sich aber mit schmerzverzerrtem Gesicht wieder zurücksinken und fluchte. »Mach den Motor aus, Jung, sonst frisst sich die Schraube noch fest!«

»Aber ich …«

»Nun mach schon! Mir fehlt nichts.«

Freerk richtete sich auf und stellte den knatternden Dieselmotor der *Margarethe* ab, dann kehrte er zu Onkel Emil zurück und half ihm, sich gegen die Rückwand der Kajüte zu lehnen. Der alte Mann verzog erneut das Gesicht, schloss für einen Moment die Augen und hielt sich die rechte Schulter.

»Hat dich doch ziemlich erwischt, was?«, fragte Freerk.

»Du musst gucken, was mit den beiden Jungs ist, hörst du, Jung? Das ist viel wichtiger als meine ollen Knochen.« Onkel Emil keuchte und hustete. »Immerhin bin ich verantwortlich dafür, dass sie mit dem Boot unterwegs sind.«

»Wieso du?«

»Weil ich ihnen geholfen hab, das Boot wieder flottzumachen, und ihnen das alte Segel aus meinem Schuppen gegeben hab. Hätte ich mich nicht eingemischt, hätte de Buhr ihnen den alten Kahn nie überlassen. Wenn den beiden jetzt was zugestoßen ist, ist das meine Schuld.«

»Das ist doch Blödsinn, Onkel Emil!«

Der alte Fischer sah zu Freerk hoch. »Nun mach schon. Guck nach, was da los ist. Ich komm schon zurecht.«

Freerk seufzte. »Oller Dickkopp!«, sagte er mit einem schiefen Grinsen, humpelte zur Kajütentür und trat aufs Deck hinaus.

Der Sturm hatte merklich nachgelassen, aber noch immer fiel der Regen in schweren Tropfen auf das Deck, das von einer zentimeterdicken Schicht murmelgroßer Hagelkörner bedeckt war. Vorsichtig, um nicht zu auszurutschen, tastete sich Freerk zur Reling hinüber. Binnen Sekunden war sein dicker Pullover durchnässt und er selbst nass bis auf die Haut. Schritt für Schritt tastete er sich zum Bug vor. Die Kisten mit dem Fang, die Onkel Emil vorhin festgebunden hatte, waren umgefallen und ihr Inhalt hatte sich über die Metallplanken ergossen. Freerk fluchte. Der Boden war glatt wie Schmierseife und bot seinem Holzbein so gut wie gar keinen Halt.

Endlich hatte er sich bis zum Bug vorgearbeitet. Von hier aus konnte er das Segelboot, das etwa fünfzig Meter entfernt auf der Sandbank lag, deutlich erkennen. Von den beiden Jungen war jedoch nichts zu sehen. Er lehnte sich mit der Hüfte gegen die Reling und legte seine Hände trichterförmig um den Mund.

»He! Hallo! Hört ihr mich?«, schrie er so laut er konnte, ohne wirkliche Hoffnung, eine Antwort zu bekommen. »Alles in Ordnung bei euch?«

Er wischte sich den Regen aus den Augen und starrte angestrengt auf das Boot. Gerade, als er noch einmal rufen wollte, tauchte hinter dem Boot ein Kopf auf. Er verschwand kurz wieder, ehe zuerst einer der Jungen aufstand und dann auch der zweite. Beide winkten heftig. Sie mussten sich vor dem Sturm und dem Regen im Inneren der Jolle verkrochen haben.

Freerk seufzte erleichtert. »Gott sei Dank!«, murmelte er. Onkel Emil hätte es sich nie verziehen, wenn die beiden auf See geblieben wären. »Alles in Ordnung bei euch?«, rief er noch einmal.

»Ja«, rief der Ältere der beiden. »Uns ist nichts passiert.«

Die beiden Jungen verließen ihre Deckung und stapften nebeneinanderher über den nassen Sand auf die *Margarethe* zu. Direkt vor dem Bug blieben sie stehen und sahen zu Freerk hoch.

»Der Sturm hat uns das Segel abgerissen«, rief der Jüngere der beiden, aus dessen dunklen Locken der Regen tropfte und ihm in die Augen lief. Freerk glaubte sich zu erinnern, dass Onkel Emil ihn Enno genannt hatte.

Der alte Mann hatte geradezu einen Narren an den beiden gefressen und beinahe jede freie Minute mit ihnen an der Jolle herumgebastelt. Ständig hatte er erzählt, was die drei gemacht hatten und was noch zu tun sei. Freerk hatte es sich schweigend angehört. Einmal hatte Onkel Emil gefragt, ob er nicht helfen wolle, er könne doch so gut mit Holz umgehen, aber Freerk hatte abgelehnt. »Wozu ihnen Hoffnung machen? Da kann doch nichts Gescheites bei herauskommen«, war seine Antwort gewesen, und Onkel Emil hatte sie achselzuckend hingenommen. Den eigentlichen Grund, nämlich dass er fürchtete, wegen des Holzbeins ausgelacht zu werden, hatte Freerk verschwiegen.

»Der Sturm hat uns mehrere Taue aus der Takelage gerissen. Die müssen schon ziemlich morsch gewesen sein«, fuhr Enno fort. »Wir haben noch versucht, das Segel einzuholen, aber das ging bei dem Seegang nicht mehr. Irgendwie hat Gerd es geschafft, das Boot auf die Sandbank zu setzen, sonst wären wir wahrscheinlich gekentert.« Er knuffte seinen Bruder in die Seite. »Hoffentlich ist dabei nicht so viel zu Bruch gegangen. Hat uns so viel Mühe gekostet, den alten Kahn wieder flottzukriegen.«

»Ihr könnt verdammt froh sein, dass ihr mit dem Leben davongekommen seid!«, brummte Freerk. »Reine Unvernunft, mit so einer Nussschale auf See zu fahren. Ihr habt mehr Glück als Verstand gehabt!«

Der ältere der Jungen machte ein finsteres Gesicht. »Glück? Unser Segel ist kaputt, unsere Stellnetze sind weg, und alles, was wir gefangen hatten, ist über Bord gegangen.«

»Und? Wenigstens sind eure Knochen heil geblieben. Alles andere kann man ersetzen.«

Beide Jungen schwiegen betreten.

»Kommt erst mal an Bord. Wir müssen die Flut abwarten. Dann können wir versuchen, den Kutter von der Sandbank herunterzubekommen.«

Freerk hangelte sich ein Stück an der Reling entlang, bückte sich und griff nach der aufgerollten Strickleiter. Sorgfältig machte er sie fest und ließ sie über die Reling zu den Jungs hinunter.

Kurz darauf standen die beiden vor ihm an Deck.

»Und was wird mit unserer Jolle?«, fragte Enno besorgt.

»Die wird wohl oder übel hierbleiben müssen. Keine Ahnung, wie wir die bergen sollen! Ich komme mit meinem Bein auf dem nassen Sand nicht vorwärts, und mein Onkel hat sich die Schulter verletzt, als die *Margarethe* auf Grund gelaufen ist.«

»Die Jolle werden wir auf gar keinen Fall hierlassen«, sagte Gerd trotzig. »Nicht nach all der Arbeit, die wir damit hatten.«

»Dann müsst ihr sie selber weiter auf die Sandbank ziehen. Vielleicht habt ihr Glück und die Flut steigt nicht so hoch, dass sie abgetrieben wird.«

»Oder aber wir ziehen sie ins Wasser, und dann nehmen wir sie mit dem Kutter in Schlepp«, sagte Enno.

»Wenn sie nicht leckgeschlagen ist, geht das vielleicht«, brummte Freerk finster. »Aber zuerst müssen wir den Kutter wieder freibekommen. Das ist wichtiger.« Er sah auf seine Armbanduhr. »Hochwasser ist in drei Stunden. Also haben wir noch mindestens zwei Stunden Zeit, ehe das Wasser hoch genug steht, um es zu versuchen.«

Er schaute von einem zum anderen. Gerd, der Ältere, wich seinem Blick nicht aus. Breitbeinig und mit verschränkten Armen stand er vor ihm. *Einer, der nicht viele Worte macht, der sich die Butter nicht vom Brot nehmen lässt und genau weiß, was er will*, schoss es Freerk durch den Kopf. Im Gegensatz zu seinem Bruder, der vor Kälte schlotterte und dessen Kiefer hörbar aufeinanderschlugen, schien Gerd die Nässe nichts auszumachen. Wie alt mochte er sein? Sechzehn oder siebzehn vielleicht. Fast schon ein Mann. Freerk beschloss, ihn entsprechend zu behandeln. Das war sowieso einfacher. Mit Kindern hatte er keine Erfahrung.

»Lasst uns mal in die Kajüte gehen, ehe dein Bruder sich noch den Tod holt«, brummte er. »Da können wir uns einen Augenblick aufwärmen, bevor wir an die Arbeit gehen.«

Onkel Emil schien heilfroh, Gerd und Enno unversehrt zu sehen. Als die drei die Kajüte betraten, saß er noch immer mit dem Rücken an die Wand gelehnt auf dem Boden und hielt sich mit der Hand die Schulter. Freerk fiel auf, dass er sehr blass war. Offenbar hatte er starke Schmerzen. Trotzdem kämpfte er sich auf die Beine und zwang sich ein Lächeln ab.

»Na, wenn da mal nichts gebrochen ist«, sagte Freerk düster.

»Ach was, gebrochen!«, erwiderte Onkel Emil leichthin. »Das wird nur ein ordentlicher Bluterguss sein. Da kommt dick Pferdesalbe drauf, dann geht das wieder. Ist nicht das erste Mal, dass mir das passiert.« Ohne die Schulter loszulassen, schlurfte er zu der schmalen Bank an der hinteren Wand der Kajüte hinüber und ließ sich schwer darauf nieder. Wieder verzog er vor Schmerzen das Gesicht.

»Hol doch mal den Tee aus meiner Tasche, Jung«, sagte er nach kurzem Schweigen. »Und wo ich meine Rumflasche versteckt habe, weißt du ja auch.«

Trotz seiner Sorge um den alten Mann musste Freerk grinsen. Er holte eine zerbeulte Thermoskanne und einen Emaillebecher aus Onkel Emils alter Aktentasche und drückte Gerd beides in die Hand. Dann drehte er sich um, öffnete die Klappe unter dem Steuerrad, kramte ein bisschen in dem Hohlraum dahinter herum und zog eine halb volle Flasche Rum heraus.

Vorsichtig öffnete er die Flasche und gab einen ordentlichen Schuss Rum in den dampfenden Tee, den Gerd in der Zwischenzeit eingegossen hatte. »Das wird euch aufwärmen.«

Gerd warf ihm einen fragenden Blick zu und zögerte.

»Nun trink schon!«, sagte Freerk. »Du brauchst deiner Mutter ja nichts davon zu erzählen.«

»Unsere Mutter lebt nicht mehr. Die ist gestorben, als ich noch ganz klein war«, sagte Enno und setzte sich neben Onkel Emil auf die Bank. »Wir wohnen bei unserer Schwester. In dem kleinen Haus, wo die Deichstraße die Kurve macht«, fügte er erklärend hinzu. »Ich dachte, das wüsstest du.«

»Ich kümmere mich nicht um andere Leute.« Freerk sah zu, wie Gerd einen großen Schluck aus der Tasse nahm und sie dann seinem Bruder gab.

Enno schnupperte an dem Tee, nippte daran und hustete. »Ganz schön scharf!«, sagte er, ehe er die Tasse an Onkel Emil weiterreichte.

»Ach was, scharf!«, meinte der. »Das ist Medizin. Das muss so.« Er leerte die Tasse in einem Zug. Obwohl er lächelte, als er den leeren Emaillebecher an seinen Neffen weitergab, entging Freerk nicht, dass seine Hand zitterte. Nein, dem alten Fischer ging es gar nicht gut. Es wurde Zeit, dass die Flut kam.

Freerk füllte die Tasse erneut mit Tee und Rum und gab sie Onkel Emil zurück. Vielleicht half ja der Rum ein wenig gegen die Schmerzen.

Er selbst trank nichts. Mit dem Rücken ans Steuerrad gelehnt stand er den drei anderen gegenüber und hörte Onkel Emil und Enno zu, die bereits Pläne schmiedeten, wie sie die Jolle wieder flottmachen und woher sie ein neues Segel bekommen wollten. Gelegentlich meldete sich auch Gerd zu Wort, machte Einwände und holte die hochfliegenden Pläne seines kleinen Bruders wieder auf den Boden der Tatsachen zurück. Freerk musste zugeben, dass der Bursche ihm immer besser gefiel.

Allmählich ließ der Regen nach und hörte schließlich ganz auf. Als wäre das Unwetter nichts als ein böser Traum gewesen, rissen die Wolken auf und die Sonne kam heraus.

»Ich geh mal an Deck und fang damit an, unseren Fang wieder in die Kisten zu schippen«, sagte Freerk zu Onkel Emil, der inzwischen von dem vielen Rum wieder etwas Farbe im Gesicht hatte.

Zu seiner Überraschung standen sofort auch die beiden Brüder auf und folgten ihm hinaus. Ohne dass Freerk auch nur ein einziges Wort zu ihnen gesagt hatte, griffen beide nach den Schaufeln und begannen mit der Arbeit. Kaum zehn Minuten später waren die Kisten wieder voll und das Deck sauber. Sogar gefegt hatten die beiden.

»Das macht ihr zwei auch nicht zum ersten Mal, oder?«, fragte Freerk und sah sich zufrieden um.

»Nein. Deckputzen haben wir von der Pike auf gelernt«, sagte Gerd mit einem Grinsen. »Papa hat immer gesagt, das gehört dazu.«

»Auch ein Fischer also.«

Gerd nickte. »Der beste Hummerfischer von Helgoland.«

»Ist er in Gefangenschaft oder im Krieg geblieben?«

Plötzlich verzerrte sich Gerds Gesicht. Er umfasste die Schaufel so fest mit beiden Händen, dass die Fingerknöchel weiß hervortraten. »Ich geh mal nach Onkel Cordes gucken«, sagte er heiser. Damit drehte er sich um und ging zur Kajüte zurück.

Verdutzt schaute Freerk ihm nach. Dann sah er zu Enno, der noch immer neben ihm stand. »Ich wollte nicht ... Ich meine ...«

»Papa ist von der Gestapo abgeholt und von der Insel gebracht worden, in der Nacht vor dem großen Bombenangriff. Es hieß, er und ein paar andere Männer hätten uns an die Briten verraten«, sagte Enno leise. »Gerd redet nicht darüber. Nie. Nicht mal mit mir oder unserer Schwester.« Hilflos zuckte der schlaksige Junge mit den Schultern. »Wiebke meinte mal zu mir, solange man nicht zugibt, dass jemand tot ist, so lange hat man ihn nicht aufgegeben. Vielleicht hofft Gerd immer noch, dass Papa nicht erschossen wurde und eines Tages wiederkommt.«

»Aber sich falsche Hoffnungen zu machen tut noch mehr weh, als sich mit den Tatsachen abzufinden.« Erst als Freerk Ennos fragenden Blick sah, wurde ihm bewusst, dass er den Gedanken laut ausgesprochen hatte. Er schüttelte den Kopf. »Ist ja auch egal. Das Wasser ist schon ganz schön angestiegen. Wir sollten langsam sehen, dass wir fertig werden. Wird nicht mehr lange dauern, bis die *Margarethe* wieder aufschwimmt.«

Kapitel 8

Die *Margarethe* war der letzte Kutter, der in den Hafen von Federwardersiel einlief, alle anderen waren bereits an ihren Liegeplätzen vertäut. Als Freerk das kleine Schiff vorsichtig an den Kai manövrierte, sah er vor dem Gebäude der Genossenschaft Onno de Buhr stehen, der mit ein paar Fischern redete. Als sie die *Margarethe* bemerkten, kamen sie alle zum Hafenbecken gelaufen.

Freerk gab den beiden Jungen an Deck durch das Kajütenfenster ein Zeichen, woraufhin sie den Männern am Kai die Taue zuwarfen, damit sie sie über die Poller zogen. Dann stellte Freerk den Motor aus und half Onkel Emil hoch, der noch immer ziemlich benommen auf der Bank saß und sich die Schulter hielt. Daran, dass der alte Mann sich nicht wehrte, als er ihn beim Hinausgehen stützte, war am deutlichsten zu erkennen, wie schlecht es ihm ging.

»Meine Güte, ihr seid aber spät dran! Was ist denn passiert?«, rief de Buhr zu ihnen herüber. »Wir wollten gerade das Rettungsboot fertig machen, um nach euch zu suchen.«

»Wir sind mitten in das Gewitter geraten«, sagte Freerk. »Und dann mussten wir selbst noch Rettungsboot spielen.«

Nachdem sie alle von Bord gegangen waren und die Kisten mit dem Fisch ausgeladen hatten, erzählte er den Wartenden mit knappen Worten, was passiert war. »Zum Glück hat die alte *Margarethe* nichts abbekommen, als Onkel Emil sie auf Grund gesetzt hat«, schloss er. »Als sie wieder Wasser unter dem Kiel hatte, haben die Jungs sie ein Stück in die Fahrrinne zurückgeschoben und wir waren wieder frei.«

»Wir haben sogar unsere Jolle retten können!«, rief Enno glücklich und deutete auf das Boot, das hinter dem Kutter im Hafenbecken dümpelte. »Freerk wollte erst nicht, dass wir versuchen, sie ins Wasser zu schleppen, aber Gerd hat gesagt, ohne die Jolle fährt er nicht mit zurück. Da bleibt er lieber auf der Sandbank. Die beiden haben sich mächtig gestritten. Schließlich hat Freerk nachgegeben und gemeint: ›In Gottes Namen, dann versucht, das alte Wrack ins Wasser zu ziehen. Ihr werdet ja sehen, dass es nicht klappt!‹« Enno lachte. »Er hat nicht mit Gerds Sturheit gerechnet. Hat eine ganze Weile gedauert, bis wir die Jolle aus dem Sand gebuddelt hatten, aber wir haben es geschafft.«

»Und vergiss nicht, zu erzählen, dass ihr dabei auch noch einen dicken Heilbutt aus dem Wasser geholt habt«, sagte Onkel Emil.

»Gerd hat ihn gefangen«, ergänzte Enno und schlug seinem Bruder, der schweigend neben ihm stand, auf den Rücken. »Ich bin nur draufgetreten, als ich die Jolle durchs Wasser geschoben habe.«

»So eine Heldentat war das nun auch nicht«, brummte Gerd, dessen Ohren zu glühen begannen. »Ich habe schon öfter Heilbutt gefangen.«

»Aber bestimmt nicht so einen dicken.« Onkel Emil nahm die Hand von der Schulter und zeigte auf die Fischkiste, die ganz oben auf dem Stapel stand. Der schwarze Heilbutt darin war so groß, dass er die Kiste ganz ausfüllte, der Schwanz ragte sogar noch über den Rand hinaus. »Enno hat nur gequiekt, als er auf den Fisch getreten ist. Plötzlich bückt sich der Große, zieht mit einem Ruck den Butt aus dem Wasser und wirft ihn ins Boot. Dann hat er ihm mit einem Stück Holz eins übergezogen. So was hab ich mein Lebtag noch nicht gesehen.«

Freerk musste lächeln. Onkel Emil hatte recht. Scholle oder

Butt mit der Hand zu fangen, war schon schwierig genug, aber die Geistesgegenwart und Schnelligkeit, die der Junge an den Tag gelegt hatte, waren außergewöhnlich.

»Ich hoffe mal, du stehst zu deinem Wort, dass die Jungs ihren selbst gefangenen Fisch behalten dürfen, Onno!«, sagte er zu de Buhr. »Sie haben ihre Krabben beim Sturm verloren. Aber sie haben bei uns an Bord tüchtig geholfen. Ohne sie hätten wir auch nichts mitgebracht. Dafür kannst du ihnen was von unserem Fang anrechnen.«

Onkel Emil warf ihm einen erstaunten Blick zu.

»Wenn du nichts dagegen hast, heißt das«, fügte Freerk an den alten Mann gewandt hinzu.

Onkel Emil nickte. »Das ist nur gerecht«, sagte er und verzog erneut vor Schmerzen das Gesicht.

»Und dann könntest du vielleicht den Arzt anrufen, Onno. Er soll mal herkommen und sich Onkel Emils Schulter ansehen«, sagte Freerk. »Der hat sich übel gestoßen, als er den Kutter auf die Sandbank gesetzt hat. Vermutlich hat er sich was gebrochen, wenigstens aber einen dicken Bluterguss.«

»Tünkram! So schlimm ist das gar nicht«, brummte der alte Fischer.

De Buhr nahm die Pfeife aus dem Mund und warf Onkel Emil einen forschenden Blick zu. »Mit Blutergüssen ist nicht zu spaßen«, sagte er. »Denk mal an den alten Fohrmann. Der hatte nur ein blaues Knie, und hinterher war sein Bein steif! Besser, ich fahr dich mit dem Pritschenwagen nach Burhave zu Doktor Kruse, sobald wir hier fertig sind.«

Es dauerte aber noch fast eine Stunde, ehe der Fang abgeliefert, gewogen und eingetragen war. Erst dann beförderte de Buhr Onkel Emil, der immer noch beteuerte, dass der Aufwand doch nun entschieden übertrieben sei, auf die Vorderbank des Pritschenwagens und fuhr los.

Gerd und Enno hatten in der Zwischenzeit ihre Jolle am Bootssteg festgemacht und das Deck der Margarethe mit dem Schrubber blitzblank geputzt. Als Freerk das Gebäude der Fischereigenossenschaft verließ und auf sein Fahrrad zuhumpelte, sah er die beiden noch immer auf dem Kai stehen. Sie starrten unschlüssig die Kiste mit ihrem Heilbutt an.

»Was ist denn los?«, rief Freerk und schob sein Rad zu ihnen hinüber. »Ich dachte, ihr wärt schon längst zu Hause.«

»Wir haben nur überlegt, wie wir den Butt heimkriegen sollen«, antwortete Gerd.

»Und was wir zu Hause am besten erzählen, damit wir nicht so viel Ärger kriegen«, fügte Enno hinzu. »Die glauben bestimmt, wir haben uns stundenlang irgendwo rumgetrieben und den Butt geklaut.«

»Zumindest Tante Almuth wird das behaupten. Die glaubt uns doch sowieso nie was!« Gerds finsteres Gesicht sprach Bände.

»Wenn ihr wollt, kann ich mitkommen und mit euren Leuten sprechen. Mir werden sie schon glauben«, sagte Freerk. »Und die Kiste könnt ihr auf meinen Gepäckträger stellen und sie festhalten, während ich schiebe. Dann braucht ihr sie nicht zu schleppen.«

Er sah das Strahlen, das über Ennos Gesicht huschte, und musste lächeln, als er daran dachte, wie sein Bruder Cord und er früher Onkel Emil angebettelt hatten, bei ihrem Vater ein gutes Wort für sie einzulegen, wenn sie wieder mal etwas ausgefressen hatten. Ein warmes Gefühl breitete sich in ihm aus.

Gemeinsam wuchteten Gerd und Enno die schwere Kiste auf den Gepäckträger, und vorsichtig machten sie sich auf den Weg. Während sie langsam die Deichstraße entlanggingen, erzählten die beiden Jungen von früher: Von ihrem Vater, der sein Geld mit Hummerfischerei verdient und sie immer mit hinaus aufs

Steinwatt genommen hatte, um die Reusen zu leeren. Von der Insel mit den schroffen Felsen, auf denen Möwen und Lummen brüteten, denen sie die Eier geklaut hatten. Von den Feriengästen, die vor dem Krieg gekommen waren und in ihrem Haus gewohnt hatten. Von ihrer älteren Schwester, die bis zu ihrer Hochzeit wie eine Mutter für sie gesorgt hatte. Von den Soldaten auf der Insel und den fortwährenden Fliegeralarmen, während derer sie in langen Tunneln im Felsen gesessen hatten. Vom letzten Bombenangriff und der Evakuierung.

Meist sprach nur Enno, aber manchmal ergriff auch Gerd das Wort, ergänzte oder stellte etwas richtig. *Langsam taut er etwas auf*, dachte Freerk zufrieden.

Schließlich kamen die drei bei dem kleinen Häuschen an, das die Helgoländer bewohnten. Freerk schob sein Fahrrad die Auffahrt hinauf und stellte es neben der grün gestrichenen Tür ab, nachdem die Brüder die Kiste heruntergehoben hatten.

»Dann wollen wir mal«, sagte er, fuhr sich mit der Hand durch die Haare und lächelte den beiden Jungen aufmunternd zu. Er hob die Hand und klopfte energisch.

Es dauerte einen Moment, ehe er drinnen eine Tür klappen hörte. Durch das kleine geriffelte Fenster in der Eingangstür sah er eine Bewegung im Inneren des Hauses, dann wurde die Tür schwungvoll geöffnet.

Vor ihm stand eine junge Frau, vielleicht fünfundzwanzig, höchstens dreißig Jahre alt. Sie war hochgewachsen und so schlank, dass sie beinahe hager wirkte. Ihr langes kupferrotes Haar war zu einem Zopf geflochten, der wie ein Kranz auf ihrem Kopf festgesteckt war. Grüne Augen, beschattet von hellbraunen Wimpern musterten ihn fragend aus einem schmalen Gesicht heraus, das über und über mit winzigen Sommersprossen bedeckt war. Die Frau trug eine weiße, sorgfältig gebügelte Schürze über ihrem grünen Kleid.

Keuchend stieß Freerk die Luft aus.

»Wir sind wieder da, Wiebke!«, rief Enno hinter ihm. »Wir sind ins Gewitter geraten und auf einer Sandbank gestrandet. Aber zum Glück haben Freerk und sein Onkel uns gefunden.«

Enno redete weiter, aber was er sagte, rauschte einfach an Freerk vorbei, während er unverwandt die junge Frau vor sich anstarrte. Nur zu genau erinnerte er sich an sie. Sie hatte am Kai gestanden und mit dem Tommy-Offizier geredet, der de Buhr Anweisungen erteilt hatte. Freerk hatte beobachtet, wie sie dem Tommy fortwährend Blicke zugeworfen und ihn angelächelt hatte, ehe sie zusammen mit ihm zum Jeep gegangen und davongefahren war.

Das war also die Schwester von Enno und Gerd. Die Frau, über die im Dorf schon getratscht wurde, weil sie bei den Briten ein und aus ging und sich für nichts zu schade war.

Man nannte sie das Tommy-Flittchen.

Kapitel 9

Wie jeden Abend wartete Wiebke, bis alle in der Kammer eingeschlafen waren. Das Licht des Vollmonds fiel durch das Fenster und warf einen breiten Streifen bläuliches Licht auf die Feldbetten, die dicht an dicht an den Wänden aufgereiht standen. Enno und Gerd lagen nebeneinander in einem Bett, Gerd hatte wie immer seinen Arm über Ennos Schulter gelegt. Tante Fenna und ihre Schwiegermutter, deren Betten zusammengeschoben waren wie ein Ehebett, hatten einander den Rücken zugewandt. Ike lag, den Daumen im Mund, mit ihrer Puppe Suse im Arm in ihrem Kinderbettchen. Der Mond schien so hell in ihr Gesicht, dass Wiebke jede einzelne Wimper erkennen konnte. Piet, der neben Wiebke im Bett lag, hatte wie immer am längsten gebraucht, um zur Ruhe zu kommen, aber jetzt hob und senkte sich seine Brust ganz langsam und regelmäßig.

Vorsichtig, um ihn nicht zu wecken, schlüpfte Wiebke unter der Bettdecke hervor, setzte sich auf und zog die Schublade ihres Nachtschrankes auf. Sie griff nach dem Bleistift und der Kladde, die sie dort verwahrte, stand auf und schlich aus der Schlafkammer in die Küche hinüber.

Statt Licht zu machen, holte sie die Petroleumlampe von der Fensterbank, zündete sie an und stellte sie auf den Küchentisch. Das Feuer im Ofen war heruntergebrannt, und es war empfindlich kalt. Wiebke griff nach Tante Fennas grauem Wolltuch und wickelte es sich um die Schultern, ehe sie sich an den Tisch setzte, die Kladde öffnete und anfing zu schreiben.

Mein lieber Jan, begann sie, so wie jeden Abend.

Das hatte sie ihm versprochen, als er zum letzten Mal auf

Fronturlaub zu Hause gewesen war: jeden Tag ein Brief. Auch wenn sie schon seit einer Ewigkeit keinen Brief mehr abgeschickt hatte, hielt sie weiter eisern daran fest, ihm alles zu berichten, was am Tag passiert war. Seit sie kein Briefpapier mehr bekommen konnte, schrieb sie ihre Briefe in alte Haushaltsbücher, eingeschlagen in schwarze Pappe, von denen sie einen ganzen Stapel hatte auftreiben können. Und während sie schrieb, stellte sie sich vor, wie Jan die Kladden eine nach der anderen lesen würde, wenn er endlich wieder zu Hause war. Das würde ihm das Gefühl geben, immer dabei gewesen zu sein und nicht verpasst zu haben, wie seine Kinder aufwuchsen.

Mochten alle anderen ihn in Gedanken auch aufgegeben haben und sie für verrückt halten, weil sie sich noch immer an die Hoffnung klammerte, Jan werde eines Tages vor der Tür stehen, abgemagert vielleicht und abgerissen, aber noch immer mit dem Schalk in seinen blauen Augen. Solange sie noch Hoffnung hatte, würde sie weiterschreiben, und solange sie noch weiterschrieb, würde sie die Hoffnung nicht verlieren.

Mein lieber Jan!

Den ganzen Tag über war es heute so schwül, dass einem die Kleider am Leibe klebten, und alle hatten schlechte Laune. Selbst Anderson, der sonst immer zu Späßen aufgelegt ist, war heute kurz angebunden. Als ich nach der Arbeit auf dem Weg nach Hause war, hat es ein furchtbares Gewitter gegeben. Zum Glück war ich gerade auf Höhe der Schäferei, als es anfing, wie verrückt zu hageln, und ich konnte mich unterstellen und abwarten, bis das Schlimmste vorbei war. Aber deswegen kam ich über eine Stunde zu spät nach Hause, und deine Mutter hat sehr geschimpft. Du kennst sie ja, sie kann Unpünktlichkeit nun mal nicht ausstehen. Und dann erzählte mir Tante Fenna, dass Gerd und Enno, statt

wie versprochen in die Schule zu gehen, zum Fischen hinausgefahren waren. Du kannst dir vorstellen, welche Angst ich hatte. Die Angst der Frauen begleitet die Fischer immer mit auf See, aber diesmal bin ich vor Sorge fast verrückt geworden.
Natürlich wissen die zwei mit einem Boot umzugehen – würdest du jetzt sagen –, aber der Sturm war so schlimm, dass er hier an Land die dicken Äste von den Bäumen gerissen hat, und die beiden waren ja nur mit einer besseren Nussschale draußen im Watt. Vor den Kindern wollte ich mir nichts anmerken lassen, aber immer, wenn ich Tante Fenna angesehen habe, fühlte ich, dass es ihr genauso ging wie mir. Selbst deine Mutter schien sich Gedanken um die Jungs zu machen. Das Schlimmste war, dass die Zeit nicht rumging. Das ist ja immer so, wenn man sich sorgt. Immer wieder habe ich auf die Uhr gesehen und mir ausgemalt, was alles passiert sein könnte. Die Minuten schleppten sich furchtbar zäh dahin. Als wir schließlich Abendbrot gegessen haben, waren Gerd und Enno noch immer nicht da. Ich war schon drauf und dran, zum Hafen zu laufen und zu fragen, ob die Fischer etwas gehört oder gesehen hätten, da klopfte es an der Tür.
Der verrückte Cordes, einer der Fischer, stand dort, und er hatte Gerd und Enno bei sich. Mir sind vor Erleichterung die Knie ganz weich geworden, als ich sie gesehen habe. Er hat die beiden von einer Sandbank gerettet, auf die der Sturm ihre Jolle geworfen hatte.
Jetzt sag ich auch schon »der verrückte Cordes«, dabei habe ich Gerd streng verboten, ihn so zu nennen. Aber ein bisschen merkwürdig ist er schon, das muss ich zugeben. Erst bringt er mir die Jungs nach Hause, und als ich ihn auf eine Tasse Tee ins Haus bitten will, macht er auf dem Absatz kehrt, ohne ein Wort zu sagen, steigt auf sein Fahrrad und fährt davon.
Komischer Kauz! Enno meint, eigentlich sei er ein netter Kerl, wenn er erst mal etwas auftaut. Er ist der Neffe vom alten Cordes,

du weißt schon, das ist der, der Enno und Gerd geholfen hat, das Boot wieder instand zu setzen. Im Krieg hat er ein Bein verloren, seither ist er wohl etwas wunderlich. Vielleicht gefällt ihm auch einfach der Gedanke nicht, Flüchtlinge in der Nachbarschaft zu haben. Da wäre er ja nicht der Einzige.
Die Jungs haben übrigens einen großen Heilbutt mit nach Hause gebracht, den Gerd gefangen hat. Ich habe schon überlegt, ob wir den Butt vielleicht räuchern können. Das wäre ein Festmahl! Du weißt, wie gern ich Räucherfisch mag! Allein schon bei dem Gedanken läuft mir das Wasser im Mund zusammen. Bei jedem Bissen werde ich daran denken, wie wir damals auf Helgoland hinter Opa Johns Haus Makrelen und Schellfisch geräuchert haben. Du hattest eine alte Benzintonne gefunden, die wir dafür benutzt haben, weißt du noch? Ich muss mir noch überlegen, was wir hier zum Räuchern nehmen könnten.
Leider wird das wohl auf lange Zeit der letzte Fisch für uns gewesen sein. Die Jungs haben bei dem Sturm das Segel und ihre Stellnetze verloren. Keine Ahnung, woher sie neue bekommen sollen.
Egal, wir haben schon so viel überstanden, wir überstehen es auch, wenn wir den Gürtel wieder mal enger schnallen müssen. Hauptsache, wir sind alle zusammen und gesund.
Ich liebe dich, und ich vermisse dich.

Bis morgen, lieber Jan!
Deine Wiebke

Nachdenklich überflog Wiebke die letzten Sätze noch einmal, und allmählich begann sich in ihrem Kopf eine Idee zu formen, aber sie war zu müde, um weiter darüber nachzudenken.

Sie klappte die Kladde zu, stand auf und drehte den Docht in der Petroleumlampe herunter, bis die Flamme erlosch.

»Und er hat euch eine halbe Kiste Krabben abgegeben? Nur dafür, dass ihr auf dem Kutter geholfen habt?«, fragte Wiebke am nächsten Morgen beiläufig, während sie ihren Brüdern Tee in die Tassen goss.

Gerd nickte kauend. »Ja, ich habe direkt danebengestanden, als de Buhr den Fang in die Bücher eingetragen hat«, nuschelte er, ehe er den Rest seiner Stulle in den Mund schob. »Wir kommen heute wohl ein bisschen später nach Hause«, fügte er hinzu, als er den Bissen hinuntergeschluckt hatte. »Enno und ich gehen nach der Schule noch eben beim alten Cordes vorbei, um zu gucken, wie es ihm geht.«

»Nanu, was ist denn mit ihm?«

»Hat Gerd doch gestern erzählt. Der ist mit der Schulter gegen das Steuerrad gefallen, als der Kutter auf die Sandbank gefahren ist, und konnte danach den Arm nicht mehr bewegen. De Buhr hat ihn zum Arzt nach Burhave gefahren. Du hörst aber auch gar nicht zu, was?« Enno schüttelte den Kopf. »Kommt ihr endlich?«, fragte er an Gerd und Piet gewandt. »Wir müssen uns beeilen, wenn wir pünktlich in der Schule sein wollen.«

Piet, der vor Müdigkeit ganz kleine Augen hatte, verzog das Gesicht. »Ich würde viel lieber hierbleiben. Ich hab Bauchweh.«

Enno grinste. »Das habe ich früher auch immer gesagt, aber zur Schule musste ich trotzdem, da kannte deine Mama kein Pardon. Na komm schon, Piet, beiß die Zähne zusammen, dann vergeht das Bauchweh wieder. Außerdem gehen wir ja mit, Gerd und ich!«

Seufzend erhob sich Piet und schlich mit hängenden Schultern in den Flur, wo er seine Jacke anzog und nach seinem Ranzen griff.

Wiebke sah ihm besorgt nach. »Wird er immer noch geärgert?«, fragte sie Enno leise. Ihr Bruder nickt nur.

»Vielleicht solltet ihr euch die Jungs mal vorknöpfen, die ihn auf dem Kieker haben. Nicht verprügeln! Nur mal kurz andeuten, was ihnen blüht, wenn sie nicht endlich damit aufhören.«

Enno sah sie erstaunt an, dann überflog ein breites Grinsen sein Gesicht. »Wird erledigt.«

Als die drei Jungen das Haus verlassen hatten, fiel Wiebkes Blick auf die Küchenuhr, und sie erschrak. Keine Zeit mehr für eine Tasse Tee und ein paar Minuten Ruhe. Eilig zog sie sich ihren Mantel über und steckte den Kopf durch die Tür des Schlafzimmers. Ike schlief noch zusammengerollt unter ihrer Decke, die sie bis zu den Ohren hochgezogen hatte. Auch Almuth schien noch zu schlafen. Nur Tante Fenna war schon wach und lächelte Wiebke zu.

»Willst du los?«, fragte sie leise.

»Ich muss«, flüsterte Wiebke. »Kannst du Mutter bitten, die Hühner zu füttern? Ich schaff das nicht mehr, wenn ich pünktlich sein will.«

Tante Fenna nickte. »Ja, ist gut. Oder ich mach das nachher zusammen mit Ike. Sie hilft doch immer so gern.«

»Danke! Bis heute Nachmittag!« Ohne eine Antwort abzuwarten, zog Wiebke die Tür wieder zu und verließ das Haus.

Das Gewitter vom Vortag hatte die Luft gereinigt. Ein kühler Wind wehte von See her und raschelte in den Blättern der Ulmen, die hinter dem Haus wuchsen. Ein paar Schäfchenwolken, deren Ränder vom Licht der Morgensonne in goldenes Licht getaucht wurden, zogen über den Himmel. Es versprach ein schöner Tag zu werden.

Eiligen Schrittes lief Wiebke die geklinkerte Straße entlang, die am Fuß des Deiches nach Burhave führte. Als sie die Kurve hinter sich gelassen hatte, lag direkt vor ihr das Haus des jungen Cordes.

Das Haus wirkte verwahrlost und verlassen. Im Garten standen die Brennnesseln hüfthoch zwischen den Dahlien in den

Beeten. Hinter den blinden Fensterscheiben, durch die vage gelbliche Gardinen zu erkennen waren, war niemand zu sehen. Doch aus dem Schornstein stieg eine dünne Rauchsäule auf, wurde vom Wind ergriffen und davongetragen.

Wiebke zögerte, blieb vor der Auffahrt stehen und starrte auf das kleine Klinkerhaus.

Soll ich es wirklich versuchen, Jan? Sie presste die Lippen zusammen und holte tief Luft. *Was soll's, mehr als Nein sagen kann er ja nicht!*

Entschlossen schritt sie die Auffahrt hinauf, aber an der Eingangstür angekommen, zögerte sie erneut. Er war so kurz angebunden gewesen, als er ihre Brüder nach Hause gebracht hatte, beinahe feindselig.

Nun reiß dich mal zusammen, Wiebke Hansen! Es wird dir schon niemand den Kopf abreißen, dachte sie, nahm ihren ganzen Mut zusammen und klopfte.

Einen Augenblick lang war alles still, dann hörte sie, wie sich unregelmäßige Schritte der Haustür näherten – bum, klack, bum, klack, bum, klack –, und die Tür öffnete sich.

Alles, was sich Wiebke zurechtgelegt hatte, war auf einen Schlag wie weggeblasen, als sie den jungen Cordes vor sich stehen sah. Hohlwangig und mager wirkte er, die dunkelblonden, strähnigen Haare standen ihm wirr vom Kopf ab, die dunkelblauen Augen waren glasig und rot gerändert. Er trug noch immer die gleiche alte Kordhose wie gestern und den gleichen löchrigen Pullover, der vor Flecken starrte.

Völlig übernächtigt, schoss es Wiebke durch den Kopf. *Oder vielleicht auch betrunken.*

»Sie?« Er legte den Kopf schief und musterte sie abschätzig. Zwischen den zusammengezogenen Augenbrauen bildete sich eine Falte. »Was wollen Sie denn hier?«, fragte er unfreundlich.

Wiebke schluckte den aufkommenden Ärger herunter und

bemühte sich um ein Lächeln. »Guten Morgen, erst mal!«, sagte sie. »Sie waren gestern so schnell verschwunden, dass ich mich gar nicht bedanken konnte.«

»Bedanken? Wofür?«

»Dafür, dass Sie meine Brüder von der Sandbank gerettet haben. Gar nicht auszudenken, was hätte passieren können, wenn Sie und Ihr Onkel nicht gewesen wären. Die beiden hätten ebenso gut tot sein können.«

Der junge Cordes verschränkte die Arme vor der Brust und lehnte sich mit der Schulter gegen den Türrahmen. Er antwortete nicht und machte keinerlei Anstalten, sie ins Haus zu bitten.

Wiebke begann, sich unter dem kalten Blick aus den blauen Augen mulmig zu fühlen. »Nicht jeder hätte den eigenen Kutter riskiert, um zwei fremde Jungs zu retten, und sich dabei selbst in Gefahr gebracht.«

»Das war die Idee meines Onkels. Ich hatte nicht viel damit zu tun.«

»Enno hat erzählt, dass Ihr Onkel sich verletzt hat. Nichts Schlimmes, hoffe ich.«

Jetzt wurden die Augen des jungen Mannes schmal. »Doch. Sogar ziemlich schlimm. Er hat sich die Schulter gebrochen und musste über Nacht in Nordenham im Krankenhaus bleiben. Es wird wohl etliche Wochen dauern, ehe er wieder auf dem Kutter arbeiten kann. Wenn überhaupt. Er ist immerhin schon dreiundsiebzig, da steckt man so eine Verletzung nicht so einfach weg. Und ohne ihn bleibt die *Margarethe* im Hafen liegen. Ich kann allein nicht hinausfahren. Nicht mit dem Ding.« Er zog das linke Hosenbein ein Stück hoch, sodass das Holzbein sichtbar wurde.

Betroffen schwieg Wiebke einen Moment. »Oh ... Das tut mir leid!«, sagte sie dann. »Wenn es irgendetwas gibt ...«

»Sparen Sie sich Ihr Mitleid!«, unterbrach er sie. Seine Augen funkelten böse. »Darauf können wir nun wahrhaftig verzichten.«

»Das hat mit Mitleid nichts zu tun! Ich wolle nur meine Hilfe anbieten. Aber wenn Sie zwischen Mitleid und Hilfe unter Nachbarn nicht unterscheiden können ...«

Cordes zog die Augenbrauen in die Höhe. »Unter Nachbarn? Und wie haben Sie sich das vorgestellt mit der Hilfe unter *Nachbarn?*« Beißender Spott lag in seiner Stimme.

Wiebke spürte, wie die Wut in ihrer Kehle hochkochte. Ihre Hände begannen zu zittern und ballten sich zu Fäusten, ohne dass sie es verhindern konnte. »Ich könnte nach ihm sehen, ihm etwas zu essen vorbeibringen und bei ihm ein bisschen für Ordnung sorgen. Nur mal als Beispiel.« Ihre Stimme klang schrill in ihren eigenen Ohren. »Und was die Arbeit auf dem Kutter angeht, hatte ich überlegt, dass meine Brüder Ihnen helfen könnten, sozusagen als Wiedergutmachung. Alle hätten was davon gehabt! Ihr Onkel wäre versorgt gewesen, solange er verletzt ist, Sie hätten mit dem Kutter rausfahren können, und die Jungs hätten vielleicht ein bisschen Fisch mit nach Hause gebracht. Das wäre eine vernünftige Lösung gewesen. Gegenseitige Hilfe unter Nachbarn eben.«

Seine Miene blieb völlig ungerührt, aber an seinem Hals bildeten sich rote Flecken. »Bilden Sie sich wirklich ein, dass Sie zur Nachbarschaft gehören? Nur, weil Sie in derselben Straße wohnen wie ich? So weit kommt das noch!«

Wiebke schnaubte. »Ja, so habe ich mir das vorgestellt.«

»Da sind Sie aber gewaltig auf dem Holzweg, Fräulein! Sie sind fremd hier, und das werden Sie auch bleiben. Sie gehören nun einmal nicht dazu. Niemand will Sie hier haben. Und ich würde mir eher noch das andere Bein abhacken lassen, als von Ihnen Hilfe anzunehmen.«

Der unverhohlene Hass, der in seinen Augen stand, ließ Wiebke einen halben Schritt zurückweichen.

»Haben Sie wirklich geglaubt, niemand würde es merken?«, fuhr Cordes fort. »Dass Sie sich bei den Tommys eingeschmeichelt haben und bei ihnen ein und aus gehen? Dass Sie sich von dem Offizier im Auto herumkutschieren lassen und wichtig danebenstehen, wenn er den Leuten seine Anweisungen gibt? Es glaubt Ihnen doch kein Mensch, dass Sie nur für die Tommys arbeiten. Mir jedenfalls machen Sie nichts vor, Fräulein.« Er kam einen Schritt näher, streckte langsam den Zeigefinger aus und tippte Wiebke gegen die Schulter. »Er hat Sie in sein Bett geholt, und jetzt sind Sie sein Flittchen!«

Die Ungeheuerlichkeit seiner Worte raubte Wiebke die Stimme. Sie brachte nur noch ein heiseres Ächzen heraus. Mit offenem Mund starrte sie den Fischer an. *Flittchen, Flittchen, Flittchen,* hallte es in ihren Ohren. Alles, was sie sah, war sein Gesicht mit den hasserfüllten Augen direkt vor sich. Sie hob die Hand und schlug mit aller Kraft zu. Dann machte sie auf dem Absatz kehrt und rannte davon.

Das Blut pochte in ihren Ohren, während sie blind vor Wut und Tränen die Straße hinunterlief. Erst kurz vor Burhave blieb sie stehen und rang nach Atem. In ihrer Brust stach es, als würde jemand ein glühendes Messer hineinstoßen. Hastig wischte sie sich die Tränen von den Wangen. Es musste ja nicht jeder mitbekommen, dass sie geweint hatte. Mit zitternden Fingern nestelte sie ein Taschentuch aus ihrer Manteltasche und putzte sich die Nase.

Als sich das Seitenstechen etwas gegeben hatte, ging sie weiter. Den Blicken der wenigen Dorfbewohner, die zu dieser frühen Stunde schon unterwegs waren, wich sie aus und murmelte nur einen undeutlichen Gruß.

Jeder weiß Bescheid, schoss es ihr durch den Kopf. *Alle zerrei-*

ßen sich das Maul über mich, über die Flüchtlingsfrau, die mit dem Tommy herumhurt.

Sie biss die Zähne fest zusammen und schluckte, um die Tränen, die ihr wieder in die Augen stiegen, hinunterzukämpfen, senkte den Kopf und beeilte sich, das Dorf hinter sich zu lassen.

Denk nicht mehr dran, glaubte sie Jans Stimme zu hören. *Du weißt, dass es nicht stimmt, und das ist das Einzige, was zählt.*

»Aber wenn du wiederkommst und hörst, was die Leute über mich reden«, murmelte Wiebke. »Was wirst *du* dann denken? Wem wirst *du* glauben?«

Die Stimme antwortete nicht.

Normalerweise war Captain Watson um diese Uhrzeit schon nach Nordenham unterwegs, aber heute stand sein Jeep noch vor dem Haus. Wiebke zog den Mantel aus, hängte ihn an die Garderobe und schlüpfte in die Küche. Froh, niemandem begegnet zu sein, band sie sich die Schürze um und begann mit der Arbeit. Nachdem sie den Ofen angefeuert hatte, setzte sie den Kessel auf, um das Geschirr vom gestrigen Abend abzuwaschen. Während sie darauf wartete, dass das Wasser warm wurde, starrte sie aus dem Küchenfenster auf das Blumenbeet im Vorgarten, in dem zwischen Goldrauten und Margeriten ein einzelner Rosenstrauch blühte.

Sie musste an Helgoland denken. Die Häuser im Unterland hatten dicht an dicht gestanden und nur wenige hatten einen Garten gehabt. Ihre Mutter jedoch hatte hinter dem Haus ein winziges Beet mit ein paar Rosenstöcken angelegt, die sie wie ihren Augapfel hütete. Feuerrot hatten die Blüten in der Sommersonne geleuchtet. »Wie deine Haare«, hatte Mama oft lachend gesagt. Als Wiebke nach dem Bombenangriff versucht hatte, noch einmal in ihr Elternhaus zu gelangen, hatte dort, wo die Rosen gestanden hatten, nur noch der Krater einer Fliegerbombe geklafft.

»Oh, Sie sind schon da! Das ist gut. Guten Morgen, Mrs Hansen!«

Captain Watsons Stimme ließ Wiebke zusammenschrecken und holte sie in die Gegenwart zurück. Sie drehte sich zu ihm um.

Er runzelte die Stirn und sah sie fragend an. »Ist alles in Ordnung?« Seine dunkle Stimme klang besorgt.

»Ja, natürlich.« Wiebke bemühte sich um einen beiläufigen Tonfall und wich seinem Blick aus. Sie ging zum Herd hinüber, nahm den Kessel und trug ihn zum Spülstein, wo sie das Wasser vorsichtig ins Becken leerte. »Haben Sie schon gefrühstückt, Sir? Ich könnte Ihnen schnell ein paar Eier machen.«

»Das ist nicht nötig. Ich habe vorhin schon etwas gegessen. Aber eine Tasse Tee wäre schön.« Seine Augen unter den dichten dunklen Augenbrauen strahlten, als er sie anlächelte.

Wiebkes Versuch, sein Lächeln zu erwidern, misslang. Wieder hatte sie die Stimme des jungen Cordes im Ohr: *Er hat Sie in sein Bett geholt, und jetzt sind Sie sein Flittchen!*

Rasch wandte sie sich wieder zur Spüle, füllte den Kessel erneut und stellte ihn auf den Kohleherd zurück. Watson machte keine Anstalten, die Küche zu verlassen. Er schlenderte zum Fenster hinüber und sah hinaus, während Wiebke schweigend begann, das Geschirr abzuwaschen. Als sie fertig war und die Teller in die Küchenanrichte geräumt hatte, begann der Kessel zu summen und sie goss den Tee auf.

Captain Watson hatte sich umgedreht, lehnte mit verschränkten Armen am Fenster und beobachtete sie bei jedem Schritt. Als sie sich anschickte, die Kanne und eine Tasse auf ein Tablett zu stellen, um es ins Wohnzimmer zu tragen, räusperte er sich.

»Nein, lassen Sie nur«, sagte er. »Ich trinke den Tee hier in der Küche. Holen Sie sich doch auch eine Tasse und leisten Sie mir Gesellschaft.«

Verwundert sah sie ihn an. So etwas hatte er noch nie vorgeschlagen, seit sie für ihn arbeitete. »Ich müsste eigentlich ...«

»Bitte«, unterbrach er sie und setzte sich. »Tun Sie mir den Gefallen.«

»Wenn Sie es wünschen«, sagte sie zögernd, holte eine zweite Tasse und stellte sie auf den Küchentisch.

Als sie ihm gegenüber Platz genommen hatte, griff er nach der Teekanne und schenkte ihnen beiden ein. »Und jetzt erzählen Sie mir bitte, was los ist.«

»Ich weiß nicht, was Sie meinen, Sir. Was soll denn los sein? Alles ist wie immer.«

An seiner hochgezogenen Augenbraue konnte sie erkennen, dass er ihr kein Wort glaubte.

»Sie kommen ins Haus, verkriechen sich in der Küche, ohne ein Wort zu sagen, sind leichenblass und haben rote, geschwollene Augen vom Weinen. Alles wie immer? Hören Sie, Wiebke, das glaube ich Ihnen nicht.« Watson hob die Tasse zum Mund und blies über die dampfende Oberfläche, um den Tee etwas abzukühlen. »Also, heraus mit der Sprache! Was bedrückt Sie?«

Wiebke senkte den Blick und rührte in ihrer Tasse, während sie fieberhaft nachdachte. Sie konnte ihm doch unmöglich sagen, dass es Gerüchte über ihn und sie gab. Aber ihn anzulügen brachte sie auch nicht übers Herz. Er war immer sehr freundlich zu ihr gewesen, hatte sie nie von oben herab behandelt, sondern immer wie eine Gleichgestellte mit ihr geredet. Und jetzt schien er sich wirklich Sorgen um sie zu machen. Es war lange her, dass jemand sich dafür interessierte, was in ihr vorging, geschweige denn, sich um sie sorgte.

»Ich ...«, begann sie und brach ab.

»Ist etwa eine Nachricht über Ihren Mann gekommen?«

Wiebke hob den Kopf und sah Captain Watson in die Augen. »Was? Nein. Das ist es nicht.«

»Gut.« Plötzlich war ein Ausdruck von Schmerz in sein Gesicht getreten. »Ich dachte schon, er wäre vielleicht ... Ich meine, ich weiß, wie es sich anfühlt, jemanden zu verlieren. Es zieht einem den Boden unter den Füßen weg.« Seine Züge wirkten wie versteinert.

Eine Weile war es still in der Küche. Nur das Ticken der Uhr war zu hören.

»Sir?«, fragte Wiebke schließlich leise.

Watson hob den Kopf und lächelte gezwungen. »Meine Verlobte starb beim Angriff der Deutschen auf Coventry. Das war im November 1940. Sie arbeitete als Schwester in einem Krankenhaus, als die Bomben fielen und es einstürzte.« Er seufzte. »Man sollte meinen, dass man nach fast sechs Jahren darüber hinweg ist.«

»Das ist man wohl nie.«

»Nein. Man lernt mit der Zeit nur, damit zu leben.«

Wiebke nickte. »Ja, mag sein.«

»Aber ich hatte es leichter als Sie, Wiebke. Ich bekam am Tag nach dem Bombenangriff die Nachricht und wusste, was passiert war. Diese jahrelange Angst und die Ungewissheit kenne ich nicht. Das muss Sie doch auffressen.«

»Nein, so ist das nicht. Eigentlich eher im Gegenteil: Es hält mich aufrecht und lässt mich weitermachen, nichts von meinem Mann zu hören. Solange ich keine Nachricht von ihm habe, weiß ich, dass Jan noch am Leben ist und dass er eines Tages wiederkommen wird. So lange bin ich seine Frau und nicht seine Witwe. Und ich werde mich so lange als seine Frau fühlen, bis mir jemand den Beweis bringt, dass er tot ist. Das habe ich ihm versprochen!« Wiebke schluckte hart, konnte aber nicht verhindern, dass ihr die Tränen in die Augen traten. »Und da tut es umso mehr weh, wenn man behauptet, ich wäre ... ich würde ... « Ihre Stimme versagte ihr den Dienst.

Watson griff in die Tasche seiner Uniformjacke, zog ein gefaltetes Taschentuch heraus und legte es vor ihr auf den Tisch. Seine Hand blieb direkt neben ihrer liegen, aber er berührte sie nicht.

»Sie würden was?«, fragte er nach einer Weile leise.

»Man hat mir erzählt, es gibt Gerüchte, dass Sie und ich ...« Sie brachte die ungeheuerliche Anschuldigung des jungen Cordes nicht über die Lippen.

»Oh!« Watson lehnte sich auf seinem Stuhl zurück. »Das ist es.« Ein amüsiertes Lächeln erschien auf seinem schmalen Gesicht. »Ich habe mich schon gefragt, wann es wohl so weit sein würde.«

Wiebkes Augen wurden groß. »Sie haben damit gerechnet?«

In seinen Augenwinkeln erschienen kleine Fältchen, als sein Lächeln breiter wurde. »Sie nicht?«, fragte er. »Kommen Sie, Wiebke, das war abzusehen. Sie leben in einem kleinen Dorf, und da macht Gerede schnell die Runde. Das wäre vermutlich selbst passiert, wenn ich eine sechzigjährige Matrone als Köchin eingestellt hätte.« Er beugte sich wieder vor und sah ihr in die Augen. »Aber das habe ich nicht. Ich habe mich für eine hübsche junge Frau entschieden, die ganz allein ihre Familie durchbringen muss. Und das war eine gute Entscheidung. Sollen die Leute doch reden, was sie wollen! Sie brauchen die Arbeit hier bei mir, und Sie machen sie gut. Das ist alles, was mich interessiert.«

Captain Watson zog seine Zigaretten heraus und zündete sich eine an. »Außerdem gibt es ein Fraternisierungsverbot, und ich werde mich strikt daran halten«, fügte er hinzu und blies eine Rauchwolke zur Decke. »Nur falls Sie deswegen Bedenken haben.«

Wiebke schüttelte den Kopf.

»Gut«, sagte er. »Und wenn Sie einverstanden sind, werden

die Leute sogar noch mehr zum Tratschen bekommen. Mir hat es gut gefallen, wie Sie neulich am Hafen für mich gedolmetscht haben. Ich habe schon mit meinen Vorgesetzten gesprochen und die Erlaubnis eingeholt, Sie künftig als Dolmetscherin beschäftigen zu dürfen. Eigentlich wollte ich es Ihnen erst erzählen, wenn die Formalitäten geregelt sind. Aber ich denke, Sie können heute eine gute Nachricht gebrauchen.« Er lächelte selbstzufrieden. »Mehr Geld gibt es im Übrigen auch.«

Tausend Gedanken schwirrten Wiebke durch den Kopf. »Ich weiß gar nicht, was ich sagen soll«, stammelte sie.

»Dann sagen Sie doch einfach Ja!«

»Ja!« Wiebke lachte unter Tränen.

»Sehen Sie, so gefallen Sie mir schon besser! Und jetzt trinken Sie Ihren Tee aus, damit wir losfahren können. Wir haben heute viel zu erledigen.«

Kapitel 10

Die Uhr über dem zerschlissenen Küchensofa gab ein metallisches Surren von sich und schlug drei Mal.

Langsam öffnete Freerk die Augen einen Spaltbreit und stöhnte leise. Das helle Licht der Nachmittagssonne, das durch das Küchenfenster hereinfiel, blendete ihn, und von seinem steifen Nacken strahlte ein scharfer Schmerz bis in die Schläfen aus.

Drei Uhr schon. Weil er in der Nacht kein Auge zugemacht hatte, hatte er sich nach dem Frühstück – die letzte halbe Scheibe trockenes Brot, die er noch hatte – einen Moment auf dem Küchensofa langgemacht. Nur einen Moment ausruhen, hatte er gedacht. Die Augen schließen und an nichts mehr denken. Aber sofort hatte er wieder die rothaarige junge Frau gesehen, ihren entsetzten Blick, hatte den Schlag auf seiner Wange gefühlt. Den Gedanken, ihr möglicherweise Unrecht getan zu haben, versuchte er von sich zu schieben, doch immer wieder sah er ihr schmales Gesicht mit den vielen Sommersprossen vor sich. Schließlich hatte er nach dem Buch gegriffen, das aufgeschlagen auf dem Küchentisch lag, und zu lesen begonnen.

Bücher waren seine große Leidenschaft. Schon als Kind hatte er jede freie Minute damit zugebracht, alles zu lesen, was er in die Finger bekam. Sein Vater hatte immer geschimpft, er werde sich noch die Augen verderben, und Cord, sein Zwillingsbruder, hatte ihn damit aufgezogen, dass er sicherlich irgendwann eine dicke Brille tragen müsste. Cord selbst hatte kaum je ein Buch in die Hand genommen, aber er hatte zugehört, wenn Freerk ihm abends im Bett Geschichten vorlas oder nacherzählte, was er gerade gelesen hatte. Und dann hatten die beiden Jungen die Handlung weitergesponnen und sich selbst hineingeträumt. Sie waren mit Old Shatterhand durch die Prärie geritten oder hatten mit Kara Ben Nemsi die Wüste durchquert. Cords liebste Geschichte war *Seefahrt ist not!* von Gorch Fock gewesen, in der es um den Sohn eines Fischers ging, der bei seinem Vater als Schiffsjunge anheuerte. Wieder und wieder hatte er das hören wollen, und Freerk hatte das Buch so oft vorgelesen, bis es ganz zerfleddert war.

Wie alle Bücher, die er als Junge gelesen hatte, hütete Freerk auch dieses wie einen Schatz. Im Laufe der Jahre waren zu dem ersten kleinen Bord über seinem Bett noch etliche weitere Regale hinzugekommen, bis im Haus kein Fleckchen Wand mehr frei war. Mochte der Rest des Hauses auch schmutzig und unaufgeräumt sein, Freerks Bücher waren immer makellos geordnet und ohne ein Stäubchen. Seine Bücher waren seine Freunde, und Freunde musste man gut behandeln. Sie waren es, die ihn von hier forttrugen, um ihm eine andere Welt zu zeigen. Eine, die farbiger war als das Grau des Watts, wärmer als die Winterstürme, die salzige Eisnadeln gegen die Fensterscheiben trieben. Eine, in der er Abenteuer bestehen und sich in schöne Frauen verlieben konnte und in der niemand ihn einen Krüppel nannte.

Heute hatte Jules Vernes *Die geheimnisvolle Insel* auf dem Küchentisch gelegen. Freerk hatte zu lesen begonnen, um die Erinnerung an die hellgrünen Augen, die ihn wütend anfunkelten, zu verdrängen. Langsam war er immer tiefer in der Geschichte versunken, in der Cyrus Smith und sein Diener sich auf einer Insel im Pazifik eine neue Heimat schufen. Schließlich hatten die Buchstaben begonnen zu verschwimmen, seine Augenlider waren schwer geworden, während der Dschungel, den er in Gedanken vor sich sah, voller funkelnder grüner Augen war.

Langsam setzte Freerk sich auf, wobei das Buch, das auf seiner

Brust gelegen hatte, polternd zu Boden fiel. Noch immer pochte ein scharfer Schmerz in seinen Schläfen. Er verzog das Gesicht und rieb sich mit den Fingern die Augen, ehe er sich auf die Füße kämpfte, zur Küchenspüle hinüberhumpelte und sich ein paar Hände voll kaltes Wasser ins Gesicht spritzte. Langsam erwachten seine Lebensgeister wieder.

Es wurde höchste Zeit, zu Onkel Emil zu fahren. Der alte Mann würde sicher schon auf ihn warten. Onno de Buhr hatte angeboten, Onkel Emil am Vormittag vom Krankenhaus in Nordenham abzuholen, er müsse sowieso mit dem Wagen zum Bahnhof, da sei es kein großer Umweg. Freerk ging zum Sofa zurück, hob das Buch vom Boden auf, strich sorgfältig die Seiten glatt und legte es zugeklappt auf den Tisch, ehe er das Haus verließ.

Als er eine Viertelstunde später Onkel Emils Haustür öffnete, hörte er lautes Lachen aus der Stube. Er dachte, de Buhr wäre vielleicht noch dageblieben, um dem alten Mann Gesellschaft zu leisten, aber zu seiner Überraschung saßen Enno und Gerd auf dem Sofa vor dem gedeckten Tisch. Die beiden hatten offenbar Tee gekocht und Stuten geschmiert und unterhielten sich mit Onkel Emil, der mit verbundenem Arm in seinem Sessel saß und mit großem Appetit aß.

»Moin, Freerk, min Jung!«, sagte er grinsend. »Na, lässt du dich auch endlich blicken?«

Freerk murmelte eine Entschuldigung.

»Macht ja nix.« Onkel Emil winkte ab. »Gerd und Enno haben sich prima um mich gekümmert. Setz dich doch, Jung, und trink eine Tasse Tee. Den Stuten hat Onnos Frau vorbeigebracht. Sie mag ja sonst ein Besen sein, aber backen kann sie.« Er lachte glucksend.

»Du bist ja schon wieder gut obenauf!«, stellte Freerk fest und setzte sich in den zweiten Sessel.

»Wenn ich ruhig auf meinem Hintern sitze und den Arm stillhalte, geht's mir schon wieder ganz gut«, sagte Onkel Emil.

Enno hatte inzwischen aus dem Buffet eine Tasse und einen Teller geholt und stellte sie vor Freerk auf den Tisch. Als er ihm Tee eingeschenkt hatte, blieb er stehen und sah seinen Bruder fragend an.

»Ich glaube, wir sollten dann mal langsam nach Hause gehen«, meinte Gerd und erhob sich ebenfalls. »Wir kommen morgen nach der Schule wieder vorbei, und dann besprechen wir, wie wir das mit dem Räucherofen machen.«

»Wie ich schon sagte, meinetwegen könnt ihr das alte Ding bei mir im Garten gern benutzen«, erwiderte Onkel Emil. »Müsst ihr nur sauber machen und zusehen, wo ihr Holzspäne herbekommt. Aber da könnt ihr ja mal bei der Tischlerei in Burhave nachfragen. Bestellt einfach einen schönen Gruß von mir. Und jetzt seht zu, dass ihr nach Hause kommt. Eure Leute werden schon auf euch warten, es ist immerhin schon nach vier. Vielen Dank fürs Helfen noch mal!«

»Nichts zu danken«, sagte Enno grinsend. »Eine Hand wäscht die andere.«

Die beiden Jungs nickten Freerk und Onkel Emil zu und gingen hinaus.

»Gute Jungs sind das«, stellte Onkel Emil nickend fest. »Wirklich gute Jungs, alle beide! Aufgeweckt, hilfsbereit, und sie wissen, was sich gehört.«

»Stimmt. Ein Jammer, dass man das über ihre große Schwester nicht gerade sagen kann, wie man so hört.«

Onkel Emil zog die Augenbrauen hoch. »Nanu? Was hört man denn Schlimmes über sie?«

»Sie arbeitet doch bei dem Tommy-Offizier, der in Burhave wohnt. Kocht für ihn und macht sauber.« Freerk beugte sich vor und angelte sich eine Scheibe Stuten vom Teller. Er konnte nicht sagen, warum, aber jetzt widerstrebte es ihm irgendwie, das Gerücht weiterzutragen. Er biss in den Stuten und ließ den Satz in der Luft hängen.

»Ja und?«, sagte Onkel Emil. »Das tun doch etliche. Der Neffe von Friseur Behrens arbeitet im Depot in Nordenham und der Sohn vom alten Klaus Büsing aus Waddens in der Registratur. Was meinst du wohl, wie froh Klaus ist, dass sein Junge Arbeit bei den Briten gefunden hat! Ist ja schwer genug dieser Tage, mit vier kleinen Kindern über die Runden zu kommen.«

Freerk spülte den Stuten mit einem großen Schluck Tee hinunter. »Mag sein«, sagte er langsam. »Ist nur immer die Frage, wie man an die Arbeit herangekommen ist.«

»Was soll das denn heißen?«

»Was wird das schon heißen? Dass sie mit dem Tommy im Bett gewesen sein soll, um bei ihm arbeiten zu können.«

»Wer erzählt denn so was?«

»Hab ich neulich beim Bäcker gehört. Da standen ein paar Frauen zusammen, und die ...«

»Seit wann hörst du denn auf das Gesabbel aus dem Dorf?«, unterbrach ihn Onkel Emil. »Ist doch sonst gar nicht deine Art. Du weißt doch, wie die Weiber sind. Wenn es nichts Neues zu tratschen gibt, dann wird was erfunden.« Onkel Emil richtete sich ein wenig auf und verzog das Gesicht. »Reich mir doch noch mal den Stuten rüber.«

Freerk antwortete nicht, griff nach dem Teller und hielt ihn seinem Onkel hin. Der alte Mann suchte sich das Stück mit den meisten Rosinen heraus und biss herzhaft hinein.

»Nee, davon glaub ich kein Wort«, sagte er kauend. »Gerd und Enno haben erzählt, der Tommy hat ein Huhn von ihnen totgefahren, und als er gehört hat, dass ihre Schwester Köchin ist, hat er sie als Zugehfrau eingestellt. Hatte wohl ein schlechtes Gewissen wegen der Henne.«

»Und warum fährt sie dann mit ihm in der Gegend herum?«, fragte Freerk. »Ich habe die beiden doch gesehen, wie sie mit de Buhr vor der Fischereigenossenschaft standen. Macht so was eine Zugehfrau etwa?«

Onkel Emil pflückte sich ein paar Krümel von der Weste und steckte sie in den Mund. »Davon hat mir Onno erzählt, als er mich abgeholt hat. Der Tommy hatte sie mitgebracht, damit sie für ihn übersetzt, weil sie wohl ganz gut Englisch spricht. Und wie Onno sagte, hat sie das sehr gut gemacht. Er war wohl ziemlich *inne Brass* und hat über die Fangquoten geschimpft. Du kennst den ollen Hitzkopf ja. Da hat sie ihn gefragt, ob sie das dem Tommy wirklich so übersetzen soll, und ihn wieder zur Vernunft gebracht. Onno lässt jedenfalls nichts auf sie kommen.« Onkel Emil schüttelte den Kopf. »Das scheint 'ne feine Deern zu sein, und ich glaub nicht, dass an den Gerüchten was dran ist. Da hat die erste Tratschtante der zweiten bestimmt erzählt, es wäre komisch, dass der Tommy eine Flüchtlingsfrau einstellt, noch dazu so eine junge, hübsche. Die zweite behauptet, dass der ein Auge auf sie geworfen hat, und spätestens bei der dritten sind die beiden zusammen im Bett gewesen.«

Freerk rührte nachdenklich in seiner Teetasse. Inzwischen fühlte er sich nicht mehr wohl in seiner Haut. »Sie hat angeboten, bei dir nach dem Rechten zu sehen und dir was zu essen vorbeizubringen«, sagte er nach einer Weile. »Weil du dir wegen der Jungs die Schulter gebrochen hast.«

Onkel Emil blickte erstaunt auf. »Das ist aber nett von ihr! Wann hast du sie denn getroffen?«

»Heute Morgen in aller Herrgottsfrühe stand sie vor dem Haus. Meinte, die Jungs könnten auf dem Kutter mitfahren und helfen, bis du wieder gesund bist. Ich hab sie weggeschickt.«

»*Was* hast du?«

»Ich hab sie weggeschickt«, wiederholte Freerk ungehalten.

Es war ihm noch nie leichtgefallen, einen Fehler einzugestehen. »Und ich hab ihr gesagt, dass wir von so einer wie ihr keine Hilfe brauchen.«

Ungläubig schüttelte Onkel Emil den Kopf. »Du Dussel! Von wegen wir brauchen keine Hilfe! Ich kann mir mit der kaputten Schulter nicht mal die Schuhe zubinden, und wann ich wieder auf dem Kutter klarkomme, mag der liebe Herrgott wissen. Allein kannst du nicht rausfahren. Das wär doch die Lösung für alle gewesen, dass die Jungs mit an Bord gehen. Aber du und dein gottverdammter Stolz!«

»Das hat mit Stolz nichts zu tun!«, sagte Freerk gereizt.

»Nein. Das hat mit dir und deinem Hass auf die Tommys zu tun. Glaubst du etwa, der Offizier, der jetzt in Burhave wohnt, war derjenige, der damals die Granate auf dich und Cord abgefeuert hat?«

Freerk fühlte eine ungeheure Wut in sich aufsteigen und presste die Lippen fest zusammen, um nichts Unbedachtes zu sagen. Seine Hände ballten sich zu Fäusten, während er sich darum bemühte, die Fassung nicht zu verlieren.

»Es stimmt doch! Du machst alle Briten für das verantwortlich, was dir passiert ist«, fuhr Onkel Emil unbeirrt fort. »Hör mal, das mit deinem Bein war im Krieg. Da passiert so was. Aber jetzt ist der Krieg vorbei, und wir haben ihn verloren. Jetzt müssen wir sehen, wie wir damit klarkommen, so gut es irgendwie geht.«

Freerk antwortete nicht, starrte nur aus dem Fenster auf das Hafenbecken, in dem die Kutter nebeneinander am Kai lagen. Noch immer schäumte er innerlich vor Wut.

Eine Weile war es vollkommen still in der kleinen Stube des alten Fischers.

»Und was hat die Deern gesagt, als du sie wieder weggeschickt hast?«, fragte Onkel Emil schließlich.

»Gar nichts«, sagte Freerk gepresst. »Hat mir eine Ohrfeige verpasst und ist davongelaufen.«

»'ne Ohrfeige? Wieso das denn? Hast du ihr etwa an den Kopf geworfen, was die ollen Tratschtanten erzählt haben?«

Freerk nickte nur.

»Du Döskopp!« Zu seiner Überraschung lachte Onkel Emil. »Geschieht dir recht! Hast es nicht besser verdient.« Er beugte sich ein wenig vor und sah seinem Neffen fest in die Augen. »Aber jetzt musst du dir überlegen, wie du das wieder aus der Welt schaffst und ganz fix für gut Wetter sorgst. Wir brauchen die Hilfe der Helgoländer.«

Kapitel 11

Die Sonne stand schon tief über den Marschhöfen im Westen, als der Jeep die Deichstraße entlangrumpelte und schließlich vor der Einfahrt zu Wiebkes Haus stehen blieb.

»Also dann, bis morgen früh«, sagte Captain Watson und nickte ihr zu. »Ich schicke Anderson vorbei, um Sie abzuholen.«

»Das wird nicht nötig …«

»Keine Widerrede«, unterbrach er sie. »Das ist purer Eigennutz von mir. Morgen haben wir einen vollen Terminkalender, und wenn Anderson Sie holt, können wir früher anfangen.« Er lächelte sie an. »Sie helfen mir sehr, wissen Sie das? Für das, was wir in den letzten zwei Tagen geschafft haben, hätte ich ohne Sie mindestens eine Woche gebraucht.«

»Sie übertreiben maßlos, Sir!« Wiebke lachte verlegen und spürte, wie ihr vor Stolz über das Lob das Blut ins Gesicht schoss.

»Nein, gar nicht. Meine Vorgesetzten haben auch schon festgestellt, dass ich jetzt viel besser mit den Einheimischen zurechtkomme.« Kleine Fältchen erschienen in seinen Augenwinkeln, als er lächelte. »Na gut, ich gebe es zu: Vier Tage hätte ich ohne Sie gebraucht.« Er zwinkerte ihr zu.

Statt einer Antwort lachte Wiebke erneut. Dann stieg sie aus dem Wagen, drehte sich aber noch einmal um und beugte sich hinunter, um ihn ansehen zu können. »Meine Brüder haben einen Heilbutt gefangen und geräuchert. Wenn Sie noch einen Moment warten, Sir, dann hole ich für Sie und Anderson ein Stück zum Abendessen.«

»Jetzt ist es an mir zu sagen, dass das nicht nötig ist. Wir können doch von Ihnen nichts zu essen annehmen.«

»Es ist ein sehr großer Fisch, und wir kommen mit dem Essen gar nicht hinterher. Es wäre doch ein Jammer, wenn er verdirbt. Wirklich, Sie würden mir einen Gefallen tun, wenn Sie ein Stück mitnehmen.«

Watson seufzte. »Also gut. Wenn ich Ihnen damit wirklich einen Gefallen tue.«

Wiebke strahlte, drehte sich um und lief ins Haus. Der feine Duft von frisch geräuchertem Fisch stieg ihr schon im Flur in die Nase. Die drei Jungen waren damit beschäftigt, den Abendbrottisch zu decken, als sie die Küche betrat. Mitten auf dem Tisch stand der größte Teller, den sie besaßen, und darauf lagen hoch aufgetürmt goldbraun geräucherte Heilbuttscheiben. Tante Fenna saß auf ihrem Platz, hatte wie immer Ike auf dem Schoß und war dabei, ihr ein Brot zu schmieren.

Almuth, die am Küchenfenster gestanden und durch die Gardine den Jeep an der Straße beobachtet hatte, drehte sich um, als Wiebke hereinkam. »Tut das jetzt not, dass der Tommy dich nach Hause bringt?«, fragte sie finster. »Was sollen denn die Nachbarn denken?«

Wiebke achtete nicht auf sie. Sie holte einen Teller aus dem Schrank, legte zwei große Scheiben von dem Heilbutt darauf und deckte sie mit einem Geschirrtuch zu.

»Was wird das denn?«, fragte Gerd verwundert.

»Erklär ich dir später«, antwortete sie hastig und lief mit dem Teller zum Jeep zurück, der noch immer vor der Einfahrt parkte.

»Hier, Sir«, sagte sie und hielt Captain Watson das Paket hin. »Lassen Sie es sich schmecken!«

Er nahm den Teller und schnupperte daran. »Hm, wie das duftet!«, sagte er genießerisch. »Ich habe ewig keinen guten Räucherfisch mehr gegessen.«

»Der *ist* gut. Glauben Sie mir!« Sie lachte. »Bis morgen, Sir.«

Watson strahlte sie an, tippte sich an die Mütze und startete den Motor. Wiebke schaute dem Jeep hinterher, bis er um die Kurve verschwunden war, ehe sie langsam zum Haus ging.

Die letzten zwei Tage waren anstrengend gewesen, aber sie musste zugeben, dass ihr die Arbeit als Übersetzerin für Captain Watson viel Spaß machte. Sie mochte die ruhige und zuvorkommende Art, die er den meisten Leuten gegenüber an den Tag legte. Aber er konnte auch durchaus anders, wie sie seit heute wusste. Ein Junge von vielleicht sechzehn Jahren war beim Stehlen erwischt und auf die Wache gebracht worden. Watson hatte ihm eine Standpauke gehalten, die sich gewaschen hatte, und ihn dann dazu verdonnert, über Nacht in der Arrestzelle zu bleiben. Der würde so schnell nicht wieder über die Stränge schlagen, hatte der Captain Wiebke erklärt. Sie beschloss, Gerd und Enno davon zu erzählen, was einem blühte, wenn man sich nicht an die Regeln hielt. Vielleicht würden die beiden dann endlich besser auf ihre große Schwester hören. Schmunzelnd ging sie zurück zum Haus.

»Du hast ihm doch wohl nichts von dem Heilbutt gegeben? Das ist ja wohl das Allerletzte!« Almuths Augen sprühten Funken vor Zorn, als sie Wiebke an der Tür abfing. »Wir haben kaum was zu essen auf dem Tisch, und du verschenkst das bisschen noch an die Tommys!«

Wiebke antwortete nicht, sondern schob sich an ihr vorbei ins Haus und ging in die Küche.

»Ich habe Captain Watson etwas von dem Heilbutt mitgegeben«, sagte sie zu Gerd und Enno, die bereits am Tisch saßen und aßen. »Ich hoffe, ihr beide habt nichts dagegen, es ist ja immerhin euer Fisch.«

»Nein, warum?«, nuschelte Enno kauend. »Ist doch mehr als genug da, oder Gerd?«

Sein Bruder nickte nur und biss gierig von dem Graubrot ab, das er mit einer dicken Scheibe Räucherfisch belegt hatte.

»Wir haben Onkel Emil auch welchen dagelassen, dafür, dass wir seinen Ofen benutzen durften«, fuhr Enno fort und leckte genüsslich das Fett ab, das ihm über die Finger lief.

Aus den Augenwinkeln sah Wiebke, dass ihre Schwiegermutter entrüstet den Kopf schüttelte, aber nach einem durchdringenden Blick von Tante Fenna kniff sie die Lippen zusammen, setzte sich an den Tisch und begann zu essen, ohne ein Wort zu verlieren. Für den Heilbutt auf dem Tisch hatten die Jungs gesorgt, und damit hatten sie auch das Recht, zu bestimmen, was damit geschehen sollte. Das musste sogar Almuth zugeben.

Piet zupfte an Wiebkes Rock. »Setz dich doch endlich hin, Mama. Wir wollen jetzt alle essen. Guck, Tante Fenna hat sogar Bratkartoffeln gemacht.« Er deutete auf die kleine Schüssel, die mitten auf dem Tisch stand. »Nur für dich, damit du auch was Warmes bekommst, hat sie gesagt.«

Wiebke warf Tante Fenna einen dankbaren Blick zu, den diese mit einem breiten Lächeln beantwortete, dann nahm sie sich ein paar dampfend heiße Kartoffeln und ein kleines Stück Heilbutt.

Der Fisch war wirklich perfekt geräuchert. Bei leichtem Druck mit der Gabel fiel das saftige Fleisch auseinander, und eine Duftwolke, die sofort Erinnerungen an Helgoland weckte, stieg in Wiebkes Nase. Der Heilbutt roch und schmeckte wie damals in der Küche ihres Großvaters, und sie sah Jans lachende Augen vor sich, als sie sich das erste Stück auf der Zunge zergehen ließ.

Wenn du nur hier wärst, Jan, dachte sie. *Wenn du nur endlich zurückkommen würdest!*

»Ich geh schon!«, rief Ike plötzlich. Sie kletterte von Tante Fennas Schoß und lief wie der Blitz zur Küchentür hinaus.

»Was zum ...« Wiebke legte geräuschvoll ihre Gabel auf den Tisch und stand auf, um ihr nachzugehen.

In letzter Zeit rannte Ike ständig zur Haustür, um einen ihrer imaginären Freunde hereinzulassen. Oder aber sie beschloss, mit ihrem eingebildeten Spielgefährten noch ein bisschen in den Garten zu gehen oder ihm die Hühner zu zeigen. Meistens ließ sie die Tür dann sperrangelweit offen stehen.

»Ike? Du sollst doch sitzen bleiben, bis alle mit dem Essen fertig sind. Das ist sonst ...« Wiebke trat in den Flur und blieb wie angewurzelt stehen.

Ike stand vor der geöffneten Haustür und starrte mit offenem Mund auf den Besucher, dessen Klopfen sie offenbar als Einzige gehört hatte.

Draußen vor der Tür stand der verrückte Cordes.

Statt des löchrigen Pullovers und der fleckigen Arbeitshose trug er einen alten grauen Anzug und ein sorgfältig gebügeltes Hemd, das ihm am Kragen viel zu weit war und den Blick auf den nervös auf und ab springenden Kehlkopf freigab. Als er Wiebke sah, nahm er seine Schiebermütze ab und knetete sie in den Händen. Der struppige Bart war verschwunden, die Wangen glatt rasiert, und die Haare, die ihm sonst immer wirr vom Kopf abstanden, waren jetzt kurz geschnitten und nach hinten gekämmt. Die Muskeln in seinem hageren Gesicht arbeiteten, als er ein schmallippiges Lächeln wagte.

»Sie ...«, war alles, was Wiebke herausbrachte.

Er nickte. »Ich bin ... gekommen, um mich zu entschuldigen«, sagte er stockend. »Ich ... ich hätte das nicht sagen dürfen. Das über Sie und den Briten, meine ich. Das war falsch ... und ... Normalerweise gebe ich nichts auf Gerüchte, das müssen Sie mir glauben. Aber ich ...« Er verstummte.

Ehe Wiebke etwas erwidern konnte, ging Ike, die Fremden gegenüber sonst sehr zurückhaltend war, einen Schritt auf den jungen Cordes zu und streckte ihm ihre Hand entgegen. »Ich bin Ike«, sagte sie. »Wie heißt du?«

Er sah zu der Kleinen hinab, die ihn fragend anschaute. Nach kurzem Zögern beugte er sich ein wenig hinunter und ergriff ihre Hand. »Mein Name ist Freerk«, erwiderte er ernsthaft.

Ike nickte zufrieden. »Moin, Freerk!«, sagte sie. »Weißt du was? Wir essen gerade Abendbrot. Es gibt geräucherten Heilbutt. Den haben Gerd und Enno mitgebracht. Magst du auch so gern geräucherten Heilbutt?«

»Ja, sehr gern sogar.«

»Willst du mitessen? Enno hat gesagt, es ist mehr als genug da. Komm mit!« Sie hielt noch immer Freerks Hand in ihrer und wollte ihn mit sich ins Haus ziehen, aber er hielt sie zurück.

»Ich glaube nicht, dass deiner Mutter das recht wäre.«

»Mama hat bestimmt nichts dagegen.« Die Kleine drehte sich zu Wiebke um. »Oder, Mama? Freerk darf doch bei uns mitessen?«

Ohne eine Antwort abzuwarten, zog Ike den jungen Cordes an ihr vorbei bis in die Küche. »Das ist Freerk!«, verkündete sie dort. »Mama sagt, dass er bei uns mitisst.«

Freerk blieb stehen. »Warte mal, ich kann doch nicht einfach ...«

Gerd und Enno erhoben sich und begrüßten ihn mit Handschlag. Die beiden schienen sich sehr zu freuen, ihn zu sehen. Während Gerd ihm einen Teller holte, rutschte Enno auf der Küchenbank ein Stück zur Seite, um ihm Platz zu machen, und begann, ihn mit Fragen zu löchern, was es am Hafen Neues gebe.

Wiebke war Ike und Freerk langsam in die Küche gefolgt und setzte sich ihm gegenüber auf ihren Stuhl. Ihr Herz klopfte bis zum Hals, und sie wagte es nicht, den Blick zu heben und ihn anzusehen. Wie mechanisch nahm sie ihre Gabel wieder in die Hand und aß weiter, aber die Bratkartoffeln und der Fisch schmeckten plötzlich wie Torf, und sie hatte Mühe, sie durch die zugeschnürte Kehle zu bekommen.

Sie hatte ihrer Familie nicht erzählt, was Freerk Cordes zu ihr gesagt hatte. Das wäre nur Wasser auf Almuths Mühlen gewesen und hätte diese in ihrer Forderung bestärkt, dass Wiebke endlich aufhören müsse, bei Captain Watson zu arbeiten. Aus den Augenwinkeln sah sie, dass Almuth dem jungen Cordes eine Scheibe Brot reichte, und sie hörte, wie er sich höflich bedankte. Almuth lächelte und schob den Teller mit dem Fisch ein Stück in seine Richtung. Sie schien nichts dagegen zu haben, dass er mit ihnen aß. Der erste Nachbar, der ihr Haus betrat. In Almuths Augen war das wohl ein gutes Zeichen dafür, dass die Helgoländer Flüchtlinge langsam dazugehörten.

Wiebke leerte langsam ihren Teller, ohne sich an dem Gespräch am Tisch zu beteiligen.

Die *Margarethe* bleibe vorerst im Hafen, allein könne er nicht hinausfahren mit seinem Holzbein, sagte Freerk Cordes. Sein Onkel habe immer noch ziemliche Schmerzen, würde sich aber lieber die Zunge abbeißen, als das zuzugeben. Doch solange er noch Schnaps im Haus habe, sei er wenigstens gut gelaunt.

Wiebke hörte alle anderen lachen und zwang sich ebenfalls ein Lächeln ab. Ihr Blick traf die klugen Augen von Tante Fenna, die sie durchdringend musterten. Ihr konnte man einfach nichts vormachen. Hastig sah sie weg.

Noch immer saß Ike auf Tante Fennas Schoß, mümmelte ihr Brot und hing wie gebannt an Freerk Cordes' Lippen. Ein erwachsener Mann, der mit am Tisch saß – das erlebte Ike zum ersten Mal, und sie war dementsprechend beeindruckt.

Freerk erzählte, dass einer der Fischer einen großen Steinbutt gefangen habe, den er heimlich nach Bremerhaven geschmuggelt und dort im Fischereihafen verkauft habe. Es gab dort wohl einen Angestellten, der schon mal besondere Fischsorten gegen amerikanische Zigaretten tauschte. Ob das gefährlich sei? Sicher! Aber mit Zigaretten ließ sich auf dem Schwarzmarkt fast alles besorgen.

Die vielsagenden Blicke, die sich Gerd und Enno sofort zuwarfen, entgingen Wiebke nicht. Sie beschloss jedoch, die Warnung an die beiden, das ja nicht zu probieren, auf später zu verschieben.

Als alle aufgegessen hatten, erhob sie sich, um den Tisch abzuräumen. Auch Freerk stand auf und griff nach der Tweedmütze, die neben ihm auf der Bank lag.

»Ich werde mich dann mal wieder auf den Weg machen«, sagte er. »Vielen Dank für die Einladung zum Essen!«, fügte er hinzu und nickte Ike lächelnd zu.

Gerd und Enno standen ebenfalls auf, wurden aber von Tante Fenna zurückgerufen. »Ihr zwei helft bitte beim Tischabdecken.« Sie warf Wiebke einen durchdringenden Blick zu. »Wiebke kann mit zur Tür gehen.«

»Aber ...«

»Nun mach schon, Deern, wir kommen hier schon zurecht.« Damit hob Tante Fenna Ike von ihrem Schoß, stellte sie auf den Boden und reichte ihr das Besteck. »Trag das mal schnell zur Spüle rüber, min Lütten.«

Unschlüssig, was sie jetzt tun sollte, blieb Wiebke einen Moment stehen. Wenn sie sich weigerte, würde sie den beiden alten Frauen ihr Verhalten erklären müssen, aber alles in ihr sträubte sich dagegen, auch nur ein paar Sekunden mit dem jungen Cordes allein zu sein. Schließlich riss sie sich zusammen und verließ zusammen mit ihm die Küche.

Erst an der Haustür blieb er stehen und sah sie an. Er wirkte sehr ruhig und ernst, aber in seinen dunkelblauen Augen lagen so viel Bitterkeit und unterdrückter Schmerz, dass sie es kaum ertragen konnte, seinem Blick standzuhalten.

»Vielen Dank, dass Sie mich bei sich aufgenommen haben«, sagte er. »Es war schön, wieder an einem Tisch mit einer Familie zu sitzen und zu essen. Ich hatte schon ganz vergessen, wie sich das anfühlt. Ich wollte mich nicht aufdrängen. Wirklich, das müssen Sie mir glauben. Aber als Ihre Tochter mich an die Hand genommen hat, wollte ich sie nicht enttäuschen.«

Wiebke nickte steif. »Ist schon gut.«

»Ich wollte es vorhin schon sagen und hab es nicht richtig rausbekommen. Hören Sie, es tut mir ehrlich leid, was ich neulich zu Ihnen gesagt habe, und wenn ich es irgendwie ungeschehen machen könnte, würde ich das tun. Eigentlich gebe ich nichts auf den Dorftratsch, aber als ich Sie und diesen Briten am Hafen gesehen habe, da …«

»Damals am Hafen, da habe ich gearbeitet. Captain Watson nimmt mich mit, damit ich für ihn übersetze. Ich würde auch lieber irgendwie anders mein Geld verdienen, aber ich muss meine Familie durchbringen und kann nicht wählerisch sein. Ich spreche Englisch, weil mein Großvater ein Tommy war. Macht mich das zu einer Verräterin? Oder gar zu einem Tommy-Flittchen?«

Freerk schwieg und senkte die Augen.

»Captain Watson ist ein freundlicher, höflicher und sehr zuvorkommender Mann. Ich bin ihm dankbar dafür, dass er mich bei sich arbeiten lässt. Und er hat mich immer als das behandelt, was ich bin: eine verheiratete Frau. Er ist mir nie auch nur im Ansatz zu nahegekommen.«

Noch immer sagte der junge Cordes kein Wort.

»Nein, so schnell werde ich Ihnen nicht vergeben und vergessen, was Sie mir an den Kopf geworfen haben. Und die Ohrfeige tut mir nicht leid, die hatten Sie verdient.« Wiebke holte tief Luft, ehe sie fortfuhr: »Aber es geht hier nicht nur um uns beide, nicht wahr? Es geht auch um unsere Familien. Wir müssen aufhören, uns das Leben schwer zu machen, und anfangen, uns gegenseitig zu helfen, wie Nachbarn das tun sollten.« Wiebke sah ihm herausfordernd ins Gesicht. »Ich habe einen Vorschlag gemacht, der uns allen nützen würde. Wenn Sie bereit sind, die Jungs auf dem Kutter arbeiten zu lassen, bin ich bereit, das, was geschehen ist, ruhen zu lassen.« Sie streckte ihm die Rechte entgegen. »Also? Auf gute Nachbarschaft?«

Freerk sah sie einen Moment lang wortlos an, ehe er einen Schritt auf sie zumachte und ihre Hand ergriff. Seine Rechte war hart und schwielig und sein Griff so fest, dass es beinahe schmerzte. Die Hand eines Fischers. Die Bitterkeit verschwand aus seinem Blick, als seine Augen ihre suchten. »Abgemacht. Auf gute Nachbarschaft!«

Kapitel 12

Der Sommer brachte heiße Tage, an denen die Sonne von einem stahlblauen Himmel herunterbrannte und der Ostwind das Gras, das die Bauern auf den Wiesen im Hinterland gemäht hatten, in wenigen Stunden trocknete. In Wiebkes Garten waren die ersten Kartoffeln verblüht, und ihr Laub verwelkte auf der grauen Kleierde, die von tiefen Rissen durchzogen war. Nur noch ein paar Tage, bis Wiebke zusammen mit ihrer Schwiegermutter und den Kindern die Knollen aus der Erde graben und in den winzigen Vorratskeller unter dem Haus würde schaffen können. Die dicken Bohnen hatten sie schon geerntet. Ihr gelbes Laub hing zum Trocknen an der Regenrinne des Schuppens. Viel war es nicht, was sie bisher einlagern konnten, aber Wiebke hoffte, dass es reichen würde, um im nächsten Winter nicht wieder hungern zu müssen.

Jetzt war erst einmal Sommer, und im Sommer war das Leben leichter. Die Kinder hatten seit zwei Wochen Sommerferien, und Gerd und Enno waren den ganzen Tag unterwegs. Schon früh morgens, bevor Wiebke aufstand, verließen sie das Haus und kamen erst zum Abendbrot zurück. Entweder fuhren sie zusammen mit Freerk auf der *Margarethe* aufs Meer, oder sie bastelten am Hafen an ihrer beschädigten Jolle herum.

»Schließlich wollen wir ja auch mal wieder allein ins Watt«, wurde Gerd nicht müde zu sagen. »Nur ein Segel müssen wir noch auftreiben, dann kann es mit der Stellnetzfischerei wieder losgehen.«

Woher die beiden die neuen Stellnetze hatten, fragte Wiebke lieber nicht. Auf ihre Predigt, nur ja die Finger vom Schwarzmarkt zu lassen, um nicht in Teufels Küche zu geraten, hatten die beiden nur mit einem Schulterzucken reagiert.

Nein, berichtigte sie sich. Gerd hatte mit den Schultern gezuckt, während Enno gegrinst hatte.

»Nun mach dir doch nicht immer so viele Gedanken, Wiebke«, hatte er gesagt. »Was soll schon groß passieren?«

»Ins Gefängnis könnt ihr kommen. Das kann passieren! Ich sehe das doch jeden Tag.«

»Ja, in Nordenham!«, hatte Enno gleichgültig geantwortet. »Wer ist auch schon so blöd, direkt vor der eigenen Haustür auf den Schwarzmarkt zu gehen?« Mehr hatte er zu dem Thema nicht sagen wollen, sondern war pfeifend nach draußen auf den Hof gegangen, die Hände tief in den Hosentaschen vergraben.

Ihre Brüder entglitten ihr, und das machte Wiebke Sorgen. Früher war es immer nur Gerd gewesen, der nicht auf sie hatte hören wollen, aber inzwischen war Enno ebenso wenig zugänglich wie sein großer Bruder. Wenn sie überhaupt eine Antwort auf ihre Vorwürfe bekam, dann begann diese meistens mit: »Freerk hat aber gesagt, dass ...«

Freerk, Freerk, Freerk. Sie befürchtete, dass der junge Cordes nicht den besten Einfluss auf die beiden Jungen hatte, die fast den ganzen Tag mit ihm zusammen waren. Was, wenn er krumme Geschäfte machte und die beiden mit hineinzog? Wie würde sie denn dastehen, wenn ihre Brüder wegen Schwarzhandels verhaftet würden? Was würde Captain Watson sagen? Vielleicht bliebe ihm nichts anderes übrig, als Wiebke zu entlassen, auch wenn er immer wieder betonte, wie zufrieden er mit ihrer Arbeit war.

»Dieser ewige Schreibkram ist eine Plage!«, sagte Watson und riss Wiebke aus ihren Grübeleien. Er streckte die Arme und reckte sich. »Was für ein Jammer, dass Sie nicht auch Englisch schreiben können, Wiebke. Das würde eine Menge Zeit einsparen.«

»Tut mir leid, Sir, aber mein Großvater hat mir nur das Sprechen beigebracht. Von der englischen Rechtschreibung habe ich keine Ahnung.«

»Das war doch nur ein Scherz.« Er winkte lachend ab und sah dann zur Uhr hinüber. »Fünf Uhr schon. Ich bringe Sie schnell nach Hause.« Watson klappte seine Akte zu, legte sie beiseite und erhob sich.

»Aber ich habe doch noch gar nicht für Sie und Anderson gekocht.«

»Das macht nichts. Bei so einer Hitze habe ich nie Appetit. Ein Sandwich zum Abendessen wird reichen. Und jetzt holen Sie Ihre Tasche.«

Ein paar Minuten später verließen sie die Registratur, die in der ehemaligen Polizeiwache untergebracht war, und stiegen die Stufen zum Marktplatz hinunter. In dem mit Türmchen und Erkern verzierten Gebäude aus der Gründerzeit war es vergleichsweise kühl, während die Luft hier draußen vor Hitze flirrte.

Schon am Morgen hatte Watson das Verdeck des Jeeps geöffnet. Jetzt klappte er auch noch die Windschutzscheibe auf die Motorhaube hinunter, ehe er einstieg und den Motor startete.

Nordenham war im Gegensatz zu anderen Städten an der Küste, wie Bremerhaven oder Wilhelmshaven, kaum durch Bomben zerstört worden. Ihr Weg führte vorbei an Bürgerhäusern aus dem vorigen Jahrhundert und ein paar brachliegenden Industriegebäuden, bis sie schließlich das offene Land erreichten und in Richtung Fedderwardersiel fuhren. Gelegentlich überholten sie ein Pferdegespann, das hoch mit Heu beladen war, und einmal kam ihnen ein Lastwagen entgegen, der ebenso wie der Jeep mit einem weißen Stern und den Buchstaben *MP* gekennzeichnet war. Watson hob die Hand und grüßte den Fahrer. Sonst waren nur ein paar Fahrräder und etliche Fußgänger auf den Straßen unterwegs.

»Flüchtlinge«, sagte Watson und deutete auf eine Gruppe von Frauen und Kindern, von denen einige einen Handkarren hinter sich herzogen. Er runzelte die Stirn. »Wahrscheinlich wieder aus Vorpommern oder Schlesien. Vermutlich werden sie über Nacht in einer Scheune unterkommen, und wenn sie Glück haben, lässt der Bauer sie ein paar Tage bleiben, ehe er sie weiterschickt.« Er seufzte leise. »Es wird Zeit, dass die Baracken in Einswarden endlich fertig werden.« Er sah kurz zu Wiebke herüber. »Um die Leute werden wir uns morgen kümmern.«

Wiebke nickte abwesend und starrte wie gebannt die Straße entlang. Ein Stück vor ihnen gingen zwei Männer nebeneinanderher. Beide trugen trotz der Hitze graue, zerschlissene Wehrmachtsuniformen. Man sah sie jetzt immer häufiger auf den Straßen, diese Kriegsheimkehrer, die endlich aus der Gefangenschaft entlassen worden waren. Alle waren zu Fuß unterwegs, alle waren abgemagert und hohlwangig, und bei jedem Einzelnen schlug Wiebkes Herz bis zum Hals. Es war nicht nur die Hoffnung, es könnte Jan sein, der da die Straße entlangschlurfte, sondern auch die Angst, wieder vergeblich gehofft zu haben.

Als sie die Soldaten überholten, warf Wiebke einen Blick über die Schulter, um die Gesichter sehen zu können, aber natürlich war Jan nicht dabei. Die Enttäuschung hinterließ wie jedes Mal ein schales Gefühl in ihrem Magen. Trotz der Hitze fröstelte es sie plötzlich, und sie schlang die Arme um ihre Brust.

»Alles in Ordnung?«, fragte Watson stirnrunzelnd.

»Ja, natürlich, Sir«, log sie.

Er schien noch etwas sagen zu wollen, überlegte es sich aber anders. Eine Weile schwiegen beide.

Erst kurz vor Fedderwardersiel räusperte sich Captain Watson. »Wie geht es eigentlich Ihren Hühnern?«, fragte er und riss Wiebke damit aus ihren trüben Gedanken.

»Wie? Oh, den Hühnern ...«, antwortete Wiebke abwesend. »Denen geht es gut. Zwei von den Küken haben inzwischen angefangen, Eier zu legen.«

»Und das dritte?«

»Das versucht seit Kurzem, zu krähen.«

»Also doch ein Hahn dabei.« Watson lachte leise.

»Ja, aber das macht nichts. Vielleicht bekommen wir dann ja bald neue Küken. Sonst wandert er in die Suppe.«

»In die Suppe? Ganz schön grausam, wenn man es recht bedenkt.«

Wiebke zuckte mit den Schultern. »So ist das Leben! Wer keine Eier legt, kommt über kurz oder lang in die Suppe.«

Watson warf ihr einen kurzen Blick zu und grinste breit. »Das ist ja geradezu eine philosophische Einsicht.«

Er lenkte den Wagen gemächlich die Deichstraße entlang und blieb vor der Einfahrt zu ihrem Haus stehen. »Nanu? Was ist denn da los?«

Auf dem kleinen Hof vor dem Haus standen Freerk und Emil Cordes mit Gerd und Enno um einen Stapel Bauholz herum, neben dem mehrere Rollen Maschendraht lagen, und diskutierten lebhaft. Tante Fenna und Almuth standen mit den beiden Kleinen daneben und schauten zu.

Wiebke stieg aus dem Jeep und ging auf die Gruppe zu. »Was macht ihr denn da?«

Enno, der neben dem Holz in die Hocke gegangen war, erhob sich. »Hallo, Wiebke, hallo, Captain Watson«, sagte er. Erst jetzt bemerkte Wiebke, dass der Brite ebenfalls ausgestiegen war und neben ihr stand. »Freerk hat ein paar Holzlatten besorgt, und jetzt wollen wir einen Auslauf für die Hühner bauen. Onkel Emil meint, am besten hier zum Hof hin, aber Freerk und ich glauben, es ist besser, den Auslauf hinten an den Schuppen zu bauen, sodass man ihn von der Straße aus nicht sehen kann. Freerk hat schon sein Werkzeug geholt, und jetzt ...«

»Und der Maschendraht? Wo ist der her?«, unterbrach Wiebke seinen Redeschwall und hätte sich für die Frage am liebsten sofort auf die Zunge gebissen. Wenn Enno zugab, dass der Draht vom Schwarzmarkt stammte, wie sie befürchtete, dann würde er großen Ärger mit Watson bekommen.

»Den Karnickeldraht hatte ich noch im Schuppen liegen«, sagte Onkel Emil Cordes. »Hab ich vor ein paar Jahren mal gekauft und nie gebraucht. Die Jungs haben gefragt, ob sie den für den Hühnerstall benutzen dürfen.« Er trat mit dem Fuß gegen eine der Rollen und schüttelte nachdenklich den Kopf. »Ich bin nach wie vor der Meinung, der Auslauf sollte zum Hof hin an den Stall anschließen. Dann müssen wir nicht noch extra eine Tür einbauen.«

»Aber dann kann man die Hühner von der Straße aus sehen. Was meinst du wohl, wie lange es dauert, bis sie geklaut werden? Das ist ja schon fast eine Einladung, sie mitzunehmen!« Freerk runzelte die Stirn. »Nee, nee, den Auslauf bauen wir hinter den Schuppen. Ein kleines Loch in der Rückwand des Stalls mit einer Stiege, dann können die Hühner auch raus und rein.«

Onkel Emil wiegte den Kopf hin und her und machte ein zweifelndes Gesicht. »Sonne kriegen sie da aber nicht sehr viel, unter den Bäumen.«

Er trug den rechten Arm noch immer in einer Schlinge. Der Unfall war schon drei Wochen her, aber er hatte, wie er zugab, noch immer ziemliche Schmerzen in der Schulter. Nachdem Wiebke ihm in den ersten Tagen etwas zu essen nach Hause gebracht hatte, hatte er gemeint, das sei doch viel zu viel Aufwand, und war zum Mittagessen zu den Helgoländern gekommen. Inzwischen kam er meist schon am Vormittag angestiefelt und blieb bis nach dem Abendbrot. Meist saß er bei Tante Fenna und Wiebkes Schwiegermutter in der Küche, sah zu, wie die beiden Frauen kochten und den Haushalt erledigten, und unterhielt sie dabei mit *Döntjes* und Tratsch aus der Nachbarschaft. Wiebke glaubte fast, der alte Junggeselle hatte ein Auge auf Tante Fenna geworfen. Die zwei kabbelten sich zwar ständig, aber es schien beiden einen Heidenspaß zu machen, den anderen auf die Schippe zu nehmen.

Auch Freerk kam jetzt regelmäßig zum Essen zu ihnen. Es war Almuths Idee gewesen, die Mahlzeiten für alle zusammen zuzubereiten, weil es viel sparsamer sei, in einem großen Topf zu kochen, statt jeder für sich. Wiebke hatte nach kurzem Zögern zugestimmt. Seit sie sich auf gute Nachbarschaft die Hand gegeben hatten, war Freerk Wiebke gegenüber ausgesprochen zuvorkommend und höflich. Auch sonst hatte er sich verändert: Er trug saubere Kleidung, war stets gekämmt und glatt rasiert. Er schien sogar ein wenig an Gewicht zugelegt zu haben, sein Gesicht wirkte nicht mehr so hohlwangig, und die dunklen Schatten unter seinen Augen verblassten allmählich.

Nicht nur Wiebkes Brüder, auch Piet und Ike hatten geradezu einen Narren an Freerk gefressen. Er hatte für Piet vor einiger Zeit ein altes Kinderbuch mitgebracht, damit der Junge lesen üben konnte. Jeden Abend nach dem Essen entzifferte zunächst Piet ein paar Zeilen daraus. Dann setzten sich die Kinder rechts und links neben Freerk auf die Bank, und er las ihnen vor. Der Anblick versetzte Wiebke jedes Mal einen Stich ins Herz.

»Die Hühner sollen nur etwas frische Luft bekommen und herumscharren können. Die sollen sich nicht sonnen«, entgegnete Freerk seinem Onkel. Alle lachten, sogar Captain Watson. Freerk warf ihm einen misstrauischen Blick zu, ehe er fortfuhr: »Wichtig ist nur, dass wir endlich anfangen, sonst werden wir heute nicht mal mit dem Holzrahmen fertig. Wiebke soll entscheiden, wo der Auslauf hinkommt, schließlich sind es ihre Hühner. Also, was meinst du, Wiebke?«

Sie hatten das förmliche *Sie* abgelegt, seit er zum ersten Mal mit seinen Lebensmittelmarken in der Hand zum Essen zu ihnen gekommen war, aber das angespannte Verhältnis zwischen ihnen hatte sich dadurch nicht geändert.

Wiebke sah ein wenig hilflos in die erwartungsvollen Gesichter. »Ich glaube, Freerk hat recht«, sagte sie schließlich. »Der Auslauf sollte hinter den Stall kommen. In der Kommandantur sind in letzter Zeit einige Diebstähle gemeldet worden.« Aus den Augenwinkeln sah sie Watson nicken. »Es ist sicher besser, wenn die Hühner nicht zu sehen sind.«

»Also gut«, sagte Onkel Emil. »Kommt der Auslauf eben hinter den Stall. Der Klügere gibt nach!« Er deutete mit der Linken auf den Holzstapel. »Dann lasst uns mal das Holz nach hinten schleppen, damit wir anfangen können.«

Alle außer Onkel Emil und Tante Fenna fassten mit an, und so war der Stapel schnell unter die Bäume hinter dem Schuppen geräumt. Zu Wiebkes Überraschung trug auch Captain Watson ein paar Bretter. Freerk schien zwar nicht begeistert davon zu sein, dass der britische Offizier mit anpackte, aber Wiebke bemerkte den warnenden Blick, den sein Onkel ihm zuwarf, und er hielt den Mund.

Als Freerk den Umriss des Auslaufs auf dem Boden markiert hatte, meinte Onkel Emil, die *Fraunsleute* sollten jetzt mal reingehen, um Brote für alle zu schmieren, sonst würden sie sich nur auf den Füßen herumstehen.

Wiebke hatte erwartet, dass sich Captain Watson jetzt verabschieden würde, aber stattdessen zog er seine Uniformjacke aus, hängte sie über einen Ast und krempelte die Hemdsärmel hoch.

Sie ging zu ihm hinüber und berührte ihn am Arm. »Sie müssen wirklich nicht hierbleiben, Sir!«, sagte sie sehr leise auf Englisch zu ihm.

»Ich möchte aber helfen. Ich kann ganz gut mit Holz umgehen. Mein Vater hatte eine Tischlerwerkstatt, da habe ich schon als Junge immer geholfen. Es hat doch niemand etwas dagegen einzuwenden?«

»Was sagt er?«, fragte Onkel Emil.

»Captain Watson bietet seine Hilfe an«, übersetzte Wiebke. »Wenn keiner was dagegen hat, meinte er.«

»Wer soll denn was dagegen haben?« Der alte Mann lächelte breit. »Solange er sich nicht mit dem Hammer auf die Finger haut und uns dafür die Schuld gibt.«

»Ich werde … wie sagt man … Mühe geben«, sagte der Brite auf Deutsch, griff nach einer Holzlatte und trug sie zu den beiden Böcken hinüber, hinter denen Freerk stand, um das Holz zuzusägen. Freerks gerunzelte Stirn und seinen finsteren Blick ignorierte er und lächelte ihm zu. »So. Sollen wir anfangen?«

Wiebke sah zu, wie Freerk sich bückte und einen Fuchsschwanz aus der Werkzeugkiste zu seinen Füßen nahm. Sie schickte ein schnelles Stoßgebet gen Himmel, dass die beiden nicht aneinandergeraten würden, und ging ins Haus.

Erst als es gegen zehn Uhr zu dunkel wurde, beendeten die Männer die Arbeit. Das Gerüst für den Freilauf stand, und an zwei Seiten war der Maschendraht schon festgenagelt. Den Rest würden Gerd, Enno und Freerk am nächsten Nachmittag erledigen, wenn sie von der Arbeit zurück waren. Die Kleinen waren längst im Bett, während die Frauen nach draußen gegangen waren, um den fast fertigen Hühnerstall zu bewundern.

Watson nahm seine Uniformjacke von dem Ast, über den er sie am Nachmittag gehängt hatte, und streifte sie über. Aus der Jackentasche zog er ein Päckchen Zigaretten und bot sie den anderen an. Als auch Gerd und Enno zugreifen wollten, warf Wiebke beiden einen scharfen Blick zu und schüttelte den Kopf. Enno ließ die ausgestreckte Hand wieder sinken, aber Gerd zuckte nur mit den Schultern. Er nahm die angebotene Zigarette und zündete sie an. Breitbeinig stand er neben Onkel Emil, Freerk und Captain Watson und zog den Rauch ebenso wie die Erwachsenen tief in die Lunge, während alle zusammen ihr Werk betrachteten.

»Das war viel Spaß«, sagte Watson mit seinem schweren Akzent und nickte bekräftigend. »Es ist lange, dass ich gebaut habe mit Holz. Ich wusste nicht mehr, wie viel Spaß das ist.« Er drehte sich zu Freerk um, der neben ihm stand. »Soll ich Sie mitnehmen bis zu Ihrem Haus in mein Jeep?«, fragte er. »Mit den Bein ist nicht leicht zu laufen, denke ich.«

Ruckartig wandte Freerk den Kopf in seine Richtung und funkelte ihn an. Trotz der einsetzenden Dämmerung sah Wiebke, dass er plötzlich aschfahl im Gesicht war. »Nein. Machen Sie sich nur keine Umstände meinetwegen. Ich habe ein Fahrrad. Und selbst wenn nicht, würde ich lieber auf allen vieren nach Hause kriechen, als zu einem Tommy ins Auto zu steigen.«

Damit drehte er sich um und humpelte, ohne einem der anderen auf Wiedersehen zu sagen, zu seinem Fahrrad, das an der Hauswand lehnte. Er stieg auf und radelte davon.

»Oh, I see!«, murmelte Captain Watson.

Kapitel 13

»Nun mach nicht so ein verkniffenes Gesicht, Freerk. Es ist doch alles gut gegangen!«

Freerk ballte die Fäuste so fest zusammen, dass die Fingerknöchel weiß hervortraten, und nickte. Gerd, der neben ihm die Stufen der Hafenmeisterei hinunterging, warf ihm von der Seite einen prüfenden Blick zu. »Genau, wie Hannes gesagt hat: Wenn überhaupt, dann gucken die nur einmal kurz auf den Wisch, und dann winken sie einen durch. Hat er schließlich schon Dutzende Male gemacht.«

Mit *die* waren die amerikanischen Militärpolizisten gemeint, die den Hafen von Bremerhaven bewachten, und der Wisch war ein ziemlich zerfledderter Interzonenpass, den Freerk gerade wieder in die Innentasche seiner Jacke gesteckt hatte. Er gehörte Hannes Coldewey, einem der Fischer aus Fedderwardersiel, der von Zeit zu Zeit über die Wesermündung schipperte, angeblich, um seine Schwester zu besuchen, die in Bremerhaven verheiratet war. In Wirklichkeit aber fuhr er zum Fischereihafen und tauschte dort Krabben, Seezungen oder Steinbutt gegen amerikanische Zigaretten. Der Arbeiter, der den Fisch entgegennahm, war auch nur ein Mittelsmann, hatte Hannes erzählt. Ob das, was er eintauschte, am Ende auf den Tischen der Besatzungssoldaten oder auf dem Schwarzmarkt landete, wusste er nicht und wollte es auch gar nicht wissen. Für Edelfisch fanden sich immer Abnehmer. Was für Hannes zählte, war, dass er genügend Luckys dafür bekam.

Luckys hatten die wertlose Reichsmark als Zahlungsmittel abgelöst, jedenfalls für alles, was es nicht über Bezugsmarken gab. Auf dem Schwarzmarkt wurde so gut wie alles angeboten – wenn man es in amerikanischen Zigaretten bezahlen konnte.

Gerd und Enno hatten Freerk erzählt, dass sie schon ein paarmal mit der Jolle in Bremerhaven gewesen waren. Im Schutz der Morgendämmerung hatten sie ihr kleines Boot ein Stückchen außerhalb der Stadt ans Ufer gezogen und waren dann zu Fuß ins Zentrum marschiert. Man müsse sich nur ein bisschen umhören, um herauszubekommen, wo sich die Händler trafen, hatte Enno gesagt. Die Plätze wechselten ständig. Und man müsse die Augen aufhalten und immer auf dem Sprung sein, denn was den blühenden Schwarzhandel angehe, verstünden die Amis noch weniger Spaß als die Tommys auf der anderen Seite der Weser.

Enno, der ein paar Schritte vor ihnen hergegangen war, um sie durch das Gewirr von Hallen und Schuppen zu führen, blieb stehen und sah sich um. Er vergrub die Hände tief in den Hosentaschen und grinste, während er darauf wartete, dass die beiden zu ihm aufschlossen.

»Da drüben muss er sein«, sagte er. »Der Kerl mit dem dunklen Schnauzbart. Hannes hat mir den Weg zu ihm beschrieben.«

Er machte eine Kopfbewegung in Richtung einer der Holzbaracken, in denen der Frischfisch angelandet und verpackt wurde. Ein paar Arbeiter standen davor und unterhielten sich, während sie dabei zusahen, wie zwei weitere einen Lastwagen mit aufgemaltem Stern beluden. Der Mann mit dem Schnauzbart zog einen Tabaksbeutel aus der Tasche und drehte sich eine Zigarette, während er Freerk und die Jungen unter dem Schirm seiner Mütze hervor genau beobachtete.

»Am besten ihr beide überlasst mir das Reden«, sagte Enno. »Aber wir warten, bis der Laster der Amis weg ist.«

Freerk nickte nur. *Was für eine Schnapsidee*, dachte er. Warum nur hatte er sich breitschlagen lassen, mit der *Margarethe* nach

Bremerhaven zu fahren, um den Dornhai, den sie vor ein paar Tagen gefangen und geräuchert hatten, gegen Zigaretten einzutauschen? Aus dem Seesack über seiner Schulter stieg ein verräterischer Duft nach Räucherfisch in seine Nase. Zuerst hatte er Nein gesagt, aber Enno hatte so lange auf ihn eingeredet, bis er schließlich doch nachgegeben und versprochen hatte, die Jungs über die Wesermündung zu bringen. Und versprochen war nun einmal versprochen, da gab es kein Zurück.

Niemand wusste, dass sie hier waren, sie hatten weder Onkel Emil noch Wiebke in ihren Plan eingeweiht, als sie am Morgen nach Bremerhaven aufgebrochen waren. Die ganze Fahrt über hatte sich Freerk Gedanken gemacht und jede seiner Befürchtungen fing an mit: *Was, wenn* … Was, wenn jemand fragte, was ein Kutter aus Fedderwardersiel in Bremerhaven zu suchen hatte? Was, wenn auffiel, dass der Pass nicht ihm gehörte? Was, wenn seine Sachen durchsucht werden würden? Was, wenn die Amis den Fisch entdeckten?

Die Konsequenzen, die Freerk sich ausgemalt hatte, waren immer schlimmer geworden, je näher die Gebäude des Fischereihafens gekommen waren. Die Amis würden den Kutter beschlagnahmen, er selbst und die Jungs würden verhaftet werden. Und während er Monate, vielleicht gar Jahre im Gefängnis säße, würden die Jungs in eine Besserungsanstalt kommen. Das Schlimmste aber war, dass er immer Wiebkes grüne Augen vor sich sah, die ihn vorwurfsvoll und wütend musterten, weil er nicht gut genug auf ihre Brüder aufgepasst hatte.

Kurz bevor der Kutter die Kaimauer erreichte, war Freerk drauf und dran gewesen, das Steuerrad herumzureißen und zurück nach Hause zu fahren, aber er hatte es nicht getan. Er hatte Enno sein Wort gegeben, und er hielt seine Versprechen – komme, was da wolle. Die Gewissheit, immer Wort gehalten zu haben, war das Einzige, was von seinem Stolz noch übrig war.

Bisher war keine seiner Befürchtungen eingetroffen. Die drei hatten den Kutter am Kai festgemacht und waren zur Hafenmeisterei hinübergegangen, wo Freerk einem amerikanischen Soldaten den Interzonenpass vorgelegt hatte, bedacht darauf, die Hand ruhig zu halten, damit der Amerikaner das Zittern seiner Finger nicht bemerkte. Aber der Soldat war so damit beschäftigt gewesen, sich mit seinen Kollegen zu unterhalten, dass er nicht einmal zu Freerk aufgesehen hatte, als er den Stempel auf den Pass gedrückt hatte.

Verblüfft war Freerk vor dem Schreibtisch des Soldaten stehen geblieben, und Gerd hatte ihn am Ärmel zupfen müssen, um ihn aus seiner Erstarrung zu holen. Ohne dass jemand sie angesprochen hätte, hatten sie die Hafenmeisterei wieder verlassen. Freerk schüttelte den Kopf, als er daran dachte.

Die beiden Arbeiter hatten inzwischen die letzte Kiste auf die Ladefläche des Lastwagens gehoben und schlossen die Ladeklappe. Einer von ihnen ließ sich vom Fahrer ein Papier auf einem Klemmbrett abzeichnen und verschwand im Schuppen, während der Fahrer den Lastwagen bestieg und den Motor startete. Erst als das Fahrzeug hinter dem Gebäude verschwunden war, ging Enno auf die anderen Arbeiter zu.

»Wer von euch ist Bernd Morisse?«, fragte er freundlich.

»Wer will das wissen?«, gab der Mann mit dem Schnauzbart zurück, der Freerk und die Jungen keinen Augenblick aus den Augen gelassen hatte.

Enno grinste. »Ich!«, sagte er frech. »Wir kommen aus Fedderwardersiel und sollen von Hannes Coldewey grüßen.«

Der Schnauzbart zuckte mit den Schultern. »Coldewey? Nie gehört!« Er drehte sich zu seinen Kollegen um, als Zeichen dafür, dass das Gespräch für ihn beendet war.

Aber so schnell ließ sich Enno nicht abwimmeln. »Doch, ich denke schon«, sagte er. »Hannes hat dich genau beschrieben. So um die dreißig, nicht allzu groß, immer mit Schiebermütze auf dem Kopf und ein Suppenfilter mitten im Gesicht.«

»Du bist ganz schön frech, du Rotzbengel!« Der Schnauzbart kam einen Schritt auf Enno zu und funkelte ihn böse an.

»Nicht meine Worte!«, sagte Enno und hob entschuldigend die Hände. »So hat Hannes dich beschrieben. Und er meinte, du würdest ...«

»Die Pause ist um«, sagte der Schnauzbart mit erhobener Stimme zu den anderen Arbeitern. »Geht schon mal rein, ich komm gleich nach. Ich muss nur noch diese Spaßvögel hier loswerden.«

Die Männer murrten kurz, warfen dann aber ihre Zigaretten auf den Boden und traten sie aus, ehe sie in der Halle verschwanden. Erst als der Letzte außer Hörweite war, drehte sich der Schnauzbart, der offenbar der Vorarbeiter war, wieder zu Enno um.

»Muss ja nicht immer jeder alles mitkriegen. Hier haben die Wände Ohren, und einigen der Männer trau ich nicht so weit, wie ich spucken kann«, sagte er. »Was will der alte Coldewey denn?«

»Hannes sagte, du bist einer, mit dem man handeln kann?«

»Kann sein, kann auch nicht sein.«

Enno winkte Freerk und Gerd heran und deutete auf den Seesack, den Freerk über der Schulter trug. »Wir haben was mitgebracht. Schillerlocken und Seeaal, frisch aus dem Rauch.«

Morisse hustete, beugte sich vor und spuckte vor ihnen auf den Boden. »Brauch ich nicht!«

»Brauch ich nicht? Ich hör wohl nicht richtig. Hannes hat erzählt, dass du extra gefragt hast, ob er beim nächsten Mal Räucherfisch mitbringen könnte. Und das war letzte Woche.«

»Alles eine Frage von Angebot und Nachfrage. Letzte Woche hätte ich Räucherfisch prima loswerden können. Diese Woche sieht das anders aus. Wenn ihr Steinbutt hättet oder Hummer, dann ...«

»Woher sollen wir denn Hummer haben?«, fragte Gerd missmutig. »Da ist doch kein Rankommen!«

Morisse wiegte den Kopf hin und her. »Ist schwierig, zugegeben. Aber danach schreien sie im Moment. Davon kann ich gar nicht genug beschaffen. Sind sogar schon welche von hier bis nach Helgoland gefahren und haben versucht, Hummer zu fangen. Ist aber wohl nicht so einfach.«

Gerd schnaubte verächtlich. »Man muss schon wissen, wie man es anstellen muss. Wenn diese Idioten ...«

Freerk kniff ihn in den Arm, um ihn zum Schweigen zu bringen. »Ich dachte, Helgoland wird von den Tommys bewacht.«

»Pah, schöne Bewachung!«, erwiderte Morisse. »Kein Mensch ist mehr auf der Insel. Die Tommys schippern nur von Zeit zu Zeit mit ihren großen Pötten daran vorbei und gucken durchs Fernglas. Das ist alles. Es sind schon ein paar von unseren Fischern an Land gegangen und haben nachgeguckt, ob es noch was zu holen gibt. Lohnt aber wohl nicht mehr. Was nicht kaputt ist, ist schon längst geplündert.«

Freerk sah, dass Enno blass geworden war. »Geplündert? Aber die Sachen gehören doch den Helgoländern!«

Morisse zuckte mit den Schultern. »Und? Die kommen doch nicht wieder. Alle evakuiert und irgendwo an der Küste in Flüchtlingsheimen untergebracht. Wen soll der Kram auf der Insel noch interessieren?« Er beugte sich ein Stück vor und sah von einem zum anderen. »Der Ort ist komplett zerbombt, sagen sie. Da steht kein Stein mehr auf dem anderen. Aber angeblich ist der Felsen so löchrig wie ein Schweizer Käse. Alles voller Tunnel. Wer weiß, was da noch für Zeug liegt?«, flüsterte er. »Ich hab gehört, dass die Wehrmacht und die Helgoländer da auf den letzten Drücker noch alles Mögliche versteckt haben.«

Gerd machte eine Bewegung, aber Freerk griff erneut nach seinem Arm. »Man sollte nicht alles glauben, was erzählt wird«, sagte er so ruhig, wie er es fertigbrachte. »Solche Geschichten werden oft aufgebauscht. Die Helgoländer mussten doch bei Nacht und Nebel runter von der Insel. Wie sollen sie da noch was versteckt haben?«

»Ich hab ja nicht gesagt, dass ich das glaube. Es wird nur erzählt«, erwiderte Morisse. »Mir ist noch nichts Wertvolles angeboten worden. Wenn ich überhaupt was kriege, was von Helgoland stammt, ist es immer nur Schrott. So wie das da.« Er deutete auf einen Haufen Holz und Metall, der vor der Wand der nächsten Packhalle lag. Obenauf befanden sich ein paar runde Holzgestelle, die zum Teil mit Netzen bespannt waren. »Hat mir vor zwei Wochen einer mitgebracht, der auf der Insel war. Warum der sich überhaupt die Mühe gemacht hat, das Zeug auf seinen Kutter zu schaffen, weiß ich nicht. Sind doch nur ein paar kaputte Fischreusen.«

Gerd zog mit einem Ruck seinen Arm aus Freerks Griff und lief zu den Reusen hinüber. Er ging in die Knie und begann in dem Haufen aus Holz, Metall, Seilen und Netzen zu wühlen, offensichtlich auf der Suche nach etwas. Schließlich nickte er, richtete sich auf und ging zu den anderen zurück.

»Wie viel willst du dafür haben?«, fragte er grimmig.

»Dafür?«, fragte Morisse erstaunt. Dann änderte sich plötzlich sein Gesichtsausdruck, und seine Augen wurden verschlagen. »Zwei Päckchen Luckys«, sagte er.

Gerd lachte bitter. »Für zwei Päckchen Luckys kann ich fünf neue Fischreusen kriegen.«

»Dann mach du mir doch ein Angebot.«

»Du kannst unseren Räucherfisch kriegen! Alles! Und wenn wir wieder einen Butt fangen, kriegst du den auch noch.«

»Hör mal ...«, begann Enno, aber Gerd beachtete ihn gar

nicht. Er streckte Morisse seine Rechte entgegen und sah ihm herausfordernd in die Augen.

»Na komm schon, das ist ein gutes Geschäft. Schlag ein!«

Ohne zu zögern, ergriff Morisse Gerds Hand. »Also gut, abgemacht. Die Schillerlocken, der Seeaal und euer nächster Butt für die alten Fischreusen. Her mit dem Zeug!«

Morisse griff nach dem Seesack, der über Freerks Schulter hing, aber der hielt ihn fest. »Moment, das geht entschieden zu schnell!«, sagte er. »Ich verstehe nicht, was ...«

»Gib ihm den Fisch, Freerk!«, sagte Gerd. »Mach schon!«

Als Freerk Gerds versteinerten Gesichtsausdruck sah, nahm er den Seesack von der Schulter und holte die drei in Zeitungspapier eingewickelten Pakete Räucherfisch hervor. Morisse griff danach und sog gierig ihren Duft ein.

»Es war mir eine Freude, mit euch Geschäfte zu machen«, sagte er mit einem falschen Lächeln. »Aber jetzt solltet ihr sehen, dass ihr euch vom Acker macht mit euren Reusen, ehe der Ami-Laster zurückkommt.« Er klemmte sich die Pakete unter den Arm und ging pfeifend zur Hallentür hinüber.

»Was sollte das denn, Gerd?«, fragte Freerk, als Morisse verschwunden war. »Bist du jetzt völlig verrückt geworden? Wir brauchen keine Fischreusen!«

Gerd, der Morisse hinterhergestarrt hatte, drehte sich wieder zu Freerk und Enno um. »Das sind keine Fischreusen«, sagte er. »Das sind Hummerkörbe. Fünf Stück. Und die haben unserem Vater gehört.«

Kapitel 14

Behutsam drehte Wiebke das verwitterte Korkstück in den Händen, dann legte sie es vor sich auf den Tisch. Nachdem die Teller vom Abendbrot weggeräumt waren, hatte Gerd eines der Taue, die sie aus Bremerhaven mitgebracht hatten, vor sie gelegt. Freerk versetzte es einen Stich, zu sehen, wie Wiebke mit den Fingerspitzen den eingeschnitzten Buchstaben folgte, als würde sie sie streicheln. Ein *G* und ein *R*.

G und *R* für Gerhard Rieker. Das war der Name ihres Vaters gewesen, hatte Gerd auf der Rückfahrt von Bremerhaven erzählt. Jeder Hummerfischer befestigte farbig markierte Korken an dem Tau, an dem die Leinen mit den Hummerkörben festgeknotet waren. An ein Ende dieses Taus kam eine Schwimmkugel aus buntem Glas oder eine kleine Boje und an das andere ein größerer Korken, in den die Initialen des Fischers geschnitzt waren, dem die Körbe gehörten.

Wiebke schaute auf, und ihr Blick begegnete Freerks, ehe sie sich Gerd und Enno zuwandte, die neben ihm am Tisch saßen. »Stimmt. Das waren Papas Hummerkörbe«, sagte sie mit einem Seufzen. »Aber es war dumm, sie gegen den Räucherfisch einzutauschen.«

»Dumm?«, fragte Enno entrüstet. »Wieso war das dumm?«

»Was sollen wir denn damit? Kaputte Hummerkörbe nützen uns nichts. Wir hätten den Fisch selber essen können.« Ihre Augen wurden schmal. »Mal ganz abgesehen davon, dass ihr in Bremerhaven auf dem Schwarzmarkt wart. Stellt euch nur mal vor, man hätte euch erwischt!«

»Wir waren gar nicht auf dem Schwarzmarkt. Und außerdem

sind wir nicht die Einzigen, die mit diesem Morisse handeln. Das machen andere auch. Hannes Coldewey hat ...«

»Was Hannes Coldewey macht, ist mir scheißegal!«, rief Wiebke aufgebracht. Ihre Augen funkelten vor Wut. »Wenn der meint, Schwarzhandel betreiben zu müssen, ist das seine Sache. Der ist erwachsen und sollte wissen, was er tut.«

»Also wirklich, Wiebke!« Almuth schüttelte den Kopf und deutete auf Ike und Piet, die ihre Mutter mit offenem Mund anstarrten. Ganz offensichtlich hatten die beiden Wiebke noch nie so fluchen hören.

»Entschuldigung«, sagte Wiebke. »Aber es ist doch wahr! Solange die beiden noch nicht großjährig sind, habe ich die Verantwortung für sie.«

Gerd verdrehte die Augen. »Jetzt geht diese Leier wieder los.«

»Ja, genau. Diese Leier. Und das werde ich so lange zu dir sagen, bis du dich endlich benimmst wie ein Erwachsener.«

»Die paar Monate. Als würden die so einen Unterschied machen. Ich weiß ganz genau, was ich tue. Außerdem ...«

»*Nu man sinnig mit de jungen Peer!*« Onkel Emil hatte seine unvermeidliche kalte Pfeife aus dem Mund genommen und hob beschwichtigend die Hände. »Das ist doch kein Grund, euch gegenseitig an die Gurgel zu springen. Erstens war Freerk mit in Bremerhaven.«

Freerk wich Wiebkes wütendem Blick aus und sah auf seine Hände hinunter, die gefaltet vor ihm auf dem Tisch lagen.

»Darüber reden wir noch, aber unter vier Augen«, sagte Wiebke scharf zu ihm und verschränkte die Arme vor der Brust.

Onkel Emil ließ sich von ihrem Einwurf nicht beirren. »Und zweitens ist mir nicht so ganz klar, was ihr überhaupt mit den Hummerkörben wollt, Jungs«, fuhr er fort. »Wiebke hat schon recht. Die sind doch zu gar nichts nütze.«

»Nein, hier im Schlickwatt nicht«, sagte Enno. »Hier gibt es keine Hummer. Aber wenn wir nach Helgoland fahren, können wir welche fangen, und die können wir prima zu Geld machen.«

»Wie bitte? Ich glaub, ich hör nicht recht! Seid ihr von allen guten Geistern verlassen?«, rief Wiebke.

»Ihr wollt nach Helgoland?«, fragte Almuth entgeistert, aber mit einem sehnsüchtigen Unterton in der Stimme.

Tante Fenna sagte nichts. Sie schob ihre Brille hoch und sah interessiert von einem zum anderen.

»Das schlagt euch mal augenblicklich wieder aus dem Kopf!«, schnaubte Wiebke. »Wie wollt ihr denn da hinkommen? Nun sagt bloß nicht mit der Jolle!«

»Doch, natürlich. Mit der Jolle! Wie denn wohl sonst?«, gab Gerd im gleichen Tonfall zurück.

»Kommt ja überhaupt nicht infrage! Das ist viel zu weit und viel zu gefährlich. Was, wenn ihr in ein Unwetter kommt? Ihr seid ja beim letzten Mal schon beinahe abgesoffen!«

»Das lag nur an den morschen Tauen. Wenn uns das Segel nicht abgerissen wäre ...«

»Wenn, wenn, wenn ... Das will ich alles gar nicht hören. Ihr fahrt nicht mit der Jolle nach Helgoland. Ich verbiete es euch, und damit basta!«

Wiebke war aufgesprungen, aber Tante Fenna, die neben ihr saß, griff nach ihrem Arm und hielt sie fest. »Nun mal langsam, Deern. Setz dich erst mal wieder hin«, sagte sie beschwichtigend und zog die junge Frau auf ihren Stuhl zurück. »Das will alles mit Ruhe bedacht und beredet sein.« Tante Fenna wandte sich Gerd und Enno zu, hielt aber weiterhin Wiebkes Arm umfasst. »Ihr zwei wollt also Hummer fangen, richtig?«

Gerd nickte trotzig.

»Glaubt ihr denn, dass ihr das könnt?«

Enno grinste, während sein großer Bruder verächtlich das Gesicht verzog. »Sicher können wir das«, sagte Gerd großspurig. »Unser Papa hat uns alles beigebracht, und er war der beste Hummerfischer von Helgoland.«

»Wenn er euch alles beigebracht hat, dann wisst ihr sicher auch, dass ihr mindestens dreißig Körbe braucht, oder? Sonst braucht ihr erst gar nicht anzufangen. Und dreißig Körbe kriegt ihr nie und nimmer auf der Jolle mit.« Sie sah die beiden Jungen über den Rand ihrer Brille hinweg fragend an. »Habt ihr da schon mal drüber nachgedacht?«

Ihren Worten folgte betretenes Schweigen.

Freerk betrachtete die alte Frau mit zunehmender Bewunderung. Im Gegensatz zu Wiebke blieb sie ganz ruhig, sprach mit den beiden Jungen wie mit Erwachsenen und brachte sie so dazu, ihren wahnwitzigen Plan zum ersten Mal ernsthaft zu überdenken. Ihnen etwas strikt zu verbieten führte höchstens dazu, dass sie es aus Trotz erst recht versuchten, so viel wusste Freerk. Tante Fenna mochte meistens ruhig in ihrem Stuhl sitzen und beobachten, was um sie herum geschah, aber Freerk war sich sicher, dass sie im Haus der Hansens bestimmte, wo es langging, und alle Fäden in der Hand hatte. Er beschloss, sich in Zukunft lieber gut mit ihr zu stellen.

»Jetzt habt ihr fünf kaputte Körbe. Damit braucht ihr gar nicht erst loszufahren, und das wisst ihr auch«, fuhr Tante Fenna fort. »Wenn ihr wirklich auf Hummer gehen wollt, dann braucht ihr mehr. Viel, viel mehr.«

»Enno kann welche bauen«, sagte Gerd trotzig. »Das hat er früher schon gemacht. Wir müssen nur Holz oder dicken Draht auftreiben und ein paar Stücke Netz …«

»Und wie lange würde das dauern?«, unterbrach ihn Tante Fenna. »Bis die neuen Körbe fertig sind, ist mindestens Oktober, dann ist die Fangsaison längst zu Ende. Nein, wenn das wirklich was werden soll, müsst ihr dort nach Hummerkörben suchen, wo diese hergekommen sind.« Sie zeigte auf das Seil mit den

Korken, das auf dem Tisch lag. »Viele der Fischer haben ihre Körbe nach der letzten Fangsaison versteckt. Gut möglich, dass es auf Helgoland noch welche gibt.«

Wiebke war drauf und dran, aufzuspringen, aber Freerk bemerkte, dass Tante Fenna beruhigend ihre Hand drückte. »Aber ihr könnt nicht mit der Jolle hinfahren«, fuhr sie fort »Damit würdet ihr die Körbe ja gar nicht mit nach Hause kriegen. Wie wäre es, wenn Freerk mit euch zusammen mit der *Margarethe* nach Helgoland fährt?«

Jetzt ruhten die klugen Augen der alten Frau auf Freerk, und er glaubte, ein kurzes Zwinkern gesehen zu haben. Er verstand, was sie wollte: Wenn er die beiden nicht nach Helgoland fahren würde, dann würden sie sich mit Sicherheit heimlich auf den Weg zur Insel machen. Egal, wie gut sie als Segler auch waren, mit ihrer geflickten Nussschale wäre das Unternehmen in jedem Fall lebensgefährlich.

Freerk nickte langsam. »Ja, das sollte gehen.« Er sah zu Onkel Emil hinüber, der ihn stirnrunzelnd beobachtete. »Das heißt, wenn Onkel Emil nichts dagegen hat. Die *Margarethe* gehört ja ihm und nicht mir.«

Onkel Emil nahm seine Pfeife aus dem Mund und betrachtete sie wehmütig. »Wenn ihr mir versprecht, für jede Ladung Hummer, die ihr verkauft, einen Beutel Piepentabak zu besorgen, können wir darüber reden.«

Erst ein paar Tage später lag das Hochwasser so günstig, dass sie kurz vor Sonnenaufgang in Richtung Helgoland aufbrechen konnten. Dichter Nebel hing über der See, aber weil der blaue Himmel bereits zu erahnen war, ging Freerk davon aus, dass die Sonne den Nebel bald vertreiben würde. Kein Lüftchen rührte sich, und die feuchte Luft kroch unangenehm kalt in Freerks Kragen und die Ärmel seiner Jacke. Fröstelnd zog er die Schultern hoch und nickte Onkel Emil zu, der neben ihm am Kai stand und darauf wartete, die Taue der *Margarethe* von den Pollern zu ziehen. Gerd und Enno waren schon an Deck des Kutters.

»Tja dann, bis morgen, Onkel Emil«, sagte Freerk so beiläufig, wie er es nur fertigbrachte.

Onkel Emil zog die Nase hoch und nickte ihm zu. »Wird schon schiefgehen, Jung«, sagte er. »Ich wäre ja mitgekommen, aber bei dem feuchten Wetter ist mit meiner Schulter kein Staat zu machen. Ich wär euch mehr im Weg als alles andere.« Er betrachtete nachdenklich seinen Kutter. »Hauptsache, du bringst mir das alte Mädchen heil wieder zurück!«

Freerk nickte und schluckte hart. »Da hast du mein Wort drauf, Onkel Emil.«

Hinter ihnen schrillte eine Fahrradklingel. Die beiden Männer drehten sich um.

»Nanu, wer ist denn um diese Uhrzeit schon unterwegs?«, fragte Onkel Emil erstaunt. Es würde noch mindestens eine Stunde dauern, bis sich die anderen Fedderwardersieler Fischer einfanden, um ins Watt hinauszufahren.

Nur Augenblicke später kam Wiebke in Sicht, die auf Freerks altem Damenfahrrad den Deich hinunterrollte. Er hatte es vor ihrem Haus stehen lassen, als er die Jungen abgeholt hatte.

»Hallo, wartet mal!« Sie hob die Hand und winkte ihnen zu, ehe sie wieder nach dem Lenker griff und unsicher auf die beiden Männer zufuhr.

Es war das erste Mal, dass Freerk Wiebke auf dem Fahrrad sah, und ihm fiel wieder ein, dass sie das Fahren erst im letzten Sommer auf dem Bauernhof gelernt hatte, auf dem die Familie untergebracht gewesen war. Auf der Insel mit ihren engen Gassen und kurzen Wegen habe keine Notwendigkeit bestanden, Radfahren zu können, hatte sie ihm erklärt. Die Bremsen seines alten Rades quietschten protestierend, als Wiebke anhielt und vorsichtig abstieg.

»Ihr habt eure Brote vergessen«, sagte sie atemlos. »Und ich hab euch noch Tee gekocht. Wer weiß, wann ihr wieder was kriegt.« Sie griff nach der alten Aktentasche, die am Lenker baumelte, und hielt sie Freerk hin.

Freerk nahm sie entgegen. »Danke! Aber deswegen hättest du wirklich nicht extra herkommen müssen.«

»Bin ich auch nicht. Ich bin deswegen hier.« Wiebke griff in ihre Manteltasche und zog zwei kleine, viereckige Metallkästen heraus, die sie ihm reichte. »Hier, Taschenlampen! Die Batterien sind neu, ich hab extra nachgesehen.«

»Aber, wie ... woher?«, stammelt Freerk verblüfft und starrte die brandneuen Taschenlampen in seiner Hand an.

»Die gehören Captain Watson. Liegen immer in einer Kommode in seinem Wohnzimmer. Bis übermorgen fällt sicher keinem auf, dass sie fehlen, aber ihr müsst sie unbedingt wieder mitbringen. Wenn die weg sind, komm ich in Teufels Küche.«

»Ich weiß gar nicht, was ich sagen soll.«

»Dann sag einfach nichts.« Der Anflug eines Lächelns überflog ihr schmales Gesicht. »Oder sag Danke!«

»Danke!«, erwiderte er gehorsam.

Jetzt war ihr Lächeln unübersehbar, doch dann wurde ihr Gesicht schlagartig wieder ernst. »Seid vorsichtig!«, sagte sie. »Und pass gut auf die Jungs auf. Halt sie davon ab, Blödsinn zu machen. Ich verlass mich auf dich!« In ihren grünen Augen lag Angst.

Freerk streckte seine Rechte aus, und nach kurzem Zögern ergriff sie sie. »Ich werde gut auf sie aufpassen«, sagte er. »Versprochen!«

Einen Moment lang glaubte er, ihre Augen würden feucht, dann aber hatte sie sich wieder im Griff. Sie drückte seine Hand ganz fest, ehe sie sie losließ. »Und jetzt seht zu, dass ihr wegkommt, bevor die anderen Fischer auftauchen und dumme Fragen stellen.«

Freerk nickte ihr und Onkel Emil zu, stieg vorsichtig über die Reling und ging in die Kajüte. Er ließ den knatternden Motor der *Margarethe* an, Onkel Emil löste die Taue, und der alte Kutter setzte sich langsam in Bewegung. Noch einmal hob Freerk die Hand und winkte in Richtung Kai, ehe er das Schiff in die Fahrrinne lenkte und das kleine Hafenbecken hinter sich ließ. Er sah sich nicht noch einmal um, aber er hatte das Gefühl, Wiebkes Blicke in seinem Nacken zu spüren.

Es war windstill und das Meer so glatt wie ein Spiegel. Wie er erwartet hatte, löste sich der Nebel in der aufsteigenden Sonne schnell auf, und sie hatten gute Fernsicht. Eine Weile folgten sie der Weserfahrrinne, dann ließ Freerk Gerd und Enno die hölzernen Rahmen, von denen sie am Vorabend die Netze abgenommen hatten, hinunterkurbeln und fuhr in Sichtweite der Bojen neben der Fahrrinne entlang. Aus der Entfernung würde es wirken, als würden sie Krabben fischen.

Die Vorsichtsmaßnahme erwies sich als unnötig. Weit und breit war kein Patrouillenboot zu sehen. Als die Landspitze von Cuxhaven hinter ihnen lag und sie sich auf der offenen Nordsee befanden, aßen die drei ihre Brote und tranken den Tee, den Wiebke in Onkel Emils Thermosflasche gefüllt hatte.

Inzwischen stand die Sonne bereits ziemlich hoch. Ein leichter Wind war aufgekommen, der die Wasseroberfläche kräuselte. Gerd löste Freerk für zwei Stunden am Steuerrad ab, und Freerk dachte einmal mehr, dass der Junge der geborene Fischer war. Wie selbstbewusst er dort am Steuerrad stand, breitbeinig, die Hände locker auf die Speichen gelegt, die Augen trotz des gleißenden Lichts fest auf den Horizont gerichtet.

Kurz vor Mittag zeichnete sich aus dem Dunst im Norden

vage und bläulich ein Schatten ab, der sich beim Näherkommen leuchtend rot färbte. Enno, der am Bug stand, winkte lachend und deutete nach vorn.

»Grün ist das Land, rot ist die Kant ...«, murmelte Freerk, der das Steuer inzwischen wieder übernommen hatte. Er drehte sich zu Gerd um, der neben ihm stand. »Ich bin noch nie auf Helgoland gewesen.«

»Es war mal sehr schön dort«, erwiderte der Junge bitter. »Hätte dir bestimmt gefallen. Die großen Hotels, die Geschäfte, die vielen Leute. Überall Fahnen und Wimpel. Jetzt ist alles kaputt und kein Mensch mehr da. Nichts als Trümmer. So war es jedenfalls, als wir wegmussten.« Seine Miene war unbeweglich, trotz der Trauer in seiner Stimme.

»Hoffen wir mal, dass kein Mensch da ist«, erwiderte Freerk.

Gerd verzog das Gesicht. »Stimmt«, sagte er. »Lass uns langsam um die Insel rumfahren, dann sehen wir, ob wir allein sind. Wenn keine Schiffe da sind, können wir im Hafen anlegen. Dort fangen wir mit der Suche an. Wenn noch irgendwo Hummerkörbe sind, dann am ehesten dort.«

Freerk hielt den Kutter in einigem Abstand zur Küste. Jetzt, bei Ebbe, konnte man durch das flache Wasser das Felswatt schimmern sehen, den Gesteinssockel, der Helgoland umgab und in dessen Spalten und Klüften die Hummer lebten. Langsam tuckerte der Kutter um die Insel herum.

Gerd war sehr schweigsam, während Enno, der inzwischen zu ihnen in die Kajüte gekommen war, wie ein Wasserfall redete und Freerk zu jedem Felsvorsprung und jeder Klippe eine Geschichte erzählte.

»Das da drüben sind die Lummenfelsen«, rief er und deutete auf die Küste neben ihnen. »Im Frühling ist der ganze Felsen schwarz vor Vögeln. Die brüten auf jedem kleinen Vorsprung. Ihre Eier sind so geformt, dass sie nicht runterfallen können, die kullern immer nur in die Runde. Und wenn die Küken groß genug sind, springen sie vom Felsen runter ins Wasser. Fliegen können sie dann noch nicht. Und das da ...«, er zeigte auf die Felsnadel, die von der Insel abgetrennt wie ein Turm in die Höhe ragte, »... ist die Lange Anna. Papa hat erzählt, dass es früher mal ein Tanzlokal auf dem Oberland gab, wo sich die jungen Leute trafen. Die Wirtin war groß und dürr und hieß Anna. Daher soll der Felsen seinen Namen haben.« Er lachte. »Keine Ahnung, ob das stimmt oder nicht, aber die Geschichte ist hübsch.«

Freerk steuerte den Kutter eine mehrere Hundert Meter lange Mole entlang, die hinter der Langen Anna von der Nordspitze der Insel ins Watt hinausführte. An der Betonmauer brachen sich die Wellen der Nordsee, und die *Margarethe* stampfte im unruhigen Wasser auf und ab.

»Stell dir mal vor, Freerk«, sagte Enno. »Diese Mole wollten sie noch mal mindestens um das Doppelte verlängern und eine zweite im Bogen von der Düne aus bis da hinten bauen.« Seine ausgestreckte Hand beschrieb einen weiten Bogen, als er die Dimension des Bauwerks andeutete. »Das hätte einen riesigen Hafen gegeben. Papa sagte, da hätte die ganze Kriegsflotte drin Platz gehabt. Sie hatten mit dem Bau schon angefangen, aber dann brach der Krieg aus. Da waren wohl andere Sachen wichtiger. Der große U-Boot-Bunker am Südhafen zum Beispiel. Papa meinte ...«

»Papa hätte manchmal einfach den Mund halten sollen!«, sagte Gerd finster und verschränkte die Arme. »Vielleicht hätten sie ihn dann nicht für einen Verräter gehalten.«

Freerk warf Gerd einen überraschten Blick zu. Wenn er je von seinem Vater sprach, dann immer voller Bewunderung für seine Fähigkeiten als Fischer. Über das, was vor der Evakuierung vorgefallen war, redete Gerd nicht. Jedenfalls hatte Enno das einmal erwähnt. Umso überraschter war Freerk, dass Gerd ihm, einem Fremden, gegenüber davon anfing. Gerds Gesicht spiegelte seine Trauer und Wut deutlich wider.

»Verräter?«, fragte Freerk vorsichtig.

»Angeblich sollen ein paar Männer am Tag vor dem großen Bombenangriff versucht haben, die Tommys anzufunken, um die Insel kampflos zu übergeben.« Gerd presste die Lippen so fest zusammen, dass nur noch ein schmaler Strich zu sehen war. »Sie sind aufgeflogen. Vielleicht hat einer von ihnen sie auch verpfiffen, wer weiß das schon. Mitten in der Nacht ist die Gestapo gekommen und hat die Männer aus ihren Häusern geholt und weggebracht. Papa war einer von ihnen. Es heißt, sie sind alle erschossen worden.«

»Und das glaubst du nicht?«, fragte Freerk leise.

»Ich glaube nicht, dass Papa ein Verräter war!«, sagte Gerd bitter. »Nie im Leben glaube ich das. Und wer was anderes behauptet, dem polier ich die Fresse, so viel steht fest.«

»Das wäre ja nicht das erste Mal«, stellte Enno trocken fest. »Diesem Kerl damals in Brunsbüttel hast du die Nase gebrochen, und der war fünf Jahre älter und einen Kopf größer als du. Kein Wunder, dass keiner von den Helgoländern scharf darauf ist, in unserer Nähe zu wohnen.«

Gerds Kopf schoss herum, und er starrte seinen Bruder an. »Wie war das?«

Enno hielt seinem Blick stand. »Hat Tante Almuth mal zu Tante Fenna gesagt, als sie sich gestritten haben. Ernsthaft, du solltest besser genau zuhören als abzuhauen, wenn die beiden sich in die Haaren kriegen. Man schnappt dabei jede Menge auf.« Er zuckte mit den Schultern. »Tante Almuth hat gesagt, von den anderen Familien will niemand was mit uns Riekers zu tun haben, weil wir zu den Verrätern gehören. Und Tante Fenna hat geantwortet, dass es ebenso gut daran liegen könnte, dass Tante Almuth sich immer aufführt wie die Königin von Helgoland.«

Freerk senkte den Kopf, um sein Grinsen zu verbergen. Er konnte förmlich hören, wie die alte Frau ihre Schwester zurechtwies und damit zur Weißglut brachte.

»Und dann hat Tante Almuth von dem Kerl in Brunsbüttel erzählt«, fuhr Enno mit seinem Redeschwall fort. »Als Beweis, was für ›eine Schande‹ wir Riekers sind, wie sie gesagt hat.«

Die Mole lag hinter ihnen, und Freerk fuhr einen weiten Bogen, um auf die Nordostseite der Insel zu gelangen. Vor ihnen ragten die roten Felsen gut fünfzig Meter senkrecht in den Himmel. Im Gegensatz zur Südseite der Insel, wo es nur einen schmalen Geröllstreifen als Strand gab, war auf der Nordseite ein breites Stück Land zwischen Wasser und den steilen Felsen zu sehen, auf dem die Überreste einiger Baracken standen.

»Da waren die Soldaten und vor allem die Arbeiter untergebracht«, erklärte Enno. »Das ganze Gebiet haben sie vor dem Krieg aufgeschüttet. Früher war der Strand hier auch nicht breiter als auf der anderen Seite der Insel.«

»Sollen wir da drüben vor Anker gehen?«, fragte Freerk und deutete auf eine bogenförmige Sandbucht, direkt vor ihnen.

Gerd schüttelte den Kopf. »Besser, wir versuchen es direkt im Südhafen. Sonst müssen wir die Körbe so weit schleppen, falls wir welche finden. Die meisten Fischer hatten ihre Körbe in den Hummerbuden direkt am Hafen. Dort sollten wir es zuerst probieren.«

Er bedeutete Freerk, weiter auf die Düne zuzuhalten, die kleine Sandinsel im Süden, auf der früher einmal die Badegäste ihre Tage verbracht hatten, bevor die Wehrmacht dort einen Flughafen eingerichtet hatte.

Gemächlich setzten sie ihre Fahrt fort. Die steilen Felsen wurden allmählich niedriger, und oben auf dem Plateau der Insel, dem Oberland, kamen die ersten Gebäude in Sicht. Enno reckte den Hals, um besser sehen zu können.

»Ist das zu fassen? Ich glaube, der Flakturm steht noch. Hat nicht mal 'ne Schramme abbekommen, wie es aussieht.«

Freerk konnte nichts entdecken, das wie ein Geschützturm aussah. Dann wurde der Landstreifen vor den roten Klippen breiter, und vor ihnen lag der niedrige Teil der Insel.

»Das Unterland«, murmelte Gerd. »Da haben wir früher gewohnt. Mein Gott, wie es hier aussieht!«

Freerk holte tief Luft und schluckte. Was früher einmal ein Kurort voller Hotels und Pensionen gewesen war, war nur noch eine zerbombte Trümmerlandschaft. Kaum eines der Häuser war unbeschädigt geblieben. Bomben hatten tiefe Krater in die Straßenzüge gerissen, vielen Häusern fehlte das Dach, von einigen standen nur noch Mauerreste. Ein paar verkohlte Bäume ragten tot in den blauen Himmel.

Das Entsetzen auf Ennos Gesicht und die verschlossenen Züge von Gerd sprachen Bände. Vor Mitleid mit den beiden zog sich Freerks Herz schmerzhaft zusammen. Gern hätte er etwas Tröstendes gesagt, aber angesichts dieser Totenlandschaft wollte ihm kein Wort über die Lippen kommen, das nicht hohl und unpassend geklungen hätte. Also schwieg auch er.

Der Hafen öffnete sich vor ihnen, und Freerk lenkte den Kutter wortlos in das leere Hafenbecken. Er wählte eine Stelle am Kai aus, die unbeschädigt schien und weit genug von den zerbombten Hafengebäuden entfernt war, sodass keine größeren Trümmerteile unter der Wasseroberfläche liegen sollten.

Als hätten sie sich abgesprochen, gingen Enno und Gerd an Deck, und sobald sie nah genug an der Kaimauer waren, sprang Gerd hinüber und ließ sich von Enno ein Tau zuwerfen, das er über einen der Poller zog. Auch Enno sprang an Land, und beide rannten los, als wäre der Teufel hinter ihnen her.

»Hey, wo wollt ihr denn hin?«, rief Freerk durch die geöffnete Kajütentür.

»Nach Hause!«, schrie Enno über die Schulter. »Gucken, ob unser Haus noch steht.«

»Halt!«, donnerte Freerk. »Nichts da! Ihr wartet gefälligst auf mich.«

Enno blieb stehen, aber Gerd rannte einfach weiter.

So schnell er konnte, verließ Freerk die Kajüte und humpelte auf die Reling zu. Er ergriff die Hand, die Enno ihm entgegenstreckte, und ließ sich auf den Kai helfen.

»So ein Döskopp!«, schimpfte er, als er neben Enno stand und Gerd hinterhersah. »Wir bleiben auf alle Fälle zusammen, das habe ich eurer Schwester versprochen. Und nun los. Zeig mir, wo wir hinmüssen.«

Für Freerk war es schwierig, mit dem Holzbein über die Trümmer zu klettern, die überall auf den Straßen lagen. Zweimal mussten Enno und er einen Umweg in Kauf nehmen, weil der Durchgang versperrt oder die Straße von einer Bombe aufgerissen worden war.

Erst eine halbe Stunde später erreichten sie die Straße, in der das Haus der Familie Rieker gestanden hatte. Als sie um die Straßenecke bogen, sahen sie Gerd, der gebückt vor einem gewaltigen Schutthaufen stand und mit den Händen Steine zur Seite räumte. Langsam ging Freerk auf ihn zu und sprach ihn leise an, aber der junge Mann schien ihn gar nicht zu hören. Erst als Freerk ihm eine Hand auf die Schulter legte, richtete er sich auf und drehte sich um. Sein Gesicht war von einer Schicht Mörtelstaub bedeckt, in der seine Tränen dunkle Streifen hinterlassen hatten.

»Es ist nichts mehr da«, sagte er heiser. »Gar nichts. Nur noch diese dreckigen Steine.« Erneut bückte er sich, griff nach einem Mauerstück und schleuderte es mit aller Kraft gegen die halb zerfallene Mauer des Nachbarhauses. Ein erstickter Laut kam aus seiner Kehle. »Nichts als Steine«, stieß er hervor, während ihm die Tränen über das Gesicht rannen.

Ohne darüber nachzudenken, ob Gerd das vielleicht peinlich wäre, legte Freerk einen Arm um seine Schultern und zog ihn an sich. Der Junge lehnte seine Stirn an Freerks Schulter und schluchzte heiser. Er zitterte am ganzen Leib.

Schließlich ließ das Zittern nach, das Schluchzen wurde leiser. Gerd holte tief Luft und richtete sich auf. »Tut mir leid«, sagte er und wischte sich die Tränen von den Wangen.

»Muss dir nicht leidtun, Jung«, sagte Freerk. »Ich hab schon einige Männer weinen sehen. Das ist nichts, wofür man sich schämen muss.«

Er zog seine Zigaretten aus der Jackentasche und reichte sie herum. *Wiebke wäre es nicht recht, dass ich die beiden rauchen lasse*, schoss es ihm durch den Kopf, aber das war ihm jetzt ganz egal. Wiebke war weit weg.

Alle drei schwiegen, während sie ihre Zigaretten rauchten, und vermieden es, einander in die Augen zu sehen. Endlich warf auch Enno, der den Anblick des zerstörten Hauses weniger schwer zu nehmen schien als sein Bruder, seine Kippe auf den Boden und trat sie sorgfältig aus.

»Hast du im Schuppen nachgesehen?«, fragte er seinen Bruder. »Papa hatte doch die überzähligen Körbe immer im Schuppen hinter dem Haus.«

Gerd schnaubte durch die Nase. »In welchem Schuppen denn?« Er deutete auf einen Haufen halb verkohlter Bretter hinter dem Schutthaufen zu seinen Füßen. »Da werden wir wohl kein Glück haben.«

Aber noch ehe er den Satz beendet hatte, kämpfte sich Enno bereits durch das lose Geröll zum eingestürzten Schuppen hinüber und begann damit, die Bretter und Balken zur Seite zu räumen. Gerd rührte keinen Finger, sondern blieb mit trotzigem Gesicht und verschränkten Armen neben Freerk stehen.

»Willst du ihm nicht helfen?«, fragte Freerk.

Gerd schüttelte den Kopf. »Ist doch zwecklos«, sagte er. »Reine Zeitverschwendung.«

Brett um Brett hob Enno hoch und warf sie auf den Schutthaufen, bis er einen Hohlraum unter dem Holz freigelegt hatte und darin verschwand. Es rumpelte und scheppterte, dann tauchte sein Lockenkopf wieder auf, und triumphierend hielt er einen verbogenen Gitterkorb hoch.

»Von wegen Zeitverschwendung!«, rief er. »Da sind noch mindestens zehn Körbe aus Metall. Die alten Holzkörbe sind verbrannt oder angesengt, die können wir nicht mehr benutzen, aber die Drahtkörbe krieg ich wieder hin.«

Eine halbe Stunde später machten sich die drei mit ihrer Beute auf den Rückweg zur *Margarethe*. Jeder von ihnen trug vier Hummerkörbe, die Enno aus dem eingefallenen Schuppen gezogen hatte.

Nachdem sie die Körbe auf den Kutter gebracht hatten, gingen sie zu den Hafengebäuden hinüber, um nach weiteren Fangkörben zu suchen. Aber sie mussten feststellen, dass die Hummerbuden, die nicht beim Bombardement dem Erdboden gleichgemacht worden waren, komplett ausgeplündert waren.

»Diese Drecksäcke!«, knurrte Gerd. »Das waren höchstwahrscheinlich dieselben, die diesem Morisse Papas Körbe verkauft haben.«

»Und jetzt?«, fragte Freerk. »Habt ihr noch eine Idee, wo wir nach weiteren Körben gucken könnten?«

Enno kratzte sich nachdenklich am Kopf. »Weiß nicht. Wir könnten es in den Tunneln versuchen.«

»In den Tunneln?« Gerd runzelte skeptisch die Stirn. »Glaubst du, jemand hat seine Hummerkörbe da hineingeschleppt?«

»Möglich wär's immerhin«, antwortete sein Bruder mit einem Schulterzucken. »Auf jeden Fall sollten wir uns dort mal umsehen. Wer weiß, was sich da noch so alles finden lässt. Und wo wir schon die Taschenlampen dabeihaben ...«

»Ich weiß nicht«, sagte Freerk zweifelnd. Ihm widerstrebte der Gedanke zutiefst, in irgendwelchen engen Tunneln herumzukriechen. »Kommen wir da denn überhaupt rein?«

»Durch die Spirale oder den Schulbunker sollte es gehen«, rief Enno mit leuchtenden Augen. »Kommt mit!« Damit drehte er sich um und lief voraus, ohne eine Antwort von Gerd oder Freerk abzuwarten.

Den beiden blieb nichts anderes übrig, als Enno zu folgen, wenn sie ihn nicht aus den Augen verlieren wollten. Während Gerd schnell zu seinem Bruder aufschloss, humpelte Freerk mühsam hinter den beiden Jungs her, die durch das Gewirr aus Straßen, Trümmern und Bombentrichtern auf die hoch aufragende Sandsteinklippe zuliefen.

Schließlich standen sie vor einem hohen Betonbunker mit ein paar wenigen schießschartenförmigen Lichtschächten, der sich an den roten Fels schmiegte.

»Das ist die Spirale«, erklärte Enno. »Einer der Zugänge zu den Tunneln.«

Er zog an einer der drei hohen Metalltüren, aber erst als Gerd ihm half, öffnete sie sich mit einem protestierenden Quietschen. Freerk holte die Taschenlampen aus seiner Jackentasche und reichte eine davon an Gerd weiter.

Im schmalen Lichtkegel der Lampen wurden zwei Rampen sichtbar, die im Bogen nach oben führten. An den Wänden waren schmale Holzbänke angebracht. Die Luft war feucht und muffig wie in einem Keller, der lange verschlossen gewesen war. Freerk blieb unschlüssig im Eingang stehen. Alles in ihm sträubte sich, den Bunker zu betreten, aber Enno und Gerd stiegen bereits eine der Rampen hinauf. Wenn er sie nicht aus den Augen verlieren wollte, musste er ihnen wohl oder übel folgen.

Vorsichtig, um auf dem feuchten Beton nicht auszurutschen, stieg Freerk die Rampe hinauf, wobei er sich sorgfältig festhielt. Kurz darauf erreichte er einen Tunnel, der in den Felsen hineinführte. Er sah gerade noch einen schwachen Lichtschein hinter einer Biegung verschwinden.

»Werdet ihr zwei wohl auf mich warten!«, rief Freerk zornig. »Ihr wisst genau, dass ich nicht so schnell bin wie ihr.«

Es dauerte ein paar Sekunden, dann erschienen Gerd und Enno am Ende des Tunnels.

»Entschuldige!«, sagte Gerd, als Freerk sie erreicht hatte. »Aber Enno ...«

»Von jetzt an bleiben wir zusammen«, unterbrach Freerk ihn bestimmt. »Und weil ich der Langsamste bin, richtet ihr euch gefälligst nach mir.«

Er hob die Taschenlampe in die Höhe und leuchtete nach vorn. Der Lichtkegel verlor sich in der schmalen, weiß getünchten Betonröhre vor ihnen. Schatten an der Wand ließen weitere Abzweigungen oder Türen erahnen. Enno ging voraus und führte die Gruppe an, achtete aber jetzt darauf, dass Freerk mitkam. Er schien sich gut auszukennen, und auf Freerks Nachfrage hin gab er zu, dass er sich in den Monaten vor der Evakuierung gelegentlich hier hereingeschlichen hatte, wenn es Fliegeralarm gab. Wenn er erwischt worden war, hatte er einfach behauptet, sich verlaufen zu haben, und die Soldaten hatten ihn zum Zivilistenbunker zurückgeschickt. Nur einmal hätte es Ärger gegeben, weil der Soldat, dem er in die Arme gelaufen war, ihn persönlich zurückgebracht hatte. Danach hatte Wiebke ihm ordentlich die Leviten gelesen

Hier waren keine Bänke mehr an den Wänden angebracht. Die Luft in dem Tunnel war stickig und hinterließ ein pelziges

Gefühl im Mund. Freerk hatte mehr und mehr das Gefühl, in dieser Enge nicht richtig atmen zu können. Rechts von ihnen waren mehrere Türen, die in Zimmer mit Feldbetten führten. Meist fehlten die Matratzen, und wenn sie noch da waren, waren sie schwarz vor Stockflecken. Ein paar zerrissene Wolldecken lagen auf dem Boden, und in einem der Räume befand sich eine lederbezogene Liege, über der eine Operationsleuchte hing. Einer der Metallschränke an der Wand war aufgebrochen worden, und der Inhalt – ein Sammelsurium von Mullbinden und Ampullen mit Medikamenten – lag auf dem feuchten Metallboden verstreut.

»Das hier war das Lazarett«, erklärte Enno. »Hier kamen die verwundeten Soldaten hin. Ich werde nie vergessen, wie sie während des großen Bombenangriffs die Verletzten auf Tragen durch die Zivilistenbunker getragen haben. Wir saßen auf den Bänken an den Wänden, und es war eng und furchtbar stickig, weil die Lüftung ausgefallen war. Von draußen hörte man den Höllenlärm, und der ganze Boden hat bei jeder Bombe gezittert. Überall weinten und jammerten die kleinen Kinder, und die Mütter haben versucht, sie ruhig zu halten. Und immer wieder mussten wir alle aufstehen, weil sie Verwundete zwischen uns durchtragen mussten. Die Kinder wurden dann auf die Bänke gestellt und mussten das Gesicht zur Wand drehen, bis die Soldaten mit der Trage durch waren. Die Mütter haben sie festgehalten, aber ich glaube, das hätten sie gar nicht gemusst. Niemand von ihnen hätte sich getraut, sich umzudrehen.«

Freerk erschauderte und beeilte sich, den Operationssaal zu verlassen.

Sie gingen weiter den schmalen, feuchten Tunnel entlang, in dem ihre Schritte merkwürdig hohl widerhallten. Ein weiterer Operationssaal und mehrere Krankenzimmer folgten, auch sie waren geplündert worden. Freerk verlor allmählich jedes Zeitgefühl. Es kam ihm vor, als wären sie bereits seit Stunden hier in den Tunneln, und er wusste nicht mehr, in welche Richtung sie gingen. Das Gefühl, keine Luft zu bekommen, verstärkte sich, und langsam beschlich ihn die Sorge, die Batterien der beiden Taschenlampen könnten versagen. Dann wären sie gezwungen, sich den Weg nach draußen zu ertasten. Abrupt blieb er stehen.

»Wartet mal, wohin gehen wir eigentlich?«, fragte er. »Wie weit müssen wir denn noch bis dahin, wo die Körbe versteckt sind?«

Der Blick, den Gerd und Enno sich zuwarfen, ließ ihn stutzen.

»Es geht gar nicht um die Hummerkörbe, oder?«

»Nein, nicht wirklich«, gab Enno zu. »Die Wehrmacht hat jede Menge Lebensmittelrationen hier runtergebracht. Wenn wir die finden, haben wir ausgesorgt.«

»Und du weißt, wo die sind?«

»Nein«, gab Enno zerknirscht zu. »Ich vermute, die haben sie irgendwo in der Nähe der Mannschaftsküchen gelagert, aber bis dahin bin ich nie gekommen. Das muss noch ein ganzes Stück weiter sein.«

»Dann kehren wir jetzt um«, sagte Freerk entschlossen.

»Was? Aber …«

»Nichts aber! Wir sind wegen der Hummerkörbe hier, nicht wegen irgendwelcher Notrationen, die vermutlich schon längst weg sind.« Damit drehte Freerk sich um und begann, den Weg zurückzuhumpeln, den sie gekommen waren.

»Aber Freerk, hör mal, wenn wir schon mal hier sind, können wir doch auch …«

»Können wir nicht! Ich weiß nicht, wie lange die Batterien halten, und ich will hier ganz bestimmt nicht im Dunkeln sitzen.«

Egal wie sehr Enno auch bettelte, Freerk ließ sich nicht erweichen. Gerd, der seit dem Blick in den Operationssaal kein Wort mehr gesagt hatte, ging mit verschlossener Miene neben ihm her. Schließlich fügte Enno sich und folgte ihnen.

An einem Tunnel, an dem sie auf dem Hinweg vorbeigegangen waren, blieb er stehen und hielt die Taschenlampe in die Höhe. Auf beiden Seiten des engen Ganges wurden wieder die schmalen Holzbänke sichtbar, die an den Wänden angebracht waren.

»Wir könnten auch hier durchgehen«, sagte Enno. »Das ist der Schulbunker, in dem wir damals gesessen haben. Unser Platz war ziemlich weit hinten.«

»Ist das kürzer?«, fragte Freerk knapp.

»Nein, aber dann kommen wir aufs Oberland.«

»Wenn es durch diesen Tunnel hier weiter ist, gehen wir so zurück, wie wir gekommen sind«, entschied Freerk.

Als sie endlich die schräge Rampe in der Spirale hinter sich gebracht hatten und wieder ins Freie traten, blieb Freerk stehen und holte tief Luft. Was für eine Wohltat, wieder richtig atmen zu können! Er wandte das Gesicht der Sonne zu, die noch immer hoch am Himmel stand, und schloss für einen Moment die Augen.

»Da gehe ich nie wieder rein, und wenn die Hölle zufriert. Was für ein fürchterliches Loch! Gut, dass wir heil wieder rausgekommen sind.« Freerk seufzte erleichtert und sah die beiden Jungen an, die vor ihm standen. »Was für eine Schnapsidee, da drin nach Notfallrationen zu suchen! Eigentlich müsste ich stocksauer auf euch sein, weil wir dadurch so viel Zeit verloren haben.« Er schaute in Richtung Westen und schätzte mit zusammengekniffenen Augen den Stand der Sonne ab. »Vielleicht noch zwei Stunden, bis wir wieder zurückfahren müssen. Eure Schwester wird sich Sorgen machen, wenn wir zu spät kommen.

Wo kriegen wir denn jetzt noch ein paar Hummerkörbe her, damit die ganze Fahrt nicht umsonst war?«

Freerk sah Wiebke vor sich, wie sie im Morgengrauen neben Onkel Emil am Kai gestanden und ihm das Versprechen abgenommen hatte, gut auf ihre Brüder aufzupassen und zu verhindern, dass sie Blödsinn machten.

»Wir könnten es in den Häusern der anderen Hummerfischer probieren«, hörte er Enno sagen. »Beim alten Krüss vielleicht. Ober bei Henry Lüers.«

Freerk, der in Gedanken noch bei Wiebke war, kam auf einmal eine Idee. »Sagt mal, Wiebkes Mann, war der nicht auch Hummerfischer, bevor er eingezogen wurde? Was ist denn aus seinen Körben geworden?«

Ennos Augen leuchteten auf. »Die haben wir im Keller verstaut, bis er wieder da ist. Gerd und ich haben ihm geholfen, sie runterzutragen. Das waren mindestens zwanzig Stück, eher noch mehr. Wir haben sie bis zur Decke stapeln müssen, weißt du noch, Gerd? Dass ich da nicht gleich dran gedacht habe! Kommt mit, es ist nicht weit bis zu Wiebkes Haus.« Damit drehte er sich um und flitzte los.

»Falls das Haus überhaupt noch steht«, sagte Gerd finster.

»Das werden wir ja gleich sehen«, erwiderte Freerk und humpelte langsam hinter Enno her.

Kapitel 15

Mein lieber Jan!

Was war das für ein fürchterlicher Tag! Immer musste ich daran denken, was Gerd und Enno unterwegs alles zustoßen könnte, und die Zeit wollte gar nicht vergehen. Zum Schluss hat mich sogar Captain Watson gefragt, was denn heute nur mit mir los sei, weil ich so gar nicht bei der Sache wäre. Wie gerne hätte ich ihm die Wahrheit gesagt, aber das ging natürlich nicht. Du glaubst nicht, wie froh ich war, als ich abends endlich wieder zu Haus war. Und dann sind deine Mutter und Tante Fenna mal wieder aneinandergeraten. Sonst halte ich mich ja immer zurück, wenn sie streiten, aber diesmal ist mir der Kragen geplatzt. Am Ende haben sich die beiden wieder vertragen, aber jetzt sie sind beide böse auf mich. Mal sehen, ob sie sich morgen wieder beruhigt haben. Jetzt liegen sie Rücken an Rücken in ihren Betten und schlafen.

Wiebke hob den Kopf und betrachtete die flackernde Flamme der alten Öllampe vor sich. Einen Moment lang drehte sie den Bleistift in den Fingern, ehe sie weiterschrieb.

Es ist schon fast drei Uhr. Eigentlich müsste ich endlich wieder zu Bett gehen, aber das wäre zwecklos. Ich habe stundenlang versucht einzuschlafen, aber immer wenn ich die Augen zugemacht habe, musste ich an die Jungs denken und, ich gebe es zu, auch an Freerk. Er hat sich überreden lassen, die beiden nach Helgoland zu bringen. Wenn der Kutter von den Briten aufgebracht wird und Freerk ins Gefängnis kommt, dann nur unseretwegen.

»Und es wäre schlimm, wenn er nicht wiederkäme«, murmelte Wiebke, aber das schrieb sie nicht auf. Sie sah Freerks Gesicht deutlich vor sich: die hohen Wangenknochen, die Stirn, die schon von Falten durchzogen war, auch wenn er erst Anfang dreißig war, die blauen Augen, in denen immer Schmerz lag, selbst wenn er lächelte. Dass sie ihn einmal verabscheut hatte, konnte sie selbst kaum glauben. Inzwischen war er so etwas wie ein ruhender Pol für sie geworden.

Hoffentlich schaffen die drei es bis Helgoland. Ich würde so gern wissen, wie es dort aussieht. Ob unser Haus noch steht? Ein paar Leute aus unserer Straße sind nach dem Bombenangriff noch nach Hause gelaufen, um nachzusehen. Aber mir hat damals der Mut gefehlt, den Bunker zu verlassen. Lotte Deters hat mir erzählt, dass der Giebel des Hotels deines Onkels eingestürzt ist, aber unser Haus konnte sie nicht sehen.

Neben dem protzigen Hotel der Hansens hatte ihr Haus armselig und klein gewirkt. Zwei Stockwerke, ein spitzes Dach. Im Obergeschoss, wo Almuth gewohnt hatte, geraffte Gardinen hinter den Doppelfenstern. Hinten im Garten ein Beet mit feuerroten Rosen wie die ihrer Mutter und ein Sandkasten, den Jan für Piet selbst zusammengezimmert hatte.

Die Buchstaben vor Wiebkes Augen verschwammen. Die Sehnsucht, das alles wiederzusehen, schnürte ihr die Kehle zu. Sie legte den Kopf auf die Arme und weinte, bis keine Tränen mehr kamen. Ihre Gedanken begannen sich im Kreis zu drehen, verirrten sich und gingen in undeutliche Traumbilder über.

Eine Hand, die sich warm und tröstend auf ihre Schulter legte, weckte sie.

»Aber Deern, was machst du denn hier?« Es war Tante Fenna, die in ihrem Nachthemd neben ihr stand und sie besorgt ansah.

Wiebke richtete sich langsam auf. Jeder Muskel in ihrem Nacken protestierte, und ihre Augen brannten wie Feuer.

»Ich muss eingeschlafen sein, als ich ...« Hastig klappte sie die Kladde zu, die noch immer vor ihr lag.

Tante Fenna lächelte dünn. »Keine Sorge, ich guck nicht«, sagte sie leise. »Ich habe früher auch mal Tagebuch geführt. Es hilft, um sich über vieles klar zu werden. So, als ob man mit einem guten Freund spricht, der weit weg ist. Aber wenn du bei dieser Funzel schreibst, wirst du dir noch die Augen verderben und brauchst später auch so eine dicke Brille wie ich. Was meinst du wohl, woher ich die habe?« Sie zwinkerte Wiebke zu. »Du bist übrigens nicht die Einzige, die nicht schlafen kann. Ich hab mich im Bett gedreht wie ein Brummkreisel, und als ich es satthatte, Almuth beim Schnarchen zuzuhören, bin ich aufgestanden, um Teewasser aufzusetzen. Es ist halb sechs durch.«

»Halb sechs schon?« Wiebke sprang erschrocken auf die Füße. »Ich wollte doch am Hafen sein, wenn sie zurückkommen.«

»Immer mit der Ruhe, Deern. Die werden sicher noch nicht zurück sein. Ich kann mir nicht vorstellen, dass Freerk so verrückt ist, mitten in der Nacht mit dem Kutter durch die Priele zu steuern. Du kannst in aller Ruhe noch eine Tasse Tee mit mir trinken. Vor acht, halb neun sind die nicht wieder im Hafen.«

»Dann muss ich doch längst bei der Arbeit sein. Vorher wollte ich noch am Hafen vorbeischauen. Vielleicht sind sie ja doch schon da.«

Tante Fenna spielte mit den Fingern an der Spitze des Zopfes, der über ihre Schulter hing, und warf ihr einen nachdenklichen Blick zu. »Du machst dir Sorgen, nicht?«

Wiebke nickte nur.

»Mach dich nicht verrückt, Wiebke. Freerk ist bei deinen Brüdern und passt auf sie auf. Er verliert zwar nicht viele Worte, aber solche Männer sind die zuverlässigsten.« Sie schob ihre

Brille ein Stück hoch und lächelte. »Gefällt mir gut, dieser Freerk. Er erinnert mich an …«

Sie brach ab, ging steif zum Herd hinüber und schob den Teekessel auf die Feuerstelle, ehe sie sich bückte und die Ofentür öffnete, um Holz und zwei Torfsoden auf die Glut zu legen.

»An wen erinnert er dich?«, fragte Wiebke leise.

»Kennst du nicht«, erwiderte Tante Fenna knapp. »Ist schon lange tot.«

Plötzlich fiel Wiebke wieder ein, dass Almuth einmal davon gesprochen hatte, dass Tante Fenna als junges Mädchen einen festen Freund gehabt hatte. Er war gestorben, bevor sie sich verloben konnten. Danach war sie nie wieder mit einem Mann auch nur tanzen gegangen. Dieser Freund sei der Einzige gewesen, der mit Fennas herrischer Art und ihrem bissigen Mundwerk habe umgehen können, hatte Almuth erzählt. Alle anderen Männer habe sie damit sofort in die Flucht geschlagen, und so sei sie sitzen geblieben und eine alte Jungfer geworden.

»Du musst ihn sehr lieb gehabt haben«, sagte Wiebke.

Tante Fenna, die mit einem Schürhaken in der Glut stocherte, sah über die Schulter und richtete sich langsam auf.

»Er war …« Sie schien einen Moment nach den richtigen Worten zu suchen. »Wie soll ich es beschreiben? Er war mein Gegenstück, wirklich und wahrhaftig meine bessere Hälfte. Georg blieb ruhig und besonnen, wenn ich mich aufgeregt habe und wieder mal mit dem Kopf durch die Wand wollte. Einer, der nicht viele Worte machte, aber immer meinte, was er sagte. Ich wusste schon nach ein paar Tagen, dass wir zusammengehören. So was findet man nur einmal im Leben, wenn überhaupt. Ja, ich habe ihn sehr geliebt.«

»Was ist passiert?«

»Das, was so vielen Fischern passiert: Er ist auf See geblieben. Der Trawler, auf dem er mitfuhr, ist vor Norwegen gesunken.

Zwei Jahre lang habe ich kein Wort mehr gesprochen, so sehr habe ich ihn vermisst und um ihn getrauert. Alle haben zu mir gesagt, die Zeit heilt alle Wunden und du findest jemand anderen, aber einen anderen als Georg wollte ich nicht. Darum bin ich allein geblieben – über vierzig Jahre lang.«

Tante Fenna schloss die Ofentür, dann ging sie zum Tisch zurück und ließ sich schwer auf ihren Stuhl fallen. »Vierzig Jahre sind eine lange Zeit, wenn man allein ist und Sehnsucht hat. Ich habe es ausgehalten, weil ich dachte, dass es richtig ist. Aber das muss nicht für jeden der richtige Weg sein, Wiebke.«

Wiebke wich dem durchdringenden Blick der alten Frau aus. »Ich bin nicht allein«, sagte sie. »Solange es noch Hoffnung gibt, dass Jan zurückkommt, bin ich keine Witwe.« Selbst in ihren eigenen Ohren klang ihre Stimme schrill und zu laut.

Tante Fenna antwortete nicht, sondern sah Wiebke weiter fragend an.

Wiebke hatte plötzlich das Gefühl, in der engen Küche keine Luft mehr zu bekommen. »Ich muss mich jetzt anziehen, sonst schaff ich es nicht mehr, vor der Arbeit noch zum Hafen zu laufen«, sagte sie, griff hastig nach ihrer Kladde und lief zur Küchentür.

»Du solltest das Fahrrad nehmen«, hörte sie Tante Fenna noch rufen, ehe sie die Küche verließ.

Obwohl die Sonne bereits vor über einer Stunde aufgegangen war, war es empfindlich kühl an diesem klaren Morgen. Eine frische Brise wehte von Norden her und brachte den Geruch des Meeres mit sich. Fröstelnd schob Wiebke Freerks Fahrrad die Straße zum Deich hinauf. Oben auf der Deichkrone blieb sie stehen und sah zum Hafenbecken hinunter. Nur ein einziger Kutter lag am Kai, und Wiebkes Herz machte einen Sprung, als sie die *Margarethe* erkannte.

Sie waren wieder da! Eine enorme Last fiel von Wiebkes Schultern ab, und sie stieß ein erleichtertes Seufzen aus.

Freerk und Gerd stellten gerade zwei Krabbenkisten auf dem Kai ab, wo Onno de Buhr und Onkel Emil standen und sich unterhielten. Von Enno war nichts zu sehen.

Na komm schon, dreh um und fahr zur Arbeit, du bist sowieso schon spät dran, dachte Wiebke, aber sie konnte sich nicht dazu durchringen. Einen Moment lang blieb sie unschlüssig stehen, dann rollte sie auf dem Fahrrad den Deich hinunter zum Hafen. Captain Watson würde heute eben ein paar Minuten auf sie warten müssen.

»Na, viel ist das ja nicht gerade«, hörte sie Onno de Buhr sagen, als sie näher kam. »Nur zwei kleine Kisten voll, und das, obwohl ihr die ganze Nacht im Watt wart?«

»Wir hatten Ärger mit dem Motor«, gab Freerk ungerührt zurück. »Hat eine Ewigkeit gedauert, bis wir den wieder zum Laufen gebracht haben.« Er stellte eine Kiste auf den Handwagen, der neben de Buhr stand.

Erst jetzt bemerkte er Wiebke und stockte unmerklich in der Bewegung, ehe er sich wieder im Griff hatte. »Nanu, Wiebke«, sagte er und nickte ihr zu. »Ist irgendwas los bei euch zu Hause, oder wolltest du nur die Jungs abholen?«

»Ich ... äh ...« Wiebke räusperte sich und spürte, dass sie rot wurde. »Ich müsste kurz was mit den beiden bereden, bevor ich zur Arbeit fahre«, sagte sie hastig.

»Ja, meinetwegen, aber sie sollen mir noch beim Deckschrubben helfen, bevor sie nach Hause gehen.« Er hob die zweite Kiste hoch und stellte sie auf den Handwagen, ehe er sich zum Kutter umdrehte und Gerd und Enno zuwinkte. »Kommt mal her, ihr beiden, eure Schwester will was von euch!«, rief er und wandte sich dann an Onkel Emil. »Kannst du das mit dem Abrechnen übernehmen? Dann fang ich schon mit dem Saubermachen an.«

Onkel Emil grinste, ohne die Tabakpfeife aus dem Mund zu nehmen. »Je eher dabei, desto eher davon, was? Und hinterher gibt's bei mir 'ne Tasse Tee. Wasserkessel steht schon auf dem Herd.« Er schlug de Buhr auf die Schulter. »Dann lass uns mal loslegen, was, Onno?«

Wiebke sah den beiden nach, bis sie in der Halle der Fischereigenossenschaft verschwunden waren. Erst dann drehte sie sich zu Freerk und ihren Brüdern um, die inzwischen über die Reling des Kutters geklettert waren und neben Freerk auf dem Kai standen.

»Erzählt schon, wie war es denn? Habt ihr es bis auf die Insel geschafft?«, fragte sie leise.

Enno grinste wie ein Honigkuchenpferd. »Nicht nur das! Unter Deck ist alles voller Hummerkörbe. Über dreißig Stück, stell dir das vor! Aber die soll keiner der anderen Fischer zu Gesicht kriegen, sonst stellt noch einer dumme Fragen. Heute Abend, wenn es dunkel ist, bringen wir sie in Onkel Emils Schuppen. Die meisten sind heil, und wenn ich die fünf oder sechs kaputten repariert habe, können wir zurückfahren und Hummer fangen.«

»Dreißig Stück?«, stieß Wiebke verblüfft hervor. »So viele? Wo ...«

»Ein paar sind von Papa, aber die meisten von Jan«, unterbrach Gerd sie. »Die Körbe, die wir in den Keller gebracht haben, bevor er an die Front musste.«

Das war an Jans letztem Tag auf der Insel gewesen, Wiebke erinnerte sich noch genau daran. Papa und die Jungen hatten mit ihm zusammen die Hummerkörbe auf einem Handwagen vom Hafen zum Haus gebracht. Ihre Schwiegermutter hatte mit Piet auf dem Arm an der Kellertreppe gestanden und zugesehen, wie sie die Körbe nach unten brachten und aufeinanderstapelten. Jan hatte die blau-grün bemalten Korken so sanft mit den Fingerspitzen berührt, als wollte er sie streicheln. Und Papa hatte ihm eine Hand auf die Schulter gelegt und gesagt, es sei ja nur für kurze Zeit.

Wiebke schluckte, sah in Gerds verschlossenes Gesicht und fühlte ihre Wangen taub werden. »Ihr wart in unserem Haus ...«, sagte sie tonlos. »Also steht es noch.«

»Ja, das Haus steht noch«, erwiderte Gerd ernst.

»Die Fensterscheiben sind bei dem Bombenangriff alle kaputtgegangen, und es hat ziemlich reingeregnet«, ergänzte Enno aufgeregt. »An einigen Stellen hängen die Tapeten von den Wänden. Von den Möbeln wirst du wohl nicht mehr viel gebrauchen können. Außerdem waren Plünderer im Haus, jedenfalls im unteren Stockwerk. Da ist alles durchwühlt, und die Mistkerle haben alles mitgenommen, was wertvoll zu sein schien. Oben bei Tante Almuth sind wir nicht gewesen. Freerk hat die ganze Zeit gedrängelt, dass wir zurück zum Kutter müssten. Aber Gerd und ich haben uns trotzdem kurz in eurer Wohnung umgesehen, egal wie sehr er gemeckert hat.« Enno seufzte und schüttelte traurig den Kopf. »Kein schöner Anblick, das kannst du mir glauben, Wiebke. Aber weißt du was? Deine Truhe war noch da, dieses große dunkle Holzding im Schlafzimmer, in dem deine Aussteuer war. Die haben die Kerle wohl nicht aufbekommen, weil der Deckel ganz verzogen ist. Aber ich hab ...«

»Er wollte sie kaputtschlagen«, sagte Freerk, der Ennos Redeschwall bislang schweigend verfolgt hatte. »Aber zu dritt haben wir den Deckel dann doch aufbekommen.«

»Und wir haben etwas gefunden. Moment!« Mit einem Satz sprang Gerd an Bord der Margarethe, verschwand in der Kajüte und kam nach ein paar Augenblicken zurück, die Hände hinter dem Rücken verborgen.

Erst als er wieder vor Wiebke auf dem Kai stand, zog er ein

flaches schwarzes Kästchen hervor und streckte es ihr entgegen. »Wir dachten uns, das würdest du gerne wiederhaben.«

In Wiebkes Kehle bildete sich ein Knoten, und Tränen verschleierten ihren Blick auf die schwarz glänzende Schatulle aus Bakelit in ihren Händen.

Ihr Schatzkästchen. So hatte Jan diese Schatulle immer genannt. Alles, was ihr wichtig war, hatte sie dort hineingelegt. Sie hatte das Kästchen in ihren Fluchtkoffer tun wollen, aber die Vernunft hatte gesiegt. Der Platz im Koffer war knapp gewesen, und eine warme Strickjacke war so viel mehr wert als alle Erinnerungsstücke. Also hatte sie die Schatulle schweren Herzens zu Hause gelassen und sie ganz unten in ihrer Aussteuertruhe versteckt.

Das Kästchen aus glänzendem Bakelit hatte ihrer Mutter gehört, die darin die wenigen Fotos, die sie besessen hatte, aufbewahrt hatte. Als sie gestorben war, hatte Papa Wiebke die Schatulle gegeben. »Damit du dich immer an sie erinnerst, wenn du sie aufmachst«, hatte er gesagt, und das hatte Wiebke auch getan. All ihre Schätze hatte sie hineingelegt: ihre silberne Haarspange, eine Möwenfeder, die Jan ihr geschenkt hatte, als sie noch Kinder waren, und alle ihre Fotos. Im Laufe der Jahre waren so viele hinzugekommen, dass man den Deckel kaum noch schließen konnte.

Wiebke presste ihren Schatz einen Moment an die Brust und schloss die Augen, dann wischte sie sich die Tränen aus dem Gesicht und fuhr mit den Fingern die stilisierten Blüten und Blätter auf dem Deckel nach. Behutsam öffnete sie den Deckel einen Spaltbreit. Ganz oben lag ein großes Foto von Jan und ihr selbst: Jan im dunklen Anzug und sie im weißen Kleid mit Schleier, ein Seidentuch um die Schultern, das von der schweren silbernen Fibel der Hansens zusammengehalten wurde – ihr Hochzeitsfoto.

»Es ist alles noch da«, sagte Gerd sehr ernst. »Ich habe extra nachgesehen.«

Wiebke nickte, schloss die Schatulle wieder sorgfältig, dann zog sie ihre Brüder an sich und umarmte beide gleichzeitig. Über Gerds Schulter hinweg suchte sie Freerks Blick und lächelte ihm zu.

»Danke!«, flüsterte sie.

Kapitel 16

Captain Watson trat gerade aus der Tür und warf Wiebke einen überraschten Blick zu, als sie eine halbe Stunde später völlig abgehetzt bei ihm eintraf und Freerks Fahrrad an die Hauswand lehnte. Noch ehe er etwas sagen konnte, entschuldigte sie sich für ihre Verspätung und erklärte ihm ein wenig atemlos, dass sie aufgehalten worden war.

Watson winkte ab. »Kein Problem«, sagte er. »Die Termine, die wir hatten, sind alle abgesagt worden. Ich habe gestern Abend einen Anruf erhalten, dass wir heute Besuch von der Militärregierung aus Hannover bekommen. Ich habe angeboten, dass wir einen oder zwei der hohen Herren hier im Haus unterbringen, weil wir Platz genug haben. Am besten Sie fangen gleich mit den Vorbereitungen an. Anderson begleitet mich jetzt nach Nordenham und kommt später zurück, um Ihnen zu helfen.« Watson setzte seine Schirmmütze auf, nickte Wiebke zu und ging zum Jeep hinüber, in dem Anderson schon auf ihn wartete.

»Werden Sie mit den Gästen zum Abendessen hier sein?«, rief Wiebke ihm nach.

Watson drehte sich noch einmal um. »Ich weiß es nicht, aber es ist durchaus möglich. Bereiten Sie einfach irgendetwas vor, Wiebke. Sie machen das schon!« Damit stieg er in den Wagen, Anderson startete den Motor, und die beiden brausten davon.

Wiebke sah dem Jeep einen Augenblick lang hinterher, dann seufzte sie und ging ins Haus. Es dauerte den ganzen Vormittag, es so sauber zu machen, dass alles blitzte. Sie schrubbte die Böden, wischte überall Staub und putzte alle Fenster, obwohl sie das erst vor einer Woche erledigt hatte.

Als Anderson zurückkam, hatte sie gerade die Betten in den beiden Schlafzimmern im Obergeschoss neu bezogen. Eilig lief sie die Treppe hinunter in die Küche und fragte ihn, ob sie sich bei einer Tasse Tee zusammensetzen könnten, um zu besprechen, was noch besorgt werden musste. So hielten sie es morgens immer, wenn Wiebke nicht gerade mit Captain Watson unterwegs war. Mit seinen kaum einundzwanzig Jahren war Anderson zwar ein netter Kerl, aber noch ziemlich grün hinter den Ohren. Wiebke kam trotzdem gut mit ihm aus.

Vielleicht lässt er sich ja ein wenig aushorchen, dachte sie, während sie das kochende Wasser in die Kanne goss. Aus dem Schrank holte sie die Blechdose mit den Haferflockenkeksen, die sie vor ein paar Tagen gebacken hatte, und stellte sie zusammen mit der Kanne auf den Tisch, ehe sie sich setzte und nach Block und Bleistift griff, die immer parat lagen.

Anderson beugte sich vor, wählte bedächtig einen Keks aus der Dose und steckte ihn in den Mund. Wiebke schenkte Tee ein und begann damit, eine Einkaufsliste zu schreiben. Plötzlich hielt sie inne und warf Anderson einen zweifelnden Blick zu.

»Meinen Sie, es ist in Ordnung, wenn ich nur einen Eintopf mache?«, fragte sie. »Den kann ich auf dem Herd warm stellen, dann kann er auch später noch gegessen werden. Ich meine, wir wissen ja nicht, wann Captain Watson mit den Offizieren aus Hannover herkommt.«

»Er sagte, ich soll gegen vier wieder in Nordenham sein«, entgegnete Anderson kauend. »Aber es kann natürlich sein, dass ich noch eine Weile warten muss, bis die Konferenz vorbei ist.«

»Konferenz?«, fragte Wiebke wie beiläufig, hob ihre Tasse an die Lippen und blies über den dampfenden Tee. »Nanu? Was Wichtiges?«

Anderson zuckte mit den Schultern und nahm sich einen weiteren Keks. »Keine Ahnung, kann schon sein. Jedenfalls ist das nicht die übliche Inspektion, die war erst vor drei Wochen. Der Captain hat mir nicht gesagt, worum es geht.« Er leerte seine Tasse in einem Zug und hielt sie Wiebke hin, die nach der Kanne griff, um ihm nachzuschenken. »Eintopf ist eine gute Idee. Nur vielleicht nicht dieser Bohneneintopf, den Captain Watson nicht mag.«

Wiebke grinste. »Nein, keine Sorge. Ich hatte an *Irish Stew* gedacht. Wir müssen nur schauen, ob wir bei einem der Bauern ein bisschen Kochwurst bekommen. Aber ich habe schon eine Idee, wo wir nachfragen können.«

Als sie vom Einkaufen zurückkamen, war es bereits so spät, dass Anderson Wiebke nur vor dem Haus absetzte und gleich nach Nordenham weiterfuhr. Wiebke trug den Korb mit den Lebensmitteln in die Küche und begann, den Eintopf vorzubereiten. Sie holte den größten der gusseisernen Töpfe aus der Speisekammer, füllte ihn zur Hälfte mit Wasser und stellte ihn auf den Herd. Vorsichtig wickelte sie die drei Kochwürste aus, die sie von Bauer Wenke bekommen hatte. Es hatte sie einiges an Überredungskunst gekostet, ihn davon zu überzeugen, ihr überhaupt etwas aus der Räucherkammer zu verkaufen.

»Wir haben ja selbst kaum genug zum Überleben«, hatte der alte Bauer geschimpft und auf den Jeep gedeutet, in dem Anderson auf Wiebke wartete. »Die lassen uns ja so gut wie nichts über, alles müssen wir abliefern! Wie sollen wir von dem bisschen, was uns bleibt, auch noch was an die Tommys verkaufen?«

Erst als Wiebke trocken feststellte, dass sie erst vor einigen Wochen in seiner wohl gefüllten Räucherkammer gewesen sei, als sie beim Schwarzschlachten auf dem Wenke-Hof geholfen habe, hatte er ihr murrend drei Kochwürste und einen Streifen Speck in die Hand gedrückt. Der Preis, den er dafür verlangt hatte, war unverschämt gewesen, aber das war Wiebke einerlei.

Während sie am Küchentisch saß, Kartoffeln schälte und Gemüse putzte, stieg ihr der Duft der Kochwurst in die Nase, die im siedenden Wasser lag. Sie dachte daran, wie sie früher ihrer Mutter beim Kochen geholfen hatte, und lächelte. *Irish Stew ist Armeleuteessen*, hatte Mama immer gesagt, *aber so was schmeckt meistens besonders gut.*

Wiebkes Blick wanderte zu ihrer alten Handtasche hinüber, in der ihr Schatzkästchen lag, und sie spielte mit dem Gedanken, es herauszuholen und die Bilder darin anzusehen. Aber sie widerstand der Versuchung. Wenn Watson plötzlich in der Küche stehen würde, wie sollte sie erklären, warum sie die Bilder bei sich hatte und woher das Kästchen stammte? So schnell würde ihr keine Lüge einfallen, und die Wahrheit konnte sie unmöglich sagen. Auch wenn Helgoland nicht bewacht wurde, durfte die Insel nicht betreten werden. Nein, sie hatte so lange gewartet, da kam es auf die paar Stunden, bis sie wieder zu Hause war, auch nicht mehr an.

Wiebke schnitt die Kartoffel in ihrer Hand in kleine Stücke und warf sie in die mit Wasser gefüllte Schüssel vor sich. Dann erhob sie sich, trug ihre Tasche in den Flur hinaus und hängte sie an die Garderobe. Aus den Augen, aus dem Sinn.

Seit sie auch noch als Dolmetscherin arbeitete, war Wiebke normalerweise bis vier oder halb fünf Uhr bei Captain Watson beschäftigt, aber heute war nicht daran zu denken, pünktlich Feierabend zu machen. Erst gegen fünf Uhr war das Stew so weit, dass sie es abschmecken und vom Feuer ziehen konnte. Bis halb sechs sah Wiebke immer wieder aus dem Fenster, aber der Jeep kam und kam nicht. Schließlich zog sie sich den Mantel an, legte einen Zettel mit einer kurzen Nachricht auf den Tisch und verließ das Haus. Wenn sie so spät kamen, würden sich die Herren eben selbst bedienen müssen.

Zu Hause saß die Familie zusammen mit Freerk und Onkel Emil bereits am Abendbrottisch. Ike sprang auf und lief ihrer Mutter entgegen.

»Freerk hat erzählt, dass er dir einen Schatz mitgebracht hat«, rief sie. »Darf ich den sehen?«

Wiebke nahm die Kleine auf den Arm und drückte ihr einen Kuss auf die Wange. »Wozu brauche ich denn einen Schatz, wenn ich dich habe, min Muschen?«, sagte sie lachend. »Aber es stimmt, Freerk und die großen Jungs haben mir die Schachtel mit meinen Fotos mitgebracht. Und wenn du lieb bist, können wir die noch ansehen, bevor du ins Bett gehst.«

Auch wenn die Kinder während des Essens unruhig auf ihren Stühlen herumrutschten und Ike nach einer halben Scheibe Brot behauptete, nicht mehr hungrig zu sein, ließ sich Wiebke nicht erweichen, sondern wartete, bis das Abendbrot vom Tisch geräumt war, ehe sie ihre Tasche holte und die Schatulle herauszog. Sie setzte sich auf ihren Platz, nahm Ike auf den Schoß, während Piet neben ihr stand und sich an sie lehnte. Einen Moment lang bestaunten alle am Tisch das schwarz glänzende Kästchen, dann beugte Wiebke sich vor und hob langsam den Deckel an.

Es war genau wie früher, wenn sie mit Mama am Tisch gesessen hatte, oder später, als sie zusammen mit Gerd und Enno Mamas Fotos angesehen hatte.

»Das da ist Papa«, sagte Piet und deutete auf das Hochzeitsbild, das ganz oben lag. »Ich kann mich noch ein bisschen daran erinnern, wie er zu Besuch da war. Er hatte eine Uniform an.«

Wiebke schaute ihn verwundert an. »Das weißt du noch?«

Piet nickte. »Er hat mich hochgehoben und mich auf den Schultern herumgetragen, das weiß ich noch genau. Und einmal hat er mich so doll durchgekitzelt, dass ich weinen musste, und da hast du mit ihm geschimpft, Mama. Und als Papa wieder weggefahren ist, hat er gesagt, ich soll immer gut auf dich aufpassen, weil ich jetzt der Mann im Haus bin.« Ein Schatten flog über Piets Gesicht, und er senkte den Kopf. »Er wird bestimmt böse mit mir sein, wenn er zurückkommt.«

»Böse? Wie kommst du denn auf so eine Idee? Warum sollte Papa böse auf dich sein?«

»Weil ich ...« Der Junge schluckte. »Weil ich kein Mann bin, sondern eine Heulsuse«, stieß er hervor. »Jedenfalls sagen das die Jungs in der Schule immer.«

»Ach, Piet!« Wiebke legte den Arm um seine schmächtigen Schultern und zog ihn näher zu sich heran. Zu sehen, wie sehr er mit den Tränen kämpfte, zog ihr das Herz schmerzhaft zusammen. Aber ihm zu sagen, das wäre alles nicht so schlimm, war keine Lösung. Für Piet war es schlimm. So schlimm, dass er vor lauter Angst, nach den Ferien wieder zur Schule gehen zu müssen, schon zweimal ins Bett gemacht hatte.

Enno zog die Augenbrauen zusammen. »Lass dich doch nicht ärgern, Piet! Einfach mit den Schultern zucken und die Blödmänner stehen lassen. Und wenn sie gar nicht aufhören, dann sag mir Bescheid, dann mach ich den kleinen Mistkerlen die Hölle heiß.«

Piet öffnete den Mund, als wollte er etwas erwidern, aber dann überlegte er es sich anders und nickte nur. Er streckte die Hand aus und deutete wieder auf das Hochzeitsfoto. »Guck, Ike, Mama sieht auf dem Bild aus wie eine Prinzessin.«

Ike legte den Kopf ein bisschen schief und kniff die Augen zusammen. »Sie hat keine Krone. Dann ist sie auch keine Prinzessin!«

»Aber Ike«, sagte Tante Fenna augenzwinkernd. »Dabei war deine Mama so hübsch an dem Tag.«

»Ja, hübsch, aber nicht wie eine Prinzessin.« Ike griff nach dem Bild, rutschte von Wiebkes Schoß und lief damit zu Freerk hinüber, um es ihm zu zeigen. »Guck mal, Freerk!«, rief sie. »Findest du, dass Mama wie eine Prinzessin aussieht?«

Freerk nahm ihr das Foto vorsichtig ab und betrachtete es lange. Sein Gesicht war ernst, und er sah nicht zu den anderen am Tisch hoch. Schließlich wandte er sich Ike zu, die neben ihm stand und gespannt auf seine Antwort wartete.

»Auf dem Bild ist deine Mama wunderschön«, sagte er mit Nachdruck. »Die schönste Frau, die ich kenne.«

Er hob den Blick, und für den Bruchteil einer Sekunde sah er Wiebke direkt in die Augen, ehe er sich hastig abwandte. Wiebke entging nicht, dass er bis zum Haaransatz rot geworden war. Eilig reichte er das Foto an Almuth weiter und stand auf.

»Was meinst du, Onkel Emil, wir sollten mal allmählich aufbrechen, was?«, sagte er leichthin, aber seine Stimme war heiser. »Morgen haben wir eine Menge zu erledigen.«

Onkel Emil musterte ihn erstaunt, aber dann nickte er und erhob sich ebenfalls. »Wenn du meinst, Jung. Ist ja auch schon ziemlich spät.« Er lächelte in die Runde und klopfte auf den Tisch. »Denn mal gute Nacht zusammen!«

Erst als die beiden Männer die Küche verlassen hatten, räusperte sich Tante Fenna. »Na, da brat mir doch einer 'nen Storch, wer hätte das gedacht!«, murmelte sie. Dann stieß sie ihre Schwester mit dem Ellenbogen an. »Und nun gib mal das Foto weiter, Almuth!«, sagte sie. »Und mach den Mund zu, sonst wird das Herz kalt.«

Am nächsten Morgen stand Wiebke schon um kurz nach sechs in Captain Watsons Küche und knetete den Teig für die Frühstücksbrötchen. Die halbe Nacht hatte sie sich hin und her gewälzt und sich einzureden versucht, dass sie sich Freerks Blick nur eingebildet hatte. Aber auch jetzt stand ihr noch deutlich vor Augen, wie er sie angesehen hatte, ehe er fluchtartig aufgebrochen war.

Sie hob den Hefeteig hoch und ritzte die glatte Oberfläche mit dem Fingernagel ein, um zu prüfen, ob sich bereits genügend Luft darin befand, ehe sie ihn mit Schwung wieder auf den bemehlten Tisch warf und weiterknetete.

Und selbst wenn, dachte sie, *was macht das für einen Unterschied? Selbst wenn er ein Auge auf mich geworfen haben sollte, ist das sein Problem, nicht meins. Er muss sehen, dass er sich die Sache wieder aus dem Kopf schlägt. Schließlich bin ich verheiratet.*

»Verheiratet, verheiratet, verheiratet …« Jedes Mal, wenn sie das Wort murmelte, zog sie den Teig ein Stück auseinander, klappte ihn zusammen, drehte ihn und zog ihn in die Breite.

»Verheiratet, verheiratet, verheiratet …« Der Klang des Wortes veränderte sich, je öfter sie es aussprach, der Sinn löste sich auf, und es wurde so etwas wie eine leere Beschwörung daraus, während der Teig auseinandergezogen, zusammengeklappt, gedreht und wieder auseinandergezogen wurde.

»Ah, Wiebke! Wie gut, dass ich Sie allein erwische.«

Wiebke zuckte beim Klang von Captain Watsons Stimme zusammen und wandte sich um. »Meine Güte, Sir, haben Sie mich erschreckt!«

»Entschuldigen Sie, das wollte ich nicht.« Captain Watson machte ein schuldbewusstes Gesicht.

»Das macht doch nichts. Ich war nur gerade in Gedanken.«

Watson nickte und sah einen Augenblick lang schweigend zu, wie Wiebke sich wieder dem Teig widmete und ihn gründlich durchwalkte. Schließlich räusperte er sich. »Ich wollte Sie vorwarnen«, sagte er. »Es könnte sein, dass unsere Gäste mit Ihnen reden möchten.«

»Mit mir?« Ohne den Kopf zu heben, arbeitete sie weiter, formte aus dem Teig eine Kugel, legte ihn in eine Steingutschüssel, die schon auf dem Tisch bereitstand, und bedeckte ihn mit einem Küchentuch. Die Schüssel stellte sie neben den Kohleherd, damit der Teig schneller aufging.

Sie wusch sich am Spülbecken die Hände und trocknete sie an der Schürze ab, während sie sich wieder Captain Watson zuwandte, der am Küchenschrank lehnte und sie aus seinen hellen, klugen Augen nachdenklich musterte.

»Warum sollten die Herren denn mit mir reden wollen?«, fragte sie.

»Ich gebe zu, das ist meine Schuld«, sagte er. »Es ... ich ...« Wieder räusperte er sich. »Haben Sie einen Moment Zeit, Wiebke? Ich muss etwas ausholen, um es zu erklären.«

»Sicher! Der Teig braucht noch eine Weile.« Sie lächelte dem Offizier zu und deutete auf einen Stuhl am Küchentisch. »Ich habe vorhin Tee gemacht. Wenn Sie auch eine Tasse mögen?«

»Gern«, erwiderte er und setzte sich, während Wiebke zwei Tassen aus dem Schrank holte und die Teekanne vom Herd nahm, wobei sie Watson aus den Augenwinkeln beobachtete.

Irgendetwas war anders als sonst. Watson schien ungewohnt nervös. Seine Bewegungen wirkten fahrig, als er eine Packung Zigaretten aus der Tasche seiner Uniformjacke zog und das Zellophanpapier öffnete. Ob gestern etwas vorgefallen war? Vielleicht hatte er ihretwegen Ärger mit seinen Vorgesetzten bekommen. Wiebkes Magen flatterte ein wenig, als sie Tee in die beiden Tassen goss und ihm gegenüber Platz nahm.

Watson nahm einen tiefen Zug aus seiner Zigarette und blies den Rauch in Richtung Küchendecke. Ein kurzes Lächeln flog über sein Gesicht, als sich ihre Augen trafen, doch sofort wich er ihrem Blick aus, streifte die Asche der Zigarette in den Aschenbecher vor sich und trank einen Schluck aus seiner Teetasse.

»In ein paar Wochen wird sich hier einiges ändern«, sagte er. »Es ist geplant, die Verwaltung der Wesermarsch im Herbst in die Hände der Deutschen zu übergeben und die Registratur zu verkleinern. Dann wird das Militär nur noch beratend tätig sein, und dafür braucht man nicht mehr so viele Leute.« Er seufzte. »Für mich bedeutet das, dass ich zur Militärverwaltung nach Hannover versetzt werden. Und für Sie …«

In Wiebkes Magen bildete sich ein Knoten. »Für mich bedeutet es, dass ich die Arbeit verliere«, sagte sie tonlos.

»Ja, so sieht es wohl aus, leider«, erwiderte Watson leise. »Hier werden dann kaum noch Dolmetscher gebraucht.« Zwischen seinen Augenbrauen bildete sich eine tiefe Falte. Er schwieg einen Augenblick, drehte die Zigarette zwischen den Fingern, bevor er erneut einen tiefen Zug nahm.

»Wissen Sie, Wiebke, ich bin egoistisch«, sagte er schließlich. »Ich schätze die Zusammenarbeit mit Ihnen sehr, und ich will nicht darauf verzichten. Darum habe ich bei meinen Vorgesetzten darum gebeten, Sie nach Hannover mitnehmen zu dürfen.« Watson blickte auf, und ein schmales Lächeln umspielte seine Mundwinkel, ehe er wieder ernst wurde. »Außerdem wäre es für Ihre Familie sicher schlimm, wenn Sie Ihre Arbeit verlieren würden.«

Wiebke brauchte einen Moment, bis sie ihre Gedanken so weit geordnet hatte, dass sie ihm antworten konnte. »Nach Hannover?«, fragte sie. »Aber wie soll das gehen? Wie sollen wir denn da eine Wohnung für uns alle finden? In den Städten ist das doch viel schwieriger als auf dem Land. Wir haben ja schon fast ein Jahr gebraucht, bis wir endlich in Fedderwardersiel untergekommen sind.«

»Sie haben mich missverstanden, Wiebke«, erklärte Watson ruhig. »Ich habe nicht von Ihrer Familie gesprochen, nur von Ihnen. Ich werde in Hannover wieder in ein Haus ziehen, und dort können Sie ein Zimmer bekommen. Jedenfalls habe ich das meinen Vorgesetzten vorgeschlagen. Für die Arbeit als Dolmetscherin bei der Militärverwaltung werden Sie bezahlt, und für Kost und Logis führen Sie mir den Haushalt. Alle zwei Wochen fahren Sie mit dem Zug übers Wochenende nach Hause. So lange werden Ihre Leute doch wohl ohne Sie auskommen.«

Ihre Leute … Die beiden alten Schwestern, Gerd und Enno, Piet und Ike. Wiebke sah sie vor sich, wie sie alle um den Tisch herumsaßen und sie anschauten. Ob sie wirklich allein zurechtkommen würden, wenn sie die ganze Woche weg wäre?

Almuth würde versuchen, Gerd und Enno Vorschriften zu machen, was aber nur dazu führen würde, dass die beiden aus Trotz das genaue Gegenteil von dem machten, was sie verlangte. Was, wenn ihre Brüder dadurch auf die schiefe Bahn gerieten? Und wie wäre es für Piet und Ike, wenn ihre Mutter so lange nicht zu Hause wäre?

Während Wiebke noch überlegte, wie sie Captain Watsons Angebot ausschlagen könnte, ohne ihn vor den Kopf zu stoßen, beugte er sich plötzlich vor und legte seine Rechte auf ihre Hand.

»Ich weiß, das ist keine leichte Entscheidung für Sie«, sagte er warm. »Lassen Sie es sich in Ruhe durch den Kopf gehen, Wiebke.«

Entgeistert starrte Wiebke auf seine Hand, spürte die Wärme auf ihrer Haut und den leichten Druck seiner Finger. Sie hob den Kopf und sah in Watsons helle Augen, in deren Winkeln sich kleine Falten bildeten, als er lächelte.

Wiebke schwirrte der Kopf, und sie war viel zu durcheinander, um ihre Hand wegzuziehen. In den vergangenen Wochen hatte er nie, nicht ein einziges Mal, versucht, sie zu berühren. Selbst zur Begrüßung hatte er ihr kaum je die Hand gegeben.

Die Sekunden dehnten sich endlos aus, bis er endlich ihre Hand losließ, sich zurücklehnte und seine Zigarette im Aschenbecher ausdrückte.

»Ich werde erst im September versetzt«, sagte er. »Wenn Sie mir Ende August Bescheid geben, ob Sie mein Angebot annehmen wollen, ist das noch früh genug. Sie haben also noch etwas Zeit, sich zu entscheiden, ob Sie mich nach Hannover begleiten.«

Watson trank seinen Tee aus und schob die Tasse ein Stück von sich weg, ehe er sich erhob. »Ich würde mich jedenfalls sehr darüber freuen«, sagte er. »Und jetzt werde ich nach unseren Gästen sehen.«

Er lächelte ihr zu, ging zur Tür und ließ eine zutiefst verwirrte Wiebke in der Küche zurück.

Entgegen ihren Erwartungen und Captain Watsons Andeutungen machte keiner der beiden Offiziere Anstalten, mit Wiebke reden zu wollen. Die zwei Briten, ein Colonel und ein Major, unterhielten sich angeregt mit Watson, während Wiebke Rührei und Speck zum Frühstück servierte und Tee nachschenkte, aber keiner richtete das Wort an sie. Allerdings ließ der Major, ein kahlköpfiger Hüne um die fünfzig mit grau meliertem Walrossbart, Wiebke keinen Moment aus den Augen und lächelte ihr gelegentlich mit sichtlichem Wohlwollen zu.

Nach dem Frühstück brachte Anderson die drei Offiziere mit dem Jeep nach Nordenham, kam aber schon eine Stunde später wieder zurück und meinte, er habe von Captain Watson den Auftrag bekommen, sie nach Hause zu fahren. Sie solle sich den Rest des Tages freinehmen, weil sie mit ihrer Familie sicherlich einiges zu bereden habe.

Wiebke nickte nur, nahm die Schürze ab und folgte ihm nach draußen.

Tante Fenna stand am Herd und schnitt Kartoffeln und Möhren in einen Topf, als Wiebke zu Hause die Küche betrat.

»Nanu, was machst du denn schon hier?«, fragte sie erstaunt.

Sie legte ihr Küchenmesser beiseite, griff nach ihrem Gehstock, der neben dem Herd an der Wand lehnte, und humpelte ungelenk auf sie zu. »Alles in Ordnung, Deern?«, fragte sie und musterte Wiebke mit zusammengezogenen Augenbrauen. »Ist was passiert, oder wirst du krank? Du bist ja weiß wie die Wand.«

»Nein, es ist nichts. Ich bin nur müde, weil ich heute schon so früh aufgestanden bin.« Wiebke wich Fennas neugierigem Blick aus, drehte sich um und ging in den Flur, um ihren Mantel an der Garderobe aufzuhängen. »Ist Mutter gar nicht da?«, rief sie leichthin über die Schulter.

»Nein, allesamt ausgeflogen! Almuth ist zum Bauern gegangen, um Milch und ein paar Eier zu besorgen, und hat Ike und Piet mitgenommen, weil die auf dem Hof doch gerade junge Hunde haben. Und die großen Jungs sind mit Freerk am Hafen.« Fenna stand in der offenen Küchentür und lehnte sich an den Rahmen. Sie lächelte breit. »Wir zwei beiden sind ganz allein. Du kannst also ruhig erzählen, was los ist. Denn dass was los ist, seh ich dir doch an der Nasenspitze an.«

Sie streckte die Hand aus und zog Wiebke mit sich in die Küche. Dort drückte sie ihr ein Schälmesser in die Hand, und während sie das Gemüse für die Suppe schnitten, erzählte Wiebke der alten Frau von ihrem Gespräch mit Captain Watson.

»Und jetzt zerbreche ich mir schon die ganze Zeit den Kopf, wie ich Captain Watson beibringen soll, dass ich nicht mitkommen kann«, schloss sie. »Er hat so viel für mich getan, ich möchte auf gar keinen Fall, dass er böse auf mich ist.«

Tante Fenna ließ eine Handvoll klein geschnittener Kartoffeln in das siedende Wasser gleiten. »Und wieso kannst du nicht mitgehen?«, fragte sie unschuldig.

Wiebke warf ihr einen erstaunten Blick zu. »Aber Tante Fenna! Wie soll denn das gehen? Ich kann doch hier unmöglich weg.«

»Mal ganz im Ernst: Wieso kannst du nicht mit Captain Watson nach Hannover fahren?« Sie warf die klein geschnittene zweite Hälfte der Kartoffel in den Topf und drehte sich zu Wiebke um. »Und nun sag bloß nicht, wegen meiner Schwester und dem, was sie dazu sagen könnte.«

»Doch, unter anderem.«

»Almuth lass mal meine Sorge sein. Der rücke ich schon den Kopf zurecht, wenn sie meckert.« Fenna schnaubte verächtlich. »Die soll mal bloß ihre Nase nicht immer so hoch tragen.« Sie griff eine weitere geschälte Kartoffel aus der Schüssel neben sich und zerschnitt sie in der Hand in kleine Würfel. »Sieh es doch mal so, Deern: Du wirst gut bezahlt, und zwar mit richtigem Geld, nicht mit Reichsmark, die nicht mal mehr das Papier wert sind, auf das sie gedruckt werden. Wenn es im Winter mit den Lebensmittelmarken knapp werden sollte, können wir mit den englischen Pfund was dazukaufen – zur Not sogar auf dem Schwarzmarkt. Andere würden sich die Finger nach so einer Stelle lecken, und du überlegst dir, wie du am besten absagen kannst? Oder ist es so, dass du dir das nicht zutraust? Der Captain würde dich doch nicht mitnehmen wollen, wenn er mit deiner Arbeit nicht zufrieden wäre.«

»Nein, das ist es nicht. Ich ...« Hilflos zog Wiebke die Schultern hoch. »Ich mache mir eben Sorgen, wie ihr hier zurechtkommen sollt.«

Tante Fenna zwinkerte ihr grinsend zu. »Wie wir ohne dich zurechtkommen? So wie sonst auch immer! Ich werde den Laden schon am Laufen halten, da mach dir mal keine Gedanken, Wiebke. Almuth kümmert sich um den Garten und die Kleinen, ich mich um das Haus und ums Kochen. Und die Wäsche machen wir zusammen.« Sie stieß Wiebke mit dem Ellenbogen an. »Und damit du dir keine Sorgen machst, verspreche ich auch, Almuth nicht zu ärgern und auf die Palme zu bringen.

Ich werde so höflich zu ihr sein, als wäre sie die Königin von Saba!«

Obwohl ihr eigentlich nicht danach zumute war, musste Wiebke lachen. »Danke, das ist nett von dir«, sagte sie. »Trotzdem. Mir ist nicht wohl bei dem Gedanken. Was wird mit den Kindern, und was mit Gerd und Enno?«

»Die Kinder werden dich vermissen, das ist klar. Aber Kinder sind viel zäher, als man glaubt. Natürlich werden sie die ersten Tage viel nach dir fragen, aber Almuth wird die beiden schon tüchtig verwöhnen. Und deine Brüder? Wenn die Hummerkörbe erst mal fertig sind, kriegen wir die sowieso nicht mehr viel zu Gesicht. Außerdem wird Freerk bestimmt gut aufpassen, dass sie nichts anstellen, das glaub mal.« In den Augen der alten Frau blitzte der Schalk. »Allein schon dir zuliebe«, fügte sie hinzu.

»Mir zuliebe? Wieso sollte Freerk mir zuliebe …«

»Nun sag bloß, es ist dir nicht aufgefallen!«, unterbrach sie Tante Fenna. »Der hat doch einen richtigen Narren an dir gefressen.«

Wiebke fühlte, wie ihr das Blut in die Wangen schoss. »Ach was«, sagte sie hastig. »Das bildest du dir sicher nur ein.«

Tante Fenna wiegte nachdenklich den Kopf hin und her, während sie eine weitere Kartoffel klein schnitt. »Na, ich weiß nicht«, sagte sie. »Als er gestern dein Hochzeitsbild in der Hand hatte, das war schon ziemlich deutlich. Ich glaube, er hat ein Auge auf dich geworfen.«

Wiebke schwieg einen Moment. »Dann wäre es vielleicht wirklich besser, wenn ich mit nach Hannover fahre«, sagte sie nachdenklich. »Nicht dass Freerk sich noch in etwas verrennt. Immerhin bin ich verheiratet.«

Tante Fenna antwortete nicht, aber Wiebke sah aus den Augenwinkeln, dass sie sie mit gerunzelter Stirn musterte.

Eine Weile arbeiteten die beiden Frauen schweigend weiter, bis vom Hof her Ikes aufgeregte Stimme zu hören war. »Tante Fenna! Tante Fenna, wir sind wieder da!«

Fenna legte das Messer weg und wischte sich die Finger an der Schürze ab, dann nahm sie ihren Stock. Ehe sie an Wiebke vorbeigehen konnte, griff diese nach ihrem Arm und hielt sie auf.

»Vielleicht sollten wir den anderen noch nichts von der Sache mit Hannover erzählen«, sagte Wiebke mit gedämpfter Stimme. »Ich muss erst mal gründlich darüber nachdenken. Bis September sind es ja noch ein paar Wochen hin.«

Tante Fenna schien etwas erwidern zu wollen, aber in diesem Moment wurde die Küchentür aufgerissen, und Piet und Ike stürmten herein. So griff Fenna nur nach Wiebkes Hand, die noch immer auf ihrem Arm lag, und nickte ihr zu, bevor sie sich den Kindern zuwandte, die beide aufgeregt auf die Frauen einredeten.

»Nun mal sinnig, ihr zwei!«, sagte Tante Fenna. »So versteht man ja kein einziges Wort. Immer einer nach dem anderen. Was ist denn passiert, Piet?«

Während seine Schwester auf und ab hüpfte, dass ihre roten Locken durch die Luft flogen, holte Piet tief Luft. »Der Bauer hat uns einen von seinen kleinen Hunden geschenkt. Wenn Mama Ja sagt, hat er gemeint. Oh bitte, Mama, bitte, bitte, dürfen wir den kleinen Hund haben?«

»Geschenkt? Einen Hund?«, fragte Wiebke zweifelnd.

»Er ist ganz klein!«, rief Ike. »Der frisst bestimmt nicht viel. Und er kann auch von meinem Essen was abhaben.« Mit beiden Händen klammerte sie sich an den Rock ihrer Mutter. »Bitte, Mama, bitte!«

Wiebke sah hinunter in Ikes große meergraue Augen und das flehende Gesicht ihres Sohnes, und bei dem Gedanken, die

Kinder bald nur noch alle zwei Wochen für ein paar Stunden sehen zu können, brannte ihr das Herz. Sie seufzte. »Ein Hund? Aber wie kommt der Bauer denn dazu, euch einen Hund zu schenken?«, fragte sie. »Den kann er doch bestimmt verkaufen, wenn er groß ist.«

»Wer will schon einen kurzbeinigen Mischling kaufen? Es ist der kleinste aus dem Wurf, ganz struppig und dünn«, sagte Almuth, die auf dem Flur noch ihren Mantel aufgehängt hatte und jetzt ebenfalls die Küche betrat. »Ich habe schon versucht, den Kindern zu erklären, dass wir keinen Hund haben können und du bestimmt Nein sagst, aber sie wollten ja unbedingt fragen.«

Das selbstgefällige Lächeln, das die Lippen ihrer Schwiegermutter bei ihrer letzten spitzen Bemerkung umspielte, ließ Ärger in Wiebkes Magen hochkochen. *Und dann bin ich wieder einmal die Böse, die den Kindern immer alles verbietet*, schoss es ihr durch den Kopf.

Sie presste die Lippen aufeinander und schluckte, um zu verhindern, dass ihr eine bissige Erwiderung herausrutschte. Dann beugte sie sich zu ihren Kindern hinunter. »Also gut«, sagte sie. »Wenn ihr mir versprecht, dass ihr beide euch gut um den Hund kümmert, dann dürft ihr ihn haben.«

Kapitel 17

Ein paar Tage später zog Flocki bei ihnen ein. Almuth hatte nicht übertrieben, eine Schönheit war der kleine Rüde wahrhaftig nicht. Offenbar hatte sich seine Mutter, eine Schäferhündin, mit einem Hund eingelassen, der einen Dackel in der Ahnenreihe hatte und ihm drahtiges, braunes Fell und kurze Beinchen vererbt hatte. Aber er war ein fröhlicher kleiner Kerl, und als Wiebke sah, mit welcher Liebe und Ausdauer Piet sich um ihn kümmerte, bereute sie ihren Entschluss nicht einen Augenblick. Den lieben langen Tag spielte Piet mit Flocki und versuchte, ihm immer neue Kunststückchen beizubringen. Der kleine Hund folgte dem Jungen überallhin und gehorchte aufs Wort.

Als Piet ein paar Tage später wieder zur Schule musste, bestand Wiebke zunächst darauf, dass Flocki zu Hause blieb, aber der kleine Rüde riss aus und folgte dem Jungen zum Schulhaus, wo er vor der Tür auf ihn wartete. Nach dem dritten Mal gab Wiebke ihren Widerstand auf, zumal Piet mit dem Hund an seiner Seite, so klein und dürr er auch war, offenbar nicht mehr so viel Angst vor der Schule hatte und morgens fröhlich aufbrach, auch wenn die beiden großen Jungs ihn nicht begleiteten.

Gerd fuhr jetzt jeden Tag mit Freerk zusammen zum Krabbenfang ins Watt, und Enno verbrachte fast die ganze Zeit bei Onkel Emil, der ihm bei der Reparatur der Hummerkörbe half.

»Nur noch ein paar Tage, dann sind wir fertig«, sagte Enno jeden Abend beim Essen. »Dann können wir unser Glück mit den Hummern versuchen und richtig Geld machen. Ihr werdet schon sehen, wir werden noch stinkreich.«

Wiebke bemühte sich, mit den anderen mitzulachen, aber es

fiel ihr schwer. Noch immer hatte sie mit niemandem über Captain Watsons Angebot gesprochen. Schon in drei Wochen sollte sie mit ihm nach Hannover gehen, wenn sie ihre Arbeit nicht verlieren wollte. Und noch immer wusste sie nicht, wie sie sich entscheiden sollte. Wenn sie zuvor nicht weitergewusst hatte, hatte es ihr geholfen, in ihren Briefen an Jan von ihren Zweifeln zu berichten, aber irgendetwas hielt sie diesmal davon ab. Vielleicht war es das Bild von Watsons Hand, die auf ihrer lag, das sie sofort wieder vor Augen hatte, wenn sie an das Gespräch mit ihm dachte.

Das hatte nichts zu bedeuten, sagte sie sich dann, aber ganz tief in ihrem Inneren war sie sich nicht so sicher, ob es wirklich nur ihre Fähigkeiten als Dolmetscherin waren, die Watson zu seinem Angebot bewogen hatten. Doch diesen Gedanken verbot sie sich sofort wieder.

Die Tage flogen dahin. Schließlich brach die letzte Augustwoche an, und Wiebke wusste noch immer nicht, wie sie Watson antworten und was sie tun sollte.

Es war ein drückend heißer Tag gewesen, und erst gegen Abend wurde es draußen erträglich. Nach dem Abendessen, Freerk und Onkel Emil waren bereits nach Hause gegangen, schlüpfte Wiebke hinaus in den Garten und setzte sich auf die Bank neben dem Haus, die Freerk aus den Resten des Hühnerstall-Holzes für sie gezimmert hatte. Sie legte den Kopf in den Nacken, schloss die Augen und genoss die letzten Strahlen der Abendsonne auf der Haut, als Fennas Stimme sie aus ihren Gedanken riss.

»Hast du mal einen Moment Zeit, Deern?«

Wiebke beschirmte ihre Augen mit der Hand und blinzelte zu der alten Frau hoch, die neben der Bank stand und sich auf ihren Stock stützte.

»Aber sicher, Tante Fenna«, erwiderte sie und rutschte ein Stück zur Seite, um ihr Platz zu machen.

Mit einem leisen Ächzen ließ sich Tante Fenna neben ihr auf der Bank nieder. »Almuth ist mit den Kindern noch spazieren gegangen, ehe sie ins Bett müssen. Piet hat sie überredet. Er wollte ihr unbedingt zeigen, dass Flocki inzwischen Stöckchen holen kann.« Fenna lachte leise. »Und da konnte Oma nicht Nein sagen. Das mit dem Hund war eine gute Idee. Der Junge blüht richtig auf.«

Wiebke lehnte den Kopf gegen die Hauswand und schloss wieder die Augen. »Ja, das glaube ich jetzt auch.«

»Das wird es ihm leichter machen, wenn du weg bist. Für ihn wird es wohl am schwersten werden.« Fenna holte tief Luft, ehe sie weitersprach. »Und wo wir beide jetzt mal unter uns sind, dachte ich, ich nutze die Gelegenheit, mit dir zu reden. Wie lange willst du es denn noch vor dir herschieben, den anderen das mit Hannover zu sagen, Deern? Ich weiß ja, dass es schwer ist, aber es wird nicht einfacher, wenn du bis zum letzten Drücker wartest.« Sie stieß Wiebke mit dem Ellenbogen an. »Du bist doch sonst nicht so feige! Fass dir ein Herz, sag deinem Captain, dass du mitkommst, und rede mit Freerk, damit der sich um deine Brüder kümmert.«

»Meinst du wirklich, ich soll es machen?«

»Ja, meine ich. Das meine ich wirklich. Und darum nehme ich es auch auf mich, es Almuth beizubringen. Ich weiß doch, wie schwer dir das fallen würde.«

»Das würdest du tun?« Wiebke schaute Tante Fenna erstaunt an. Dann beugte sie sich vor und küsste sie auf die Wange. »Du bist ein Goldstück, Tante Fenna!«, rief sie erleichtert.

»Wenn du das mal weißt!«

Beide Frauen lachten, doch dann wurde Wiebke plötzlich wieder ernst. »Aber was …«

»Was denn, Deern?«

»Was, wenn Jan nach Hause kommt und ich bin nicht da? Allein bei dem Gedanken ... Ich hab ihm doch versprochen, dass ich auf ihn warte, egal ...«

Wiebke verstummte und senkte den Kopf. Manchmal fiel es ihr so unglaublich schwer, immer tapfer zu sein.

»Ach, min Deern.« Tante Fenna griff nach Wiebkes Hand und zog sie auf ihren Schoß. »Wenn Jan wirklich eines Tages unverhofft vor der Tür steht, schicken wir dir sofort ein Telegramm. Hannover ist doch nicht aus der Welt! Und so, wie ich deinen Captain kenne, setzt der sich sogar selbst ans Steuer und fährt dich nach Hause.« Die alte Frau drückte Wiebkes Hand. »Siehst du? Gar kein Grund, sich Gedanken zu machen. Alles ist geregelt, oder es regelt sich von allein. Du kannst ganz beruhigt nach Hannover fahren. Morgen früh sagst du es Captain Watson.«

Wiebke holte tief Luft und nickte. »Also gut, dann fahre ich.«

»Sehr gut. Wenn man sich erst mal zu etwas durchgerungen hat, geht es einem besser, nicht wahr? So als ob einem ein Stein von der Brust genommen wurde. Jedenfalls geht es mir immer so.« Fenna lächelte. »Und jetzt lauf schnell zu Freerk rüber und sprich mit ihm, solange Almuth noch nicht zurück ist und dumme Fragen stellt.« Mühsam kämpfte sich die alte Frau auf die Beine. »Mit der werde ich reden, sobald wir die Kinder ins Bett gebracht haben.« Sie seufzte und verdrehte die Augen. »Das wird ein schöner Kampf werden, sie zu überzeugen, dass es richtig ist, was du tust. Du kannst dir also ruhig Zeit lassen, wieder nach Hause zu kommen.«

Die Sonne war bereits hinter dem Horizont verschwunden, und die Dämmerung brach herein, als Wiebke vor Freerks Haustür stand. Erst nach dem dritten Klopfen sah sie durch das kleine Fenster in der Tür, dass das Licht im Flur anging, und hörte Freerks unregelmäßige Schritte. Zum ersten Mal seit Wochen musste sie wieder an jenen Tag im Frühling denken, als sie zum ersten Mal vor dieser Tür gestanden und Freerk sie schrecklich beschimpft hatte. Das ungute Gefühl beschlich sie, dass er die Neuigkeit nicht gut aufnehmen würde. Sie rang sich ein Lächeln ab, als sich die Haustür vor ihr öffnete.

»Nanu, Wiebke! Was machst du denn hier?«, fragte Freerk erstaunt.

»Hast du einen Moment Zeit für mich?«

»Ist was passiert?«

Wiebke schüttelte den Kopf. »Nein, passiert ist nichts. Oder doch, eigentlich schon. Darf ich einen Moment reinkommen?«

Er zögerte kurz, doch dann ließ er sie eintreten. Während er vor ihr herhumpelte, zog er die Küchentür zu, aus der ein breiter Lichtschein auf den Flur fiel. Offenbar hatte er dort gesessen, als sie geklopft hatte.

»Wir gehen besser in die Stube«, sagte er entschuldigend. »Ich bin nicht auf Besuch eingestellt.«

Das macht doch nichts, wollte sie sagen, aber als sie den angespannten Ausdruck in seinem Gesicht sah, schwieg sie.

Freerk öffnete die Tür am Ende des Flurs und hielt sie ihr auf. »Setz dich doch schon. Ich mach schnell neuen Tee«, sagte er.

»Mach dir bitte keine Umstände meinetwegen.«

»Das sind keine Umstände«, antwortete er steif. »Ich hab soundso gerade den Kessel aufgesetzt.« Damit ließ er sie allein.

Während seine Schritte sich entfernten, setzte Wiebke sich ganz vorn auf den Rand des roten Großvatersofas, das an der Wand neben der Tür stand. Verstohlen sah sie sich in der kleinen Stube um. Die Möbel waren alt, schienen aber so gut wie unbenutzt zu sein. Der dunkelrote Samt auf dem Sofa wies keine Spur von Druckstellen auf, wie sie unweigerlich entstanden wären, hätte oft jemand darauf gesessen. Die Lackierung auf dem Furnier der Tischplatte hatte feine Haarrisse, aber es gab keine Kratzer von Tellern oder Tassen. Mitten auf dem Tisch stand eine Etagere aus bemaltem Glas, in deren Schalen sich eine dünne Staubschicht gesammelt hatte. Diese Etageren waren vor vierzig oder fünfzig Jahren modern gewesen, und Wiebke war sich sicher, dass dieses Ungetüm mit seinen aufgemalten Blumen früher einmal der ganze Stolz von Freerks Mutter gewesen war.

Ihr Blick glitt weiter durch das Zimmer, verharrte kurz an den altmodischen, verblichenen Gardinen, streifte das Stubenbuffet mit dem Vitrinenaufsatz, hinter dessen Scheiben sie Goldrandgeschirr erahnen konnte, und blieb schließlich an dem übermannshohen Bücherregal hängen, das eine ganze Wand einnahm. Im Gegensatz zu den anderen Möbeln schien das Regal noch ziemlich neu. Es war aus hellem Holz und passte so gar nicht zum Rest der Stubeneinrichtung. Bücher über Bücher standen dort, nebeneinander, übereinander, in jede freie Ecke gequetscht, ein heilloses Durcheinander. Aber soweit Wiebke es im Licht der Glühbirne sehen konnte, war das Regal makellos sauber. Nicht ein Stäubchen lag darauf.

Sie schaute über die Schulter, sah, dass über dem Sofa ein paar gerahmte Bilder an der Wand hingen, und stand auf, um sie näher zu betrachten. In der Mitte hing die Fotografie eines ernsten jungen Paares im dunklen Sonntagsstaat. Die Frau trug Myrtenkranz und Schleier. Das musste das Hochzeitsbild von Freerks Eltern sein, er war seinem Vater wie aus dem Gesicht geschnitten.

»Bis auf die Augen«, murmelte Wiebke. »Er hat die Augen seiner Mutter.«

Ihr Blick wanderte zu den anderen Bildern weiter. Ein Haus, von kahlen Winterbäumen umgeben. Ein alter Mann vor einem geöffneten Hoftor. Ein Kutter im Hafen von Fedderwardersiel. Zwei nackte Säuglinge, die bäuchlings auf einem weißen Fell lagen, in einem Fotoatelier aufgenommen. Zwei kleine Jungen, die nebeneinander am Tisch saßen, je eine Tafel vor sich, auf der in Schönschrift *Mein erster Schultag* geschrieben stand. Die beiden glichen sich wie ein Ei dem anderen. Nur dass einer der Jungen über das ganze Gesicht lachte und seine Augen vor Vergnügen strahlten, während die Miene des anderen verschlossen und ernst war.

Wiebke erkannte ihn sofort. »Freerk«, flüsterte sie. Er hatte offenbar einen Zwillingsbruder. Merkwürdig, dass er noch nie von ihm gesprochen hatte.

Ihr Blick fiel auf ein kleines Bild in einem schlichten hellen Holzrahmen, an dem ein schmales schwarzes Band befestigt war. Es zeigte die beiden Brüder nebeneinander in Wehrmachtsuniform. Wiebke trat dichter an das Foto heran, aber trotzdem war sie nicht in der Lage, zu erkennen, wer von den beiden Freerk war, so ähnlich sahen sie sich mit ihren ernsten Mienen.

»Und der Bruder ist gefallen ...«, murmelte sie.

Auch von Jan gab es solch ein Foto in der nagelneuen Uniform. Sie hatten es beim besten Fotografen auf Helgoland machen lassen, kurz bevor er eingezogen wurde. Es hatte an der Wand in der Stube neben ihrem Hochzeitsfoto gehangen, bis die Bombenangriffe angefangen hatten und sie es aus dem Rahmen genommen und in ihr Schatzkistchen gelegt hatte.

Draußen auf dem Flur knarrte eine Tür, und Freerks unregelmäßige Schritte näherten sich. Eilig setzte sich Wiebke wieder aufs Sofa, um nicht neugierig zu wirken.

Als er eintrat, hielt Freerk eine Teekanne in der Hand, die er vorsichtig auf dem Tisch abstellte, ehe er aus dem Stubenschrank zwei Teetassen holte.

»Es tut mir leid, ich habe weder Milch noch Zucker im

Haus«, sagte er entschuldigend und ließ sich Wiebke gegenüber auf einem der beiden Stühle nieder.

»Das macht doch nichts«, sagte sie und sah zu, wie er Tee in die Tassen goss.

»Also, was gibt es so Wichtiges?«, fragte er und setzte die geblümte Tasse vorsichtig wieder auf der Untertasse ab, nachdem er einen Schluck getrunken hatte.

Auf dem Herweg hatte Wiebke fieberhaft überlegt, wie sie Freerk die Neuigkeit beibringen sollte. Sie hatte sich etliche Formulierungen zurechtgelegt und wieder verworfen, aber jetzt, wo sie ihm gegenübersaß, fiel ihr das Reden viel leichter, als sie es je für möglich gehalten hätte.

Sie erzählte von ihrer Arbeit als Dolmetscherin für den britischen Offizier, wie viel Freude sie daran habe, was für eine gute Stelle das sei und welch ein Glück sie habe, sie behalten zu können, auch wenn die Briten Nordenham verließen. Dann fügte sie hinzu, dass die beiden alten Frauen sich um die Kinder kümmern würden, solange sie mit Captain Watson in Hannover wäre, und schloss mit ihrer Bitte an Freerk, ein Auge auf ihre Brüder zu haben.

»Ich muss mich darauf verlassen können, dass hier alles in Ordnung ist, sonst habe ich keine Ruhe«, sagte sie. »Aber Tante Fenna hat sicher recht, wenn sie sagt, dass sich andere nach so einer Arbeit die Finger lecken würden. Ich kann mit dem Geld, das ich verdiene, für die ganze Familie sorgen. Keiner von uns wird hungern müssen. Nicht so wie im letzten Winter.«

Während sie gesprochen hatte, hatte sie auf ihre Hände gestarrt, die gefaltet in ihrem Schoß lagen. Jetzt aber sah sie hoch und suchte Freerks Blick. »Würdest du das für mich tun, Freerk? Wirst du gut auf meine Brüder aufpassen, wenn ich weg bin?«

Er schwieg. Aus seinem Gesichtsausdruck wurde sie nicht

schlau. Über den Augenbrauen hatte sich eine scharfe Falte gebildet, die Lippen waren schmal, die Augen ausdruckslos. Im ersten Moment dachte Wiebke, er wäre wütend, aber als er zu sprechen begann, war seine Stimme leise und heiser.

»Du musst das nicht tun«, sagte er. »Wir kommen auch so zurecht. Du musst nicht von hier weggehen, damit keiner hungern muss. Ich könnte ...«

Freerk verstummte, drehte den Kopf und starrte eine Weile aus dem Fenster. Schließlich räusperte er sich und wandte sich wieder Wiebke zu. Seine Miene war ruhig und verschlossen. Nur die Falte auf seiner Stirn schien noch tiefer als vorher.

»Ja, natürlich mache ich das«, sagte er. In seiner Stimme schwang ein Anflug von Bitterkeit mit. »Ich passe auf, dass Gerd und Enno keinen Blödsinn machen, das verspreche ich dir. Aber sie werden sowieso kaum Gelegenheit haben, sich in Schwierigkeiten zu bringen, sobald wir erst mal mit den Hummerkörben rausfahren. Und um die Hummer einzutauschen, werde ich allein nach Bremerhaven fahren. Mach dir keine Sorgen um deine Brüder.«

Wiebke fühlte sich plötzlich so erleichtert, als hätte man ihr einen Stein von der Brust genommen – genau wie Tante Fenna gesagt hatte.

»Ich danke dir, Freerk. Du hast was gut bei mir!«, sagte sie und rang sich ein Lächeln ab.

Freerk stand auf. »Ich will dich ja nicht vor die Tür setzen, aber ich muss morgen um halb sechs am Hafen sein«, sagte er.

»Oh, entschuldige! Natürlich«, stammelte sie und sprang auf. »Ich hab dich schon viel zu lange aufgehalten. Außerdem muss ich auch in aller Frühe wieder raus.«

Eine Sekunde lang hatte sie den Eindruck, dass Freerk noch etwas sagen wollte, aber dann war der Moment vorbei. Er ging vor, hielt ihr die Tür auf und folgte ihr über den Flur. An der

Haustür drehte Wiebke sich noch einmal zu ihm um und streckte ihm die Hand entgegen, die er nach kurzem Zögern ergriff.

»Gute Nacht, Freerk!«, sagte sie warm. »Und vielen Dank, dass du mir hilfst. Das macht es mir so viel leichter.«

Statt etwas zu erwidern, nickte Freerk nur steif und machte einen halbherzigen Versuch, ihr Lächeln zu erwidern. Sie strich sich mit einer schnellen Bewegung die rote Haarsträhne aus dem Gesicht, die sich aus ihrem Kranz gelöst hatte, nickte ihm zu und ging hinaus in die Nacht.

Langsam schlurfte Freerk in die Stube zurück und schaltete das Licht aus. Um die Teetassen würde er sich morgen kümmern. Als er in die Küche hinüberging, wo sein Buch noch aufgeschlagen auf dem Tisch lag, fiel sein Blick in den kleinen Rasierspiegel über der Spüle.

Voller Abscheu starrte sein Spiegelbild zurück.

»Was hast du dir denn gedacht? Wer würde schon einen Krüppel wollen?«, murmelte er.

Kapitel 18

Zeit ist eine merkwürdige Sache, dachte Wiebke. *Je mehr man versucht, sie festzuhalten, desto schneller schlüpft sie einem durch die Finger.*

Als sie Captain Watson in der letzten Augustwoche mitteilte, sie würde sein Angebot annehmen, schien der Zeitpunkt ihrer Abreise noch unendlich weit entfernt zu sein, aber die Tage bis September waren so mit Arbeit angefüllt, dass sie geradezu verflogen. Häufig kam sie erst so spät nach Hause zurück, dass ihre Kinder schon im Bett lagen und schliefen. Tagsüber war sie mit Watson in der Registratur und übersetzte für ihn, während er mit den Mitarbeitern der deutschen Verwaltung sprach, die in Kürze die Amtsgeschäfte übernehmen sollten. Abends brachte Wiebke das Haus in Waddens auf Vordermann und packte Watsons Habseligkeiten in Kisten. Das Haus war gleich nach Kriegsende von der Besatzungsmacht mitsamt allen Möbeln von einer lokalen Nazigröße beschlagnahmt worden und sollte jetzt an die Familie zurückgegeben werden. Und niemand sollte behaupten können, die Briten hätten es verwahrlosen lassen.

Watson hatte Wiebke ganz nebenbei mitgeteilt, Anderson werde nicht mit nach Hannover kommen. Seine Dienstzeit sei so gut wie zu Ende, für die zwei Wochen lohne es sich nicht, ihn mitzunehmen, und wenn Wiebke ihm den Haushalt führe, könne der Captain auch gut auf einen Adjutanten verzichten. Sie würden zu zweit in seinem neuen Haus wohnen, nur Wiebke und er. Das mache ihr doch nichts aus?

Sie wusste selbst nicht genau, warum, aber Wiebke erwähnte diese Tatsache zu Hause niemandem gegenüber. Ihre Schwiegermutter machte keinen Hehl daraus, dass sie es nicht richtig fand, dass Wiebke ihre Familie für Wochen verließ, um in der Ferne zu arbeiten. Doch als sie eines Abends mit einer ihrer üblichen Litaneien anfing, fuhr ihr Tante Fenna mit Macht in die Parade.

»Wiebke hat sich das mit Hannover nicht ausgesucht«, sagte die alte Frau scharf. »Sei mal lieber froh und dankbar, dass deine Schwiegertochter das Opfer auf sich nimmt, so lange von ihren Kindern getrennt zu sein, nur damit wir etwas zu essen auf dem Tisch haben.«

Almuth machte zwar ein pikiertes Gesicht, hielt sich aber von da an zurück. Keine Vorwürfe mehr, keine spitzen Bemerkungen, was die Nachbarn wohl dazu sagen würden – nichts.

Gerd und Enno hatten Wiebkes große Neuigkeit mit einem Achselzucken zur Kenntnis genommen. Die beiden waren ganz und gar damit beschäftigt, den ersten Hummerfang vorzubereiten.

Wenige Tage vor Wiebkes Aufbruch waren die Fangkörbe endlich fertig, und Freerk und die beiden Jungen brachten von ihrer ersten Tour zur Insel fünfzehn mittelgroße Hummer mit, die Freerk in Bremerhaven gegen amerikanische Zigaretten und zwei Beutel Pfeifentabak für Onkel Emil eintauschen konnte.

»Das war noch gar nichts«, meinte Gerd großspurig, als die drei mit ihrer Beute zurückkamen. »Papa hat oft genug drei oder vier Hummer in einem Korb gehabt, aber der konnte die Körbe natürlich auch länger im Wasser lassen. Nächstes Mal müssen wir über Nacht vor Helgoland bleiben, dann fangen wir auch so viele. Mindestens.«

Auf der Insel seien sie diesmal nicht gewesen, erzählte Freerk. Im Hafen habe ein britisches Patrouillenschiff gelegen, da seien sie lieber vorsichtig gewesen und hätten in einigem Abstand zur Insel geankert.

»Und wir waren nicht die Einzigen vor Helgoland, die es auf Hummer abgesehen haben«, fügte Enno hinzu. »Es war noch ein anderer Kutter da. Beinahe hätte es Ärger gegeben, weil die meinten, wir hätten nichts in ihren Hummergründen zu suchen und sollten machen, dass wir wegkommen. Die haben direkt auf uns zugehalten und waren drauf und dran, unsere Körbe rauszuholen. Erst als sie Gerd und mich erkannt haben, war Ruhe.« Enno wandte sich an Wiebke und die beiden alten Frauen. »Es waren die Krüss-Brüder, Hinnerk und Gustav, ihr wisst schon, die haben früher auf dem Oberland bei der Kirche gewohnt«, erklärte er. »Die Familie ist auf Sylt untergekommen, und die beiden fahren mit ihrem Boot von da aus nach Helgoland rüber, um Hummer zu fangen. Die haben vielleicht gestaunt, dass wir auf einem Krabbenkutter aus Fedderwardersiel in Papas Fanggebiet rumschippern. Ich soll schöne Grüße bestellen.«

Sowohl Tante Fenna als auch Wiebkes Schwiegermutter nickten und bedankten sich.

»Sind noch mehr von uns auf Sylt?«, fragte Almuth, die ganz vorn auf der Stuhlkante saß. »Ich meine, haben sie was erzählt? Haben die beiden was von den anderen Helgoländern gehört?«

»Wir haben nicht darüber gesprochen. Nur, dass der alte Lüders und Benno Friedrichs wohl auch schon versucht haben, Hummer zu fangen.« Enno zuckte mit den Schultern. »Die sind jetzt in Cuxhaven, mehr weiß ich auch nicht.«

Traurig schüttelte Almuth den Kopf. »In alle Winde zerstreut. Was für ein Jammer, dass man sich so aus den Augen verloren hat.«

Enno lächelte ihr aufmunternd zu. »Wenn wir das nächste Mal draußen sind und einen von den Helgoländer Fischern treffen, frag ich ihn nach seiner Adresse. Vielleicht kannst du ja mal einen Brief schreiben, Tante Almuth.«

Während Wiebkes Brüder gut ohne sie zurechtkommen würden, machte sie sich um Piet und Ike mehr Sorgen, als sie zugeben wollte. Eine Woche vor ihrer Abreise war Piet mit Fieber aus der Schule zurückgekommen. Wie Tante Fenna am Abend berichtete, hatte er nichts zu Mittag essen wollen, obwohl es Pfannkuchen gab, und war gleich ins Bett gegangen. Flocki hatte sich zu ihm geschlichen, und als Wiebke nach Hause kam, lag der Junge mit dem Hund im Arm schlafend im Bett. Sie brachte es nicht übers Herz, die beiden zu trennen. Am nächsten Tag hatte Piet dicke Schwellungen unter beiden Ohren.

»Mumps«, stellte Almuth fest, machte ihm Wadenwickel und einen Umschlag für den Hals, den sie mit einem dicken Schal befestigte.

Zwei Tage lang lag Piet mit hohem Fieber im Bett, schlief fast rund um die Uhr, mochte nichts essen und nur wenig trinken. Dann schienen die Wadenwickel Wirkung zu zeigen, und Piets Fieber sank allmählich. Als es ihm wieder etwas besser ging, wurde prompt Ike krank, wenn sie auch nicht so hohes Fieber bekam wie Piet.

Die nächsten Tage über lagen beide Kinder nebeneinander in Wiebkes Bett, zwischen sich Flocki, den sie abwechselnd streichelten, während Piet aus den Kinderbüchern vorlas, die Freerk ihm aus seiner Sammlung mitgebracht hatte.

Wiebke war schon drauf und dran, Captain Watson zu fragen, ob sie eine Woche später nachkommen könne, aber ihre Schwiegermutter meinte, sie sollte ruhig nach Hannover fahren.

»Mumps ist schließlich nur eine Kinderkrankheit«, sagte sie. »Da müssen alle Kinder durch. Es dauert eben seine Zeit, bis es besser wird. Das war bei Jan damals genauso.«

Am Tag vor Wiebkes Abfahrt war Ike schon wieder ganz munter, spielte und aß mit Appetit, und sie fühlte sich nicht mehr fiebrig an, als Wiebke ihr vor ihrer Abfahrt in aller Herrgottsfrühe noch schnell einen Kuss auf die Stirn hauchte, um sie nicht zu wecken.

»Mama?«, hörte sie Piet flüstern. Im schwachen Licht, das durch den Türspalt vom Flur her ins Zimmer fiel, sah Wiebke, wie er sich im Bett aufsetzte.

»Nanu, du bist ja schon wach«, flüsterte sie.

»Ich wollte dir doch noch auf Wiedersehen sagen!« Piet streckte die Arme nach ihr aus, sie setzte sich auf den Bettrand neben ihn und drückte ihn fest an sich.

»Es sind ja nur zwei Wochen«, flüsterte sie in sein Haar und fühlte, wie er nickte. »Nur ein paarmal schlafen, dann bin ich wieder hier bei euch. Kein Grund, traurig zu sein oder Angst zu haben, hörst du?«

»Ich weiß, Mama. Und ich verspreche dir, dass ich tapfer bin und nicht weine, wenn du nicht da bist.«

Wiebke küsste ihn und hoffte, dass er nicht merkte, dass sie selbst nicht so tapfer war als er. Mühsam schluckte sie die aufsteigenden Tränen hinunter, löste sich von ihm und schob ihn auf das Kissen zurück, ehe sie ihn sorgfältig wieder zudeckte. »Und jetzt schläfst du noch ein bisschen, damit du bald wieder ganz gesund bist, hörst du?«, flüsterte sie. »Flocki langweilt sich doch schon, weil du ihm so lange keine neuen Kunststücke mehr beigebracht hast.«

»Als Nächstes soll er lernen, eine Rolle zu machen. Wenn du wiederkommst, kann er das bestimmt schon, und dann musst du dir angucken, was er alles gelernt hat.«

»Ja, das werde ich, ich verspreche es dir. Und du versprichst mir, dass du gut auf Ike aufpasst, wenn ich nicht da bin, in Ordnung?«

Trotz des dämmrigen Lichts sah sie, dass Piet nickte. »Mach ich doch immer, Mama«, sagte er vorwurfsvoll. »Das musst du doch nicht extra sagen.«

»Ja, ich weiß. Du bist mein großer Junge.« Wiebke lächelte und gab ihm noch einen Kuss. »Und jetzt schlaf schön. Bald bin ich wieder da.«

Piet drehte sich auf die Seite und zog die Decke bis zu den Ohren hoch. »Ja. Gute Nacht, Mama!«, murmelte er zufrieden.

»Gute Nacht, Piet!«

Um die anderen nicht zu wecken, schlich Wiebke auf Zehenspitzen aus der Schlafkammer. Auf dem Flur warf sie sich Hut und Mantel über und griff nach ihrem Koffer, den sie schon am Vortag gepackt hatte – jenen verkratzten alten Lederkoffer, den sie auf Helgoland bei jedem Angriff in den Bunker getragen hatte. Aber damals war ihre Familie bei ihr gewesen. Heute musste sie ganz allein aufbrechen. So ungefähr musste sich Jan gefühlt haben, als er im Morgengrauen sein Zuhause verlassen hatte, um an die Front zu gehen.

Wiebke biss sich auf die Lippen, aber sie konnte die Tränen nicht zurückhalten, als sie auf die Straße trat und noch einmal zu dem dunklen Haus zurückblickte, das vom Mondlicht beschienen wurde.

Nun reiß dich zusammen, Wiebke! Das ist überhaupt nicht zu vergleichen. Du machst das freiwillig, du musst nicht in den Krieg, und du weißt, dass du in zwei Wochen wieder hier bist, dachte sie. *Kein Grund, das heulende Elend zu kriegen.*

Sie zog ein Taschentuch aus ihrer Manteltasche, wischte sich die Tränen aus den Augen und putzte sich die Nase.

Wenige Minuten später fuhr Captain Watson mit einer dunklen Limousine vor. Er stieg aus dem Wagen, begrüßte sie und nahm ihr den Koffer ab, um ihn im Kofferraum zu verstauen.

»Was für eine unchristliche Zeit«, sagte er, als sie neben ihm Platz genommen hatte. »Aber wenn wir gegen Mittag in Hannover sein wollen, bleibt uns nichts übrig, als schon so früh aufzubrechen. Ich hoffe, es macht Ihnen nichts aus.«

»Nein. Ich muss ja sonst auch früh aufstehen.« Wiebke bemühte sich, fröhlich zu klingen, aber Watson schaltete das Licht im Fahrzeug an und warf ihr einen forschenden Blick zu.

»Nanu, alles in Ordnung, Wiebke?«, fragte er besorgt. »Sie sehen so ... Sie haben doch nicht etwa geweint?«

»Nein, ich ...« Wieder stiegen ihr Tränen in die Augen. Sie presste einen Moment die Lippen aufeinander, bis sie glaubte, sich wieder im Griff zu haben. »Es ist nur ... Ich war noch nie so lange von meiner Familie weg, und ausgerechnet jetzt, wo die beiden Kleinen krank sind ...« Sie holte tief und zitternd Luft und zog erneut ihr Taschentuch hervor.

Watson schwieg einen Moment. »Wenn Sie unter diesen Umständen lieber hierbleiben möchten, kann ich das verstehen«, sagte er dann.

»Nein, nein, es geht schon. Die beiden haben nur Mumps, und es geht ihnen schon viel besser«, beeilte sich Wiebke zu versichern. »Alle haben gesagt, dass ich fahren kann. Sogar meine Schwiegermutter, die gar nichts davon hält. Wie stehe ich denn da, wenn ich jetzt kneife? Wie ein Feigling.« Sie lächelte schief. »Lassen Sie uns fahren, ehe ich es mir anders überlege.«

Watsons kluge Augen musterten sie eine Weile, dann überflog ein warmes Lächeln sein Gesicht. Er beugte sich ein wenig vor, legte seine Hand auf ihre Linke und drückte sie kurz. »Sie sind erstaunlich, wissen Sie das?«, sagte er. »Also gut, dann fahren wir jetzt. Versuchen Sie doch noch ein wenig zu schlafen. Ich werde auch ganz besonders vorsichtig fahren.« Er schaltete das Licht wieder aus, startete den Motor, und der Wagen setzte sich in Bewegung.

Wiebke schloss für eine Weile die Augen, aber es gelang ihr nicht, in den Schlaf zu finden. Als es dämmerte und schließlich die Sonne aufging, gab sie es endgültig auf. Watson sprach beim Fahren nicht viel, und Wiebke war es ganz recht so. Sie hing ihren Gedanken nach, während sich draußen Bauernhöfe und Dörfer mit Waldstücken abwechselten.

Kurz vor Mittag erreichten sie Hannover. Sie hätten Glück gehabt, so gut durchgekommen zu sein, meinte Watson. »Wenn Sie nichts dagegen einzuwenden haben, melde ich mich zuerst kurz bei der Militärregierung, ehe wir zum Haus fahren«, fügte er hinzu.

Ebenso wie die meisten anderen deutschen Großstädte war auch Hannover im Krieg großflächig durch Bomben zerstört worden. Die Straßen waren zwar jetzt – knapp eineinhalb Jahre nach Kriegsende – freigeräumt und befahrbar, aber es klafften breite Lücken in den Häuserreihen, und am Straßenrand häuften sich hohe Trümmerberge.

Ohne die Karte zu Rate zu ziehen, die zusammengefaltet auf dem Armaturenbrett lag, oder auch nur einmal nach dem Weg zu fragen, lenkte Watson die Limousine durch das Straßengewirr, das von Fußgängern, Radfahrern und Lastwagen bevölkert wurde. Er schien genau zu wissen, wo er hinmusste. Schließlich parkte er den Wagen vor einer zweistöckigen Villa aus der Gründerzeit, neben der eine kleine Parkanlage mit verwildertem Rasen lag.

»Da wären wir«, sagte er. »Wollen Sie kurz warten oder mit lieber mit hineinkommen?«

»Wenn es Ihnen nichts ausmacht, warte ich hier«, antwortete Wiebke.

Watson nickte. »Ich beeile mich.«

Er stieg aus, und Wiebke sah zu, wie er die breite Treppe zum Eingang hinaufstieg und hinter der schweren Holztür verschwand.

Es war ein warmer Spätsommertag, und ein strahlend blauer Himmel wölbte sich über der Stadt. Im Auto wurde es schnell sehr stickig, und Wiebke beschloss, auszusteigen, um sich etwas die Beine zu vertreten und frische Luft zu schnappen. Die Mittagssonne brannte auf die Stadt nieder und heizte das Kopfsteinpflaster so sehr auf, dass die Luft darüber flirrte. Kein Windhauch ging, nicht ein einziges Blatt an den Pappeln im Park regte sich. Hier draußen war es auch nicht erträglicher als im Wagen. Hinzu kam ein unangenehmer, muffig-süßlicher Geruch, der in der Luft hing. Es dauerte einen Moment, bis Wiebke ihn zuordnen konnte: Es roch nach verwesendem Fleisch und Abfall, so als hätte jemand ein totes Schwein in der Sonne liegen lassen, bis die Bauchdecke aufplatzte.

Wiebkes Magen begann zu rebellieren, und sie beeilte sich, zurück in den Wagen zu kommen und Fenster und Türen zu schließen, aber auch hier war der widerliche Gestank noch wahrnehmbar. Hannover stank wie die Pest, und das machte es noch unerträglicher, hierbleiben zu müssen.

Als sie später Captain Watson danach fragte, zuckte er nur mit den Schultern. »Ich bemerke das schon gar nicht mehr«, sagte er. »Im letzten Sommer, als ich für ein paar Monate hier stationiert war, war es wesentlich schlimmer. Heute nimmt man den Geruch nur noch wahr, wenn es warm und windstill ist. An einigen Stellen der Stadt ist die Kanalisation von Bomben aufgerissen worden. Vermutlich ist das der Grund. An den Leichen, die man nicht aus den Luftschutzbunkern bergen konnte, kann es nach so langer Zeit eigentlich nicht mehr liegen.« Er zwinkerte Wiebke zu. »Ich hätte gedacht, dass Ihnen der Geruch nicht viel ausmacht. Die Darre in Fedd…siel stinkt doch auch ziemlich heftig.«

Im Haus angekommen, das dem Captain als Quartier dienen sollte, luden Wiebke und er zunächst die Koffer aus dem Wagen, ehe er sich mit einem Stapel Akten, den er von der Militärverwaltung mitgebracht hatte, an seinen Schreibtisch im Esszimmer zurückzog.

»Es wird eine Weile dauern, bis ich das alles gesichtet habe«, sagte er. »Machen Sie sich einen schönen Nachmittag, Wiebke. Gehen Sie spazieren, oder ruhen Sie sich aus, ganz wie Sie mögen. Heute haben Sie frei.«

»Aber ...«

»Nichts, aber! Mal ein paar Stunden nur für sich zu haben muss für Sie doch etwas ganz Außergewöhnliches sein.« Ein herzliches Lächeln überflog sein schmales Gesicht. »Und ich kenne niemanden, der etwas Außergewöhnliches mehr verdient hätte als Sie!« In seinen hellen Augen lag so viel Wärme, dass Wiebke seinem Blick lieber auswich.

»Und zum Abendessen?«, fragte sie unsicher.

»Ein paar Sandwiches reichen«, antwortete er. »Und wir sollten früh schlafen, damit wir morgen ausgeruht an die Arbeit gehen können.« Er machte eine Kopfbewegung in Richtung Tür und wandte sich seinen Akten zu. »Und jetzt ab mit Ihnen.«

Wiebke trug ihren Koffer in ihr Zimmer im Obergeschoss und sah sich um. Der kleine Raum mochte früher einmal als Kinderzimmer gedient haben, aber davon war nicht mehr viel zu sehen. Ein Bett, ein schmaler Kleiderschrank, eine Kommode, auf der ein altmodisches Waschgeschirr stand, ein kleiner Tisch und ein Stuhl – das war das ganze Mobiliar. Kein Teppich auf dem Boden, kein Bild an der weiß getünchten Wand, nicht einmal ein Spiegel. Hier würde sie nun wohnen, solange sie in Hannover war, in diesem kalten, weißen Zimmer, durch dessen schmales Fenster man in einen verwilderten Garten voller Brennnesseln und Mauertrümmer blickte.

Wiebke setzte sich auf den Rand des Bettes, seufzte und kämpfte vor Heimweh mit den Tränen. *Hoffentlich geht zu Hause alles seinen Gang*, dachte sie voller Sorge. *Ich hätte doch besser dableiben sollen, jetzt, wo die Kinder krank sind. Wenn man möchte, dass die Zeit schneller vergeht, dann scheint sie einfach stillzustehen.*

Nein, so schwer hätte Wiebke sich das Alleinsein nicht vorgestellt. Die Stille in dem weiß gestrichenen Zimmer schien in ihren Ohren zu rauschen. Sie seufzte erneut, zog ihren Koffer ein Stück zu sich heran und öffnete den Deckel.

Ganz oben lag die Kladde mit den Briefen an Jan. Obwohl sie wusste, dass das ihre Sehnsucht nur noch verschlimmern würde, schlug sie die Kladde auf und betrachtete die drei Fotos, die sie aus ihrem Schatzkästchen geholt und mitgenommen hatte: das Bild von Jan in seiner Uniform, das von Papa mit ihren Brüdern im Hummerboot, das vor dem Krieg im Hafen von Helgoland aufgenommen worden war, und das von Piet und Ike, das sie kurz nach Ikes Taufe hatte machen lassen. Einen Abzug davon hatte sie Jan an die Front geschickt, aber auf jenen Brief hatte er schon nicht mehr geantwortet.

Die drei Fotos in der Hand, ließ sich Wiebke auf das Kissen sinken und musste weinen, bis sie keine Tränen mehr hatte.

Als Wiebke aufwachte, brauchte sie einen Moment, um zu begreifen, wo sie war. Sie lag angezogen auf ihrem Bett, die Fotos immer noch in der Hand. Ihre Augen brannten wie Feuer, und hinter ihrer Stirn pochte ein dumpfer Schmerz. Trotzdem war sie froh, aus den wirren Träumen aufgewacht zu sein, in denen sie die Deichstraße entlanggelaufen war und verzweifelt etwas gesucht hatte, das sie nicht finden konnte und von dem sie jetzt schon nicht mehr wusste, was es gewesen war.

Durch das Fenster fiel trübes Licht ins Zimmer. Das dunkle Grau des Himmels ging allmählich in ein helles Blau über, und irgendwo in der Nähe begann eine Amsel zu singen.

Wiebke sah auf ihre Uhr und erschrak. Es war bereits früher Morgen, schon sechs Uhr durch. Sie hatte den Abend und die ganze Nacht verschlafen, hatte weder eingekauft noch etwas gekocht. Mit einem Satz sprang sie aus dem Bett, doch sofort wurde ihr schwarz vor Augen, und sie musste sich einen Augenblick am Bettpfosten festhalten, bis die hellen Lichtfunken, die auf sie zuzufliegen schienen, verschwunden waren und sie wieder klar sehen konnte.

Auf Zehenspitzen schlich sie in das winzige Badezimmer, das am Ende des Flurs lag, und machte Licht. Aus dem Spiegel über dem Waschbecken starrte sie eine Fremde an. Ihr Zopf hatte sich gelöst, die Augen waren dunkel gerändert und angeschwollen, die Lider feuerrot vom Weinen.

»Na, bravo!«, flüsterte sie. »Du siehst aus wie das heulende Elend.«

Entschlossen drehte sie den Wasserhahn auf und ließ kaltes Wasser in das Waschbecken laufen, in das sie ihr Gesicht tauchte, bis die Haut zu prickeln begann.

Als sie sich gewaschen hatte und ihr Zopf wieder ordentlich als Kranz auf ihrem Kopf festgesteckt war, fühlte sie sich besser. Sie zog sich um und ging dann hinunter.

Zu ihrer Verblüffung stand auf dem Tisch in der Küche eine Kiste mit Lebensmitteln, die Captain Watson gestern noch besorgt haben musste. Obenauf lag ein Zettel mit seiner schwungvollen Handschrift, den sie mit etwas Mühe entzifferte, weil ihr geschriebenes Englisch immer noch Mühe bereitete.

Guten Morgen, Wiebke. Ich hoffe, Sie sind nicht böse, dass ich Sie gestern Abend nicht geweckt habe, aber Sie haben tief und fest geschlafen. J.

»J.?«, murmelte Wiebke verständnislos, ehe ihr dämmerte, was gemeint war. »J. für James.« Sie schüttelte den Kopf und beschloss, lieber nicht darüber nachzudenken, was das bedeuten mochte, sondern sich um das Frühstück zu kümmern.

Sie setzte Teewasser auf, schnitt ein paar Scheiben von dem frischen Graubrot ab, das sie in der Lebensmittelkiste gefunden hatte, und ging ins Esszimmer hinüber, um den Tisch zu decken. Als sie sich bückte, um in der Anrichte nach Tassen und Tellern zu suchen, stieß sie versehentlich den Stapel Akten zu Boden, den Watson ganz an den Rand des Schreibtischs geschoben hatte. Aus einem der Ordner rutschten lauter lose Blätter heraus und verteilten sich auf dem Fußboden. Leise über ihre Ungeschicklichkeit fluchend, ging Wiebke in die Knie und sammelte die eng mit Maschine beschriebenen Blätter auf.

Plötzlich stockte sie. Zwischen all den Blättern mit englischem Text befand sich eine Karte. Der Umriss kam ihr vertraut vor. »Helgoland«, flüsterte sie entgeistert und hob die Seite auf, um sie näher anzusehen.

Der Hafen, die Straßen, die große Treppe zum Oberland hinauf, die Kirche und alle zivilen Gebäude waren in Schwarz eingezeichnet, alle Geschütze, der Flakturm auf dem Oberland und der U-Boot-Bunker im Kriegshafen in Blau. Und wie ein Spinnennetz durchzogen rote Linien und Kästchen die gesamte Karte. Das waren die Tunnel unter der Insel.

Die Ränder der Karte waren mit Bleistiftnotizen bekritzelt: Pfeile, kurze Anmerkungen und Zahlen. Keuchend stieß Wiebke die Luft aus, als sie Watsons Handschrift erkannte.

Ohne darüber nachzudenken, was sie da tat, begann sie, die englischen Notizen zu entziffern.

Confidential!, stand in Großbuchstaben oben auf dem Blatt. *Vertraulich.*

Neben dem Hafen war *500 torpedos, maybe more* gekritzelt, mit einem Pfeil in Richtung des U-Boot-Bunkers. Darunter stand *aircraft bombs* mit einem Fragezeichen.

»Fliegerbomben? Torpedos?«, flüsterte Wiebke.

Neben einem der Tunneleingänge las sie das Wort *ammunition*, zweimal dick unterstrichen. »Munition …«

Was hatte das zu bedeuten? Was hatte Captain Watson mit Helgoland zu tun?

Ihre Hand zitterte so sehr, dass sie kaum noch lesen konnte.

»Wiebke?«, hörte sie Watson von oben rufen und zuckte heftig zusammen.

Während seine Schritte näher kamen, schob Wiebke die Karte und die anderen Papiere hastig wieder in den Ordner, stapelte alle Akten aufeinander und legte sie auf den Schreibtisch zurück.

Watson steckte den Kopf zur Tür herein. »Ach, hier sind Sie. Dachte ich doch, dass ich Sie gehört habe.«

»Ich mache gerade Frühstück«, sagte sie schnell. »Tut mir leid, mir sind eben die Akten heruntergefallen, aber ich habe sie schon zurückgelegt.«

»Oh!«, sagte er und musterte sie mit gerunzelter Stirn. »Alles in Ordnung, Wiebke? Sie sind so blass.«

»Ja, natürlich, alles in Ordnung«, log sie. »Ich hab nur nicht gut geschlafen. Dann bin ich immer blass.« Sie versuchte zu lächeln, war sich aber sicher, dass er ihr nicht glaubte. »Ich seh mal nach, ob das Teewasser schon kocht«, fügte sie hinzu und beeilte sich, den Raum zu verlassen. Zu ihrer Erleichterung folgte Watson ihr nicht.

Sie goss den Tee auf und versuchte, Ordnung in ihre Gedanken zu bringen.

Reiß dich zusammen, Wiebke, sagte sie sich. *Das ist vermutlich nur ein Zufall. Du stammst von Helgoland, und vielleicht muss er sich in Zukunft um die Verwaltung der Insel kümmern. Bestimmt hat er dir nicht deshalb die Stelle hier in Hannover angeboten, weil du dich auf der Insel auskennst.*

Sie starrte auf ihre Armbanduhr, beobachtete, wie sich der Sekundenzeiger hinter dem zerkratzten Glas ruckweise weiterbewegte, und versuchte dabei, ihr wild klopfendes Herz zu beruhigen.

Kapitel 19

Es dauerte zwei Tage, bis Wiebke das Gefühl hatte, sich in Hannover ein bisschen einzugewöhnen. Sie schlief besser, und ihre Gedanken kreisten nicht mehr ständig darum, ob zu Hause alles in Ordnung war und wie es den beiden Kleinen ging.

Am Tag nach ihrer Ankunft in Hannover hatte Watson sie nicht mit zur Arbeit genommen, sondern gemeint, sie solle sich besser erst einmal um das Haus kümmern. Der Offizier, der es vorher bewohnt habe, hätte die Zügel doch ziemlich schleifen lassen. Also hatte Wiebke nahtlos weitergemacht, womit sie in seinem vorigen Quartier aufgehört hatte. Sie schrubbte alle Böden, wischte die Schränke aus, putzte die Fenster und spülte das gesamte Geschirr. Ihr war es recht, beschäftigt zu sein, denn so kam sie nicht viel zum Grübeln.

Die Akten, die auf Watsons Schreibtisch gelegen hatten, waren verschwunden, als sie sich das Esszimmer vornahm. Er musste sie mit zur Arbeit genommen haben. Weder beim Frühstück noch beim gemeinsamen Abendessen ging er auch nur mit einem Wort darauf ein, dass sie gesehen haben könnte, was sie enthielten.

Am folgenden Morgen begleitete Wiebke Captain Watson zum ersten Mal zur Militärverwaltung. Das Wetter hatte umgeschlagen. Es war deutlich kühler geworden, und ein scharfer Wind zerrte an den Blättern der Bäume, von denen sich die ersten bereits gelb verfärbten. Als sie aus dem Wagen stiegen, stellte Wiebke fest, dass der widerliche Geruch, der während der Hitze der letzten Tage über der Stadt gelegen hatte, verschwunden war.

Etwas nervös folgte sie Watson in das Gebäude. Eine breite Mahagonitreppe schwang sich hinter der Eingangstür ins Obergeschoss. Staunend ließ Wiebke den Blick bis zur stuckverzierten Decke schweifen, von der ein gewaltiger Kronleuchter hing.

Watson grinste. »Ganz schön protzig, nicht wahr?«

Wiebke nickte nur.

»Die Villa hat früher einem Industriellen gehört, der unter den Nazis zu Reichtum gekommen ist. Die Kunstwerke und Möbel hat er noch rechtzeitig vor den Bomben in Sicherheit gebracht. Als das Haus beschlagnahmt worden ist, waren die Wände alle kahl.« Der Captain zuckte mit den Schultern. »Uns ist das egal. Hauptsache, es gibt reichlich Platz und die Fenster sind heil. Kommen Sie?«

Wiebke beeilte sich, ihm zu folgen. Statt ins Obergeschoss wandte er sich nach links und ging einen langen Flur mit schwarz-weißen Fliesen entlang. Die meisten Türen standen offen, und im Vorbeigehen konnte Wiebke sehen, dass alle Zimmer voller Schreibtische und Aktenschränke waren, an denen uniformierte Männer saßen und arbeiteten.

Am Ende des Flurs blieb Watson stehen, klopfte einmal kurz an eine geschlossene Tür und stieß sie unaufgefordert auf.

»Guten Morgen, Major!«, rief er gut gelaunt. »Ich habe uns etwas Hilfe mitgebracht.«

In dem Angesprochenen erkannte Wiebke einen der beiden Offiziere wieder, die vor einigen Wochen bei Captain Watson übernachtet hatten. Er lächelte so breit, dass sich sein Walrossbart in die Länge zog.

»Wenn das nicht die kleine Lady ist, die Ihnen den Haushalt geführt hat.« Er stand auf, kam auf Wiebke zu und streckte ihr die Rechte hin. »Mrs Hansen, wenn ich es recht in Erinnerung habe? Freut mich. Freut mich sehr! Watson hat gestern den ganzen Tag von nichts anderem gesprochen als von Ihnen.«

Zögernd ergriff Wiebke seine Hand. Da sie nicht wusste, was sie erwidern sollte, beließ sie es bei einem Nicken und einem verlegenen Lächeln.

»Sie müssen da oben an der Küste ja wahre Wunderdinge vollbracht haben«, fuhr der Major fort, ohne ihre Hand loszulassen. »Watson war so voll des Lobes, dass er Himmel und Hölle in Bewegung gesetzt hat, um zu erreichen, dass Sie ihn begleiten können, wenn er versetzt wird. Er hat zum Beispiel …«

»Das tut doch nichts zur Sache!«, fuhr Watson dazwischen. Er schien verärgert. »Glauben Sie ihm kein Wort, Mrs Hansen. Major Kirk übertreibt maßlos.«

Kirk lachte schallend, ließ Wiebkes Hand los und schlug Watson auf die Schulter. »Ist ja auch egal«, sagte er. »Es hat geklappt, und das ist die Hauptsache.« Er ging zu seinem Schreibtisch zurück und ließ sich auf den Stuhl fallen. »Dann wollen wir mal mit der Arbeit anfangen, was? Sind Sie mit den Listen schon fertig, Watson?«

Watson schüttelte den Kopf. »Zuerst würde ich Mrs Hansen gern das Haus zeigen.«

Ehe Kirk etwas erwidern konnte, hatte Watson Wiebke aus dem Büro gezogen und die Tür wieder geschlossen. »Er ist ja eigentlich ganz nett, aber manchmal redet er zu viel«, sagte er gedämpft, als sie ein Stück von der Tür entfernt waren.

Der Captain schien es nicht eilig zu haben, an seinen Arbeitsplatz zu kommen. Fast den ganzen Vormittag führte er Wiebke herum, zeigte ihr die Räumlichkeiten und stellte ihr so viele Mitarbeiter vor, dass ihr der Kopf vor lauter Namen zu schwirren begann.

»Das werde ich mir nie alles merken können«, meinte sie kopfschüttelnd, als sie wieder auf dem Weg in das Büro waren, das sich Watson mit Major Kirk teilte.

Watson lachte. »Das Gefühl kenne ich. Im letzten Jahr ging

es mir genauso. Aber das kommt mit der Zeit, Sie werden sehen.«

Wiebke schwieg einen Moment. »Darf ich Ihnen eine Frage stellen, Sir?«, sagte sie dann zögernd.

»Sicher, nur zu!«

»Was werden Sie hier tun? Ich meine, welche Aufgabe haben Sie?«

Er warf ihr einen kurzen Blick aus seinen hellen Augen zu, aus dem sie nicht schlau wurde, antwortete aber nicht.

»Ich meine, wenn es geheim ist, dann ...«

»Nein, geheim ist es nicht«, unterbrach er sie. Das Lächeln, das sein schmales Gesicht überflog, wirkte merkwürdig angespannt, und die Falte zwischen seinen Augenbrauen vertiefte sich. »Ich überlege nur gerade, wie ich es ausdrücken soll.«

Sie waren an der Tür zu seinem Büro angekommen, und er legte eine Hand auf die Klinke, ohne sie zu öffnen. »Lassen Sie es mich so formulieren, Wiebke: Wir werden all den Müll aufräumen, den der Krieg hinterlassen hat. Und das mit einem großen Knall.«

Damit drückte er die Bürotür auf und ließ Wiebke den Vortritt.

Im Laufe des Nachmittages erfuhr Wiebke, was Watson mit »Müll, den der Krieg hinterlassen hat« gemeint hatte: Major Kirk und er hatten den Auftrag, eine Auflistung aller Explosivwaffen, die sich in der Britischen Zone befanden, zu erstellen.

»Eine Arbeit für jemanden, der Vater und Mutter erschlagen hat«, meinte Kirk mit einem schiefen Grinsen. »Und was meinen Sie, was mir schon alles gemeldet wurde? Das geht von Gewehrmunition über Panzerfäuste und Flakmunition bis hin zu Bomben und U-Boot-Torpedos. Die Akten stapeln sich schon bis zur Decke.«

»Und dann? Was passiert mit den Waffen?«, fragte Wiebke.

»Da ist das letzte Wort noch nicht gesprochen, aber ich denke, es wird alles kontrolliert gesprengt. Nur wann, das steht noch in den Sternen. Im Moment sind wir dabei, uns einen groben Überblick zu verschaffen, wie viel Sprengstoff auf unserem Gebiet lagert. Hier!« Kirk schob einen Stapel Akten auf Watsons Schreibtisch, der seinem gegenüberstand, lehnte sich zurück und verschränkte die Arme, während er Wiebke anlächelte. »Und weil ich im letzten Jahr bereits einige Zeit mit Watson zusammengearbeitet habe, habe ich ihn als Unterstützung angefordert. Er hat allerdings zur Bedingung gemacht, dass er Sie mitbringen kann, weil er einen Dolmetscher braucht.« Kirk lachte glucksend. »Nicht dass wir hier nicht auch Dolmetscher hätten. Aber da ist er stur geblieben und hat seinen Kopf durchgesetzt.«

Watson warf ihm einen missbilligenden Blick zu und schüttelte seufzend den Kopf, ehe er sich wieder in die Akte vor ihm auf dem Tisch vertiefte.

Kirk griff nach der Schachtel Luckys, die auf seinem Schreibtisch lag, klopfte sich eine Zigarette heraus und zündete sie an. »Ein eigener Dolmetscher mag andererseits ganz nützlich sein, wenn wir in ein paar Wochen mit den hiesigen Verwaltungsleuten den Abtransport besprechen müssen.« Er nahm einen tiefen Zug aus der Zigarette und blies den Rauch nach oben. »Im Moment würde uns eine Sekretärin aber mehr nützen.«

Wiebke, die ganz vorn auf der Stuhlkante saß, fühlte, wie ihr das Blut in die Wangen schoss. »Ich kann ... Ich meine, ich könnte vielleicht ...«, stammelte sie unsicher.

Watsons helle Augen funkelten zornig. »Dass Mrs Hansen nicht gut Englisch lesen und schreiben kann, habe ich von Anfang an klargestellt. Aber das bedeutet ja nicht, dass sie uns nicht helfen kann. Zahlen werden überall gleich geschrieben. Sie könnte zum Beispiel die Listen führen.«

Er winkte Wiebke zu sich heran, rückte ein Stück zur Seite und bedeutete ihr, ihren Stuhl neben seinen zu ziehen. Dann schob er die Akte, die er gerade bearbeitete, zu ihr hinüber. Ausführlich erklärte er ihr, worauf sie bei den Berichten und Meldungen zu achten hatte und wie sie die verschiedenen Munitionstypen mitsamt Stückzahl und Fundort in eine Liste eintragen sollte.

»Sehen Sie? Eigentlich ganz einfach«, schloss er. »Und wenn Sie nicht sicher sind, um was für Munition es sich handelt, oder andere Fragen haben, sind Major Kirk und ich ja auch noch da.« Watson lächelte ihr aufmunternd zu. »Sie schaffen das schon! Dann mal an die Arbeit, Mrs Hansen.«

Der Nachmittag verging wie im Flug. Wiebke hatte schnell heraus, auf welche Stichwörter sie bei der Durchsicht der Akten zu achten hatte, trug die verschiedenen Munitionstypen in die Listen ein und rechnete die Stückzahlen für jeden Fundort einzeln zusammen.

Gegen fünf Uhr klappte Kirk seine Akte zu, streckte das Kreuz durch und gähnte herzhaft. »So, Schluss für heute!«, sagte er. »Morgen ist auch noch ein Tag. Wobei ich sagen muss, dass wir heute schon einiges geschafft haben.« Ein breites Lächeln überflog sein Gesicht und brachte seine Augen zum Strahlen. »Vor allem dank der fleißigen Hilfe von Mrs Hansen.« Er nickte ihr aufmunternd zu und erhob sich.

Zu dritt verließen sie das Gebäude und verabschiedeten sich voneinander. Während Wiebke und Captain Watson in dessen Wagen einstiegen, ging Kirk zu einem Jeep weiter und hob grüßend die Hand, als sie an ihm vorbeifuhren.

»Er scheint nett zu sein«, sagte Wiebke.

»Wer? Kirk?«, fragte Watson abwesend. »Ja, eigentlich schon. Wenn er nur nicht so viel reden würde.« Er warf Wiebke einen schnellen Blick zu, ehe er sich wieder auf die Fahrbahn konzentrierte, und lächelte. »Sie werden das in den nächsten Tagen sicher noch merken.«

Im Haus angekommen, begann Wiebke das Abendessen zuzubereiten, während Watson sich mit der Zeitung ins Wohnzimmer zurückzog. Eine Stunde später saßen sie bei Schmorkartoffeln und Spiegeleiern zusammen am Esstisch.

»Das hat schon ein bisschen was von einem alten Ehepaar, finden Sie nicht?«, sagte Watson leise lachend und griff nach der Schüssel mit den Kartoffeln.

In Wiebkes Kopf schrillte eine Alarmglocke. »Von einem alten Ehepaar, Sir?«, fragte sie vorsichtig.

Watson bediente sich und stellte die Schüssel an ihren Platz zurück. »Nun ja, ich komme von der Arbeit, Sie kochen für mich ... Es ist doch so.« Er griff nach der Gabel, aber statt mit dem Essen zu beginnen, warf er Wiebke einen warmen Blick zu und lächelte. »Außerdem, nennen Sie mich doch Jim.«

»Sir?« Wiebke starrte ihn entgeistert an.

»Nicht, wenn wir im Büro sind natürlich, aber hier spricht doch wirklich nichts dagegen.«

»Ich ... ich weiß nicht«, sagte sie heiser und räusperte sich, um die Kehle wieder freizubekommen. »Ich denke nicht, dass das angemessen wäre. Sie sind immerhin mein Vorgesetzter.«

»Vorgesetzter«, wiederholte er leise. »Ich hatte gehofft, ich wäre inzwischen eher so etwas wie ein Freund.«

»Es tut mir leid, Sir, es geht doch nicht, dass ich Sie mit dem Vornamen anrede.« Sie verstummte und biss sich auf die Unterlippe. »Glauben Sie nicht, dass ich Ihnen nicht dankbar wäre für alles, was Sie für mich getan haben, aber ...«

»Aber?«

»Es wäre ... wie soll ich sagen? Zu vertraulich, vielleicht. Einfach nicht richtig! Der Anstand sollte gewahrt bleiben. Ich bin verheiratet. Das wissen Sie.«

Watson runzelte die Stirn. »Darf ich Ihnen eine Frage stellen, Wiebke?«

Sie nickte nur.

»Wie lange gilt Ihr Mann schon als vermisst?«

»Fast vier Jahre.«

»Vier Jahre!«, erwiderte er tonlos und sah ihr forschend ins Gesicht. »Wenn Sie vier Jahre lang nichts von ihm gehört haben, ist die Wahrscheinlichkeit verschwindend gering, dass er noch lebt, das müsste Ihnen doch bewusst sein. Meinen Sie nicht, dass Sie sich allmählich mit dem Gedanken abfinden sollten, dass Ihr Mann nicht zurückkommt? Sie sollten aufhören, in der Vergangenheit zu leben, und nach vorn schauen.«

»Ich lebe nicht in der Vergangenheit! Wie kommen Sie nur darauf?«, rief sie aufgebracht. »Ich trauere den alten Zeiten nicht hinterher wie meine Schwiegermutter. Aber solange ich keinen Beweis habe, dass Jan tot ist, werde ich die Hoffnung nicht aufgeben, dass er eines Tages zurückkommt. So lange lebt er für mich, und so lange bin ich mit ihm verheiratet. Alles andere wäre einfach nur unanständig von mir.« Sie holte tief Luft und versuchte, die Wut, die in ihr brodelte, hinunterzukämpfen. Ihre Finger zitterten. Damit Watson es nicht sah, verbarg sie die Hände unter dem Tisch.

Den Rest der Mahlzeit verbrachten sie schweigend. Wiebke, der jeder Appetit vergangen war, starrte auf ihren Teller, während Watson lustlos in seinem Essen herumstocherte, bis er schließlich die Gabel auf den Tisch legte. Für Wiebke war das das Signal, aufzustehen und den Tisch abzuräumen.

Sie war gerade dabei, das Geschirr zu spülen, als sich die Küchentür öffnete und Captain Watson eintrat. Er lehnte sich an den Küchenschrank und sah ihr eine Weile lang schweigend zu.

»Es tut mir leid, ich wollte Ihnen wirklich nicht zu nahetreten«, sagte er schließlich. »Ich hatte nur gedacht, wir ...« Er verstummte.

Wiebke stellte den letzten Teller in das Abtropfgitter, trocknete sich die Hände an der Schürze ab und drehte sich zu ihm um. »Sir, wenn wir hier gut zusammenarbeiten wollen, dann müssen Sie dieses *Wir* vergessen. Bitte! Sonst wird es nicht funktionieren.«

Watson musterte sie mit gerunzelter Stirn, dann lächelte er bemüht und nickte. »Also gut«, sagte er leise. »Wenn Sie es so möchten.«

»Es ist besser so, Sir. Wirklich.«

Noch immer lehnte er am Küchenschrank und betrachtete sie mit diesem Gesichtsausdruck, irgendwo zwischen Verwunderung und Enttäuschung. Schließlich seufzte er, zog seine Zigaretten heraus und zündete sich eine an. »Wenn Sie möchten, kann ich versuchen, über die Militärregierung etwas über den Verbleib Ihres Mannes herauszufinden.«

»Das ist nett von Ihnen, Sir, aber es läuft schon eine Suchanfrage beim Roten Kreuz. Ich glaube nicht, dass die britische Militärregierung bei den Russen mehr erreichen kann als das DRK.« Sie nahm die Schürze ab und hängte sie über eine Stuhllehne. »Wenn Sie nicht noch einen Wunsch haben, würde ich jetzt gern nach oben gehen, Sir. Der Tag war anstrengend, und ich bin müde.«

»Ja, natürlich, gehen Sie nur, Wiebke. Gute Nacht, schlafen Sie gut!«

»Gute Nacht, Sir!«

Wiebke vermied es, ihn anzusehen, als sie die Küche verließ, aber sie wusste, dass er ihr hinterhersah. Sie hatte das Gefühl, seinen Blick in ihrem Rücken zu spüren. Mit bleischweren Beinen stieg sie die Treppe hinauf in ihr Zimmer und setzte sich wie erschlagen aufs Bett. Über ihrem linken Auge hatte sich ein bohrender Schmerz eingenistet. Müde griff sie nach der Kladde mit den Briefen an Jan, die auf ihrem Nachttisch lag, konnte sich aber nicht dazu entschließen, etwas zu schreiben.

»Heute muss es mal ohne gehen«, murmelte sie, legte die Kladde wieder auf den Nachttisch zurück und ging zu Bett.

Das Klopfen an ihrer Tür baute Wiebke zunächst in ihren Traum mit ein. Sie sah Freerk neben ihrem Haus stehen und mit dem Hammer auf den Hühnerstall einschlagen. »Alles krumm und schief geworden«, sagte er. »Müssen wir alles noch mal neu machen.«

Erst als sie neben dem Hämmern an der Tür auch Captain Watsons dunkle Stimme hörte, die ihren Namen rief, wurde sie wach.

Im Zimmer war es noch stockdunkel. Wiebke schaltete die Nachttischlampe ein und griff nach ihrer Armbanduhr. Erst kurz nach fünf.

»Was zur ...«, murmelte sie und stand auf.

Sie zog die Tür einen Spaltbreit auf und sah Captain Watson, der im Morgenmantel auf dem hell erleuchteten Flur stand, einen gelben Briefumschlag in der Hand.

»Es ist ein Telegramm für Sie gekommen«, sagte er. »Haben Sie die Türklingel nicht gehört?«

»Was?«, fragte sie verschlafen.

»Ein Telegramm für Sie«, wiederholte er und hielt ihr den Umschlag entgegen. »Aus Nordenham.«

Mit einem Schlag war Wiebke hellwach. Ihr Herz trommelte wie wild in ihrer Brust, als sie den Briefumschlag entgegennahm. *Jan*, schoss es ihr durch den Kopf, *Jan ist wieder da!*

Ihre Hände zitterten so sehr, dass sie den Umschlag kaum aufbekam und Mühe hatte, das Blatt Papier, auf das ein paar schmale Papierstreifen aufgeklebt waren, auseinanderzufalten.

Piet hat Rückfall +++ Hirnhautentzündung +++ sehr hohes Fieber +++Arzt sagt Lebensgefahr+++ komm sofort +++Freerk

Die Buchstaben tanzten vor ihren Augen, während sie versuchte, ihren Sinn zu erfassen. Sie musste die Worte mehrfach lesen, ehe sie begriff, was da stand. Tief und zitternd holte sie Luft. Eine kalte Hand griff nach ihrem Magen und presste ihn schmerzhaft zusammen. Ihr Kopf begann sich zu drehen, und sie hatte das Gefühl, ihre Knie würden unter ihr nachgeben.

»Aber das kann doch nicht sein«, flüsterte sie. »Es ging ihm doch gut.«

»Was ist denn?«, fragte Watson leise, und als sie nicht antwortete: »Wiebke?«

Sie sah in die hellen Augen Captain Watsons auf, die sie ruhig und freundlich musterten und ihr plötzlich völlig fremd waren.

»Mein Sohn Piet, er hat eine Hirnhautentzündung und hohes Fieber. Ich soll sofort zurückkommen.« Sie machte auf dem Absatz kehrt, griff nach dem Koffer, der neben dem Tisch stand, und warf ihn aufs Bett.

»Was haben Sie vor?«, fragte Captain Watson.

»Wonach sieht es denn aus?«, erwiderte Wiebke, während sie ihre Kleider aus dem Schrank holte und in den Koffer warf. »Ich packe. Ich muss sofort nach Hause.«

»Glauben Sie wirklich, dass es so ernst ist?«

Wiebke fuhr herum und funkelte ihn an. »Würden meine Leute sonst ein Telegramm schicken? Ja, es muss sehr schlimm sein.« Sie hielt inne und schlug sich die Hände vors Gesicht. »O Gott! Bitte, bitte nicht! Bitte nicht Piet!«

Die Angst nahm ihr die Luft zum Atmen. Nur ein trockener Schluchzer entrang sich ihrer Kehle. Obwohl ihre Augen brannten wie verrückt, kamen keine Tränen.

Dann fühlte sie Watsons Arme um ihre Schultern und seine

Hand, die ihren Kopf an seine Schulter drückte. Der glatte Stoff seines Morgenmantels lag kühl an ihrer Stirn, und sein Atem strich über ihr Haar. Für eine Sekunde ließ sie es geschehen, dann richtete sie sich auf und straffte die Schultern.

Sofort ließ Watson sie los und trat einen Schritt zurück.

»Könnten Sie mich bitte gleich zum Bahnhof fahren, Sir?«, fragte sie heiser. »Ich muss sofort nach Hause. Ich werde den ersten Zug nehmen.«

»Mit dem Zug wären Sie eine halbe Ewigkeit unterwegs. Sie wissen doch, wie die Verbindungen sind. Nein, ich habe eine bessere Idee: Ich werde Sie fahren. Allerdings muss ich vorher Major Kirk Bescheid geben.«

Jetzt endlich schienen sich ihre Tränen Bahn zu brechen. Für einen Moment verschwamm ihr Blick. »Würden Sie das tun?«

Seine Augen leuchteten auf, und ein schmales Lächeln umspielte seine Lippen. »Für eine gute Freundin schon.«

Für die Fahrt zurück nach Fedderwardersiel brauchten sie erheblich länger als für die Hinfahrt ein paar Tage zuvor, auch wenn Watson sich bemühte, so schnell wie möglich voranzukommen. Die Straßen waren jetzt viel voller. Scharen von Leuten mit Handkarren oder Fahrrädern waren unterwegs, vermutlich um zu hamstern. Flüchtlingstrecks blockierten den Weg, und immer wieder musste Watson hinter Pferdegespannen abbremsen, die Stroh oder Rüben geladen hatten. Die Erntezeit war in vollem Gange.

Watson fluchte leise vor sich hin, wenn er versuchte, die hochbeladenen Wagen zu überholen, die mehr als die Hälfte der Straße einnahmen. Wiebke biss sich auf die Lippen und verwünschte ihre Entscheidung, sich von ihm nach Hause fahren zu lassen. Immer wieder sah sie nervös auf die Uhr, und je später es wurde, desto größer wurde die Angst vor dem, was sie zu Hause erwartete. Drei Stunden, dann vier, und noch immer waren sie nicht einmal in der Nähe der Küste. Was, wenn ...

Was, wenn ich zu spät komme?, dachte sie plötzlich. Ihr ganzer Körper wurde taub, als sie diesen Gedanken zum ersten Mal zuließ.

Du steigerst dich in etwas hinein!, glaubte sie Jans Stimme zu hören. *Piet hat doch nur Mumps. Eine Kinderkrankheit. Nichts Ernstes. Alle Kinder machen das durch, und ihnen passiert nichts. Und viele bekommen auch noch eine Hirnhautentzündung hinterher und werden dann wieder gesund. Mach dich doch nicht so verrückt, Wiebke!*

Jans Stimme in ihrem Kopf klang beruhigend und tröstend, und Wiebke wollte unbedingt an seine Worte glauben, auch wenn sie wusste, dass diese Stimme nur in ihrer Einbildung existierte.

Erst nachmittags gegen zwei kam endlich der Deich in Sicht, und sie fuhren am Siel entlang auf den Fedderwardersieler Hafen zu. Als Watson mit quietschenden Reifen in die Deichstraße einbog, stand Wiebke wieder jener Abend vor Augen, als er vor ihrem Haus das Huhn überfahren hatte.

Dort vorne war Piet aus dem Straßengraben aufgetaucht und auf sie zugelaufen, lachend und winkend, seine kleine Schwester an der Hand. Wiebke sah noch genau vor sich, wie sie in die Knie gegangen war und die beiden umarmt hatte. »Wer kommt in meine Arme, der kriegt auch Schokolade!«

Oh bitte, lieber Gott, dachte sie. *Bitte, lass ihn mir! Lass mir meinen Jungen!*

Watson lenkte die Limousine auf die Auffahrt und stellte den Motor ab. Die ganze Fahrt über hatte Wiebke diesen Moment herbeigesehnt, aber jetzt, da sie endlich zu Hause war, hatte sie das Gefühl, sich nicht bewegen zu können.

Sie warf Captain Watson einen verzweifelten Blick zu. »Ich

trau mich nicht, aus dem Auto zu steigen«, flüsterte sie heiser, während sie nervös das Taschentuch knetete, das sie in den Händen hielt.

Watson legte seine Rechte auf ihre Hände und hielt sie einen Moment lang fest. Sein Versuch zu lächeln misslang. »Ich komme mit Ihnen. Alles wird gut, Sie werden schon sehen.«

Er stieg aus, ging um den Wagen herum und öffnete die Beifahrertür. Wiebke griff nach der Hand, die er ihr hinhielt, und zog sich daran hoch. Ihre Beine zitterten, aber den Arm, den er ihr anbot, nahm sie trotzdem nicht.

Alles schien so unwirklich. Der fahlblaue Himmel, die Sonne, in deren grellem Licht das Haus kleiner und schäbiger wirkte, als sie es in Erinnerung hatte, die gelben Herbstastern in dem angeschlagenen Topf neben der Bank, Freerks Fahrrad, das an der Wand lehnte, die grün gestrichene Haustür, von der die Farbe abplatzte. Ihr eigener Herzschlag dröhnte ihr in den Ohren, und sie hatte das Gefühl, keine Luft zu bekommen. Die wenigen Schritte bis zum Haus kamen ihr unendlich lang vor. Captain Watson ging so dicht neben ihr, dass sie sein Rasierwasser riechen konnte, aber er berührte sie nicht.

Noch fünf Schritte, noch vier, noch drei. Wiebke hatte die Tür noch nicht ganz erreicht, als sie von innen aufgezogen wurde. Da stand Freerk, hager und ganz grau im Gesicht, mit tiefen dunklen Ringen unter den Augen, und zum ersten Mal seit Langem mit deutlich sichtbaren Bartstoppeln. Neben ihm tauchte Tante Fenna auf, deren Augen hinter den dicken Brillengläsern rot geweint schienen. Noch bevor einer der beiden den Mund öffnete, wusste Wiebke, was sie sagen würden. Der Schmerz, der durch ihr Innerstes schoss, fühlte sich an, als würde etwas in ihr mit Gewalt in Stücke gerissen.

Zu spät! O lieber Gott, ich bin zu spät. Piet ist tot! Er ist gestorben, und ich war nicht da.

»Nein! Nein! Nein!«, stieß sie keuchend hervor.

Alles begann sich zu drehen, weiße Flecken schossen auf sie zu, während die Welt um sie herum dunkel wurde und ihre Knie nachgaben. Hände hielten sie fest, stützten sie, richteten sie auf. Sie wusste nicht, wer es war, an den sie sich klammerte und dessen Arme sie aufrecht hielten, während sie schluchzte und wimmerte, und es hatte auch keine Bedeutung. Sie hörte eine dunkle Stimme auf sie einreden, aber die Worte drangen nicht zu ihr durch. Alles, was sie wahrnahm, war ihre eigene Stimme, die in ihren Ohren gellte und ihr vorwarf, dass sie ihren Sohn hatte sterben lassen.

Kapitel 20

Freerk hielt Wiebke fest umschlungen, stützte sie, hielt sie aufrecht. Sie zitterte am ganzen Körper und hing schwer in seinen Armen, den Kopf gegen seine Brust gelehnt. Sicher wäre sie in sich zusammengesackt, wenn er sie losgelassen hätte, aber das hätte er nie getan. Er war stark und konnte sie halten. Bei all der Hilflosigkeit, die er empfand, war das sein einziger Trost.

So viel Tod hatte er schon gesehen, so viel Trauer empfunden. Im Krieg war das Gefühl allgegenwärtig gewesen. Beinahe jeden Tag waren Kameraden gefallen – Männer, mit denen er durch dick und dünn gegangen war und für die er sein eigenes Leben riskiert hatte. Noch immer sah er vor sich, wie Cord ihn mit schreckgeweiteten Augen angestarrt hatte, als ihn die Mine zerfetzte. Die Mine, die Freerk den Fuß abgerissen hatte. Aber im Krieg war es nun einmal so, dass Menschen starben. Das hier war anders. Es war schlimmer.

Wiebke richtete sich ein wenig auf und hob den Kopf. Ihr Gesicht war aschgrau, die Augen rot gerändert, aber sie weinte nicht. *Vielleicht ist sie schon über das Weinen hinaus*, dachte Freerk. *Wenn die Trauer zu groß wird, hat man keine Tränen mehr.* Er wusste das genau.

»Piet ist tot, nicht wahr?«, flüsterte sie.

Freerk, der sie noch immer fest in den Armen hielt, nickte. »Ja, er ist tot. Er ist vor einer Stunde eingeschlafen.« Er wollte noch mehr sagen, aber seine Stimme versagte ihm den Dienst.

Wiebke sah ihn wie versteinert an, so als hätte sie gar nicht verstanden, was er gesagt hatte. Tief und zitternd holte sie Luft, dann endlich stiegen ihr die ersten Tränen in die Augen, rannen über ihre Wangen und fielen in großen Tropfen auf ihren Mantelkragen.

Tante Fenna kam einen Schritt näher und legte Wiebke ihre Hand auf die Schulter. »Na komm, Deern«, sagte sie leise. »Wir gehen zu ihm.«

Sie hakte sich bei Wiebke unter und bedeutete Freerk, ihren anderen Arm zu nehmen, um sie zu stützen. Noch immer schien Wiebke wie gelähmt, mechanisch setzte sie einen Fuß vor den anderen und starrte blind nach vorn, als wäre sie nicht ganz bei sich. Freerk legte einen Arm um sie und zog sich dicht an sich, für den Fall, dass ihre Knie nachgaben.

So gingen sie langsam über den kleinen Flur auf die Schlafkammer zu. Aus der Küche, in der Gerd und Enno zusammen mit Onkel Emil auf die kleine Ike aufpassten, hörte Freerk die gedämpfte Stimme seines Onkels, der dem Mädchen eine Geschichte erzählte. *Guter Onkel Emil*, dachte er. Ike war noch zu klein, um zu verstehen, was passiert war.

Er griff nach der Klinke der Kammertür und öffnete sie langsam.

In Wiebkes Bett wirkte Piets kleiner, zarter Körper wie verloren. Er sah gar nicht mehr aus wie ein Kind, eher wie eine Gliederpuppe, der man die Haare zurückgekämmt und die Hände auf der Decke gefaltet hatte. Er wirkte so ernst und erwachsen. Die Mundwinkel ein wenig herabgezogen, die Nase spitz in seinem viel zu schmalen Gesicht, tiefe dunkle Ringe unter den geschlossenen Augen.

Neben dem Bett saß Wiebkes Schwiegermutter auf einem der Küchenstühle. Hier hatte sie auch die letzten zwei Tage verbracht, sie hatte den kranken Jungen nicht einen Moment lang allein gelassen. Sie hob kurz den Kopf, dann wandte sie ihren Blick wieder Piet zu. Sie schien in der kurzen Zeit, seit der Junge so krank geworden war, um Jahre gealtert zu sein. Auf der zerschlissenen Fußmatte vor dem Bett hatte sich Flocki zusammengerollt, die Schnauze auf den ausgestreckten Pfoten, und bewachte den Schlaf seines Herrchens. Als die drei hereinkamen, hob er den Kopf, sein wedelnder Schwanz klopfte ein paarmal auf den Boden, dann lag er wieder still da.

Freerk spürte, wie Wiebke beim Anblick ihres toten Sohnes den Halt verlor, und zog sie fester an sich, um sie aufrecht zu halten. Erst als sie vor dem Bett standen, lockerte er seinen Griff um ihre Taille, und sie sank langsam auf die Knie und nahm ihren Sohn in die Arme. Ein heiserer Klagelaut löste sich aus ihrer Kehle, ein Wimmern, das anschwoll und wieder abebbte, um erneut lauter zu werden. Freerk spürte, wie sich in seinem Nacken alle Haare aufstellten.

Wenn es nur irgendetwas gäbe, was sie trösten könnte, wenn er nur irgendetwas tun könnte, das ihr den Schmerz nehmen würde, er hätte alles getan. Aber nur hier zu stehen und sie leiden zu sehen, das überstieg seine Kräfte. Steif drehte er sich um, humpelte hinaus und schloss die Tür. Einen Moment lang lehnte er die Stirn gegen das raue Holz des Türrahmens, dann wandte er sich ab. In die stickige Küche zu seinem Onkel, Wiebkes Brüdern und Ike zu gehen, brachte er nicht fertig. Nur raus hier, nur an die frische Luft. Nur nicht mehr Wiebkes verzweifeltes Wehklagen hören.

Freerk zog die Haustür auf und trat hinaus. Er atmete ein paarmal tief ein und aus und schüttelte den Kopf, um wieder klar denken zu können. Erst jetzt bemerkte er, dass auf der Einfahrt noch immer der Engländer wartete.

Der Engländer ... Eine unbändige Wut kochte in Freerk hoch, als er Captain Watson in seinem braunen Uniformmantel sah, die Schirmmütze auf dem Kopf, eine brennende Zigarette zwischen den Fingern. Er sah so ruhig und unbeteiligt aus. Dabei wäre Wiebke ohne ihn ...

Unwillkürlich ballte Freerk die Fäuste. Die Versuchung war übermächtig, den Tommy zu schlagen, ihm sein hübsches, glatt rasiertes Gesicht zu zerprügeln, so lange, bis Freerk nicht mehr in der Lage wäre, seine Hände zu heben. Dann wäre vielleicht seine Wut verraucht, der Schmerz in seinem Inneren erträglicher, und es würde ihm ein wenig besser gehen.

Aber Freerk wusste, dass das nichts helfen würde, dass er sich nur etwas vormachte, und so vergrub er die geballten Fäuste in seinen Hosentaschen. Menschen starben, manchmal auch Kinder. Das war der Lauf der Welt. Dass Piet krank geworden war, war Schicksal, und niemand trug daran Schuld, auch nicht Watson.

Ein schmales, höfliches Lächeln umspielte Watsons Mundwinkel. Er schnippte seine Zigarette auf den Boden und trat sie aus, dann kam er näher und nickte ihm zu. Nach kurzem Zögern nickte Freerk zurück.

»Wie geht es Wiebke?«, fragte Watson. »Ich meine Mrs Hansen ...« Er sprach langsam und überdeutlich, als hätte er Sorge, Freerk könne ihn nicht verstehen.

Freerk schnaubte. »Was glauben Sie wohl? Ihr Sohn ist tot. Wie wird es ihr da gehen? Sie weint sich die Augen aus dem Kopf.«

Watson hielt den Kopf ein wenig geneigt und zog die Augenbrauen zusammen. Offenbar hatte er Schwierigkeiten, zu verstehen, was Freerk sagte. »Entschuldigen Sie, ich wollte nicht, wie sagt man ... ohne Gefühl sein«, antwortete er schließlich. »In Deutsch es ist schwer, die richtigen Worte finden.« Er holte tief Luft und seufzte. »Arme Frau! Wenn wir nach Hannover gefahren sind, sagte sie schon, ihre Kinder sind krank. Aber nicht mehr ...«, er suchte einen Moment nach dem richtigen Wort, »... schlimm«, fügte er hinzu. »Sie war nicht in Sorgen. Was ist passiert mit Piet? So war sein Name, richtig?«

Kaum war der Name des Jungen gefallen, war die Wut in Freerk verraucht und machte wieder der schmerzhaften Leere Platz, die er seit seinem Tod empfand. »Ja, sein Name war Piet«, erwiderte er traurig. »Er war sechs Jahre alt, wäre im November sieben geworden. Ein kleiner blonder Junge mit blauen Augen, vielleicht ein bisschen schüchtern für sein Alter, ein bisschen zu brav. *Mamasöhnchen* nannten ihn die anderen Kinder. Und *Streber*, weil er gut rechnen konnte und ganz versessen darauf war, endlich lesen zu lernen. Ich hatte ihm versprochen, ihm eines der Bücher zu geben, die ich als Junge hatte. *Seefahrt tut not.* Er hat sich so gefreut, als ich …«

Freerk hatte viel mehr zu sich selbst gesprochen als zu Captain Watson. Als er Cords Lieblingsbuch erwähnte, das er an Piet weitergegeben hätte, versagte seine Stimme ihm den Dienst. Freerk räusperte sich und schüttelte den Kopf, um sich wieder in den Griff zu bekommen. Das alles ging den Tommy nichts an.

»Sie mochten ihn gern, nicht wahr?«, fragte Watson leise.

»Ja, ich hatte ihn sehr gern. Piet war ein feiner Junge.«

Eine Weile schwiegen die beiden Männer.

»Was ist geschehen?«, wiederholte Watson seine Frage.

»Piet hatte Mumps. Das, wo die Drüsen unter den Ohren anschwellen, ich weiß nicht, wie das in Ihrer Sprache heißt. Eine Kinderkrankheit, nichts weiter. Es war schon so gut wie vorbei, und es ging ihm viel besser, sonst wäre Wiebke sicher nicht mit Ihnen nach Hannover gefahren. Aber dann, zwei Tage nachdem sie weg war, begann Piet über Kopfschmerzen zu klagen, und das Fieber kam zurück. Es stieg höher und höher, und als er anfing zu phantasieren, habe ich den Arzt geholt. Er hat ihm Medikamente gegeben, aber nichts hat geholfen. Piet ging es immer schlechter. Gestern Nacht meinte der Arzt dann, dass es mit ihm zu Ende geht. Da habe ich mich von Onno de Buhr mit dem Auto nach Nordenham bringen lassen, um das Telegramm aufzugeben. Wiebke sollte wenigstens Abschied nehmen können.« Freerk verzerrte das Gesicht. »Wäre ich nur eher gefahren!«

Wieder hatte er vor Augen, wie er mitten in der Nacht so lange an die Haustür von Onno de Buhr gehämmert hatte, bis der Fischer schließlich vor ihm stand und ihn fragte, ob er noch ganz bei Trost sei. Aber als Freerk ihm atemlos mitteilte, was los war, hatte Onno keinen Moment gezögert und war mit ihm zur Registratur nach Nordenham gefahren. Dort hatte Onno auf den diensthabenden Offizier eingeredet, bis der bereit war, ein Telegramm an Captain Watson zu schicken. Wenn Freerk nur schon am Abend zuvor auf die Idee gekommen wäre, Wiebke zu benachrichtigen, dann wäre sie nicht zu spät gekommen. Wütend rieb er sich die Stirn.

»Machen Sie keinen Vorwurf, Mr ... Verzeihung, ich weiß Ihren Namen nicht mehr«, sagte Watson nach einem Moment leise.

Freerk straffte die Schultern und sah ihm in die Augen. »Cordes«, sagte er. »Freerk Cordes.«

»Mr Cordes. Sie haben alles getan. Sie sind ein wirklich sehr gut Freund zu Wiebke.«

»Ich bin nur ihr Nachbar. Nichts weiter.« Es klang trotziger, als Freerk beabsichtigt hatte.

Watson schaute ihn fragend an. Seine Augen durchbohrten ihn mit ihrem scharfen Blick und schienen viel mehr zu sehen, als Freerk preiszugeben bereit war. »Ein sehr gute Nachbar, dann.« Er griff in die Tasche seines Uniformmantels und zog ein Päckchen Zigaretten heraus, das er Freerk anbot.

Freerk musterte sein Gegenüber, ehe er sich eine Zigarette nahm. Nein, da lag keine Überheblichkeit, kein Hohn im Blick des Offiziers, nur ehrliche Anteilnahme und möglicherweise ein wenig Neugier.

Auch Watson zog eine Zigarette aus der Schachtel, zündete

sie an und gab das Feuerzeug an Freerk weiter. Eine Weile rauchten beide Männer schweigend.

»Ich denke, Sie werden um alles kümmern, richtig? Alles ...«, wieder suchte Captain Watson eine Sekunde nach dem fehlenden Wort, »... organisieren.«

»Ja, natürlich.«

»Sehr gut. Gut, wenn Wiebke nicht das tun muss. Kümmern um Sarg und Beerdigung und alles.« Watson steckte die Zigarette in den Mundwinkel und zog seine Brieftasche aus der Innentasche seines Mantels. Er nahm alle Pfundnoten heraus und hielt sie Freerk hin. »Hier, nehmen Sie dies!«

Entschieden schüttelte Freerk den Kopf. »Nein, wir kommen schon zurecht. Außerdem würde Wiebke das nicht wollen.«

»Dann sagen Sie nichts zu ihr hiervon.« Noch immer streckte Watson Freerk das Bündel Geldscheine entgegen. »Ich muss zurück nach Hannover fahren. Ich kann nicht bleiben bis zu die Beerdigung von Wiebkes Sohn ... wie ein Freund«, fügte er nach einer kleinen Pause hinzu. »Das hier ist alles, was ich kann tun. Das Geld soll helfen ein Sarg kaufen und Blumen. Wiebke muss nichts davon wissen. Sie soll nicht ...«, Watson brauchte wieder einen Moment, um den passenden Ausdruck zu finden, »... verpflichtet sein, zu danken.«

Zögernd nahm Freerk das Geld. »Also gut. Für den Sarg und für Blumen. Und Wiebke wird nichts davon erfahren.«

»Sehr gut.« Ein dünnes Lächeln überflog Watsons Gesicht. »Ich wünsche, ich könnte mehr helfen. Aber, wie ich sagte, ich muss zurück, heute noch. Da ist viel Arbeit, die wartet auf mich.« Er warf die Zigarette auf den Boden und trat sie aus. »Die Arbeit wartet auch auf Wiebke. Sagen Sie ihr, sie kann ihre Zeit nehmen, solange sie braucht. Und danach zurückkommen nach Hannover. Ihre Arbeit wartet auf sie, bis sie kommt. Ob nun in Tage oder Wochen.«

Freerk nickte nur steif. Er hatte nicht die Absicht, diese Unterhaltung Wiebke gegenüber auch nur mit einem Wort zu erwähnen. Sie würden hier zurechtkommen, ohne dass Wiebke wieder zum Arbeiten nach Hannover müsste. Nicht noch einmal, nicht um diesen Preis. Kein Geld der Welt war das wert.

»Und wenn Sie etwas wissen, wie ich kann Wiebke helfen in ihre harte Zeit, egal wie, wollen Sie mir Nachricht geben, bitte?«

»Ja, natürlich. Das mache ich.« Beim zweiten Mal war es schon viel leichter, dem Briten ins Gesicht zu lügen. Freerk ließ den Stummel seiner Zigarette auf das Pflaster fallen und trat ihn aus.

»Sehr gut. Ich bin froh, dass Wiebke ein so gute … wie sagten Sie? … Nachbar an ihre Seite hat. So ich kann ruhig fahren. Sagen Sie Wiebke, dass ich nicht bleiben kann, dass ich traurig bin über ihr Verlust und dass ich hoffe, dass sie schreibt mir bald, wann sie zurückkommt.« Watson trat einen Schritt auf Freerk zu und streckte die Rechte aus.

Nach kurzem Zögern ergriff Freerk die Hand und drückte fest zu.

Captain Watson verzog keine Miene, im Gegenteil, er erwiderte den Händedruck. »Mr Cordes«, sagte er höflich lächelnd und tippte sich an den Schirm seiner Mütze, ehe er sich umdrehte, ins Auto stieg und den Motor startete.

Freerk schaute ihm nach, bis der Wagen hinter der Kurve verschwunden war, dann sah er auf seine Hand hinunter. »Und ich hab immer gedacht, eher friert die Hölle zu, als dass ich jemals einem verfluchten Tommy die Hand schüttle«, murmelte er.

Kapitel 21

Die folgenden Tage zogen an Wiebke vorbei wie eine Abfolge unscharfer Bilder. Der Tischler aus Burhave, der kam, um das Maß für den Sarg zu nehmen, der Pastor, der mit ihnen die Beerdigung besprach, die Totenwache in der Küche, das Einsargen und Aufbahren am nächsten Morgen – all das driftete an ihr vorbei, ohne dass sie es wirklich wahrnahm.

Freerk hatte sich um alles gekümmert, und sie war ihm unendlich dankbar dafür. Sie hätte nicht gewusst, wie sie das alles ohne ihn hätte bewerkstelligen sollen. Teilnahmslos saß sie auf ihrem Stuhl in der Küche, die Hände schwer und unbeweglich im Schoß. Sie fühlte sich dumpf und leer und war nicht in der Lage, auch nur einen klaren Gedanken zu fassen. Es war, als hätten sie zusammen mit ihren Tränen auch all ihre Kräfte verlassen.

Um sie herum schien ein weißer Nebel zu sein, der sie von der Außenwelt abschirmte und den einzig Ike manchmal zu durchdringen vermochte, wenn sie auf ihren Schoß kletterte und ihre kurzen Arme um ihren Hals schlang. Dann hielt Wiebke ihre Tochter ganz fest, vergrub das Gesicht in ihren roten Locken und atmete ihren Duft ein, der sie an Piet erinnerte, ehe sie die Kleine wieder auf dem Boden absetzte, weil sie die Trauer nicht mehr ertragen konnte. Die Zeit hatte keine Bedeutung mehr und wurde von der Leere und dem Schmerz in ihrem Inneren aufgesogen.

Wiebke hatte vermutet, die Beerdigung würde kaum zu ertragen sein, aber so war es nicht. Der kleine, weiß gestrichene Sarg, der vorn in der Kirche vor dem Altar stand und unter dem

Blumengebinde aus Herbstastern fast verschwand, hatte nichts mit ihrem Piet zu tun. Das war nur eine hölzerne Kiste, und es gelang ihr nicht, sich vorzustellen, dass Piets kleiner Körper darin lag, auch wenn sie selbst gesehen hatte, wie er darin aufgebahrt war.

»Lasset die Kindlein zu mir kommen und wehret ihnen nicht«, sagte der Pastor in seinem getragenen Singsang, »denn ihrer ist das Himmelreich.«

»Amen«, hörte Wiebke Freerk murmeln, der neben ihr saß.

Der Pastor segnete den Sarg und nickte den Trägern zu. Die kleine Gemeinde, die hauptsächlich aus Fedderwardersieler Fischern bestand, erhob sich von den Bänken, und der Sarg wurde nach draußen getragen. Wiebke fühlte, wie Freerk nach ihrem Arm griff. Er stützte sie und hielt sie aufrecht, während sie dem Sarg folgten, genauso wie er ihr Halt gegeben hatte, als er sie ein paar Tage zuvor zu ihrem toten Sohn geführt hatte. Diesmal gaben ihre Knie nicht nach, aber trotzdem war sie froh, ihn neben sich zu wissen. Die Kraft und Ruhe, die ihn umgaben, die Verlässlichkeit und Stärke, die er ausstrahlte, vermittelten ihr ein sicheres Gefühl.

Das wäre dein Platz gewesen, Jan, dachte sie. *Du solltest hier neben mir gehen, bei dir sollte ich mich unterhaken, aber du bist nicht da. Weit weg oder vielleicht sogar tot. Und wenn es wirklich so ist, dass du nicht wiederkommst, wie all diejenigen sagen, die meinen, dass ich die Hoffnung endlich aufgeben soll, dann kümmere dich gut um unseren Jungen.*

Zum ersten Mal an diesem Tag verschwammen für einen Moment die Blumen auf dem Sarg vor ihr. Wiebke spürte, wie der Griff von Freerks Hand, die auf ihrem Arm lag, sich verstärkte.

Er hielt sie fest, als der Sarg in die Erde gelassen wurde, und ließ sie auch nicht los, als die Trauergäste an der Familie vorbeizogen, um ihr Beileid auszusprechen. Freerks Gegenwart schien das einzig Beständige in dieser Reihe von vage vertrauten, aber undeutlichen Gesichtern zu sein, die an Wiebke vorbeizogen. Gemurmelte Kondolenzen, Hände, die ihre Rechte umfassten und schüttelten.

Und dann, endlich, war es vorbei.

Wären die Zeiten nicht so schlecht gewesen, hätte es eine Kaffeetafel für die Trauergäste gegeben, mit Kuchen, gebuttertem Rosinenstuten und Schnaps, um alles besser verdauen zu können. Doch an so etwas war nicht zu denken, und so löste sich die Trauergemeinde nach dem Gottesdienst auf. Als Wiebke und ihre Brüder, Almuth, Freerk und Onkel Emil sich vom Pastor verabschiedet hatten, standen vor der Kirchmauer nur noch ein paar Männer in ihren guten dunklen Anzügen zusammen, die die Gelegenheit zu einem Klönschnack nutzten. Das Dorf ging wieder zum Tagesgeschäft über. Alles war so wie immer: Die Hauptstraße war voller Radfahrer, vereinzelt kam ein Auto vorbei, Pferdegespanne mit Ackerwagen rumpelten über das Pflaster. Ein alter Mann rief einem anderen »Moin!« zu, tippte sich an die Mütze und lachte. Ein paar Kinder spielten mit Papierschiffchen in einer Pfütze, die der letzte Regen stehen gelassen hatte. Alles genau wie immer. Nur für Wiebke würde nie wieder etwas so wie vorher sein. Sie sah über die Schulter zum Friedhof zurück, wo der Küster begonnen hatte, Piets Grab zuzuschaufeln.

»Na komm, Wiebke!«, hörte sie ihre Schwiegermutter leise neben sich sagen. »Lass uns nach Hause gehen. Ike wartet sicher schon, und Fenna hat bestimmt den Tee fertig.« Sie strich Wiebke liebevoll über den Oberarm. »Besser du schaust nicht dabei zu, wie sie das Grab fertig machen. Das bricht dir nur das Herz. Glaub mir.«

Die Stunden schmolzen zu Tagen zusammen, die Tage zu Wochen. Die ersten Herbststürme rissen Blätter von den Bäumen, die sich im Schatten des Deiches duckten, und eines Morgens lag der erste Raureif auf dem Schilf, das entlang der Gräben wuchs.

Das Leben ging weiter. Die Lücke, die Piets Tod hinterlassen hatte, schien sich allmählich zu schließen. Jetzt saß Ike auf seinem Stuhl am Tisch und nicht mehr bei Tante Fenna auf dem Schoß, wenn die Familie sich zum Essen versammelte, Flocki neben sich, für den sie gelegentlich ein paar Krümel auf den Boden fallen ließ. Gerd und Enno trauten sich wieder zu lachen, selbst wenn Wiebke und Almuth im Raum waren, Onkel Emil saß bei Tante Fenna in der Küche, während sie kochte, und hielt Klönschnack mit ihr. Freerk kam zum Essen, wenn er nicht zusammen mit Wiebkes Brüdern mit der *Margarethe* unterwegs war. Im Oktober waren die drei zum letzten Mal nach Helgoland gefahren, hatten aber nur vier kleine Hummer in den Körben gehabt. Die Saison war vorüber und damit auch die Möglichkeit, sich auf dem Schwarzmarkt in Bremerhaven etwas dazuzuverdienen. Jetzt konnten sie nur noch auf den Beifang aus den Krabbennetzen hoffen, um außer der Reihe etwas auf den Teller zu bekommen, und auch damit würde bald Schluss sein. Wenn erst die Winterstürme über das Watt zogen, blieben die Kutter im Hafen.

Wiebke wusste, es war an der Zeit, ihre Arbeit in Hannover wieder anzutreten. Sie musste sich endlich bei Captain Watson melden, um ihn zu fragen, ob sie zurückkommen könne. Immer wieder nahm sie die Trauerkarte zur Hand, die er geschickt hatte, formulierte in Gedanken einen Brief an ihn, konnte sich aber nicht dazu durchringen, ihn zu schreiben, sondern schob es immer weiter vor sich her. Allein beim Gedanken an Hannover, an ihr kleines weiß getünchtes Zimmer, zog sich ihr Innerstes schmerzhaft zusammen, und sie hatte wieder die Nacht vor Augen, als das Telegramm gekommen war. Nein, sie war noch nicht so weit, sie konnte nicht zurück. Noch nicht.

Nur ein paar Tage noch, bis die Trauer in ihrem Inneren nicht mehr alles ausfüllte. Dann würde sie die Kraft und den Mut haben, diesen Brief zu schreiben. Vielleicht könnte sie es dann ertragen, ihren Koffer zu packen und in die Eisenbahn zu steigen, um Captain Watson wieder den Haushalt zu führen und im Büro von Major Kirk Flakgeschütze in Listen einzutragen. Dann würde sie auch die langen Nächte durchstehen, in denen die weißen Wände auf sie eindrängen würden und sie in der dröhnenden Stille Piets Stimme flüstern hören würde.

Hier, zu Hause, war es anders. Hier erschien Wiebke ihr Sohn noch allgegenwärtig, so als wäre er gerade in der Schule oder draußen auf dem Hof und würde jeden Moment zur Tür hereinkommen. Piet war nicht mehr da, das wusste sie, aber er schien so nahe, dass sie manchmal das Gefühl hatte, er befände sich mit ihr im Zimmer. Und wenn sie in der Nacht schweißgebadet aufwachte, weil sie im Traum wieder zu spät gekommen war, dann hörte sie um sich herum das Atmen von Ike und ihren Brüdern und Tante Fennas leises Schnarchen. Und sie musste nur ihre Hand ausstrecken, um das weiche Fell von Piets kleinem Hund zu fühlen, der wie jede Nacht auf der Matte vor ihrem Bett schlief.

Im Laufe der Wochen wuchs in Wiebke ganz allmählich das Gefühl, wieder in die Wirklichkeit zurückzufinden. Nur eines war anders als früher: Die beiden alten Schwestern stritten sich nicht mehr. Almuth schien nach Piets Tod wie erstarrt. Der Garten war abgeerntet, und draußen gab es für sie nichts mehr zu tun. Wenn Fenna sie darum bat, half Almuth ihr bei der Wäsche, aber die Arbeit schien sie unendlich viel Kraft zu kosten. Still und blass saß sie auf ihrem Platz, antwortete einsilbig, wenn man sie ansprach, und schien noch immer ganz in ihrer Trauer versunken.

»Ihr ist wohl jetzt erst klar geworden, dass der Name ausstirbt, wenn Jan nicht wiederkommen sollte. Dann wird es keinen Hansen mehr auf Helgoland geben«, meinte Tante Fenna, als sie eines Abends mit Wiebke in der Küche saß und strickte, während Almuth schon zu Bett gegangen war. »Und natürlich kommt jetzt auch die Sache mit dem anderen Kind wieder hoch.«

»Die Sache mit dem anderen Kind?«, fragte Wiebke.

Tante Fenna wendete ihr Strickzeug, hielt inne und warf Wiebke über den Rand ihrer Brille hinweg einen erstaunten Blick zu. »Jan hatte noch einen Bruder, wusstest du das nicht?«

»Einen Bruder?« Wiebke ließ den angefangenen Kinderstrumpf in den Schoß sinken. »Nein, davon weiß ich nichts. Jan hat nie davon gesprochen und …« Sie zog hilflos die Schultern hoch. »So gut war das Verhältnis zu Mutter nie, dass sie mir so etwas erzählt hätte.«

»Er war ein paar Jahre jünger als Jan und gerade mal ein halbes Jahr alt, als er starb. Ein hübscher Junge, sehr klein und zart, wie häufig, wenn sie zu früh auf die Welt kommen. Sie hatten ihn Heiko getauft.«

»Was ist denn passiert?«

»Niemand weiß es. Almuth hatte ihn zum Mittagsschlaf hingelegt, und als sie wieder nach ihm sah, lag er tot im Bett. Ich glaube, er muss im Schlaf gestorben sein. Ganz friedlich sah er aus, wie ein kleiner blasser Engel.« Tante Fenna seufzte. »Almuth war völlig aufgelöst. Sie gab sich selbst die Schuld an dem Unglück. Wenn sie ihn nicht sein Bettchen in der Schlafkammer, sondern in den Stubenwagen gelegt hätte, hätte sie ihn schreien hören, sagte sie. Dann wäre er vielleicht noch am Leben. Richtig hineingesteigert hat sie sich, auch wenn jeder, sogar der Arzt, gesagt hat, sie könne nichts dafür. Das gäbe es eben, dass Kinder einfach so im Schlaf sterben. Aber davon wollte Almuth nichts wissen. Sie wurde ganz blass und schmal und hat kaum noch geredet. Genau wie jetzt auch.« Sie wickelte den Faden um ihren Finger und begann mit einer neuen Reihe. »Es hat etliche Monate gedauert, bis sie halbwegs wieder auf dem Damm war. Sosehr sie es sich auch gewünscht hat, sie hat nach Heiko keine Kinder mehr bekommen, und Jan war von da an ihr ganzer Lebensmittelpunkt.«

Eine Zeit lang strickten die beiden Frauen schweigend weiter. Wiebke musste daran denken, dass Almuth nach der Beerdigung zu ihr gesagt hatte, sie solle nicht zusehen, wie man das Grab zuschüttete, das würde ihr das Herz brechen. Allmählich begann sie, ihre Schwiegermutter mit ganz anderen Augen zu sehen.

»Du weißt ja, wie das ist, Deern«, sagte Tante Fenna nach einer Weile, ohne aufzusehen. »Tote Kinder bringt man auf den Friedhof, und danach wird nicht mehr von ihnen gesprochen. Jedenfalls nicht, wenn sie so klein sterben. So, als ob es sie nie gegeben hätte. Als ob sie nie gelebt hätten.«

»Nur die Mütter, die behalten sie für immer in ihren Herzen«, sagte Wiebke traurig. »Das hat meine Mutter gesagt. Nach mir hat sie drei Kinder tot geboren, ehe Gerd auf die Welt kam.«

Tante Fenna strickte die Reihe zu Ende und steckte die Nadeln in das Wollknäuel, dann griff sie nach Wiebkes Hand und drückte sie. »Weißt du, Deern, manchmal bin ich ganz froh, dass ich es nie zu eigenen Kindern gebracht habe.«

In den folgenden Tagen überlegte Wiebke, ob sie ihre Schwiegermutter auf Jans Bruder Heiko ansprechen sollte, aber es wollte sich einfach keine Gelegenheit dazu ergeben. Sie war kaum einmal allein mit ihr, und wenn, dann suchte sie vergeblich nach Worten. Erst als sie Ende Oktober Piets Grab für den Winter vorbereiten wollte, bat sie Almuth, sie zum Friedhof zu begleiten. Nachdem sie den kleinen Grabhügel mit kurzen Tannen- und Buchsbaumzweigen abgedeckt und eine Vase Astern ans Kopfende gestellt hatten, dorthin, wo im Frühjahr ein Holzkreuz mit Piets Namen kommen würde, standen die beiden Frauen nebeneinander und betrachteten stumm ihr Werk. Gerade als Wiebke fragen wollte, ob sie wieder nach Hause gehen sollten, spürte sie Almuths Hand, die ihre umfasste.

»Danke«, sagte ihre Schwiegermutter leise. »Danke, dass du mich mitgenommen hast, Wiebke. Ich weiß, wie schwer es ist, das Grab des eigenen Kindes für den Winter fertig zu machen, und wie gut es tut, wenn man jemanden hat, der einem dabei hilft. Einen, der weiß, wie das ist.«

Wiebke sah auf und entdeckte ein schmales, trauriges Lächeln auf dem Gesicht ihrer Schwiegermutter. Sie nickte nur. Der Kloß, den sie im Hals spürte, war viel zu groß für Worte. Sie hatte das Gefühl, ihre Schwiegermutter zum allerersten Mal so wahrzunehmen, wie sie wirklich war. Almuths ganze Geschichte stand ihr in das schmale, oft so harte Gesicht geschrieben.

Da war das junge hübsche Ding aus gutem Hause, das in die erste Familie der Insel eingeheiratet hatte. Die junge Mutter, überglücklich mit ihren zwei kleinen Söhnen. Die verzweifelt Trauernde, die einen Sohn begraben musste. Die Witwe, der der Mann nichts als den Namen hinterlassen hatte. Die heimatlose alte Frau, die befürchten musste, auch den zweiten Sohn verloren zu haben. Wer sollte es Almuth verdenken, dass sie oft so verbittert war?

Und doch lächelte sie Wiebke zu, nicht mehr spöttisch oder überheblich, nicht herablassend oder gar bösartig, sondern aus ganzem Herzen und warm. Und Wiebke wusste, dass sie von nun an eine Verbündete in ihr hatte.

»Na komm, Deern, lass uns nach Hause gehen!«, sagte Almuth leise und drückte sanft Wiebkes Hand, die sie noch immer festhielt. »Die anderen warten sicher schon auf uns.«

»Wenn ich den ganzen Teller Graupensuppe aufgegessen habe, liest mir Freerk eine Geschichte vor.« Entschlossen schaufelte Ike einen großen Löffel der graubraunen Suppe in ihren Mund, kaute mit angewidertem Gesicht und würgte die Graupen dann tapfer hinunter. Auch wenn gegessen wurde, was auf den Tisch kam, brauchte Ike bei Graupensuppe immer einen Anreiz. Mal war es ein halbes Glas süße Milch oder ein gedörrter Apfelring als Nachtisch, mal das Versprechen, dass Freerk ihr etwas vorlas.

Freerk, der mit einer halben Scheibe Brot seinen Teller auswischte, zwinkerte ihr zu und lächelte breit. »Und was für eine Geschichte soll es sein?«

»Ein Märchen. Am liebsten *Schneewittchen* oder *Hänsel und Gretel*. Eins aus dem Buch, das du Piet gegeben hast. Warte mal, ich hole es eben, dann können wir eins aussuchen.« Sie war im Begriff, von ihrem Stuhl herunterzurutschen, aber Freerk schüttelte den Kopf.

»Schön sitzen bleiben und aufessen, Fräulein! Sonst wird nichts aus Schneewittchen«, sagte er streng, aber das amüsierten Blitzen in seinen Augen verriet, dass er das nicht ernst meinte.

Wiebke unterdrückte ein Lächeln, als sie sah, wie Ike gehorsam wieder nach ihrem Löffel griff und in aller Eile weiteraß, um nur ja nicht die Gelegenheit zu verpassen, ein Märchen vorgelesen zu bekommen. Die Kleine hatte in den letzten paar Wochen einen richtigen Schuss getan, wie man so sagte. Die Ärmel ihrer Jacke reichten nicht mehr bis zu den Handgelenken, ihr Gesicht hatte sich gestreckt, und ihre runden Kleinkinder-Bäckchen waren so gut wie verschwunden. Auch ihre Schuhe wurden ihr zu klein, und sie würde jetzt wohl bald die alten Halbschuhe anziehen müssen, die Piet im letzten Winter getragen hatte. Wenn man vorn etwas Zeitungspapier hineinstopfte, würde das sicher gehen. An Ikes fröhlichem, aufgeweckten Wesen hatte sich nichts geändert, auch wenn sie nach Piets Tod eine Weile stiller gewesen war als sonst. Ob sie ihn noch vermisste?

Die Kleine genoss es in vollen Zügen, dass ihre Mutter jetzt nicht mehr zur Arbeit ging, sondern zu Hause blieb. Nicht dass sie ständig an Wiebkes Rockzipfel gehangen hätte, nein, es schien eher, als wäre Ike darauf bedacht, Wiebke nicht aus den Augen zu verlieren. Wenn Wiebke am Herd stand und kochte, saß Ike auf der Bank und spielte mit ihrer Puppe Suse oder mit den Bauklötzen, die Piet gehört hatten und die sie wie ihren Augapfel hütete. Ging Wiebke auf den Hof, um die Hühner zu füttern, lief Ike hinter ihr her und griff nach ihrer Hand, um sie zu begleiten. Wichtig mit dem Kopf nickend, löcherte sie ihre Mutter mit Fragen über Gott und die Welt, während sie in den Eimer griff, den Wiebke in der Hand hielt, und den Hühnern ihr Futter hinwarf.

Und wo Ike war, war Flocki nie weit. Seit Piets Tod folgte er Ike auf Schritt und Tritt. Wie ein Wachhund saß er auf dem Hof, wenn sie dort spielte, und bellte und knurrte, sobald jemand vorbeikam, der nicht zur Familie gehörte.

»Fertig!«, rief Ike triumphierend und hielt zum Beweis ihren Löffel in die Höhe.

»Dann kannst du ja jetzt das Buch holen.« Freerk schmunzelte gutmütig. »Aber nur ein einziges Märchen, dann wollen die Erwachsenen auch mal unter sich sein.«

Wie ein geölter Blitz lief Ike in die Schlafkammer und kam nach wenigen Augenblicken mit dem Märchenbuch zurück. Sie kletterte zu Freerk auf die Bank und schmiegte sich an ihn.

»Schneewittchen!«, sagte sie entschieden. »Und Mama soll neben mir sitzen.«

»Ich muss doch abwaschen«, sagte Wiebke und erhob sich, um die Teller zusammenzuräumen. »Und dabei kann ich genauso gut zuhören, wie wenn ich neben dir sitze.«

Ike verlegte sich einen Moment lang aufs Betteln, aber Wiebke ließ sich nicht erweichen. Und so begann Freerk zu lesen, während Ike, den Daumen im Mund und den Blick auf die Bilder im Buch gerichtet, in der Geschichte zu versinken begann. Noch nie war Wiebke aufgefallen, wie mitreißend Freerk vorlas. Wie warm seine Stimme war, wenn er den Tod der Mutter beschrieb, und wie scharf, wenn er die Stimme der bösen Königin nachahmte. Sie warf ihrer Schwiegermutter und Tante Fenna, die das Geschirr abtrockneten, von der Seite einen Blick zu und sah, dass auch die beiden alten Frauen von dem Märchen, das sie doch alle kannten, gefesselt waren. Selbst ihre Brüder und Onkel Emil hörten aufmerksam zu, während Freerk vorlas. Bei ihm hatte jede Figur ihre eigene, unverwechselbare Stimme. Der großherzige Wildhüter, die überraschten Zwerge, der hochmütige Spiegel, der tapfere Prinz, das sanftmütige Schneewittchen, die hinterhältige Hexe: Sie alle hatten ihren ganz eigenen Klang.

»Fast wie im Kino«, flüsterte Tante Fenna ihr zu. Wiebke nickte lächelnd und legte einen Zeigefinger an den Mund.

Und dann wurde Schneewittchen vom Prinzen gerettet, und die böse Stiefmutter tanzte in glühenden Schuhen, bis sie tot umfiel.

Freerk klappte das Buch zu. »Das war es für heute!«

»Wie sagt man?«, fragte Wiebke ihre Tochter.

Traumverloren zog Ike den Daumen aus dem Mund, kniete sich hin und schlang die Arme um Freerks Hals. »Danke, Freerk!«

Freerk drückte sie für eine Sekunde an sich und schloss die Augen. »Bitte sehr, Ike! Und jetzt gehst du artig schlafen.«

Die Kleine nickte. »Und Oma bringt mich ins Bett.«

Almuth lächelte ihr zu. »Dann sag mal schnell Gute Nacht, Ike!«

Ike nickte und kletterte von der Bank. Sie gab allen Anwesenden wichtig die Hand, ließ sich von Wiebke hochheben und holte sich ihren Gutenachtkuss ab. »Kommst du auch gleich?«, fragte sie.

»Ein bisschen später, Muschen«, erwiderte Wiebke. »Ich muss noch einen Brief schreiben, dann komme ich.«

Freerk runzelte die Stirn. »Einen Brief?«, fragte er.

»Ja, ich schreibe nach Hannover. Es wird Zeit.« Sie seufzte und wandte sich an Gerd und Enno, die auf dem Tisch ein Stück Netz aus einem der Hummerkörbe ausgebreitet hatten, das sie reparieren wollten. »Macht mir mal ein bisschen Platz, ihr beiden!«, sagte sie. »Der Tisch gehört nicht nur euch.« Damit holte sie aus dem Schrank einen Block und einen Stift und setzte sich.

Während sie in ihrer schönsten Schrift die ersten Sätze formulierte, bemerkte sie, dass Freerk sie mit gerunzelter Stirn beobachtete. Plötzlich stand er auf und tippte Onkel Emil auf die Schulter. »Wir sollten uns auf den Weg machen, was meinst du?«

Onkel Emil nickte und erhob sich ebenfalls. »Dann mal noch einen schönen Abend!«, sagte er und klopfte zum Abschied auf den Tisch. »Bis morgen.«

Wiebke sah hoch und lächelte ihm zu. »Bis morgen!«

Einen Moment lang schien es ihr, als wollte Freerk noch etwas sagen, aber dann drehte er sich abrupt um und verließ die Küche. Wiebke wandte sich wieder dem Schreibblock zu.

Am nächsten Morgen, als Gerd und Enno zum Hafen aufgebrochen waren und etwas Ruhe im Haus herrschte, holte Wiebke den Brief wieder aus der Schublade hervor, in die sie ihn am Vorabend gelegt hatte. Zwei Stunden lang hatte sie versucht, sich bei Captain Watson dafür zu entschuldigen, dass sie sich so lange nicht gemeldet hatte, und zu fragen, ob sie ihre Stelle wieder antreten könne. Dann hatte sie entnervt aufgegeben.

Noch einmal las sie, was sie gestern geschrieben hatte, und schüttelte den Kopf. Sie zerknüllte das Blatt Papier und verbrannte es kurzerhand im Ofen. Die Entschuldigung war zu wehleidig gewesen und die vorsichtige Frage nach ihrer Arbeitsstelle nichts als ängstliche Bettelei. Seufzend griff sie nach einem leeren Blatt und versuchte es erneut.

Sie war noch nicht weiter als bis zur Anrede gekommen, als es lautstark an der Haustür klopfte. Leise fluchend warf sie den Bleistift auf den Tisch und ging zur Tür. Zu ihrer Überraschung stand Freerk davor und sah sie mit angespanntem Gesicht an.

»Nanu, Freerk!«, sagte sie. »Wenn du die Jungs abholen wolltest, die hast du verpasst. Die beiden sind schon unterwegs zum Hafen. Oder hast du …«

»Ich wollte mit dir sprechen«, unterbrach er sie. »Wenn du einen Augenblick Zeit hast, meine ich.«

»Ja, natürlich, komm doch rein! Ich kann schnell Tee kochen, wenn du …«

»Nein, besser hier draußen. Das muss nicht jeder mitkriegen«, sagte er knapp.

Wiebke betrachtete ihn verwundert. Freerk wirkte angespannt wie seit Monaten nicht. Eine tiefe Falte hatte sich zwischen seinen Augenbrauen gebildet, seine Lippen waren zusammengepresst, und in seiner Wange zuckte ein Muskel. Seine Hände umklammerten die Tweedmütze so fest, dass die Knöchel hervortraten.

Wiebke trat zu ihm auf den Hof hinaus und zog die Tür hinter sich zu. »Was ist denn los?«, fragte sie.

»Hast du den Brief schon weggeschickt? Den für den Tommy in Hannover?«, fragte er gepresst.

»Nein. Noch nicht. Ich bin gestern nicht fertig geworden.«

Er holte tief Luft, und seine Anspannung schien ein wenig nachzulassen. »Gut. Das ist gut«, murmelte er.

»Aber ich werde den Brief zu Ende schreiben müssen, Freerk«, sagte sie mit Nachdruck. »Glaub mir, es fällt mir nicht leicht, aber ich muss Captain Watson fragen, ob ich wieder bei ihm arbeiten kann.«

»Aber ...«

»Freerk, es muss sein!«, beharrte Wiebke. »Das bisschen, was wir auf Lebensmittelkarten bekommen, ist doch zu wenig zum Leben und zum Sterben zu viel. Damit kommen wir nie über den Winter.«

»Ist das wirklich der Grund? Sonst gibt es keinen?«

»Was sollte denn sonst der Grund sein?«

Der Ausdruck in seinen Augen erinnerte Wiebke einen Moment lang an jenen Tag im Frühling, als sie ihn geschlagen hatte, dann wurden seine Züge weicher, er schloss kurz die Augen und schluckte. »Bitte, Wiebke, bleib hier!«, sagte er leise »Es wäre falsch, wieder nach Hannover zu fahren.«

»Aber ich habe dir doch gerade erklärt ...«

»Ike braucht dich«, sagte er mit Nachdruck. »Die anderen ebenso. Bitte schreib diesen Brief nicht! Es wäre falsch.«

»Freerk, bitte!« Sie ging einen Schritt auf ihn zu und griff nach seiner Hand. »Mach es mir doch nicht so schwer. Ich habe lange darüber nachgedacht und es immer wieder aufgeschoben. Aber mir bleibt nichts anderes übrig.«

Mit gesenktem Kopf sah Freerk auf ihre Hand hinunter, die auf seiner lag, dann hob er den Kopf und sah ihr in die Augen.

»Doch. Du musst nicht fahren. Wir kommen auch so über den Winter. Gemeinsam geht das. Ich habe gestern mit Onkel Emil gesprochen. Er ist derselben Meinung.«

»Freerk ...«

»Es sind noch ein paar Wochen, bis wir keine Krabben mehr fangen können. Wenn das Wetter mild bleibt, können wir danach immer noch mit Stellnetzen ins Watt. Und wenn wir das Pech haben, dass es viel Frost gibt, haben wir beide, Onkel Emil und ich, noch ein bisschen was, das wir auf dem Schwarzmarkt eintauschen können.« Er hielt ihre Hand fest, als sie protestieren wollte. »Zusammen schaffen wir das, glaub mir! Es wird niemand hungern. Es gibt also keinen Grund, dass du wieder nach Hannover musst. Gar keinen. Bitte, bleib hier!«

Ein warmes Gefühl von Geborgenheit stieg in Wiebke auf und füllte sie ganz aus. Einen Moment lang verlor sie sich in der Tiefe seiner blauen Augen, die auf sie niederblickten, dann schaute sie verlegen zur Seite.

Freerk ließ ihre Hand los und nestelte in seiner Jackentasche. Er zog ein kleines Etui hervor und hielt es ihr hin. »Das sollte eigentlich ein Weihnachtsgeschenk sein, aber ich glaube, jetzt ist der richtige Zeitpunkt.«

Zögernd nahm Wiebke die kleine, mit schwarzem Samt bezogene Schachtel entgegen. Sie abzulehnen hätte ihn zutiefst verletzt, das spürte sie, also öffnete sie vorsichtig den Deckel und sah hinein. In der Schachtel lag ein ovales Medaillon aus Silber, das an einer grobgliedrigen Kette hing. Ein paar kleine Steine, die in den Deckel eingelassen waren, glitzerten in der Herbstsonne, als Wiebke das Medaillon anhob und genauer betrachtete. Zwischen gravierten Blütenranken erkannte sie die verschnörkelten Buchstaben E. und W., die in den Deckel eingraviert waren.

»Ich hoffe, es gefällt dir«, sagte Freerk.

»E. W.?«, fragte Wiebke lächelnd.

»Ich habe es vor ein paar Wochen in Bremerhaven eingetauscht. Natürlich ist es nicht neu. W. für Wiebke. Wofür das E. stehen könnte, weiß ich auch nicht so genau.« Er lächelte. »Ich hab gleich an dich gedacht, als ich es gesehen habe.«

»Das ist sehr nett von dir, Freerk«, sagte Wiebke vorsichtig, nachdem sie das Medaillon einen Augenblick betrachtet hatte. »Aber du weißt, dass ich das nicht annehmen kann, oder? Es wäre nicht richtig. Ich bin doch verheiratet.«

Schlagartig wurde Freerk wieder sehr ernst. »Das darfst du annehmen. Dagegen hätte dein Jan sicherlich nichts einzuwenden«, sagte er. »Mach es auf, dann verstehst du es.«

Sie warf ihm einen fragenden Blick zu, und Freerk nickte aufmunternd. »Mach es einfach auf«, wiederholte er.

Es kostete sie etwas Mühe, den winzigen Verschluss zu öffnen, aber dann klappte das Medaillon auseinander und gab den Blick ins Innere frei. Ursprünglich waren wohl einmal Fotos hinter den beiden dünnen Glasscheiben gewesen, jetzt jedoch befanden sich zwei sorgfältig aufgerollte Haarlocken dahinter, links eine feuerrote und rechts eine goldblonde.

»O mein Gott!« Wiebke schlug sich die Hand vor den Mund, während ihr Tränen in die Augen stiegen.

Eine Haarlocke von Ike und eine Haarlocke von Piet.

»Aber wie...«, stammelte sie. »Wie hast du ...«

»Der Tischler, der den Sarg gemacht hat, hat mir geholfen«, sagte Freerk. »Ich habe ihn gefragt, ob er Piet vor der Beerdigung eine Locke abschneiden könnte.« Ein schmales Lächeln umflog seine Lippen und brachte seine Augen zum Strahlen. »Und Ike konnte mir noch nie was abschlagen.«

Obwohl ihr noch immer die Tränen über das Gesicht rannen, musste Wiebke lächeln. Sie hängte sich das Medaillon um, griff nach Freerks Händen und hielt sie fest. »Ich danke dir, Freerk.

Ich danke dir von ganzem Herzen. Das ist das schönste Geschenk, das ich je bekommen habe: meine Kinder.«

Er holte tief Luft und erwiderte ihren Händedruck. »Und das ist der Grund, weshalb du hierbleiben musst.«

Kapitel 22

Der erste Frühlingstag, der diesen Namen wirklich verdient, dachte Wiebke. *Das wurde aber auch Zeit!*

Kaum hatte sie die Klappe in der Rückwand des Hühnerstalls geöffnet, als auch schon Agathe in der Öffnung erschien. Die alte Henne gluckste leise, ehe sie vorsichtig die Hühnerleiter hinunterstieg und im Sand zu scharren begann. Als hätten sie nur auf das Signal gewartet, kamen jetzt auch die anderen Hühner und der Hahn nach draußen und machten sich eifrig über die Körner und Krabbenschalen her, die Wiebke im Freilauf ausgestreut hatte. Sie sah den Hühnern eine Weile zu, ehe sie den Eimer zurück in den Schuppen brachte. Als sie wieder ins Freie trat, musste sie die Augen gegen das grelle Licht der Morgensonne zusammenkneifen. Fahlblau wölbte sich der wolkenlose Frühlingshimmel über ihr.

Obwohl der Wind noch kühl war, brachte er schon den Geruch von aufbrechender Erde mit. In den kahlen Ästen der Bäume zwitscherten die ersten Amseln, und von den Wiesen hinter dem Haus schollen die Rufe der Kiebitze herüber. Wiebke schlenderte über den Hof und ließ sich auf ihrer Bank nieder, schloss die Augen, lehnte den Kopf an die Wand und wandte das Gesicht der Sonne zu. Endlich Frühling!

Der Winter hatte kein Ende nehmen wollen. Mit Ausnahme von ein paar frostfreien Tagen um Weihnachten herum war es von Ende November bis weit in den März hinein bitterkalt gewesen. Im Januar waren dicke Eisschollen auf dem Meerwasser entstanden, die der Ostwind meterhoch auf das Watt, in die Fahrrinne und den Hafen geschoben hatte. Freerk hatte sich schon Sorgen gemacht, dass die *Margarethe* vom Eisgang im Hafen beschädigt werden könnte, aber zum Glück war es dazu nicht gekommen.

Sie waren zurechtgekommen, genau wie Freerk es vorhergesagt hatte, als er Wiebke das Medaillon gegeben hatte. Als sie Captain Watson in einem Brief erklärte, warum sie nicht nach Hannover zurückkehren würde, hatte sie noch Zweifel gehabt. Aber gleichzeitig hatte sie eine derartige Erleichterung empfunden, dass sie sicher war, hier bei ihren Leuten zu bleiben, war die richtige Entscheidung.

Wiebke griff nach der Kette und strich mit Daumen und Zeigefinger über das Medaillon. Freerk hatte versprochen, sie würden zurechtkommen, wenn sie nur zusammenhielten, und er hatte sein Versprechen eingehalten. Alle waren gesund, und niemand hatte in den letzten Monaten Hunger leiden müssen – nicht zuletzt deshalb, weil Freerk immer wieder bei den Bauern der Umgebung Lebensmittel besorgt hatte. Wenn er wieder mit einem Stück Speck oder einem halben Sack Kartoffeln bei ihr in der Küche stand, fragte Wiebke nie, wo er das nun wieder herhatte und was er dafür weggegeben hatte. Sie sah ihm in die Augen und bedankte sich, er winkte ab und meinte, das sei doch selbstverständlich.

Aber jetzt war Frühling, jetzt würden keine Tauschgeschäfte mehr nötig sein. Auch wenn noch immer die Reste der Eisschollen am Strand lagen, die Fahrrinne war wieder frei, und seit einer Woche fuhren Freerk und Wiebkes Brüder wieder jeden Tag mit der *Margarethe* ins Watt, um Krabben zu fangen. Bislang hatten sie noch nicht gesagt, wann sie wieder mit den Hummerkörben nach Helgoland wollten.

Wiebke öffnete die Augen und sah sich um. Die Schneeglöckchen, die ihre Stängel und Blüten durch den hohen Schnee geschoben hatten, waren inzwischen verblüht und ließen die

Köpfe hängen, dafür wurden die Knospen der Osterglocken unter den Büschen am Straßengraben langsam dicker und schimmerten gelb. In einer guten Woche war Ostersonntag. Vielleicht würden sie ja bis dahin in Blüte stehen.

Ostern – wieder so ein Datum, an dem die Erinnerung an das Vorjahr besonders schmerzen würde. Damals war Piet mit Ike an der Hand durch den Garten gelaufen und hatte zusammen mit ihr die hart gekochten, mit Walnussrinde gefärbten Eier gesucht. Diesmal würde Ike allein suchen müssen.

Wiebke holte tief Luft und seufzte. Sie weinte nicht. Das tat sie kaum noch. Der Schmerz um Piet war nicht kleiner geworden, aber sie hatte sich an seine ständige Gegenwart gewöhnt.

Ich sollte endlich reingehen, dachte sie. Tante Fenna und ihre Schwiegermutter hatten bestimmt schon damit angefangen, die Wäsche, die seit einer Stunde auf dem Herd stand, auf dem Waschbrett zu schrubben. Aber hier, wo der Wind nicht hinkam, schien die Sonne so warm, war die Luft so weich wie Seide. *Nur noch einen Augenblick auf der Bank sitzen bleiben und die Ruhe und den schönen Tag genießen.*

Erneut schloss Wiebke die Augen und lächelte, während das Licht helle Flecken auf das Innere ihrer Augenlider malte.

»Entschuldigen Sie, bin ich hier richtig bei Hansen?«

Wiebke zuckte zusammen und öffnete die Augen. Der junge Mann, der ein paar Meter von ihr entfernt auf der Auffahrt stand, kam ihr nicht im Mindesten bekannt vor. Schwer zu sagen, wie alt er war – zwanzig, vielleicht auch dreißig Jahre alt. Unter dem Schirm seiner Mütze blitzten kluge braune Augen, die dunklen Haare hingen ihm bis auf den Kragen, und sein Bart war ungepflegt und zottelig. Regelrecht verwahrlost sah er aus. Die alte Wehrmachtsuniform, die ihm viel zu weit war und um ihn herumschlotterte, war an etlichen Stellen zerrissen und starrte vor Dreck.

Eine Wehrmachtsuniform ... Plötzlich schlug Wiebkes Herz wie verrückt, und eine vage Hoffnung keimte in ihr auf. Sie nickte.

Jetzt nahm der Fremde seine Mütze vom Kopf, ein Lächeln überflog sein hageres Gesicht, und er kam ein paar Schritte näher. »Sie müssen Wiebke sein. Genau so hat er Sie beschrieben: ›Feuerrote Haare und bildhübsch‹, hat er immer gesagt. ›Du wirst sie sofort erkennen.‹«

»Wer hat ...«, stieß sie heiser hervor. Ihre Kehle war auf einmal wie zugeschnürt.

»Jan. Jan schickt mich zu Ihnen. Wir beide waren zusammen in Gefangenschaft in Russland. Er hat mich gebeten, zuallererst Sie zu suchen und Ihnen etwas zu geben, wenn ich nach Hause komme.«

Von all dem, was der Mann gesagt hatte, kam nur ein einziges Wort bei Wiebke an. »Jan?«, fragte sie fassungslos. »Aber wie ... Wo ist er denn? Wann kommt er? Geht es ihm gut?« Die Sätze sprudelten auf einmal nur so aus ihr heraus.

Der Mann antwortete nicht sofort, sondern knetete seine Mütze in den Händen, presste die Lippen zusammen und schaute zu Boden.

»Nun sagen Sie schon! Geht es ihm gut?« Wiebkes Stimme überschlug sich. Es hielt sie nicht mehr auf der Bank, sie sprang auf die Füße und ballte die Fäuste.

Als der Fremde sie ansah, lag tiefe Trauer in seinen Augen. Noch bevor er den Mund öffnete, wusste sie, was er sagen würde.

»Es tut mir so leid, Wiebke ...«

Ihre Knie wurden weich, trugen sie nicht mehr, und sie ließ sich auf die Bank sinken. Es war wie damals, als sie aus Hannover zurückgekommen war und Piet nur noch tot vorgefunden hatte, und doch so völlig anders. Beinahe fünf Jahre lang hatte sie sich geweigert, auch nur in Erwägung zu ziehen, dass Jan nicht zurückkommen könnte. Sie hatte sich fest an den Gedanken geklammert, eines Tages würde er vor der Tür stehen, müde und abgerissen, vielleicht auch halb verhungert oder kriegsversehrt, aber am Leben. Es waren so viele aus der Gefangenschaft wiedergekommen, warum nicht auch Jan? Die Tatsache, dass ein Großteil der Männer, die in Russland verschollen waren, nicht zurückkamen, hatte Wiebke nicht wahrhaben wollen. Irgendwann würde Jan wieder bei ihr sein, da war sie ganz sicher gewesen! Dieser Gedanke hatte sie aufrecht gehalten, durchhalten lassen und ihr die Kraft gegeben, alles zu ertragen.

Aber Jan würde nicht zurückkommen. Jan war tot. Sie fühlte sich auf einmal völlig taub und starrte blind vor sich hin. Der Mann neben ihr redete immer weiter, aber es gelang ihr kaum, seinen Worten zu folgen.

»… letzten Winter an Tuberkulose gestorben, nur vier Wochen, bevor die Russen das Lager aufgelöst haben«, sagte er. »Alles haben wir zusammen überstanden. Den Krieg, die Gefangennahme, den Transport ins Lager, den Hunger, die Angst und die Kälte. Drei lange, eisige Winter und vier heiße Sommer. Und dann kam die Tuberkulose und hat Jan den Rest gegeben. Er wollte, dass Sie das hier bekommen. Schwören lassen hat er mich, dass ich es Ihnen geben werde.«

Der Fremde zog etwas aus der Tasche seiner Uniform, legte es auf seine Handfläche und streckte es ihr entgegen. Es war eine münzgroße Lehmkugel, die aussah wie eine dicke, grau-braune Murmel.

Wiebke starrte das Ding verständnislos an. »Was ist das?«

»Jans Ehering«, erklärte der Mann. »Die haben uns im Lager doch alles abgenommen, und da hat er den Ring in …« Er hielt inne und drehte sich um.

Von der Straße her war ein unmelodisches Pfeifen zu hören. Onkel Emil kam die Deichstraße entlang, die Hände in den

Hosentaschen vergraben und die Mütze schief auf dem Kopf. Vermutlich war er auf dem Weg zu Tante Fenna, um mit ihr und Almuth eine Tasse Tee zu trinken und Klönschnack zu halten, so wie beinahe jeden Morgen.

»Moin zusammen!«, rief er gut gelaunt, als er zu Wiebke und dem Fremden trat, und tippte sich mit dem Finger an den Rand der Mütze.

Wiebke antwortete nicht.

»Nanu, Deern, alles klar bei dir?«, fragte Onkel Emil sie. »Du bist ja kalkweiß.«

Wiebke hob mit unendlicher Mühe den Kopf, um ihn anzusehen. »Jan kommt nicht zurück. Jan ist tot«, sagte sie ausdruckslos. Sie zeigte auf den Soldaten. »Er ist hier, um es uns zu erzählen.«

Das Lächeln auf Onkel Emils Gesicht war wie weggewischt. »Ach, du je«, sagte er leise. »Wissen Fenna und Almuth schon Bescheid?«

Wiebke schüttelte den Kopf.

»Dann sollten wir wohl zu ihnen reingehen. Am besten, sie hören das auch direkt von Ihnen, Herr...« Onkel Emil sah den Fremden fragend an.

»Mein Name ist Karl Kröger«, sagte der Mann und streckte ihm seine Hand entgegen. »Ich war Jan Hansens bester Freund.«

Der Waschzuber stand auf zwei Stühlen vor dem Herd. Tante Fenna hatte ihn vom Feuer gezogen und stattdessen den Teekessel aufgesetzt. Eine weiße Dampfwolke stieg aus der Tülle auf, aber niemand im Raum achtete darauf. Alle am Tisch sahen gespannt zu Karl Kröger hinüber, der auf Freerks Stuhl Platz genommen hatte.

Als Onkel Emil Jans Kameraden vorgestellt hatte, war Almuth sehr blass geworden. Sie hatte ihm wortlos die Hand gegeben, hatte sich neben Wiebke auf die Bank gesetzt und kurz nach ihrer Hand gegriffen, ehe sie die Arme eng vor der Brust verschränkt hatte, so als wollte sie sich selbst in den Arm nehmen, um sich vor dem zu schützen, was der Fremde zu sagen hatte. Sie schien ganz ruhig und weinte nicht, aber das mochte nur Fassade sein.

Karl Kröger warf einen Blick zu Ike hinüber, die in ihrer Ecke vor dem Kohlenkasten saß und versuchte, ihrer Puppe Socken anzuziehen.

»Vielleicht wäre es besser, wenn die Kleine nicht …«, sagte Kröger leise. »Ist nicht wirklich für Kinderohren, was ich zu erzählen habe.«

Onkel Emil erhob sich, ging zu Ike hinüber und ging neben ihr in die Knie. »Was meinst du, Ike, willst du nicht mit Flocki draußen auf dem Hof spielen?«, fragte er. »Ist so schönes Wetter draußen, min Lütten.«

Während Ike sonst protestierte und quengelte, wenn sie hinausgeschickt wurde, musste diesmal etwas in Onkel Emils Stimme mitgeklungen haben, das jeden Widerstand im Keim erstickte. Sie sah ihn mit großen Augen an und nickte.

»Ist gut, Onkel Emil. Komm, Flocki!«, sagte sie zu dem kleinen Hund, nahm ihre Puppe in den Arm und ging zur Tür.

»Und schön auf dem Hof bleiben, hörst du!«, rief Onkel Emil ihr nach. »Nicht weglaufen!«

»Ja, Onkel Emil.«

Erst als sich die Küchentür hinter ihr geschlossen hatte, begann Karl Kröger zu erzählen. Sie waren zusammen in einer Einheit gewesen, Jan und er, und weil sie beide im gleichen Alter waren und beide von der Küste stammten, hatten sie sich schnell angefreundet. Wie Brüder seien sie gewesen, sagte Kröger, jeder hätte für den anderen sein Leben gegeben. Zuerst waren sie in Frankreich stationiert, aber dann war ihre Einheit nach Russland verlegt worden. Er wolle lieber nicht viel davon erzählen, wie es dort gewesen sei, meinte Kröger. Das Elend könne er nicht in Worte fassen.

Als die Einheit in einen Hinterhalt geriet, hatte einer der Offiziere ihnen noch was von »für Führer, Volk und Vaterland sein Leben geben« erzählt und davon, wie ehrenvoll es sei zu sterben, aber den hätte als einen der Ersten eine Kugel getroffen. Als ihnen klar wurde, dass die Lage aussichtslos war, hatten die letzten noch lebenden Soldaten sich lieber ergeben.

»Hätten wir gewusst, was vor uns lag, hätten wir uns das vielleicht noch mal anders überlegt.« Kröger lachte bitter. »Zuerst einmal wurde uns alles abgenommen, was irgendwie wertvoll erschien: Armbanduhren, Ketten, Ringe, alle Lebensmittel und Notrationen, warme Kleidung, einfach alles. Als Jan das mitbekam, bückte er sich und griff sich eine Handvoll nasser Erde. Er zog heimlich seinen Ehering vom Finger und steckte ihn mitten in den Lehm. Dann begann er, aus dem Dreckklumpen eine Kugel zu formen. Die Soldaten, die uns gefilzt haben, hielten Jan wahrscheinlich für einen Spinner, als sie ihn damit haben herumspielen sehen, aber niemand hat sich für das Ding interessiert, und er durfte es behalten. Die Russen haben uns auf Lkws verladen und zum nächsten Bahnhof gefahren. Dort kamen wir in Viehwaggons, und es ging weiter nach Sibirien. Tagelang waren wir unterwegs. Tagsüber war es so stickig, dass wir keine Luft bekamen, nachts bitterkalt. Es gab nichts zu essen und nur ein paar Schlucke Wasser. Innerhalb von wenigen Tagen sahen wir alle aus wie Gerippe. Und dann ging das Sterben los. Jeden Tag haben sie die Leichen zwischen uns herausgezogen und aus dem Waggon geworfen. Einmal haben sie uns ein paar Futterrüben zugeschmissen, und wir haben uns darum geprügelt wie die Tiere. Jan hat eine abbekommen und sie mit mir geteilt. Wir waren wie Brüder. Er hat immer gesagt: ›Karl, wir schaffen das, wir kommen nach Hause zurück. Verlass dich drauf, ich komm zurück zu meiner Wiebke!‹ Und dann hat er die Kugel mit seinem Ehering herausgeholt und angesehen. Dieses Ding hat er eigentlich immer in den Fingern gehabt und damit herumgespielt, sogar wenn die Wärter es gesehen haben, aber keiner von ihnen hat was dazu gesagt. Im Laufe der Tage und Wochen trocknete der Lehm, und das Ding wurde so hart wie Stein.«

Kröger holte die Kugel, die er Wiebke vorhin schon hatte geben wollen, wieder aus der Tasche und legte sie auf den Tisch. Einen Moment lang betrachtete er sie schweigend, dann schüttelte er den Kopf.

»Das da hat Jan durchhalten lassen. Und weil er durchgehalten hat, hab ich auch durchgehalten. Das Lager, in das wir gebracht wurden, war eher klein und lag mitten im Verbannungsgebiet. Auch die Russen, die im nächsten Dorf lebten, waren nicht freiwillig dort. Von den vielleicht hundert deutschen Soldaten, die im Viehwaggon gewesen waren, war nicht mal mehr die Hälfte am Leben, als wir im Lager ankamen. Diejenigen von uns, die noch einigermaßen stehen konnten, wurden zur Arbeit im Steinbruch eingeteilt, und wir mussten den ganzen Tag Steine für den Neubau der Mühle im Dorf schlagen. Im Sommer war es unerträglich heiß, und schon im September fing der Frost an, der dann bis zum April anhielt. Zu essen gab es trotz der harten Arbeit immer nur wässrige Suppe. Reihenweise wurden um uns herum die Männer krank und starben wie die Fliegen, an Typhus und Ruhr oder einfach am Hunger. Aber Jan blieb stur dabei, dass wir es schaffen würden. Den Sommer brachten wir hinter uns, trotz der Hitze und der Mückenschwärme, die uns bei lebendigem Leib auffraßen. Ebenso den Winter, in dem es so kalt war, dass wir kaum atmen konnten und aufpassen mussten, dass uns bei der Arbeit nicht die Finger oder die Ohren abfroren. Im Sommer 45 ließ uns der Lagerkommandant alle antreten. ›Hitler kaputt‹, sagte er, und Jan meinte, jetzt, wo der Krieg vorbei sei, gehe es bald nach Hause, ich würde schon sehen. Aber Pustekuchen, nichts geschah! Wir warteten Wochen und Monate, schließlich ein ganzes Jahr, aber niemand wurde freigelassen. Jan klammerte sich noch immer an die Hoffnung. Er wollte einfach nicht aufgeben.«

Kröger schwieg einen Moment. »Immer wieder erzählte er von Helgoland, *seiner Insel*. Von seiner Arbeit als Hummerfischer. Am meisten redete er aber über seine Familie. Wiebke und Piet und die kleine Ike, seine Mutter Almuth, Tante Fenna … er hat so oft von Ihnen gesprochen, dass ich schon das Gefühl hatte, Sie alle zu kennen.«

Wieder zögerte Kröger einen Augenblick. »›Du sollst sehen, Karl, wir kommen hier raus und dann gehen wir nach Hause – du zu deinen Eltern nach Cuxhaven und ich zu meiner Wiebke nach Helgoland. Und im Sommer kommst du uns besuchen. Ist von Cuxhaven aus doch nur ein Katzensprung. Du bleibst ein paar Tage bei uns, und wir fahren zusammen zum Hummerfischen raus. Und abends kocht uns Wiebke alle Knieper, die wir in den Hummerkörben hatten. Die schmecken sowieso viel besser als die Hummer. Das wird ein Festmahl, du wirst schon sehen! So was Gutes hast du noch nie gegessen.‹«

Karl Kröger ahmte Jans Tonfall so genau nach, dass Wiebke bei allem Schmerz lächeln musste. Verstohlen sah sie zu ihrer Schwiegermutter hinüber. Almuth saß kerzengerade neben ihr, die Arme noch immer um sich geschlungen, den Blick starr auf Kröger gerichtet. Über ihr regungsloses Gesicht liefen Tränen.

»Von den Kniepern hat Jan sogar noch gesprochen, als er schon krank war. Vielleicht, um mir Mut zu machen«, fuhr Kröger fort. »Der letzte Winter war der schlimmste. Kaum einer von uns, der nicht krank wurde, aber Jan hat es am schlimmsten erwischt. Tuberkulose, hieß es. Es ging ganz schnell. Jan kriegte auf einmal hohes Fieber und fing an, Blut zu husten. Man konnte dabei zugucken, wie er innerhalb von ein paar Tagen zugrunde ging. Dann ließ das Fieber nach, und er war noch einmal ganz klar im Kopf. Ich glaube, er wusste, dass er nicht durchkommt. Er gab mir die Kugel mit seinem Ehering darin, und ich musste ihm versprechen, zuallererst seine Wiebke zu suchen, wenn ich freigelassen werde. Schwören lassen hat er mich, dass ich das tue.« Wieder machte Karl Kröger eine Pause und betrachtete tieftraurig die schmutzig braune Kugel, die auf dem Tisch lag, streckte die Hand aus und berührte sie mit dem Finger.

»In dieser Nacht ist Jan in meinen Armen gestorben«, sagte er schließlich leise. »Das Schlimmste daran ist, dass nur vier Wochen später das Lager aufgelöst und wir entlassen wurden. Als ich Wochen später in Friedland angekommen bin, hab ich sofort beim Roten Kreuz nachgefragt, ob eine Suchmeldung für Johann Hansen aus Helgoland vorliegt. So bin ich an Ihre Adresse gekommen und gleich hergefahren.«

Kröger hob den Blick und sah die beiden Frauen auf der Bank an. »Wissen Sie, ohne Jan hätte ich das Lager nie überlebt. Seine Zuversicht, sein fester Glaube, dass wir nach Hause zu unseren Familien zurückkehren würden, haben mich mitgezogen. Ohne Jan hätte ich einfach aufgegeben. Er hat mir das Leben gerettet. Ich wollte, ich hätte seines auch retten können!«

Obwohl sie ihn drängten, doch für eine Weile in Fedderwardersiel zu bleiben, bestand Karl Kröger darauf, noch am Nachmittag wieder aufzubrechen. Er müsse nach Hause, sagte er, in Cuxhaven warteten seine Eltern auf seine Rückkehr. Aber er versprach, bald wieder zu Besuch zu kommen.

Es wurde sehr still im Haus, ähnlich wie damals, als Piet gestorben war. Almuth ging an dem Abend, als sie von Jans Tod erfahren hatte, früh ins Bett und stand zwei Tage lang nicht auf. Sie habe Kopfschmerzen, sagte sie. Und dass Wiebke sich keine Sorgen machen solle, es gehe ihr gut, sie brauche nur ein bisschen Ruhe. So lag sie bei zugezogenen Vorhängen im Bett, und wenn Wiebke vorsichtig die Tür einen Spalt öffnete, gab sie vor, zu schlafen.

»Lass sie nur«, sagte Tante Fenna. »Das macht Almuth mit sich selbst aus. Wenn sie irgendwann darüber reden will, wird sie das tun. Wir müssen ihr nur Zeit lassen.«

Am dritten Tag stand Almuth wieder auf und schien beinahe so wie immer zu sein. Sie erledigte ihren Teil der Hausarbeit, saß mit den anderen am Tisch und beteiligte sich sogar gelegentlich an den Gesprächen. Ein bisschen spitzer im Gesicht, ein bisschen blasser, ein bisschen schweigsamer.

Vielleicht geht es ihr wie mir, dachte Wiebke. Die tiefe Verzweiflung, die sie erwartet hatte, war ausgeblieben. Kein schwarzes Loch, aus dem sie sich wieder hervorarbeiten musste, so wie damals, als Piet gestorben war. Im Gegenteil, sie fühlte so etwas wie Erleichterung, endlich Gewissheit zu haben. Sie musste daran denken, dass Captain Watson sie einmal gefragt hatte, ob die Ungewissheit sie nicht auffressen würde. Damals hatte sie erwidert, dass sie froh sei, die Hoffnung auf ein Wiedersehen aufrechterhalten zu können. Vielleicht, so dachte sie jetzt, hatte sie sich nur etwas vorgemacht. Gewiss, sie trauerte um Jan, aber gleichzeitig hatte sie das Gefühl, mit etwas abschließen zu können, was sie lange Zeit gequält und sie daran gehindert hatte, die Vergangenheit hinter sich zu lassen und sich der Zukunft zuzuwenden.

Wiebke nahm die Kugel mit Jans Ehering und legte sie ganz oben in ihre Schatzkiste, ohne auch nur einen Blick auf die Fotos darin zu werfen. Dann griff sie nach den Heften mit ihren Briefen an Jan. Einen Moment lang war sie versucht, sie in den

Ofen zu werfen und zu verbrennen, aber dann brachte sie es nicht über sich. Sie legte die Hefte in die hinterste Ecke des Küchenschrankes, stellte die Kiste darauf und verschloss die Tür.

Freerk schüttelte Wiebke sehr förmlich die Hand, als er ihr sein Beileid aussprach, sonst änderte sich sein Verhalten ihr gegenüber in keiner Weise. Sie wusste nicht, warum, aber dass ihn die Tatsache, dass sie nun verwitwet war, nicht zu berühren schien, enttäuschte sie irgendwie.

Ostern kam und ging bei strahlendem Wetter. Ike sammelte die Ostereier ein, die Wiebke im Garten versteckt hatte, und freute sich sehr über die neue Strickjacke, die Tante Fenna ihr gestrickt hatte. Das schönste Geschenk aber war das Bilderbuch, das Freerk ihr mitbrachte. Er sagte, der Osterhase müsse es wohl im falschen Haus versteckt haben. Das Buch habe in seinem Regal gestanden.

Ikes Augen glänzten, als sie das schmale Büchlein ausgewickelt hatte. »Siehst du, Mama, jetzt habe ich auch ein eigenes Buch. So wie Piet!«, rief sie. »Und es sind Osterhasen drauf.« Sie kletterte auf Freerks Schoß und legte ihm die Arme um den Hals. »Liest du es mir vor?«, fragte sie. »Bitte!«

Die Kleine ließ nicht locker, bis sich Freerk überreden ließ, ein Kapitel aus der *Häschenschule* vorzulesen und mit ihr zusammen die Bilder anzuschauen.

Wenn du sie nur sehen könntest! Wie stolz wärst du auf deine Tochter ...

Es versetzte Wiebke einen schmerzhaften Stich, als sie sich dabei ertappte, so wie früher in Gedanken mit Jan zu reden. Das musste endlich aufhören! Sie wandte sich ab und begann, die Kartoffeln für das Mittagessen zu schälen, während sie Freerks Stimme lauschte.

Ehe er am Nachmittag nach Hause aufbrach, nahm Wiebke ihn beiseite. »Es ist wirklich nett, dass du Ike etwas geschenkt hast, Freerk. Aber du musst das nicht machen, das weißt du.«

Freerks schmales Gesicht blieb ernst, nur seine Augen lächelten. »Ja, natürlich. Aber das Buch stand wirklich in meinem Regal. Ich weiß nicht einmal mehr, für wen ich es gekauft habe. Das war noch vor dem Krieg.« Das Lächeln erreichte seine Mundwinkel. »Keine Sorge, ich habe kein Geld dafür ausgegeben und auch nichts auf dem Schwarzmarkt eingetauscht. Aber auch das wäre es wert gewesen. Ike hat sich so gefreut.«

»Ja, das hat sie.« Wiebke erwiderte sein Lächeln. »Sie hat nur vergessen, Danke zu sagen, aber das hole ich für sie nach.« Ohne zu überlegen, legte sie eine Hand auf seinen Unterarm. »Danke, Freerk! Du bist wirklich ein guter Freund.«

Eine Sekunde lang starrte Freerk auf ihre Hand, dann spürte Wiebke, wie er sich versteifte und ein Stückchen zurückwich. »Ist doch ganz selbstverständlich«, murmelte er, nickte ihr zu und tippte sich zum Abschied an die Mütze.

Auch nach Ostern hielt das Frühlingswetter an, sodass Freerk mit Wiebkes Brüdern zum ersten Mal in diesem Jahr nach Helgoland aufbrechen konnte. Als sie zwei Tage später wiederkamen, waren Gerd und Enno zutiefst enttäuscht.

»Nur acht mickrige Hummer«, schimpfte Gerd. »So ein Reinfall! Ist aber auch kein Wunder. Wir sind ja nicht mal bis zum Felsenwatt gekommen. Verfluchte Tommys!«

Wiebke war gerade dabei, Wäsche an die Leine im Hof zu hängen. Sie runzelte die Stirn. »Was war denn los?«

»Patrouillenschiffe – mindestens sechs oder sieben Stück. Die haben uns noch weit vor der Insel abgefangen. Und dann hat einer der Tommys in gebrochenem Deutsch über Lautsprecher mitgeteilt, dass wir uns in militärischem Schutzgebiet befinden und machen sollen, dass wir wegkommen, sonst würden sie auf uns schießen. Freerk hat geflucht wie ein Kesselflicker, aber dann doch lieber klein beigegeben. Wir haben dann ein ganzes Stück nördlich von der Insel geankert und es dort versucht, aber da war natürlich nicht viel zu holen. Am nächsten Morgen kamen die Krüss-Brüder mit ihrem Boot und haben erzählt, dass das schon ein paar Wochen so geht. Man kommt an die Insel nicht mehr ran, und im Hafen liegen immer ein paar kleine Frachter, die mit Geleitschutz kommen und leer wieder fahren. Freerk hat die Krüss-Brüder gefragt, ob sie wüssten, was da los sei, und da guckt ihn der alte Hinnerk Krüss an, wie vom Donner gerührt. ›Wegen der Sprengung‹, sagt er. ›Die verdammten Tommys wollen doch die Insel in die Luft jagen. Und die Frachter bringen das Dynamit dafür.‹«

Es war wie ein Schlag in die Magengrube. Wiebke ließ den Kissenbezug sinken, den sie gerade an die Leine hängen wollte, und starrte ihren Bruder entsetzt an.

»Was?«, stieß sie hervor.

»Das hat Freerk auch gesagt«, knurrte Gerd grimmig. »Er wollte es nicht glauben. Hat immer wieder gesagt, das kann doch nicht sein. Das werden die nicht tun, damit kommen die nicht durch. Enno hat ihm irgendwann geglaubt, aber ich nicht. Helgoland gehört jetzt den Tommys. Die können machen, was sie wollen. Und wenn sie beschlossen haben, die Insel in die Luft zu jagen, dann werden sie das tun. Denen ist es doch scheißegal, ob das unser Zuhause ist!«

»Und die Krüss-Brüder? Was sagen die?«

Gerd schnaubte. »Gustav meinte, das Gerücht gebe es schon länger. Letzten Winter hätte es noch keiner von den Helgoländern glauben wollen. Aber dann ist immer mehr durchgesickert, und seit er die Schoner im Hafen gesehen hat, glaubt er es. Die Helgoländer, die in Hamburg wohnen, haben sich zusammengetan, einen Brief geschrieben und protestiert. Aber was soll das bringen? Wer hört schon auf uns paar Helgoländer?«

Einen Moment schwiegen beide.

Wiebke holte tief Luft und seufzte. »Vielleicht ist es ja wirklich nur ein Gerücht, und die Briten haben irgendwas anderes vor. Ich kann mir ehrlich gesagt nicht vorstellen, dass sie so was machen.«

Gerd zuckte mit den Schultern. »Ich kann mir inzwischen eine ganze Menge vorstellen!«

»Gerd, tu mir einen Gefallen! Solange wir es nicht genau wissen, sag Mutter und Tante Fenna nichts davon.« Wiebke sah ihrem Bruder eindringlich in die Augen. »Versprich mir das, bitte! Die beiden haben so viel mitgemacht, gerade Mutter. Ich fürchte, diese Nachricht würde sie schwer mitnehmen. Wir sagen es ihr erst, wenn wir Gewissheit haben. Vielleicht ist es ja doch nur ein Gerücht. Warum unnütz die Pferde scheu machen?«

Gerd versprach es und fügte hinzu, er werde auch Enno Bescheid geben, der noch bei Onkel Emil war, um den Räucherofen nach dem Winter wieder instand zu setzen.

An diesem Tag hatte es Freerk offensichtlich überhaupt nicht eilig, nach dem Abendessen nach Hause zu kommen. Während er sich sonst meist verabschiedete, sobald die Teller abgeräumt wurden, blieb er heute auf seinem Stuhl sitzen und ließ sich von Ike überreden, ihr noch etwas vorzulesen. Wiebke entging nicht, dass er dabei immer wieder aufsah und ihr flüchtige Blicke zuwarf. Als Rotkäppchen gerettet und der Wolf tot war, zog Ike ihren Daumen aus dem Mund und verlangte nach einem zweiten Märchen, aber Freerk klappte das Buch zu.

»Heute nicht, Ike«, sagte er. »Es ist schon spät, und du bist müde. Oma bringt dich ins Bett.«

Trotz Ikes Versicherung, gar nicht müde zu sein, ließ sich Freerk nicht erweichen. Schließlich gab die Kleine nach, umarmte ihn, wie sie es immer tat, wenn er ihr vorgelesen hatte, und lief zu Almuth hinüber. Kaum hatten die beiden die Küche verlassen, zog Freerk aus seiner Jackentasche ein zusammengefaltetes Stück Zeitungspapier hervor und hielt es Wiebke hin.

»Was ist das?«, fragte sie.

»Ich bin heute Nachmittag bei Onno de Buhr gewesen«, erklärte er. »Er kriegt jeden Tag die Zeitung und hebt sie immer eine ganze Weile auf. Vor ein paar Wochen war ein kleiner Artikel über Helgoland drin.« Er tippte mit dem Finger auf das Zeitungsblatt, das Wiebke inzwischen auseinandergefaltet und auf den Tisch gelegt hatte. »Da steht es: Die Briten haben vor, die Insel zu sprengen. Ein Termin steht auch schon fest. Der 18. April, mittags um eins.«

»Was?« Tante Fenna hatte ihr Strickzeug sinken lassen und starrte fassungslos von einem zum anderen. »Aber das können sie doch nicht machen! Ich meine ...«

Freerk schnaubte bitter. »Und ob sie das können! Sie haben die Insel besetzt und behaupten, sie gehöre ihnen. Also glauben sie, dass sie damit machen können, was sie wollen. Und außer den paar Tausend Helgoländern interessiert das doch keinen. Guckt euch den Artikel an! Der war ganz hinten in der Zeitung versteckt – unter Vermischtes.«

»Das heißt, wir sitzen hier fest«, sagte Tante Fenna leise. »Keiner von uns kommt je wieder zurück.« Sie biss sich auf die Unterlippe und kämpfte mit den Tränen. »Für euch Junge mag das ja angehen. Ihr habt das Leben noch vor euch. Aber für uns Alte ist das bitter. Wir sind nicht besser dran als die Heimatvertriebenen aus Schlesien oder Pommern.«

Onkel Emil, der bislang geschwiegen hatte, legte seine Rechte auf Tante Fennas Hand. »Aber hier ist es doch auch nicht so schlecht«, sagte er mit einem traurigen Lächeln.

Tante Fenna seufzte. »Nein, das ist es nicht, Emil! Aber die Heimat bleibt nun mal die Heimat, und alte Bäume sollte man nicht verpflanzen. Die gehen zu leicht ein dabei.« Aus ihrer Schürzentasche zog sie ein Taschentuch und putzte sich geräuschvoll die Nase. »Gib mal her, den Zettel«, sagte sie zu Wiebke. »Ich werde versuchen, das Almuth schonend beizubringen. Hilft ja nichts!« Damit stand sie auf, griff nach ihrem Gehstock und humpelte steif aus der Küche.

In dieser Nacht schien keiner von ihnen einschlafen zu können. Einzig Ike lag friedlich auf der Seite, ihre Puppe im Arm, den Daumen im Mund. Wiebke kam es vor, als wären Stunden vergangen, bis sie endlich Tante Fennas gleichmäßigen Atem und Gerds gelegentliches Schnarchen hören konnte. Ihre Schwiegermutter hingegen war ganz still.

Almuth habe die Nachricht, dass Helgoland gesprengt werden sollte, ganz ruhig aufgenommen, hatte Tante Fenna Wiebke vor dem Zubettgehen noch zugeraunt. Kein Schimpfen oder Zetern, keine Wut, nicht einmal Tränen. »Als ginge sie das alles nichts mehr an«, hatte Fenna hinzugefügt und den Kopf geschüttelt.

Wiebke wälzte sich hin und her und starrte auf die schmale Mondsichel, die über dem Horizont zwischen den Wolken zu sehen war. Helgoland würde ihr fehlen. Der Gedanke, nie mehr dorthin zurückkehren zu können, hatte etwas merkwürdig Unwirkliches an sich. Sie dachte an die roten Felsenwände, um die in großen Schwärmen die Möwen kreisten, auf der Suche nach einem Nistplatz. Die Hafenmole, auf der sie zusammen mit Jan gesessen und Eis geschleckt hatte. Das Haus ihrer Eltern mit dem Rosenstock im Garten. Die Kirche, in der sie geheiratet hatten und in der die Kinder getauft worden waren. Den Friedhof, auf dem ihre Mutter beerdigt lag. Und sie dachte an die langen Nächte in den Tunneln unter der Insel, an das Zittern der Wände und das dumpfe Dröhnen, wenn die Bomben fielen.

Und jetzt würden die Briten die ganze Insel mit Sprengstoff vollstopfen und alles in die Luft jagen.

Plötzlich stockte Wiebke der Atem.

Sprengstoff ...

Vielleicht Fliegerbomben, die niemand mehr brauchte? Panzerfäuste, Wasserbomben und Munition? All die vielen Überbleibsel aus dem Krieg, die nach Hannover gemeldet werden mussten? War das der Sprengstoff für Helgoland gewesen?

Die Karte der Insel, die aus der Akte auf Captain Watsons Schreibtisch gefallen war, stand Wiebke noch deutlich vor Augen. *Confidential* hatte in roten Buchstaben darüber gestanden, und überall waren seine Notizen an den Rand gekritzelt gewesen: *ammoniton, torpedos, aircraft bombs* ...

Wiebke holte tief und zitternd Luft.

In nicht einmal zwei Wochen würde Helgoland gesprengt werden, und ohne es zu wissen, hatte sie selbst dabei geholfen, die Katastrophe vorzubereiten.

Kapitel 23

Der April machte in diesem Jahr seinem Namen alle Ehre. Freerk fröstelte und schlug den Jackenkragen hoch. Gewaltige Wolkentürme zogen über ihn hinweg, unten schwer von Regen und oben strahlend weiß. Dazwischen war immer wieder der tiefblaue Himmel zu sehen, und die Sonne blitzte grell hervor.

Freerk mochte dieses Aprilwetter. Ein Prickeln lag in der Luft – etwas, das einen tief durchatmen ließ und dafür sorgte, dass man sich lebendig fühlte. Er stand oben auf der Deichkrone, das Rad neben sich, und blickte über den Hafen hinweg aufs Meer hinaus. Wie ein silbernes Band schlängelte sich der Priel durch das Watt auf die Fahrrinne der Weser zu. Durch die Pfützen, die die Ebbe hatte stehen lassen, tippelten Austernfischer auf der Jagd nach Würmern, und über dem Streifen Grünland hinter dem Deich schlugen ein paar balzende Kiebitze ihre Saltos und Kapriolen. Tief sog Freerk die kühle Luft ein und lächelte.

Was für ein schöner Tag, dachte er zufrieden. In der Tasche an seinem Lenker waren die ersten Schollen des Jahres und ein halbes Pfund Butter, für das er gerade bei einem der Marschbauern ein Stück geräucherten Heilbutt eingetauscht hatte. Wiebke würde sich freuen. Beim Gedanken an ihr Lächeln, an ihre grünen Augen und den dankbaren Blick überkam ihn wieder dieses merkwürdige Gefühl, dieses Brennen in der Brust, die Enge in der Kehle, der Wunsch, sie festzuhalten und an sich zu drücken, ihr Haar berühren zu dürfen.

»Nun hör schon auf damit!«, murmelte er und schüttelte den Kopf, um das Bild zu verscheuchen.

Energisch griff er nach dem Lenker und schob sein Fahrrad den Deich hinunter, ehe er aufstieg und in die Pedale trat, immer darauf bedacht, nicht mit dem Holzbein abzurutschen.

Freundschaft war alles, was er erwarten konnte, und das musste ihm reichen. Dass Wiebke ihn als Freund betrachtete, machte ihn glücklich. So glücklich, wie er seit … Nein, er konnte sich nicht erinnern, jemals ein solches Glück empfunden zu haben, wie seit jenem Tag, an dem Wiebke beschlossen hatte, nicht nach Hannover zurückzufahren. Seit sie ihm erlaubt hatte, für sie zu sorgen.

Vielleicht, wenn das Trauerjahr um ihren Mann vorbei war, vielleicht würde Freerk dann den Mut aufbringen, sie zu einem Tanztee einzuladen. Die wurden in letzter Zeit immer häufiger veranstaltet. Die Gastwirte in der Umgebung, die über einen Saal verfügten, engagierten einfach ein paar Musiker, und es wurde dem Tresen Selbstgebrannter ausgeschenkt. Auch ohne dass Werbung dafür gemacht wurde, sprach es sich schnell herum, wenn wieder so ein Tanztee stattfand, und meist war es dort brechend voll. Die Leute waren wie ausgehungert danach, sich zu vergnügen und zu feiern. Natürlich würde Freerk wegen seines Beines nicht mit Wiebke tanzen können, aber allein schon neben ihr zu sitzen und der Musik zuzuhören wäre wie der Himmel auf Erden. Wiebke würde allerdings ein Fahrrad brauchen, überlegte er, sonst würden sie nie zu einem Tanztee kommen.

Cords altes Fahrrad wäre vielleicht eine Möglichkeit. Es stand ganz hinten in Freerks Schuppen, war in der salzigen Luft rostig geworden und hatte seit Jahren platte Reifen, aber mit Schmiere und etwas Arbeit sollte es wieder flottzubekommen sein. Freerk stellte sich das Leuchten in Wiebkes grünen Augen vor, wenn er es ihr schenken würde, und sein Magen begann wieder zu flattern.

Eine Melodie kam Freerk in den Sinn, und er begann, vor sich hinzupfeifen und schließlich leise zu singen: »*Beim Schnee- Schnee- Schnee- Schneewalzer kam das Glück, er bringt uns die Liebe und unser Glück zurück…*«

Plötzlich brach er ab. Er ließ den Lenker mit einer Hand los, richtete sich auf und lauschte angestrengt. Zunächst war alles still, doch dann hörte er es erneut: die halb erstickten Rufe eines Kindes, gefolgt von gedämpftem, verzweifeltem Schluchzen.

In Freerks Nacken stellten sich alle Haare auf, und eine unerklärliche Angst griff nach ihm. Er hielt an und stieg ab, um sich besser umsehen zu können.

»Ike?«, rief er. »Ike, bist du das?«

Jetzt war das Schluchzen nicht mehr zu hören, dafür begann ein Hund wie verrückt zu kläffen und zu jaulen. Zu sehen war nichts.

»Ike?«, wiederholte Freerk lauter. »Ike, Deern, wo bist du?«

»Hi-hier!«, kam es abgehackt aus Richtung des Grabens, der die Straße von der angrenzenden Kuhweide trennte. »Ich bin hi-hier.«

Es raschelte im vertrockneten Schilf vom Vorjahr, das am Grabenrand aufragte. Flocki schoss laut bellend zwischen den Stängeln hervor und rannte die Straße entlang auf Freerk zu. Sein braunes Fell triefte und war über und über mit Entengrütze und Schlamm bedeckt.

Freerk ließ das Fahrrad fallen und humpelte, so schnell er konnte, auf die Stelle zu, wo Flocki aus dem Graben aufgetaucht war, während der Hund wie ein Gummiball um ihn herumsprang. Dabei rief Freerk wieder Ikes Namen. Sie antwortete nicht, aber er hörte, wie sie verzweifelt schluchzte.

Vorsichtig kletterte er die steile Böschung ein Stück hinunter und schob das Schilf auseinander. In der Mitte des Grabens, der hier ungefähr zwei Meter breit und von einer dicken Schicht

Entengrütze bedeckt war, saß Ike bis zu den Schultern im Wasser. Beim Hineinfallen musste sie mit dem Kopf unter Wasser geraten sein, denn Gesicht und Haare waren über und über mit Schlamm und Entengrütze bedeckt. Als sie ihn sah, weinte sie nur noch lauter, stieß ein lang gezogenes »Freeee-heerk« hervor und streckte in einer hilflosen Geste beide Arme nach ihm aus.

Mit ihrem dreckverschmierten Gesicht, über das dicke Tränen kullerten, und den ausgestreckten Ärmchen bot sie ein so anrührendes Bild des Jammers, dass Freerk sich ein Lächeln verkneifen musste. Dabei war es nicht zum Lachen. Er musste sehen, dass er die Kleine aus dem eiskalten Wasser bekam. Zudem waren die Gräben zwar in der Regel nicht sehr tief, aber durch den Modder, der sich am Boden sammelte, tückisch. Es kam immer wieder vor, dass Schafe oder Rinder hineinfielen und jämmerlich ertranken.

Freerk kletterte die Böschung bis zum Graben hinunter, wobei er sich mit den Händen abstützte, um im weichen Boden nicht mit dem Holzbein stecken zu bleiben. »Wie ist das denn passiert, Ike?«, fragte er. »Du weißt doch genau, dass du nicht am Graben spielen sollst.«

»Ich ... ich wollte Blumen pflücken«, weinte Ike. Jetzt erst sah Freerk, dass ihre Lippen schon ganz blau vor Kälte waren und ihre Zähne aufeinanderschlugen. »Nur Blumen pflücken. Für Mama. Hier wachsen doch die schönen gelben Blumen. Da drüben, guck!« Sie hob einen Arm aus dem Wasser und deutete auf den Löwenzahn, der in dichten Büscheln zwischen dem Schilf wuchs. »Und ... und jetzt hab ich alle verloren! Alle ins Wasser gefallen.« Wieder begann sie laut zu schluchzen.

»Das macht doch nichts, Ike«, sagte Freerk beruhigend. »Wir suchen neue Blumen, die wir pflücken können. Ich helfe dir.«

Er stand inzwischen direkt am Wasser, aber Ike war viel zu weit entfernt, als dass er sie hätte erreichen können. Neben ihm saß Flocki, der abwechselnd Ike und ihn anschaute und immer wieder bellte, als wolle er sagen: *Nun tu doch endlich was. Hol sie da raus!*

Es half nichts. Um an die Kleine heranzukommen, musste Freerk ins Wasser. Vorsichtig, um das Gleichgewicht nicht zu verlieren, stieg er in den Graben und versank sofort bis zu den Hüften. Das trübe Wasser war eiskalt, und er schnappte nach Luft, ehe er sich in Bewegung setzte. Einen Schritt und noch einen ... Im morastigen Untergrund fand er kaum Halt.

Er hatte Ike beinahe erreicht und wollte schon nach ihr greifen, als das Holzbein stecken blieb. Er fühlte, wie sich der Stumpf aus der Halterung löste und er das Gleichgewicht verlor. Hilflos mit den Armen rudernd fiel er nach hinten. Für eine Sekunde schlug das Wasser über ihm zusammen, dann tauchte er prustend wieder auf.

Ike schrie vor Panik wie am Spieß, während Flocki wild kläffend am Ufer hin und her lief und zu überlegen schien, ob er auch ins Wasser springen sollte.

»Alles in Ordnung, Ike, du musst nicht weinen!«, rief Freerk beruhigend. »Nichts passiert. Ich bin nur ausgerutscht. Jetzt hol ich dich hier raus!«

Er tastete nach unten und fand zu seiner Erleichterung sofort sein Holzbein, das noch immer im Schlamm feststeckte. Mit einem Ruck zog er es heraus und warf es ans Grabenufer. Dann bewegte er sich halb schwimmend auf Ike zu und zog das Mädchen an sich. Sofort schlang sie die Arme um seinen Hals und weinte zum Gotterbarmen.

»Ach Ike, min Muschen, was machst du denn für Sachen?«, murmelte er und drückte sie einen Moment fest an sich.

Mit dem weinenden Kind auf dem Arm bewegte er sich langsam, um nicht noch einmal zu stürzen, auf das Ufer zu. Dort setzte er Ike ins Gras. Zwischen jedem Schluchzer schlugen ihre

Zähne mit einem klappernden Geräusch aufeinander. Mühsam kämpfte Freerk sich selbst aus dem Graben und ließ sich neben ihr nieder. Er angelte nach dem Holzbein, das ein Stück entfernt von ihm lag und schob das Hosenbein hoch, um den Stumpf wieder hineinzustecken. Flocki sprang an Ike hoch und leckte ihr das Gesicht ab. Das zitternde Kind schien es gar nicht richtig wahrzunehmen. Mit Mühe stand Freerk auf, nahm Ike auf den Arm und trug sie zur Straße.

»Meinst du, dass du laufen kannst?«, fragte er.

Ike schüttelte nur den Kopf. Sie weinte immer noch und schlotterte am ganzen Körper.

Einen Moment überlegte Freerk, sein Fahrrad zu holen und sie auf den Sattel zu setzen, um sie nach Hause zu bringen, aber er entschied sich dagegen. Das völlig durchgefrorene Kind musste so schnell wie möglich aus dem eisigen Wind. Er fühlte bereits, wie sich die Kälte ihren Weg durch seine durchnässten Kleider bahnte. Wie sehr musste Ike dann erst frieren? Das Fahrrad konnte er auch später noch holen, wenn er die Kleine bei Wiebke abgeliefert hatte. Und wenn es bis dahin gestohlen war, dann war das eben Pech.

Freerk öffnete seine Jacke, zog sie eng um das zitternde Kind und humpelte, so schnell er konnte, die Straße entlang. Als er das Haus der Hansens erreichte, war ihm vom schnellen Laufen bereits wieder etwas wärmer geworden, aber Ikes Zähne klapperten immer noch. Sie hatte zu weinen aufgehört, aber auch nicht mehr gesprochen. Freerk machte sich nicht die Mühe, zu klopfen und zu warten, bis jemand die Haustür öffnete, sondern trug Ike gleich in die Küche.

»Was, um Gottes willen …«, rief Wiebke, die mit Fenna und Almuth am Tisch saß und Kartoffeln schälte, erschrocken, sprang auf und lief ihnen entgegen.

»Halb so schlimm, wie es aussieht«, sagte Freerk beschwichtigend. »Ich hab sie aus dem Graben gezogen. Es geht ihr gut, sie ist nur ziemlich durchgefroren.«

Er reichte Ike, die sofort wieder zu schluchzen begann, an Wiebke weiter.

»Was machst du denn für Sachen, Muschen? Ich hab doch gesagt, du sollst nicht an den Graben gehen!«, rief Wiebke und drückte das weinende Mädchen an sich.

»Mama, meine Strickjacke, meine schöne neue Strickjacke! Die ist ganz schmutzig geworden.«

»Die Strickjacke ist doch jetzt ganz egal, die kriegen wir schon wieder sauber! Aber was da hätte passieren können, wenn Freerk nicht gekommen wäre. Du hättest ...«

Wiebke sprach es nicht aus. Sie schloss die Augen und presste die Lippen aufeinander, während sie ihre Tochter fest umarmte. Ein paarmal holte sie tief Luft, dann schien sie sich wieder im Griff zu haben. Sie öffnete die Augen und lächelte zu Ike hinunter. »Jetzt setzen wir erst einmal Badewasser auf und stecken dich in die Wanne. Dann wird dir auch wieder warm.«

Flocki, der zusammen mit Freerk in die Küche gelaufen war, sprang an Wiebke hoch und bellte. »Und du kommst nach ihr in die Wanne.« Wiebke beugte sich hinunter und streichelte über seinen Kopf. »Warum hast du nicht besser aufgepasst, Hund?«

»Aber Flocki hat doch aufgepasst«, sagte Ike, die immer noch gelegentlich schluchzte. »Als ich ins Wasser gefallen bin, ist er hinter mir hergesprungen, und ich hab mich an ihm festgehalten. Und als Freerk gerufen hat, hat er ganz doll gebellt und ist zu ihm gelaufen. Und dann ist Freerk gekommen und hat mich rausgeholt.« Sie drehte den Kopf und betrachtete Freerk von oben bis unten. »Du musst auch in die Wanne, Freerk, du bist ganz schmutzig«, stellte sie fest. Auf dem Arm ihrer Mutter war sie sofort wieder munterer geworden.

»Das kommt, weil ich ausgerutscht und hingefallen bin.«

Freerk lächelte und zwinkerte Ike zu. »Ich geh nach Hause und wasch mich da. Aber zuerst muss ich mein Fahrrad holen. Das liegt noch an der Straße.«

»Kommt gar nicht infrage!«, sagte Tante Fenna energisch. »Mit dem nassen Zeug am Leib holst du dir doch den Tod, wenn du draußen herumläufst. Du gehst in die Kammer und wäscht dich da. Ich bring dir gleich warmes Wasser. Und dann ziehst du was von Gerd an, das wird schon gehen. Das Fahrrad können Gerd und Enno nachher holen.«

Ohne sich von seinem Protest beeindrucken zu lassen, schob Tante Fenna ihn in die Kammer, in der die Hansens schliefen. Unter einem der Betten zog sie einen alten Koffer hervor, aus dem sie ein Hemd, eine Hose, Unterwäsche und Socken hervorkramte, ehe sie Freerk allein ließ. Ein paar Minuten später kam Wiebke herein, eine große Emailleschüssel und ein paar Handtücher in der Hand.

»Ich hoffe, das geht so mit dem Waschen«, sagte sie sichtlich verlegen und räusperte sich. »Wir stecken Ike jetzt erst mal in den Waschzuber und danach mit einer Wärmflasche ins Bett.« Sie schüttelte den Kopf und holte tief Luft. »Nicht auszudenken, was hätte passieren können, wenn du nicht gerade vorbeigekommen wärst. Sie hätte ...«

»Es ist ja nichts passiert!«, unterbrach er sie, ehe sie den Gedanken aussprechen konnte. »Und das wird ihr bestimmt eine Lehre sein, nie wieder so dicht am Graben zu spielen.«

Das Lächeln auf Wiebkes Gesicht wirkte gezwungen. »Trotzdem«, sagte sie heiser. »Danke! Danke, dass du da warst und in den Graben gestiegen bist. Du hast ihr wahrscheinlich das Leben gerettet.«

Freerk winkte ab. »Das hätte jeder andere auch getan«, sagte er und wich ihrem Blick aus. Er fühlte, wie ihm das Blut in die Wangen schoss.

»Mag sein«, sagte sie leise. »Vielleicht. Aber du *hast* es getan. Das werde ich dir nie vergessen, Freerk!«

Einen Tag lang schien alles in Ordnung zu sein. Ike aß gut, lachte, spielte mit Flocki und ließ sich von Freerk Geschichten vorlesen. Am folgenden Morgen klagte sie über Halsschmerzen und hustete ein bisschen, war aber sonst ganz munter. Doch gegen Abend wurde sie weinerlich und wollte nichts essen. Der Husten war schlimmer geworden, und als sie bei Freerk auf den Schoß kletterte, um sich eine Geschichte vorlesen zu lassen, und müde ihren Kopf an seine Wange lehnte, spürte er, wie heiß ihre Stirn war.

»Nanu, Ike, wirst du krank?«, fragte er.

Sie schüttelte den Kopf, und er sah, dass in ihren grauen Augen Tränen schwammen. »Ich will nicht krank sein. Dann muss ich immer ganz allein in der Kammer liegen.«

»Sie wird sich erkältet haben«, meinte Almuth. »Wer weiß, wie lange sie in dem kalten Wasser gesessen hat? Ich mache ihr nachher Wadenwickel, dann wird das schnell wieder besser.«

An diesem Abend ging Freerk früh zu seinem Haus hinüber, setzte sich auf das Küchensofa und versuchte zu lesen. Aber es gelang ihm nicht, sich wie sonst in die Geschichte fallen zu lassen. Immer wieder musste er an Ike denken, an ihre Ärmchen, die kraftlos um seinen Hals lagen, und ihre heiße Stirn, die sie gegen seine Wange drückte, als wollte sie sie kühlen. Er machte sich Sorgen. Schließlich gab er das Lesen auf und legte das Buch beiseite, um schlafen zu gehen.

Am nächsten Morgen war er um sieben Uhr mit Gerd und Enno am Hafen verabredet. Als er Wiebke auf dem Hof der Hansens sah, lenkte er kurz entschlossen das Fahrrad auf die Auffahrt, obwohl er schon spät dran war.

»Moin, Wiebke!«, rief er.

Beim Klang seiner Stimme drehte sie sich um, und er erschrak bei ihrem Anblick. Sie war sehr blass, und dunkle Ringe lagen unter ihren Augen, als sie müde lächelte.

»Moin, Freerk«, sagte sie. »Wenn du Gerd und Enno suchst, die sind schon vor einer Viertelstunde losgegangen.«

Er hielt neben ihr an und stieg vom Fahrrad. »Nein, ich wollte nur kurz fragen, wie es Ike geht.«

Ein Schatten glitt über ihr Gesicht. »Das Fieber scheint etwas gesunken zu sein, aber sie hat kaum geschlafen, weil sie immer wieder Hustenanfälle hatte und dann zu weinen anfing. Na ja, und weil wir alle in einem Zimmer schlafen, ist keiner von uns zur Ruhe gekommen.« Sie seufzte. »Hoffentlich wird der Husten bald besser. Ein paarmal war es so schlimm, dass ich das Gefühl hatte, sie bekommt gleich keine Luft mehr.« Wiebke senkte den Kopf und presste die Lippen aufeinander.

»Du machst dir Sorgen um sie, oder?«

»Ja, sicher. Ike hatte im vorigen Winter schon mal schlimmen Husten, aber das hier ...«

»Vielleicht solltest du den Arzt aus Burhave holen, Wiebke. Und sei es nur, damit du beruhigt bist.«

Sie sah ihn an und rieb sich müde über die Stirn. »Ich kann ihn doch gar nicht bezahlen. Wenn es nicht unbedingt sein muss, dann ...«

»Das lass mal meine Sorge sein! Sag ihm einfach, ich komme dafür auf.«

»Ich weiß nicht. Ich kann doch nicht immer ...«

»Versprich mir einfach, dass du ihn holst, wenn es Ike bis heute Abend nicht besser geht«, unterbrach er sie. »In Ordnung?«

Wiebke seufzte und lächelte dann matt. »Also gut. Damit du beruhigt bist.«

»Vielleicht ist es ja gar nicht nötig, und heute Abend springt sie schon wieder herum«, sagte er und nickte ihr zu. »Jetzt muss ich aber sehen, dass ich zum Hafen komme, sonst fahren deine Brüder noch ohne mich los. Bis heute Abend dann!«

Ohne eine Antwort abzuwarten, drehte Freerk das Fahrrad um und fuhr los. Auf der Straße sah er noch einmal zurück und hob die Hand zum Gruß.

Weil sie an diesem Tag Glück hatten und ihre Kisten sehr schnell mit Krabben füllen konnten, waren die drei schon am Nachmittag wieder im Hafen. Das Wiegen des Fangs und die Abrechnung überließ Freerk Onkel Emil und Gerd. So schnell er konnte, fuhr er zum Haus der Hansens. Schon von Weitem sah er den Opel Olympia des Arztes an der Straße stehen. Also ging es Ike noch nicht besser. Eilig lehnte er sein Fahrrad an die Hauswand und ging, ohne zu klopfen, hinein.

Schon im Flur hörte er die dunkle Stimme des Arztes aus der Küche. »Lungenentzündung. Noch nicht sehr ausgeprägt, aber wir müssen sehr gut auf die Kleine aufpassen in den nächsten Tagen. Das Fieber darf nicht steigen, sonst hat sie keine Kraft, gegen die Entzündung anzukämpfen. Aber wir wollen ja nicht gleich den Teufel an die Wand malen.«

Freerk öffnete leise die Tür und schob sich in die Küche. Dr. Haase, der alte Hausarzt, der schon seit dreißig Jahren in Burhave praktizierte, saß mit den drei Frauen am Küchentisch und schrieb etwas auf einen Rezeptblock.

»Das ist Hustensaft, um den Schleim in den Bronchien zu lösen. Gegen die eigentliche Lungenentzündung wird das nicht viel helfen. Wenn man Penicillin hätte oder irgendwo welches auftreiben könnte …« Der Arzt schüttelte traurig den Kopf und riss das Rezept vom Block ab, um es Wiebke zu reichen. »Aber woher nehmen und nicht stehlen? Da ist ja in diesen Zeiten überhaupt kein Drankommen, leider.«

Er stand auf und tätschelte Wiebke die Schulter. »Lassen Sie den Kopf nicht hängen, Frau Hansen, und vor allem, verlieren Sie nicht den Mut! Ich weiß, das ist leicht gesagt, wenn man schon einmal ein Kind verloren hat. Aber jetzt kommt es vor allem darauf an, der kleinen Ike die Angst zu nehmen. Sehen Sie zu, dass sie so viel trinkt wie möglich, und wenn es geht, auch ein bisschen was isst. Hühnersuppe wäre gut. Das haben uns unsere Mütter schon gegeben, als von so was wie Penicillin noch gar nicht die Rede war. Damals musste es auch mit Hausmitteln gehen. Ich sehe morgen früh wieder nach Ike.«

Dr. Haase gab Wiebke die Hand und winkte ab, als Almuth aufstehen wollte, um ihn zur Tür zu bringen. »Machen Sie sich keine Mühe, ich finde allein hinaus.« Damit nickte er den Anwesenden zu und verließ die Küche.

Als er zur Tür hinaus war, blieb Wiebke einen Moment wie erstarrt sitzen, dann schlug sie die Hände vors Gesicht. »Oh bitte, lieber Gott, nicht Ike!«, hörte Freerk sie stöhnen. »Nimm mir nicht auch noch Ike!«

Es zerriss ihm fast das Herz. Wenn er sich nur getraut hätte ... Wenn er nur gekonnt hätte, wäre er zu ihr gegangen, hätte sie ganz fest in die Arme genommen und ihr gesagt, alles würde gut, sie müsse keine Angst haben. Aber natürlich war es völlig undenkbar, das zu tun. So blieb er stocksteif und tatenlos neben der Tür stehen und hasste sich dafür, so hilflos zu sein und sie nicht trösten zu können. Er sah zu, wie Tante Fenna Wiebke den Arm tätschelte und beruhigend auf sie einzureden begann.

»Nun mach dich mal nicht verrückt, Deern!«, sagte sie beschwichtigend. »Du hast doch gehört, was der Doktor gesagt hat. Lass uns erst mal abwarten und Ike Mut machen, das ist das Wichtigste. Dann wird das Fieber schon sinken. Du darfst jetzt nicht die Flinte ins Korn schmeißen! Denk nicht mal drüber nach.«

Wiebke nahm die Hände herunter und zog den Arm aus

Tante Fennas Griff. »Aber wie denn? Wie soll ich das machen?«, rief sie verzweifelt. Ihr tränennasses Gesicht verzerrte sich. »Ich muss immerzu an Piet denken. Seit Ike Fieber hat, denke ich an nichts anderes mehr. Der Arzt hat Lungenentzündung gesagt, und ich kannte mindestens ein halbes Dutzend Leute, die daran gestorben sind. Das Einzige, was wirklich dagegen hilft, ist Penicillin, und das ist nicht zu bekommen. Du hast Dr. Haase doch gehört! Also erzähl mir nicht, ich soll mich nicht verrückt machen!« Aufgebracht funkelte sie Tante Fenna an.

Aus der Schlafkammer drang lautes Husten zu ihnen herüber, gefolgt von einem kläglichen und heiseren »Mama?«.

Wiebke erhob sich von ihrem Stuhl und richtete sich mit sichtbarer Mühe kerzengerade auf. Sie holte tief Luft und wischte sich mit einer schnellen Bewegung die Tränen aus den Augen.

»Ich komme, Muschen!«, rief sie und ging an Freerk vorbei, ohne ihn oder die beiden Frauen auch nur eines Blickes zu würdigen.

Wie vom Donner gerührt schauten Almuth und Tante Fenna ihr nach.

»Hast du Töne?«, murmelte Tante Fenna kopfschüttelnd.

Penicillin, schoss es Freerk durch den Kopf. *Das ist es.*

Er musste Penicillin beschaffen, koste es, was es wolle. Noch einmal sollte Wiebke das nicht durchmachen müssen. Nicht noch ein Kind! Und schon gar nicht die kleine Ike. Es musste eine Möglichkeit geben, das Medikament aufzutreiben. Und zwar jetzt gleich, am besten noch heute. Nicht noch einmal abwarten, bis es womöglich zu spät war und es keine Rettung mehr gab.

Er räusperte sich, um seine Stimme wieder in den Griff zu bekommen. »Ich muss noch mal weg«, sagte er heiser. »Hab was am Hafen vergessen.«

»Kommst du denn zum …«, begann Tante Fenna.

»Keine Ahnung, ob ich zum Essen wieder da bin«, rief Freerk, schon halb durch Tür, über die Schulter. »Wartet nicht auf mich!«

Draußen schwang er sich auf sein Fahrrad und radelte in Richtung Hafen. Auf halber Strecke kamen ihm Gerd und Enno entgegen, die, wie Freerk vermutete, nach getaner Arbeit noch bei Onkel Emil Tee getrunken hatten. Er klingelte Sturm.

»Wartet mal, ihr beiden!«, rief er und hielt mit quietschenden Reifen direkt neben ihnen an.

»Was ist denn los?«, fragte Enno verblüfft. »Du fährst ja, als sei der Teufel hinter dir her.«

Gerd grinste breit. »Oder der Dorfpolizist«, fügte er hinzu und stieß mit dem Ellenbogen seinen Bruder an, der glucksend zu lachen anfing.

»Lasst den Quatsch!«, knurrte Freerk. »Der Doktor war eben da. Ike hat eine Lungenentzündung, und wir müssen von irgendwoher Penicillin kriegen.«

Schlagartig war das Grinsen von den Gesichtern der Jungen verschwunden, und sie schwiegen betreten.

»Verdammter Mist!«, fluchte Gerd leise.

»Kennt ihr jemanden, der das Zeug besorgen kann?«, fragte Freerk. »Ich weiß doch, dass ihr euch öfter auf dem Schwarzmarkt herumtreibt und einige von den Händlern kennt.«

»Das ist überhaupt nicht wahr«, fing Enno an. »Wir …«

»Nun hört schon auf!«, unterbrach ihn Freerk ungehalten. »Dafür ist jetzt keine Zeit! Also?«

Gerd und Enno sahen sich an.

»Sigi!«, sagte Enno leise. »Wenn uns einer helfen kann, dann Sigi Lüders.«

Gerd nickte. Er sah Freerk geradeheraus in die Augen. »Wir kennen einen, der möglicherweise was organisieren kann. Aber wir sollten das besser nicht mitten auf der Straße besprechen. Wer weiß, wer mithört? Lasst uns zu Onkel Emil gehen.«

Onkel Emil war bass erstaunt, als die drei vor seiner Tür standen, um bei ihm so etwas wie Kriegsrat zu halten. Als Freerk ihm aber sagte, worum es ging, bat er sie sofort herein. Sie setzten sich in die Stube, und Onkel Emil stellte eine Schnapsflasche und ein paar Gläser auf den Tisch.

»Penicillin vom Schwarzmarkt«, sagte er kopfschüttelnd und schenkte Schnaps ein. »Da habt ihr euch ja was vorgenommen!«

»Dass es einfach wird, hat keiner gesagt«, meinte Gerd. »Vor allem wird es teuer. Aber wenn es einer schafft, das Zeug aufzutreiben, dann Sigi Lüders.«

»Ich will gar nicht so genau wissen, woher ihr den kennt«, sagte Freerk mit finsterem Gesicht. »Aber was ist das für ein Kerl? Und vor allem, kann man ihm über den Weg trauen?«

Gerd wiegte den Kopf. »Soweit ich weiß, ja. Wenn einer bescheißt, spricht sich das immer schnell herum. Er kommt wohl aus Oldenburg, ist aber auch viel in Bremen und Bremerhaven. Ein junger Bursche, so Anfang zwanzig, würde ich sagen. Handelt mit allem, was sich findet, aber in letzter Zeit vor allem mit seinem selbst gebrannten Schnaps.« Er deutete auf die Flasche, die Onkel Emil noch immer in der Hand hielt. »Den hat er auch gebrannt. Die Pulle haben wir für Onkel Emil zum Geburtstag besorgt, als wir Sigi zuletzt getroffen haben.«

»Euch lass ich in Bremerhaven noch mal allein!«, knurrte Freerk mit zusammengezogenen Augenbrauen.

»Das wirst du wohl müssen, wenn du Penicillin haben willst«, sagte Enno leichthin. »Oder vielmehr, du wirst uns allein nach Oldenburg fahren lassen müssen. Sigi ist ziemlich vorsichtig bei der Auswahl der Leute, mit denen er handelt. Wahrscheinlich ist das der Grund, warum sie ihn noch nie geschnappt haben.«

»Und wie wollt ihr ihn in Oldenburg finden?«, frage Onkel Emil.

»Das lass mal unsere Sorge sein, Onkel Emil«, meinte Enno grinsend. »Wir kennen ein paar Leute, die kennen wieder andere Leute. Das klappt schon! Aber es kann natürlich ein bisschen dauern, bis Sigi was besorgt hat. Das Zeug wächst ja nicht auf Bäumen, und es wird sicher teuer werden. Wie viele Luckys haben wir noch?«

»Dreieinhalb Stangen. Mehr ist nach dem langen Winter nicht mehr übrig. Das wird hoffentlich reichen«, sagte Freerk finster und schnaubte. »Medizin vom Schwarzmarkt. Aber es gibt eben keine andere Möglichkeit, an das Zeug ranzukommen.«

Betreten schwiegen alle am Tisch. Onkel Emil schenkte noch einmal ein und prostete ihnen zu. Freerk stürzte den scharfen Selbstgebrannten hinunter und spürte, wie der Alkohol den Schlund hinunter bis in den Magen brannte. Enno hustete und verzog das Gesicht, als er den Schnaps getrunken hatte. Nachdenklich drehte er das Glas auf dem Tisch hin und her.

»Vielleicht doch. Möglicherweise gibt es noch eine andere Möglichkeit«, sagte er. »Aber davon wirst du bestimmt nichts wissen wollen, Freerk.«

Freerk zog die Augenbrauen in die Höhe. »Nämlich?«

»Helgoland. Das Militärhospital in den Tunneln. Gut möglich, dass da noch was zu holen ist. Da standen doch diese hohen Metallschränke an den Wänden, und nur einer war aufgebrochen. Ich wette, da sind lauter Medikamente drin.«

»Du meinst, da *waren* Medikamente drin. Inzwischen ist das Hospital bestimmt auch geplündert, wie der Rest der Insel.« Freerk verschränkte die Arme vor der Brust und runzelte zweifelnd die Stirn.

»Mag schon sein, aber es kann genauso gut sein, dass noch

niemand da drin war. Woher sollen die Plünderer wissen, dass in den Tunneln was zu holen ist? Und dass ein Helgoländer da freiwillig wieder reingeht, kann ich mir eigentlich nicht vorstellen.«

»Ist sowieso egal«, sagte Freerk. »In nicht mal einer Woche jagen die Tommys Helgoland in die Luft. Selbst wenn in den Tunneln noch was sein sollte, kämen wir wegen der Patrouillenboote nicht in den Hafen.«

Nachdenklich zuckte Gerd mit den Schultern. »Mit dem Kutter kommt man sicher nicht an die Insel heran. Aber mit der Jolle könnte man am Nordstrand an Land gehen. Im Dunkeln oder in der Dämmerung ginge das vielleicht.«

Freerk winkte ab. »Das sind alles Hirngespinste!«, sagte er. »Die einzige Möglichkeit, an Penicillin ranzukommen, ist der Schwarzmarkt.« Er seufzte, zog seinen Tabaksbeutel aus der Hosentasche, drehte sich eine Zigarette und zündete sie an.

»Also gut«, sagte er schließlich und blies eine Rauchwolke zur Decke hoch. »Wir machen das so: Ihr beide geht morgen früh ganz normal aus dem Haus, aber statt zum Hafen lauft ihr zum Bahnhof nach Burhave und fahrt mit dem Zug nach Oldenburg. Dort versucht ihr, diesen Sigi Lüders zu finden. Ich gebe euch zwei Tage, nicht mehr! Dann kommt ihr wieder – ob mit Penicillin oder ohne. Ihr haltet euch aus allem raus, ihr geht in keine Kneipe. Und vor allem ...« Er beugte sich vor und sah scharf von einem zum anderen. »Lasst euch nicht beklauen! Wir haben nur diese eine Gelegenheit. Ist das klar?«

Beide Jungen nickten.

»Gut. Ich fahre morgen mit Onkel Emil ins Watt und sage Wiebke, wir würden über Nacht draußen bleiben. Sie hat schon mehr als genug Sorgen, da soll sie sich nicht auch noch um euch Gedanken machen müssen.« Er drückte die Zigarette im Aschenbecher aus und erhob sich. »Und jetzt sollten wir zusehen, dass wir zu den Hansens rüberkommen, das Essen ist bestimmt schon fertig. Und dass mir keiner ein Wort darüber verliert, was wir vorhaben!«

Zum ersten Mal seit Monaten machten sich Freerk und Onkel Emil am nächsten Morgen allein mit der *Margarethe* auf den Weg ins Watt. Das Wetter war schön und die See glatt wie ein Spiegel. Auch wenn Onkel Emils Schulter wieder »so gut wie neu« war, wie er gerne sagte, vermisste Freerk Wiebkes Brüder schmerzlich und fragte sich, wie er die Arbeit an Bord ohne sie bewältigen sollte. Doch wie schon in den letzten Tagen waren die Kisten auch heute schnell mit Krabben gefüllt, sodass sie schon am Nachmittag wieder auf dem Rückweg in den Hafen waren.

»Meinst du nicht, dass du Wiebke erzählen solltest, wo Gerd und Enno hin sind?«, fragte Onkel Emil, der am Ruder stand, vorsichtig.

»Besser nicht. Wie ich gestern schon sagte, Wiebke hat genug Sorgen. Wenn alles klappt, sind die beiden spätestens morgen Abend wieder da.«

»Ja, wenn alles klappt.« Onkel Emil zog geräuschvoll die Nase hoch. »Aber wenn was schiefgeht? Wenn Wiebke raus- kriegt, dass du ihr was vorgeschwindelt hast, verzeiht sie dir das nie. Die Deern redet nie wieder auch nur ein einziges Wort mit dir!«

Freerk antwortete nicht. Er starrte aus dem Kajütenfenster über den Bug des Kutters hinweg auf den Horizont, an dem sich die Küstenlinie als bläulicher Schatten abzeichnete. Die ganze Fahrt über hatte er sich immer wieder diese Frage gestellt: Was, wenn es nicht klappte? Wenn Enno und Gerd kein Penicillin für Ike bekämen? Wenn sie diesen Lüders nicht finden würden? Was, wenn sie vielleicht sogar auf dem Schwarzmarkt erwischt würden und im Gefängnis landeten? Bei diesem Gedanken drehte sich ihm der Magen um.

»Ich mein ja bloß«, fuhr Onkel Emil fort. »Sie ist immerhin die Schwester der beiden Jungs und fühlt sich für sie verantwortlich.«

»Sie bemuttert sie eher wie eine Glucke«, sagte Freerk nach kurzem Schweigen. »Gerd ist siebzehn. Im Krieg wäre er in dem Alter längst an der Front gewesen und hätte kämpfen müssen. Der braucht keinen Aufpasser mehr. Und Enno? Der Jung ist so plietsch, der steckt uns noch alle in die Tasche. Wenn jemand es schafft, für Ike das Penicillin zu beschaffen, dann die beiden.« Er drehte den Kopf und sah Onkel Emil in die Augen. »Ja, ich mach mir auch Sorgen, ob das alles gut geht, wenn du es genau wissen willst. Aber ich glaube, es reicht im Moment, wenn wir beide uns Gedanken um Gerd und Enno machen. Wiebke hat mehr als genug anderes im Kopf.« Freerk seufzte. »Wenn die beiden morgen Abend zum Essen nicht wieder da sind, ist es immer noch früh genug, Wiebke die Wahrheit zu sagen. Dann werde ich mit ihr reden. Versprochen!«

Zum Glück wusste Onkel Emil, wann er verloren hatte. Er warf Freerk nur noch einen zweifelnden Blick zu und schwieg für den Rest der Fahrt.

Im Hafen entluden sie den Fang, rechneten mit Onno de Buhr ab und verabschiedeten sich vor dem Gebäude der Fischereigenossenschaft voneinander.

»Und denk dran, kein Wort zu Wiebke, wenn du zum Essen rübergehst«, sagte Freerk mit Nachdruck.

»Kommst du denn nicht?«

»Kann ich ja wohl schlecht, wenn ich angeblich über Nacht mit der *Margarethe* im Watt bin«, sagte Freerk trocken.

»Stimmt!«, gab Onkel Emil zu. »Und was isst du?«

»Ich hab noch Brot zu Hause, das reicht mir.« Freerk nickte seinem Onkel zu. »Bis morgen früh dann. Halb acht am Kutter.«

»Jo. Bis morgen früh!« Der alte Mann tippte sich an die Mütze, drehte sich um und stiefelte auf sein Haus am anderen Ende des Hafenbeckens zu.

Freerk sah ihm noch einen Moment hinterher, ehe er zu seinem Fahrrad hinüberging, das wie immer an der Mauer der Fischereigenossenschaft lehnte, und sich auf den Heimweg machte. Der Wagen von Dr. Haase stand an der Straße neben der Auffahrt der Hansens. Wie gern wäre Freerk jetzt abgebogen und hätte sich erkundigt, wie es der Kleinen ging, aber er widerstand der Versuchung. Er trat in die Pedale, um so schnell wie möglich am Haus vorbeizukommen, und hoffte, dass niemand ihn entdeckte.

Zu Hause kochte er sich Tee, bestrich zwei Scheiben schon ziemlich trockenes Schwarzbrot dünn mit Butter, streute ein wenig Salz darauf und begann zu essen. Dabei versuchte er, so tief in die Abenteuer von Kara Ben Nemsi und Hadschi Halef Omar einzutauchen, dass sein schlechtes Gewissen verstummte, das ihn immerzu fragte, ob er richtig gehandelt hatte.

Das Schlagwerk der Pendeluhr an der Wand begann zu schnarren, und ein unmelodischer Gong ertönte sechs Mal. Im gleichen Moment klopfte jemand laut an die Haustür.

»Gottverdammich«, murmelte Freerk, legte den vergilbten Zettel, der ihm als Lesezeichen diente, zwischen die Seiten und klappte das Buch zu. »Um diese Zeit?«

Das Klopfen hörte nicht auf, wurde lauter und steigerte sich zu einem heftigen Trommeln.

»Ich komm ja schon!«, rief Freerk mürrisch. Er stand auf und humpelte zur Eingangstür. Durch das kleine viereckige Fenster sah er deutlich Wiebkes feuerroten Haarkranz. Er holte tief Luft, bevor er die Tür öffnete.

»Bist du von allen guten Geistern verlassen?«, fauchte sie, ohne ihm auch nur den Hauch einer Möglichkeit zu geben, etwas zu sagen. »Du kannst doch Gerd und Enno nicht nach Oldenburg schicken, damit sie Penicillin besorgen!« Ihre Wangen glühten, und die hellgrünen Augen funkelten vor Zorn. »Was hast du dir bloß dabei gedacht? Was da alles passieren kann! Die kennen doch keinen in der Stadt! Was, wenn …« Sie brach ab und holte tief Luft. »Du hast mir versprochen, auf sie aufzupassen, Freerk!«

»Komm erst mal rein, Wiebke«, unterbrach er sie und griff nach ihrem Arm, um sie in den Flur zu ziehen. »Vor allem beruhig dich, dann werde ich es dir erklären.«

Mit einem Ruck entwand sie ihren Arm seinem Griff. »Beruhigen? Du hast mir versprochen, dass du auf meine Brüder aufpasst! Du hast gesagt, du hältst sie vom Schwarzmarkt fern. Und jetzt schickst du sie selber hin?«

»Wiebke, bitte! Nicht hier draußen!«, antwortete Freerk gepresst, griff erneut nach ihrem Arm, zog sie ins Haus und schloss hinter ihr die Tür. Dann ging er in die Küche und bot ihr einen Stuhl an, auf dem sie zu seiner großen Überraschung tatsächlich nach kurzem Zögern Platz nahm. Freerk schob sein Buch zur Seite und setzte sich ihr gegenüber auf das Küchensofa.

Wiebke atmete ein paar Mal tief ein und aus. Sie versuchte offenbar, ihrer Gefühle Herr zu werden. Noch immer sprühten ihre Augen vor Zorn, aber er hielt dem Blick stand.

»Du musst den beiden hinterherfahren und sie zurückholen!«, sagte sie gepresst.

Freerk seufzte. »Du weißt genau, dass das Blödsinn ist, was du da verlangst, Wiebke«, sagte er bemüht ruhig. »Mal abgesehen davon, dass ich heute nicht mehr bis nach Oldenburg kommen würde, wüsste ich ja nicht einmal, wo ich sie suchen sollte.«

»Aber ...«

»Sie haben mir versprochen, dass sie morgen Abend zurückkommen«, unterbrach er sie. »Ob mit Penicillin oder ohne.«

»Und das glaubst du?« Wiebke lachte bitter, aber Freerk ließ sich davon nicht aus der Ruhe bringen.

»Ja, das glaube ich. Ich kenne die beiden. Wenn sie was versprechen, dann halten sie es auch. Sie sind keine grünen Jungs mehr, sie sind Männer.«

»Männer ... Blödsinn!«, schnaubte Wiebke. »Gerd ist gerade mal siebzehn und Enno erst fünfzehn.«

»Bei dem, was sie schon mitgemacht haben, zählen die Jahre doppelt, glaub mir. Für dich sind deine Brüder noch die kleinen Jungs von früher, auf die du aufpassen musst. Und bei allem, was in letzter Zeit passiert ist, ist es kein Wunder, dass du nicht gemerkt hast, wie sie sich verändert haben. Die beiden können inzwischen ganz gut auf sich selbst aufpassen. Ich hab Vertrauen in sie, und das solltest du auch haben.«

Wiebke schwieg und schien über seine Worte nachzudenken, während sie ein paar Schwarzbrotkrümel vom Tisch zupfte.

»Woher weißt du, dass die beiden weg sind?«, fragte Freerk nach einer Weile. »Hat Onkel Emil sich verplappert?«

Wiebke sah auf. Der Zorn in ihren Augen war verschwunden. »Nein, verplappert hat er sich nicht. Ich hab ihn zur Rede gestellt. Ich war vorhin am Hafen und hab die *Margarethe* am Kai liegen sehen. Da bin ich sofort zu Onkel Emil rübergegangen und hab ihn gefragt, warum ihr schon wieder da seid und wo Gerd und Enno sind. Erst hat er ein bisschen rumgedruckst, und dann hat er es mir erzählt.«

Freerk nickte langsam. »Er meinte vorhin auf dem Kutter schon, ich sollte dir lieber sagen, was los ist. Die Heimlichtuerei würdest du mir vermutlich so übelnehmen, dass du nie mehr mit mir redest. Aber ich dachte, du hast im Moment schon genug Sorgen. Wie geht es Ike? Ich hab vorhin gesehen, dass der Doktor da war.«

»Nicht besser und nicht schlechter. Sie hat immer noch Fieber, und wenn sie hustet, tut es ihr so weh, dass sie jedes Mal anfängt zu weinen«, sagte Wiebke. »Dr. Haase sagt, solange das Fieber nicht steigt, ist er zuversichtlich, dass sie es schafft. Aber sie ist so schwach, dass sie nicht aufstehen kann, und das Fieber zehrt sie noch mehr aus.« Sie sah Freerk in die Augen. »Ich hab solche Angst, sie zu verlieren.«

»Das weiß ich«, erwiderte er leise. »Uns allen geht es so. Und das ist auch der Grund, warum Gerd und Enno nach Oldenburg gefahren sind. Sie kennen einen Schwarzmarkthändler von dort, der vielleicht Penicillin besorgen kann.«

»Ja, Penicillin ... Ich habe mir auch schon den Kopf zerbrochen. Das Zeug muss doch irgendwie zu beschaffen sein«, sagte Wiebke. »Vielleicht doch über den Doktor? Wenn ich ihm die beiden Eheringe gebe, ob er dann etwas auftreiben kann?«

»Der alte Dr. Haase? Nein. Wenn er was hätte, würde er es Ike geben. Aber es gibt kein Penicillin, jedenfalls nicht auf legalem Weg. Und auf krumme Geschäfte würde Dr. Haase sich nie einlassen. Er ist nun mal grundehrlich.«

Wiebke rieb sich die Stirn und seufzte. »Also können wir nur hoffen, dass Ike kräftig genug ist, die Lungenentzündung auch ohne Penicillin zu überstehen.«

»Oder dass deine Brüder auf dem Schwarzmarkt Glück haben«, ergänzte Freerk. »Aber das sehen wir wohl erst morgen Abend.«

Ein ungutes Gefühl beschlich Freerk, als er am nächsten Nachmittag an Wiebkes Haustür klopfte – eine unbestimmte Angst in der Magengrube, vor etwas, das er nicht benennen konnte. Am Morgen war er so spät dran gewesen, dass er sich nicht mehr nach Ike hatte erkundigen können, ehe er zum Hafen fuhr. An Bord war er seine Laune so schlecht gewesen, dass sein Onkel ihn »oller Miesepeter« genannt hatte.

Es dauerte einen Moment, bis Tante Fenna die Tür öffnete, und an ihrer Miene war zu sehen, dass es nicht zum Besten stand.

»Komm erst mal rein, Freerk«, sagte sie gedämpft. »Almuth und ich sitzen in der Küche.«

Sie ließ ihn eintreten und folgte ihm in die Küche, wo Almuth mit einer Tasse Tee am Tisch saß. Als sie Freerk sah, nickte sie ihm nur zu und erhob sich, um ihm ebenfalls eine Tasse zu holen. Sie schenkte ihm ein und setzte sich wieder, ohne ein einziges Wort zu sagen. Ebenso wie Tante Fenna sah sie übernächtigt aus.

»Wo ist denn Wiebke?«, fragte Freerk.

»Bei Ike in der Kammer. Sie wollte bei ihr bleiben, bis sie eingeschlafen ist.« Almuth holte tief Luft und stieß sie zitternd wieder aus. »Was macht das Schicksal bloß mit uns?«, fragte sie leise.

»Na komm, Almuth, nun sieh mal nicht so schwarz«, sagte Tante Fenna und tätschelte die Hand ihrer Schwester. »Du hast es doch gehört. Wir sollen die Hoffnung nicht aufgeben.« Sie drehte sich zu Freerk um. »Der Doktor war vorhin da«, sagte sie. »Das Fieber ist wieder gestiegen, und Ike phantasiert immer wieder. Aber er meinte, wenn sie die nächsten ein oder zwei Tage übersteht, hat sie das Schlimmste hinter sich. Wiebke hat ihm erzählt, dass Gerd und Enno versuchen, Penicillin aufzutreiben. Er hat genickt und gemeint, das wäre gut, damit würde Ike es so gut wie sicher schaffen. Was haben die Jungs denn gesagt? Wann kommen sie wieder?«

»Mit dem letzten Zug heute Abend.« Freerk gab sich alle Mühe, zuversichtlich zu klingen. Er warf einen Blick auf die

Uhr, die an der Wand über der Bank hing. »Wenn der Zug halbwegs pünktlich ist, sind sie bald in Burhave.«

»Und wenn sie nicht kommen? Oder wenn sie nichts bekommen haben?«, fragte Almuth. »Was dann? Sollen wir hilflos zusehen, wie die Kleine stirbt?« Sie schlug die Hände vors Gesicht. Freerk sah, wie ihre Schultern zu zittern begannen. »Ich kann das nicht!«, flüsterte sie. »Nicht noch mal.«

»Ach Almuth!«, sagte Fenna und legte tröstend eine Hand auf die Schulter ihrer Schwester. »Bitte nicht! Nicht weinen. Du musst dich zusammenreißen. Für Ike und auch für Wiebke.«

Tapfer sein. Hinnehmen. Sich in das Unvermeidliche fügen. Dabei zusehen, wie ein Kind stirbt. Freerks Innerstes zog sich vor Mitleid zusammen, als er zusah, wie Tante Fenna vergeblich versuchte, ihre Schwester zu trösten.

Ohne dass er es wollte, hatte er wieder das schmale Gesicht von Piet vor Augen, der in der Kammer im Bett lag und vergeblich gegen das Sterben ankämpfte. Und jetzt würde es Ike vielleicht ebenso gehen. Am liebsten wäre Freerk aufgesprungen und aus der Küche geflohen, um sich irgendwo zu verkriechen und nichts mehr sehen oder hören zu müssen. Doch dann stieg auf einmal eine gewaltige Wut in ihm auf, und er begann, sich gegen diese Hilflosigkeit zu wehren.

Nein, nicht noch einmal! Es muss etwas geben, das ich tun kann, dachte er. *Irgendwas muss mir einfallen.*

Plötzlich sah er Enno vor sich, wie er vor zwei Tagen auf Onkel Emils Sofa gesessen und nachdenklich das Schnapsglas zwischen den Fingern hin und her gedreht hatte. Er hatte von einer anderen Möglichkeit gesprochen, an Penicillin heranzukommen: *Helgoland. Das Militärhospital in den Tunneln. Gut möglich, dass da noch was zu holen ist.*

Die Tunnel unter der Insel. Die Dunkelheit, die aus den Ecken hervorzukriechen schien. Der Geruch nach Moder und

Angst, der in der Luft hing. Alles in Freerk sträubte sich gegen den Gedanken, dorthin zurückzukehren. Aber Enno hatte recht. Gut möglich, dass dort unten in den Metallschränken noch Medikamente waren. Einen Versuch war es in jedem Fall wert. Alles war besser, als hier herumzusitzen!

Für einen kurzen Augenblick schloss Freerk die Augen, dann holte er tief Luft. »Wenn Gerd und Enno kein Penicillin bekommen haben, fahr ich noch heute Nacht nach Helgoland«, hörte er sich selbst sagen.

Tante Fenna sah auf. »Nach Helgoland?«

»Im Militärhospital in den Tunneln könnte vielleicht noch was zu finden sein.«

»Das ist völlig verrückt, und das weißt du auch«, hörte er Wiebkes Stimme hinter sich.

Er drehte sich um. Sie stand in der Küchentür und lehnte mit der Schulter am Rahmen, so als könnte sie sich kaum noch aufrecht halten. Dunkle Ringe lagen unter ihren rot geränderten Augen.

»Bei den vielen Patrouillenbooten würdest du doch nicht mal in die Nähe der Insel kommen, geschweige denn in die Tunnel. Völlig unmöglich!« Wiebke kam langsam und gebeugt zum Tisch und ließ sich schwer auf den Stuhl neben Freerk fallen. Ihre Augen leuchteten für einen kurzen Augenblick auf, als sie sich vorbeugte und nach seiner Hand griff. »Trotzdem danke, Freerk! Das bedeutet mir viel.« Ein müdes Lächeln überflog ihr Gesicht, dann ließ sie seine Hand los und lehnte sich zurück. Erschöpft rieb sie sich über die Stirn. »Ike schläft«, sagte sie. »Ich habe die Tür angelehnt gelassen, dann hören wir, wenn sie wach wird.«

Die nächsten Stunden erschienen Freerk wie eine Ewigkeit. Schweigend saßen sie um den Tisch herum, nur Wiebke und Almuth standen von Zeit zu Zeit auf, um nach dem schlafenden

Kind in der Kammer zu sehen. Immer wieder wanderte Freerks Blick hinüber zur Uhr, deren Zeiger sich nur schleppend zu bewegen schienen. Allmählich wurde er unruhig. Gerd und Enno hätten längst wieder zurück sein müssen, selbst wenn man davon ausgehen konnte, dass die Züge nicht pünktlich fuhren.

Gegen acht Uhr nahm Freerk schließlich all seinen Mut zusammen und räusperte sich. »Ich glaube, die beiden kommen heute nicht mehr«, sagte er so leichthin, wie er es nur fertigbrachte. »Vermutlich haben sie den Zug verpasst.«

Tante Fenna ließ ihr Strickzeug in den Schoß sinken und warf ihm über die Brille hinweg einen skeptischen Blick zu. »Hoffentlich ist nichts Schlimmeres passiert.«

Freerk schüttelte den Kopf. »Lasst uns zuversichtlich bleiben. Jedenfalls, solange wir nichts anderes hören«, sagte er. »Aber egal, was den beiden dazwischengekommen ist, vor morgen Nachmittag sind Gerd und Enno nicht wieder hier. Und ob sie Penicillin bekommen haben, wissen wir auch nicht.« Nacheinander sah er die drei Frauen am Tisch an. »Mein Entschluss steht fest: Ich werde mit der *Margarethe* nach Helgoland fahren und aus dem Hospital Penicillin holen, wenn noch was da ist. Ich kann nicht hier rumsitzen und einfach nur abwarten. Das macht mich ganz verrückt.« Er holte tief Luft, stand auf und schob seinen Stuhl an den Tisch. »Wenn ich jetzt gleich rausfahre, bin ich mit ein bisschen Glück morgen Mittag wieder zurück.«

Wiebke sah zu ihm hoch. »Ich hab dir vorhin schon gesagt, dass es verrückt ist, das auch nur zu versuchen«, sagte sie. »Wie willst du auf die Insel kommen? Wie den Eingang zu den Tunneln finden? Und den Weg zum Hospital? Im Dunkeln? Du bist nur ein einziges Mal da gewesen, Freerk. Das kannst du nicht schaffen!«

Es lag kein Zorn in ihren hellgrünen Augen und auch kein

Spott, wie Freerk vermutet hätte. Sie strahlten voller Wärme und Bewunderung, und für einen Moment drohte er in ihnen zu versinken.

»Das schaffst du nicht allein«, sagte sie. »Und darum werde ich mitkommen nach Helgoland.«

Kapitel 24

»Irgendjemand da oben muss es gut mit uns meinen«, sagte Freerk leise.

Beim Klang seiner Stimme schrak Wiebke zusammen. Sie saß auf der Bank hinter dem Steuerruder, den Kopf an die Metallwand der Kajüte gelegt, und hatte für einen Moment die Augen geschlossen. Bei dem monotonen Tuckern des Dieselmotors, der die Wand erzittern ließ, wäre sie beinahe eingeschlafen. Sie holte tief Luft, richtete sich auf und rieb sich die brennenden Augen, um die Müdigkeit zu vertreiben.

»Was meinst du?«

Freerk deutete nach vorn. »Kein Nebel mehr, und jetzt kommt der Mond raus.«

Wiebke erhob sich und trat neben ihn. Freerk hatte recht. Die Nebelschwaden, die den Kutter zwar vor neugierigen Blicken verborgen, aber auch dafür gesorgt hatten, dass sie nur langsam vorankamen, waren verschwunden. Zwischen schnell ziehenden, dünnen Wolken lugte der fast volle Mond hervor und tauchte das Meer in ein unwirkliches silbernes Licht. In seinem Schein erhob sich vor ihnen eine hohe schwarze Silhouette, die die wenigen Sterne am Himmel verschluckte.

»Wir sind da«, murmelte Wiebke. »Da vorn ist die Lange Anna.«

Trotz des schummrigen Lichtes in der Kajüte sah sie, dass Freerk nickte. »Ja, endlich«, sagte er. »Wir sind schon über dem Felswatt. Wird Zeit, dass wir ankern.«

Er stellte den Motor der *Margarethe* aus und öffnete die Kajütentür, um an Deck zu gehen. Wiebke folgte ihm. Ganz langsam und vorsichtig ließen sie den Anker hinunter, um zu verhindern, dass die Seilwinde quietschte. Als das Gewicht plötzlich nachließ, berührte Freerk kurz ihren Arm.

»Ist gut«, flüsterte er. »Kannst aufhören.«

Er bückte sich, sicherte die Winde mit einem Splint, dann richtete er sich wieder auf und lauschte angestrengt. Auch Wiebke sah sich um und versuchte, neben dem Plätschern der Wellen am Rumpf des Kutters weitere Geräusche wie zum Beispiel einen sich nähernden Schiffsdiesel auszumachen. Aber alles war ruhig.

Freerk war inzwischen dabei, das Seil, mit dem sie die Jolle ihrer Brüder in Schlepp genommen hatten, zu lösen. Wiebke folgte ihm zur Reling und ließ die Strickleiter zu dem kleinen Segelboot hinunter. Vorsichtig stieg sie in die Jolle hinab und hielt dann die Leiter für Freerk fest, der sich, statt die Füße auf die Holme zu setzen, nur mit den Armen hinunterhangelte. Vermutlich, um mit dem Holzbein nicht abzurutschen, dachte Wiebke und bewunderte seine Kraft und Geschicklichkeit. Im Boot griff er nach den beiden Rudern und reichte eines an Wiebke weiter. Als hätten sie es vorher abgesprochen, setzten sie sich nebeneinander auf die Bank im Bug der Jolle und begannen, auf den Strand zuzurudern.

Für einen Moment vergaß Wiebke den Grund, aus dem sie hier waren, und die Angst, auf den letzten Metern noch entdeckt zu werden, so sehr genoss sie diese Bootsfahrt. Über ihnen wölbte sich der klare Himmel, an dem nur wenige Sterne zu sehen waren. Dank des strahlend hellen Mondes war die Nacht eher dunkelgrau als schwarz. Es war beinahe windstill und für Mitte April angenehm lau. Nur gelegentlich war eine schwache Brise zu spüren, die das Wasser kräuselte und durch Wiebkes Haare strich. Die Ruder hoben und senkten sich im Takt, ohne dass Freerk und sie auch nur ein einziges Wort verlieren mussten. *So als hätten wir nie etwas anderes gemacht*, dachte Wiebke.

Doch dann knirschte es unter dem Rumpf, das Boot war am Strand angekommen. Freerk schwang die Beine über die Bordwand und ließ sich vorsichtig ins Wasser hinunter. Wiebke zog die Schuhe aus und kletterte ebenfalls aus dem Boot. Gemeinsam zogen sie die Jolle den Strand hoch, bis über die Flutlinie hinaus.

Wiebke wischte sich den Sand von den Händen, angelte ihre Schuhe aus dem Boot und zog sie an. Ihre Füße prickelten von dem kalten Wasser.

»Und wie kommen wir von hier aus in die Tunnel?«, fragte Freerk. »Als ich mit Gerd und Enno hier war, haben wir den Kutter im Hafen festgemacht und sind von dort aus durch den Ort gegangen, bis wir zu einem großen Bunker kamen.«

»Die Spirale.« Wiebke nickte. »Aber diesen Weg sollten wir nicht nehmen. Zum einen ist das von hier aus ziemlich weit. Zum anderen könnte ich mir gut vorstellen, dass die Briten den Bunker bewachen.«

»Bewachen?« Wiebke konnte im Mondlicht erkennen, dass Freerk die Augenbrauen zusammenzog.

»Wegen der Munition darin«, sagte sie und hätte sich am liebsten sofort auf die Zunge gebissen. Sie hatte niemandem gesagt, dass sie damals bei Captain Watson die Karte von Helgoland mit den Notizen darauf gesehen hatte. »Es gibt noch einen anderen Zugang zu den Tunneln, und der ist sehr wahrscheinlich unbewacht«, fuhr sie hastig fort. »Wir müssen über das Oberland in den Schulbunker. Die Treppe ist da vorn.«

Ohne auf Freerk zu warten, lief Wiebke mit großen Schritten auf die Felswand zu, die ein Stück vor ihnen als schwarzer Schatten senkrecht in die Höhe ragte. Sie fragte sich, wie oft sie hier schon gewesen war. Als Kind mit Jan und später mit Gerd und Enno an der Hand war sie unzählige Male hier am Strand entlanggelaufen, den Blick nach unten gerichtet, um ja keinen der Bernsteine zu übersehen, die man nach den Winterstürmen finden konnte. Das war so lange her, dass die Erinnerung ihr geradezu unwirklich erschien.

Später, als die Hakenkreuzflaggen an den Fahnenstangen flatterten, durften die Helgoländer nicht mehr herkommen, weil der Strand militärisches Sperrgebiet war. Ein Stückchen weiter vorne hatten die Baracken der Fremdarbeiter und Kriegsgefangenen gestanden – dort, wo das ganze neue Land für den Kriegshafen aufgespült worden war, gegen den Papa immer gewettert hatte. So lange, bis sie ihn abgeholt hatten.

Abrupt blieb Wiebke stehen. Die Erinnerungen stürzten von allen Seiten auf sie ein, bedrängten sie, schoben sich voreinander wie Schaulustige, die um die besten Plätze stritten. Sie holte tief Luft und schüttelte den Kopf.

Dafür ist jetzt keine Zeit, dachte sie, *weder für die schönen noch für die fürchterlichen Erinnerungen. Wir müssen so schnell wie möglich in die Tunnel zum Hospital und das Penicillin für Ike holen. Reiß dich zusammen, Wiebke!*

Sie blickte zurück und stellte fest, dass sie Freerk ein ganzes Stück abgehängt hatte. Es dauerte einen Augenblick, bis er zu ihr aufgeschlossen hatte.

»Tut mir leid«, sagte er. »Im Sand kann ich nicht so schnell laufen. Das Holzbein sinkt immer ein.«

»Entschuldige, Freerk«, erwiderte Wiebke. »Ich hätte daran denken müssen.«

»Kannst du ja nichts für«, sagte er trocken. »Mir wär auch lieber, ich könnte schneller laufen.«

Wiebke wusste nicht, was sie darauf antworten sollte, also schwieg sie. Wieder ging sie voraus, aber diesmal achtete sie darauf, dass Freerk in dem unebenen Gelände Schritt halten konnte. Als sie die Felswand erreichten, kramte sie in den Taschen ihres Mantels und zog die zwei Taschenlampen heraus, die sie zu Hause eingesteckt hatte. Sie reichte eine an Freerk weiter.

»Oh«, sagte er, als er den kleinen Kasten in den Händen drehte. »Gerd sagte, er wollte die Dinger gut verstecken. Du solltest ja nicht mitbekommen, dass er auf dem Schwarzmarkt war.«

Wiebke musste grinsen. »Wenn man so dicht aufeinanderhockt wie wir, bleibt nichts geheim. Und jetzt kommen uns die Taschenlampen sehr gelegen.« Sie klappte die kleine Kurbel an der Seite ihrer Lampe heraus und drehte ein paarmal, bis sie anfing zu leuchten. »Besonders hell sind sie nicht, aber besser als nichts.«

Im schwachen Schein der Lampe wurden vor ihr hölzerne Stufen sichtbar, die nach oben führten. »Da geht es rauf! Hoffentlich ist die Treppe noch heil.«

Freerk bestand darauf, dass Wiebke vorausging. »Wenn ich ausrutsche, reiße ich dich sonst mit«, sagte er.

Die Stufen schimmerten im Licht der Taschenlampen grünlich. Sie waren dicht mit Algen bewachsen und sehr rutschig. Vorsichtig tastete sich Wiebke Schritt für Schritt hinauf und hielt sich am hölzernen Geländer fest. Immer wieder sah sie sich nach Freerk um, um zu prüfen, ob er noch hinter ihr war.

Kurz bevor sie das Oberland erreichten, kam eine Stelle, wo ein paar Stufen und ein Stück des Geländers fehlten. Eine Granate hatte die Treppe weggerissen und ein Loch in den weichen Felsen gesprengt. Wiebke kletterte vorsichtig über das Hindernis hinweg und hielt dann an, um die schwierige Stelle für Freerk auszuleuchten. Als sie endlich die letzten Stufen hinter sich gebracht hatten und sich das Oberland im Mondlicht flach wie ein Tisch vor ihnen erstreckte, blieben beide schwer atmend stehen.

»Willst du dich einen Moment ausruhen?«, fragte Freerk.

»Nein, alles in Ordnung. Es geht gleich wieder«, sagte Wiebke keuchend. »Früher bin ich die ganze Treppe in einem Stück hochgerannt und war nicht außer Atem. Ich werde wohl alt.«

Das Licht des Mondes reichte aus, um das Lächeln auf Freerks Gesicht zu erkennen. »Du bist nur aus der Übung.«

Sie holte noch einmal tief Luft, drehte an der Kurbel der Taschenlampe und hielt das linke Handgelenk mit der Armbanduhr in den Lichtkegel. »Halb drei schon. Wir haben viel länger gebraucht, als wir gedacht haben«, sagte sie. »Die Zeit wird knapp. Hoffentlich schaffen wir es, in die Tunnel und wieder raus zu kommen, solange es noch dunkel ist. Lass uns weitergehen!« Sie deutete nach vorn, wo sich auf dem Plateau ein massiver Turm erhob. »Da müssen wir hin. Der Eingang zum Schulbunker liegt ein Stück hinter dem Flakturm.«

Zunächst kamen sie gut voran. Die Befestigungsanlagen und die vereinzelten Bombentrichter auf dem grasbewachsenen Plateau waren gut zu erkennen, und es war kein Problem, sie zu umgehen. Als sie aber den Ort erreichten, erschwerten der Schutt der zerbombten Häuser und die aufgerissenen Straßen das Vorankommen, vor allem für Freerk. Immer wieder sah Wiebke auf die Uhr und biss sich auf die Lippen, wenn sie versucht war, ihn zur Eile anzutreiben. Kurz bevor sie den Zugang zum Schulbunker erreicht hatten, blieb sie vor einem riesigen Schutthaufen stehen.

»Was ist denn?«, fragte Freerk leise.

»Die Kirche«, antwortete sie tonlos und deutete auf die Steine.

Sie hatte von Flüchtlingen, die im Oberland gewohnt hatten, gehört, dass die Kirche schwer getroffen worden und eingestürzt war, aber die Trümmer mit eigenen Augen zu sehen, war wie ein Schlag. Sie drehte an der Kurbel der Taschenlampe und ließ den Lichtkegel langsam über die Mauerreste und Grabsteine gleiten, die in wildem Durcheinander vor ihr lagen. Auf einem der Steine, die hier wie Schrott herumlagen, musste der Name ihrer Mutter stehen.

Die sanfte Berührung von Freerks Hand an ihrem Arm ließ sie in die Wirklichkeit zurückkommen. »Na komm, Wiebke«, sagte er leise. »Wir müssen weiter.«

Sie riss sich mit Mühe vom Anblick der zerstörten Kirche los, drehte sich um und ging weiter. Zu ihrer großen Erleichterung war der Zugang zum Schulbunker nicht verschüttet. Nur ein paar Steine lagen auf den Stufen zu der Stahltür, die den Tunnel verschloss. Die Tür klemmte, und Wiebke konnte sie nur einen Spaltbreit aufziehen. Erst als Freerk ihr zu Hilfe kam, ließ sich die Tür mit einem protestierenden Quietschen öffnen.

Die feuchte, muffige Luft, die Wiebke entgegenschlug, raubte ihr den Atem und ließ sofort wieder die Erinnerungen an all die vielen Tage und Nächte in ihr lebendig werden, die sie hier unten im Bunker verbracht hatte. Unwillkürlich trat sie einen Schritt zurück und holte noch einmal tief Luft.

»Alles in Ordnung?«, fragte Freerk.

»Ja, sicher«, log sie und schluckte. Dann hatte sie sich wieder im Griff. »Wir müssen die Treppen hinunter und dann den Gang auf der linken Seite nehmen.«

Beide kurbelten noch einmal an ihren Taschenlampen und gingen dann die breite Betontreppe hinunter. Jetzt war hier alles still. Aber Wiebke erinnerte sich noch genau daran, wie sie zusammen mit den Nachbarn die Stufen hinuntergelaufen war, Ike auf dem Arm, Piet an der Hand. Viele der Kinder hatten geweint, wenn sie hier heruntergetragen wurden. Sie wussten ja schon, was kam. Das Dröhnen und Zittern der Wände, wenn die Bomben fielen, die Angst, die beinahe greifbar in der Luft hing, das lange Warten, bis endlich Entwarnung gegeben wurde.

Im Licht ihrer Taschenlampe tauchte eine weitere Stahltür auf. »Da hinein«, sagte Wiebke.

Diese Tür ließ sich leicht öffnen. Freerk hielt sie auf, und Wiebke schlüpfte hindurch. Der Kegel ihrer Taschenlampe tanzte über die Wände mit den Holzbänken, bis er von der Dunkelheit in der Ferne aufgesogen wurde. Dort, ein Stückchen weiter vorne, war ihr Platz gewesen. Dort hatte Piet neben ihr gesessen und sein Gesicht in ihrem Mantel vergraben, wenn die Wände zitterten. Und Ike hatte die Arme um ihren Hals geschlungen und gesagt: »Donnert.«

Ike ...

Ein Schauder lief Wiebke über den Rücken, und sie schüttelte sich, bevor sie dem Gang folgte. Hier unten roch es noch immer nach Angst.

»Komm, Freerk! Es ist nicht mehr weit«, sagte sie und versuchte, zuversichtlicher zu klingen, als sie sich fühlte.

Da rechts war das Mutter-Kind-Zimmer für Frauen mit Säuglingen gewesen. Wiebke hastete daran vorbei. Um eine Ecke. Um eine weitere. Durch eine Metalltür. An Gängen vorbei, die links und rechts abzweigten und sich in der Tiefe des Felsens verloren.

Sie war nur ein einziges Mal beim Hospital gewesen. Damals waren Gerd und Enno ausgerissen, und sie hatte nach ihnen gesucht. Auf einmal hatte sie vor einem der Operationssäle gestanden und war von einem unfreundlichen Soldaten unwirsch fortgeschickt worden. Krampfhaft versuchte sie sich zu erinnern, wie sie damals dorthin gekommen war.

An einer Kreuzung blieb sie stehen. »Ich weiß nicht, nach rechts oder geradeaus? Ich kann mich nicht an den Weg erinnern«, sagte sie, wütend auf sich selbst. »Diese verdammten Gänge sehen alle gleich aus!«

Der Lichtkegel von Freerks Taschenlampe tanzte über die gekalkten Wände und blieb an einem rotbraunen Pfeil hängen, der in den Gang rechts von ihnen wies. Darunter stand in Frakturbuchstaben: *Militärhospital – Kein Zutritt für Zivilisten.*

»Manchmal ist es viel einfacher, als man denkt«, sagte Freerk trocken.

Eilig liefen sie den Gang entlang. Es dauerte nicht lange, bis zu ihrer Rechten die erste Tür auftauchte. Im Raum dahinter standen Feldbetten. Alle Matratzen waren aufgeschlitzt und lagen zusammen mit Decken und Laken auf dem Fußboden.

»Hier waren wir. Ich erinnere mich«, sagte Freerk. »Der Operationssaal ist ein paar Türen weiter. Aber damals war ...«

Was er noch sagte, hörte Wiebke nicht mehr. Sie drehte sich um und lief weiter. Noch ein weiteres Krankenzimmer, dann ein drittes. Hinter der vierten Tür befand sich ein größerer Raum, von dessen Decke eine Operationsleuchte herabbaumelte. Die Liege darunter und der Fußboden waren mit Splittern übersät, die im erlöschenden Schein der Taschenlampe glitzerten. Wiebke drehte ein paar Mal an der Kurbel, und die Birne flammte wieder auf.

An den Wänden standen große graue Metallkästen, die Wiebke erst beim zweiten Hinsehen als Schränke erkannte. Die Türen waren abgerissen oder hingen schief in den Angeln. Vielleicht hatte jemand seine Wut daran ausgelassen, weil es hier nichts mehr zu holen gab.

Die Schränke waren allesamt leer. Die Erkenntnis traf Wiebke wie ein Schlag in die Magengrube.

»Verdammter Mist!«, hörte sie Freerk hinter sich murmeln.

Einen Moment lang standen beide wie versteinert da.

»Alles umsonst!«, stieß Wiebke schließlich hervor. »Wir hätten niemals herkommen dürfen. Alles wegen der verrückten Hoffnung, hier noch was zu finden. Ich hätte es besser wissen müssen. Ich sollte jetzt zu Hause bei meiner Tochter sein. Es ist genau wie bei Piet, Ike wird sterben, und ich bin nicht bei ihr!«

Ihre Beine trugen sie nicht mehr. Sie sackte auf die Knie, ließ die Taschenlampe fallen und schlug sich die Hände vors Gesicht. Piets blasses, schmales Gesicht, über das ein Laken gezogen wurde, war alles, was sie sah. Trauer und Verzweiflung waren wieder so gegenwärtig wie an jenem Tag im September und ließen nur noch Platz für einen Gedanken: *Zuerst Piet, und jetzt auch noch Ike.*

Grobe Hände packten ihre Schultern und schüttelten sie.

»Hör auf damit! Hast du verstanden? Hör sofort auf!« Freerks Stimme war nicht mehr als ein heiseres Flüstern. Er griff nach Wiebkes Handgelenken, zog ihre Hände herunter und zwang sie, ihn anzusehen. »Du darfst die Hoffnung nicht aufgeben, Wiebke. Nicht jetzt! Nicht nach allem, was wir …«

Er stockte und vollendete den Satz nicht. Seine Hände umfassten ihre Handgelenke so fest wie Schraubstöcke, als er sie auf die Füße zog. Im schwachen Licht der Taschenlampen sah sie nichts als seine entschlossenen Augen vor sich.

»Wir werden etwas finden!«, sagte er. »Wir werden hier alles absuchen und irgendetwas finden, womit wir Ike helfen können. Und wenn ich diese gottverdammte Insel umgraben muss, wir werden nicht mit leeren Händen zurückkehren.« Er ließ ihre Handgelenke los, legte ihr die Hände auf die Schultern und zog sie eng an seine Brust heran. Sein Gesicht war nur Zentimeter von ihrem entfernt, und in seinen Augen lag ein warmer Glanz. »Hörst du mich, Wiebke? Wir werden etwas finden, um Ike zu helfen!«

Ein trockener Schluchzer entrang sich ihrer Kehle. Freerk legte seine Rechte an ihre Wange und strich mit dem Daumen darüber.

»Gib die Hoffnung nicht auf, Wiebke«, flüsterte er.

Abrupt ließ er sie los, griff nach der Taschenlampe und drehte ein paarmal an der Kurbel, ehe er entschlossen auf die Schränke zuging und begann, sie zu durchwühlen.

Einen Moment lang sah Wiebke ihm wie betäubt zu, dann wischte sie sich die Tränen von den Wangen, bückte sich nach ihrer Taschenlampe und half ihm.

Wer auch immer das Hospital geplündert hatte, war gründlich vorgegangen. In den Schränken war nichts weiter zu finden als ein paar leere Pappschachteln. Sie leuchteten den Fußboden ab, und schließlich ging Freerk auf die Knie, um unter den Schränken zu suchen. Plötzlich hielt er inne. Er legte sich flach auf den Boden und schob den Arm unter einen der Schränke. Als er die Hand wieder hervorzog, hielt er zwei Metallröhrchen darin, die er Wiebke entgegenstreckte. Auf einem stand in roten Buchstaben *Optalidon*, auf dem anderen in blauer, geschwungener Schrift *Aspirin*.

»Schmerzmittel«, sagte er. »Beides. Die sind auf dem Schwarzmarkt mehr wert als amerikanische Zigaretten.«

Von ihrem Erfolg angefeuert suchten sie unter allen Schränken im Operationssaal, fanden aber nichts mehr. Auch die Suche in den Krankenzimmern blieb ergebnislos.

»Wie spät ist es?«, fragte Freerk, als sie das letzte Krankenzimmer durchsucht hatten.

Wiebke sah auf ihre Armbanduhr und erschrak. »Gleich fünf. Draußen muss es inzwischen schon hell werden.«

»Mist!«, stieß Freerk zwischen zusammengebissenen Zähnen hervor. »Wir werden uns wohl bis heute Abend irgendwo verstecken müssen.«

»Was? Nein!«, rief Wiebke entsetzt. »Das geht nicht. Wir müssen irgendwie versuchen, zum Boot zu kommen. Ich muss so schnell wie möglich nach Hause.«

Freerk trat zu ihr und griff nach ihren Schultern. »Wiebke, sei doch vernünftig! Das geht nicht, und das weißt du auch. Helgoland ist Sperrgebiet. Wenn die Tommys uns hier finden, wandern wir ins Gefängnis und sie schmeißen die Schlüssel weg. Also werden wir die Nacht abwarten müssen, ehe wir versuchen können, wieder zum Boot zu kommen.«

»Aber Ike ...« Der Kloß in Wiebkes Hals war so groß, dass sie nicht weitersprechen konnte.

Der Druck seiner Hände auf ihren Schultern wurde fester, dann zog er sie an sich. »Ich weiß. Aber es hilft nichts. Bei Tageslicht können wir nicht zurück zum Boot. Oben auf dem Felsen gibt es nichts, wo wir uns verstecken könnten, und wir würden der ersten Patrouille in die Arme laufen. Wir müssen warten, bis es dunkel wird, dann sind wir morgen wieder zu Hause. Wenn wir geschnappt werden, frühestens in einem Jahr.«

Seine Bartstoppeln streiften ihre Stirn, während er sprach, und die Arme, die sie fest umschlossen hielten, gaben ihr ein lange vermisstes Gefühl von Sicherheit. Für einen Moment lehnte sie die Stirn an seine Schulter und genoss es, nicht stark sein zu müssen, sich einfach fallen lassen zu können.

»Alles wird gut, Wiebke. Ich glaube ganz fest daran«, flüsterte Freerk und strich mit der Hand über ihren Rücken.

Wiebke holte tief Luft und richtete sich auf. Sofort ließ er sie los und trat einen halben Schritt zurück.

»Also gut«, sagte sie. »Wir verstecken uns. Aber wir bleiben nicht hier in den Tunneln. Das halte ich nicht bis heute Nacht aus.«

Ein schmales Lächeln umspielte Freerks Lippen. »Das wollte ich auch gerade sagen. Hier drin stinkt es.«

»Es riecht nach Angst«, sagte sie.

Sie kamen überein, sich in Wiebkes und Jans Haus zu verstecken, das nicht sehr weit vom Eingang zum Zivilbunker, der

Spirale, entfernt lag. Wiebke schlug vor, wieder den weiteren Weg über den Schulbunker zu nehmen, aber Freerk war dagegen.

»Bis wir da ins Freie kommen, ist es längst helllichter Tag, und je später es wird, desto größer ist die Gefahr, einer Tommy-Streife über den Weg zu laufen. Wegrennen kann ich nicht, ich bin nicht gut zu Fuß, wie du weißt.« Wiebke schien es, als schwänge in seinen Worten noch mehr Bitterkeit als üblich mit.

»Also gut, dann versuchen wir es durch die Spirale«, sagte sie. »Auch wenn …«

»Auch wenn was?«

Sie schüttelte den Kopf und winkte ab. »Nichts. Wir versuchen es einfach.«

Ihre Befürchtung, in der Spirale könnten Sprengladungen sein, behielt sie für sich. Sie scheute aus irgendeinem Grund davor zurück, Freerk von der Karte bei Captain Watson zu erzählen.

Lieber Gott, lass keine Wache dort sein, dachte sie. *Und lass mir meine kleine Ike!* Sie presste die Lippen aufeinander und holte tief Luft, um den kalten Knoten aus Angst in ihrem Inneren nicht zu groß werden zu lassen, dann hob sie ihre Taschenlampe und leuchtete in den Gang vor ihnen.

»Da geht es lang«, sagte sie und marschierte los.

Der Weg zur Spirale hinunter hatte sich in Wiebkes Gedächtnis eingebrannt, und sie war überzeugt, ihn auch in totaler Dunkelheit zu finden. Schließlich kamen sie zu den beiden Rampen, die in großem Bogen nach unten führten. Ein schwacher Lichtschein drang zu ihnen herauf.

»Die Türen müssen offen stehen«, flüsterte Wiebke und deutete nach unten. »Schau!«

»Was ist das?«, fragte Freerk und deutete auf die vielen Kisten, die hoch aufgestapelt an den Wänden standen und mit Draht verbunden waren.

Wiebke legte einen Finger an die Lippen. »Sprengladungen, denke ich«, hauchte sie. »Ich werde nachsehen, ob die Luft da unten rein ist. Warte hier!«

Er griff nach ihrer Hand, um sie daran zu hindern, aber sie entwand sie ihm und lief los. Der Boden war feucht und glatt, und Wiebke bemühte sich, kein Geräusch zu machen, während sie auf Zehenspitzen die Rampe hinabschlich. Die frische Luft, die durch die geöffneten Türen hereindrang, war eine Wohltat. Unten angekommen, blieb sie stehen und lauschte angestrengt. Draußen war kein Geräusch zu hören außer dem Wind, der über die Mauern des Bunkers strich.

Vorsichtig lugte sie durch die Tür ins Freie. Weit und breit war niemand zu sehen. Über den tiefblauen Morgenhimmel zogen ein paar Schönwetterwolken, die von der tief stehenden Sonne golden gefärbt wurden. Wären die Trümmer der Häuser nicht gewesen, die lange Schatten auf den Rasen neben dem Bunker warfen, wäre das Bild so friedlich gewesen wie vor dem Krieg. Die kleine Rasenfläche war wieder mit Gänseblümchen übersät, genau wie damals vor zwei Jahren, als sie nach dem großen Bombenangriff den Bunker wieder verlassen durften.

Als Wiebke damals ins Freie getreten war, hatte dort ein kleines blondes Mädchen von vielleicht drei Jahren im Gras gesessen und ganz selbstvergessen Gänseblümchen gepflückt. Wiebke hatte Ike an ihre Schwiegermutter weitergegeben, war zu dem Mädchen gegangen und hatte gefragt, wo denn ihre Mama sei.

»Mama ist noch da drin«, hatte das kleine Mädchen gesagt und auf den Bunker gezeigt. »Ich hab Blumen für sie gepflückt, damit es ihr wieder besser geht! Guck?« Damit hatte die Kleine Wiebke eine Handvoll abgerissener und zerdrückter Gänseblümchen entgegengestreckt. »Meinst du, sie freut sich?«

»Das tut sie bestimmt. Komm mal mit mir, dann suchen wir sie.« Wiebke hatte das Mädchen auf den Arm genommen, Almuth zugerufen, sie möge schon mal vorgehen, und war mit der Kleinen zurück in den Bunker gegangen. Es hatte eine Weile gedauert, bis sie die Mutter fanden. Die junge Frau saß am ganzen Leib zitternd auf einer der Bänke und schien kaum bei sich zu sein. Später erfuhr Wiebke, dass die Frau um Haaresbreite von einer Bombe zerrissen worden wäre. Sie nahm ihre Tochter auf den Schoß und klammerte sich an sie wie eine Ertrinkende. Was wohl aus der Kleinen und ihrer Mutter geworden war?

Wiebke schüttelte den Kopf. Jetzt war keine Zeit für Erinnerungen. Sie drehte sich um und winkte Freerk, zu ihr herunterzukommen. Ungeduldig wartete sie, bis er neben ihr stand, dann lauschten beide angestrengt nach draußen, aber noch immer war alles ruhig.

»Ich glaube, wir können es wagen«, flüsterte Wiebke und schlüpfte durch die Tür in den Sonnenschein hinaus. Freerk folgte ihr.

Bedacht darauf, kein Geräusch zu machen und jede Deckung zu nutzen, die sich ihnen bot, liefen sie zwischen den zerbombten Häusern hindurch. An jeder Ecke blieben sie stehen und lauschten mit angehaltenem Atem, um zu verhindern, dass sie einer Patrouille in die Arme liefen.

Genau wie damals als Kinder, wenn wir Piraten gespielt haben, dachte Wiebke.

Einen ganzen Sommer lang hatten die Inselkinder das beinahe jeden Tag gespielt: Zwei Gruppen von Kindern versuchten sich gegenseitig ihren Schatz zu stehlen, der an einem geheimen Platz versteckt war. Und immer waren Wiebke und Jan in derselben Piratenbande. Damals war die ganze Insel ihr Spielplatz gewesen. Bis die Mütter zum Abendbrot riefen, schlichen sie durch die Straßen und versuchten, den Schatz der anderen

Gruppe zu finden. Wer nicht aufpasste, wurde von den Gegenspielern gefangen genommen und erst dann wieder freigelassen, wenn der Schatz – meist eine alte Blechdose mit ein paar Stöcken und Muscheln darin – gefunden war.

Die Anspannung und das flatternde Gefühl in der Magengrube, wenn man hinter einer Hausecke stand – Wiebke erinnerte sich noch deutlich daran. Jetzt spürte sie die gleiche Spannung wie damals. Nur dass so viel mehr auf dem Spiel stand als eine rostige Dose voller Treibgut. Und während die Insel damals voller Gäste gewesen war, die zwischen den hübschen kleinen Häusern und Hotels flanierten, war jetzt von den meisten Häusern nicht mehr als ein Haufen Trümmer übrig.

Nur noch um eine Ecke, dann waren sie am Ziel. Wiebke blieb stehen und schlug sich erschrocken eine Hand vor den Mund. Auch wenn Gerd und Enno gesagt hatten, das Haus stehe noch, sei aber beschädigt, war sie auf diesen Anblick nicht vorbereitet gewesen. Häuser hatten für sie immer Gesichter mit Fensteraugen und der Tür als Mund, und das Haus, in dem sie nach ihrer Hochzeit mit Jan gewohnt hatte, hatte sie immer freundlich angelächelt. Jetzt starrte es sie so ausdruckslos an wie ein Totenschädel. Alle Fensterscheiben waren zerbrochen, und die Haustür hing schief in den Angeln.

Wiebke fühlte Freerks Hand auf ihrer Schulter. »Na komm, Wiebke, lass uns hineingehen«, sagte er leise.

Sie riss sich von dem Anblick des Hauses los, schluckte die aufsteigenden Tränen hinunter und nickte. Widerstrebend stieg sie die beiden Stufen zur Haustür hinauf und betrat, was früher einmal ihr Zuhause gewesen war. Im Flur blieb sie stehen und sah sich um. Der rote Läufer auf den Holzdielen war stockfleckig und voller Scherben und Holzsplitter von den Bildern, die während des Bombenangriffs heruntergefallen waren. Die hellen Streifentapeten hatten sich in langen Bahnen von der

Wand gelöst oder wellten sich. Der Geruch von Schimmel hing in der Luft. Wiebke stieß eines der Bilder mit der Spitze ihres Schuhs an, bückte sich und hob es auf. Es war eines der drei Blumengemälde, die sie zur Hochzeit bekommen hatten. Ein billiger Kunstdruck hinter Glas, nichts Wertvolles, jedenfalls nicht für jemand anderen. Vermutlich hatten die Plünderer es deshalb liegen lassen.

Wiebke starrte die Stiefmütterchen hinter der gesprungenen Scheibe an und versuchte, sich in Erinnerung zu rufen, wie sie früher einmal ausgesehen hatten, als sie noch an der Flurwand neben den Rosen und den Chrysanthemen hingen, aber es gelang ihr nicht. Ihr Arm sank herunter, das Bild entglitt ihrer Hand und fiel mit einem Klirren auf den Boden.

»*Hey, did you hear that?*«, rief eine Männerstimme draußen vor der Tür.

Wiebke zuckte zusammen und starrte Freerk entsetzt an. Im Bruchteil einer Sekunde war er bei ihr, zog sie in den Schatten hinter der Haustür und drängte sie mit dem Rücken gegen die Wand. Sie sah, dass er einen Finger an die Lippen legte. Sie nickte und hielt den Atem an.

Einen Moment lang war alles still, ehe eine zweite Stimme antwortete: »*Nah! It's nothing. C'mon, let's go, we're already late.*«

Wiebke hörte Schritte auf dem Straßenpflaster vor dem Haus, die sich allmählich entfernten. Erst als sie verklungen waren, holte sie zitternd Luft.

»Das war knapp«, flüsterte Freerk, der noch immer dicht an sie gedrängt stand. »Besser wir suchen uns ein Versteck im Haus.« Jetzt rückte er ein Stückchen von ihr ab und ließ sie los. »Vielleicht sollten wir am besten in den Keller gehen. Die Treppe ist jedenfalls noch heil.«

Wiebke nickte nur und folgte Freerk zur Kellertür. Vorsichtig, um nicht wieder ein verräterisches Geräusch zu machen, tasteten sie sich in den dämmrigen Keller hinunter. Auch hier waren offenbar Plünderer gewesen, aber nachdem Freerk und Wiebkes Brüder die Hummerkörbe bereits geholt hatten, war außer ein paar Vorräten und Einweckgläsern nichts mehr zu holen gewesen. Vielleicht aus Ärger darüber hatten sie die beiden Vorratsregale und die Kartoffelsteige umgeworfen.

Freerk zog seine Wetterjacke aus und breitete sie in einer Ecke auf dem Boden aus.

»Was wird das denn?«, flüsterte Wiebke.

»Es wird eine ganze Weile dauern, bis wir hier wieder rauskommen«, erwiderte er. »Wir sollten versuchen, uns auszuruhen. Leg dich hin und schlaf etwas, ich passe so lange auf.«

»Kommt ja gar nicht infrage, dass ich mich hinlege und du stehen musst! Wenn wir zusammenrücken, können wir beide auf der Jacke sitzen.«

Freerk seufzte. »Ich bin zu müde, um mich mit dir zu streiten«, sagte er leise, ließ sich mühsam auf der Jacke nieder und lehnte sich mit dem Rücken an die Wand.

Wiebke setzte sich neben ihn, zog die Knie an und versuchte, ihren Rock so weit es ging nach unten zu ziehen. Freerk zog fragend die Augenbrauen in die Höhe.

»Mir ist kalt«, flüsterte sie und erschauderte. »Muss wohl die Müdigkeit sein.«

Zu ihrer Verblüffung legte Freerk ihr einen Arm um die Schulter und zog sie näher an sich heran. Er schien zu bemerken, dass sie bei seiner Berührung unwillkürlich zusammenzuckte. »Da ist nichts dabei«, sagte er. »Das haben wir im Krieg auch gemacht, wenn uns kalt war.«

»Ich wollte nicht ...«

»Ist schon gut, Wiebke«, unterbrach er sie. »Mach die Augen zu und schlaf.«

Gehorsam lehnte sie sich an ihn und schloss die Augen.

Doch obwohl sie sich nach der schlaflosen Nacht wie erschlagen fühlte, kam sie nicht zur Ruhe.

»Wie es Ike wohl geht?«, flüsterte sie.

Statt einer Antwort zog er sie noch näher an sich heran, und der Daumen seiner linken Hand strich beruhigend über ihren Oberarm. »Das muss früher ein schönes Haus gewesen sein«, sagte er leise. »Erzähl mir davon.«

Sie wusste, dass Freerk recht hatte. Sie mussten die Dunkelheit abwarten, ehe sie einen Versuch wagen konnten, die Jolle zu erreichen und zurück nach Fedderwardersiel zu fahren. Es war nun einmal so, wie es war. Sich bis dahin wegen Ike verrückt zu machen würde niemandem helfen.

Wiebke holte tief Luft und versuchte, das Bild ihrer Tochter, die bis zur Nase zugedeckt in ihrem Bett lag und mit fiebrigen Augen zu ihr aufsah, zurückzudrängen.

»Ich weiß nicht genau, wann das Haus gebaut wurde«, begann sie flüsternd. »Jan hat mal erzählt, dass sein Urgroßvater es gebaut hat. Aber dieser Keller ist viel älter, darum ist er auch so niedrig. Angeblich soll er noch aus der Zeit stammen, als Klaus Störtebeker hier auf Helgoland seinen Stützpunkt hatte.«

»Klaus Störtebeker und Gödeke Michels. Die Vitalienbrüder.« Freerk nickte. »Die Geschichte haben wir in der Schule gehört, und später hab ich ein Buch darüber gelesen.«

Auf Helgoland kannte jedes Kind die Geschichte dieser Piraten, die Hanseschiffe überfallen hatten; zuerst in der Ostsee, später in Ostfriesland. Nach vielen Jahren hatte eine Flotte von Hanseschiffen ihren Anführer Klaus Störtebeker vor Helgoland gefangen genommen und in Hamburg hingerichtet.

»Jan hat als kleiner Junge immer erzählt, dass die Hansens von einem dieser Piraten abstammen. Dann habe ich ihn ausgelacht.« Wiebke lächelte beim Gedanken an Jans entrüstetes Gesicht. »Angeblich soll es auf der Insel sogar einen Piratenschatz geben. In den Ferien haben wir ganze Tage damit zugebracht, danach zu suchen. Jan hat immer gesagt: ›Stell dir mal vor, wir finden ihn, Wiebke! Dann sind wir so stinkreich wie mein Onkel.‹«

»Und, habt ihr ihn gefunden?«

Wiebke lachte leise. »Nein, natürlich nicht. Es gibt ja keinen Schatz. Aber wir hatten viel Spaß dabei, ihn zu suchen, und noch mehr, wenn wir uns vorstellten, was wir mit den Goldmünzen und Juwelen alles anfangen könnten.«

Freerk drehte den Kopf und sah sie an. Seine Augen glänzten im Halbdunkel des Kellers. »Du musst eine schöne Kindheit gehabt haben.«

»Ja, die hatte ich. Ich weiß nicht, ob ich es damals auch so gesehen hätte, aber ... ja, es war eine schöne Zeit.« Müde lehnte sie den Kopf an seine Schulter.

Freerk wich nicht zurück, sondern ließ es geschehen. Im Gegenteil: Seine Hand auf ihrem Oberarm rutschte ein wenig höher, und sein Daumen strich wie vorhin über ihren Arm. Es war ein warmes, tröstliches Gefühl, dem sich Wiebke einen Augenblick lang hingab.

»Reichtümer«, flüsterte sie nach einer Weile. »Nein, Reichtümer hatten wir nie. Mein Vater war nur ein einfacher Hummerfischer, und Jans Vater hat sein Vermögen durchgebracht. Als er starb, standen Jan und meine Schwiegermutter ganz ohne Geld da. Sein Onkel hat ihnen das Haus zur Verfügung gestellt. Er meinte wohl, es könne nicht angehen, dass die Familie seines nichtsnutzigen Bruders auf der Straße sitzt. Außerdem, wäre der Krieg nicht gewesen, hätte Jan das große Hotel nebenan geerbt. Und jetzt? Das Hotel ist zerbombt, Jan tot, und in ein paar Tagen gibt es keine Insel mehr.« Sie seufzte.

Wieder strich Freerks Daumen über ihren Arm. »Weinst du?«, fragte er leise.

Sie sah zu ihm auf. Sein Gesicht war direkt über ihrem.

»Nein«, flüsterte sie. »Nein, ich weine nicht. Das alles ist Vergangenheit – selbst die Insel. Ich will nicht in der Vergangenheit leben und darüber jammern, was ich alles verloren habe. Tränen ändern nichts, sie laugen dich nur aus und machen dich so müde, dass du ganz krumm wirst und vor Schwäche nicht einmal mehr die Arme heben kannst. Ich muss nach vorne schauen – für Ike, für meine Brüder, für Tante Fenna und Schwiegermutter. Sie alle verlassen sich auf mich.«

Noch immer war Freerks Gesicht direkt vor ihrem. Er hob die Rechte und strich eine Strähne ihres Haars zurück, die sich aus der Zopfkrone gelöst hatte. Seine Finger folgten ihrer Augenbraue, glitten über ihre Wange bis zum Kinn hinunter, dann schmiegte er seine Hand an ihre Wange, zog sie näher zu sich heran und küsste sie.

Für den Bruchteil einer Sekunde war sie im Begriff, sich von ihm loszureißen. Schließlich war sie verheiratet!

Die Erkenntnis, dass das nicht mehr stimmte, traf sie wie ein Schlag. Freerk zu küssen war kein Verrat. Sie war nicht mehr Jans Frau, sondern seine Witwe.

Über vier Jahre lang hatte sie keinen Mann mehr geküsst, war von keinem im Arm gehalten und gestreichelt worden, und ihr wurde erst jetzt bewusst, wie sehr sie die Wärme und die Vertrautheit vermisst hatte.

Wiebke schlang ihre Arme um Freerk und erwiderte den Kuss.

Dass sie sich vor Erschöpfung wie betrunken fühlte, dass sie vor Kälte schlotterte, dass ihr rechter Fuß einschlief, dass Freerks Bartstoppeln über ihre Haut kratzten, all das war unwichtig. Freerk hielt sie fest, seine Lippen lagen unendlich weich auf ihren, seine Hände strichen über ihren Hals, ihr Haar, ihre Schultern, ihren Rücken. Sie entfachten Gefühle, die Wiebke längst vergessen geglaubt hatte. Der dämmrige Kellerraum begann zu verschwimmen und sich um diesen einen Punkt zu drehen, wo sein Mund den ihren berührte. Tief und zitternd holte Wiebke Luft und öffnete die Lippen.

Plötzlich schien ein Ruck durch Freerk zu gehen. Er griff nach ihren Schultern und schob sie auf Armeslänge von sich. Sein Atem ging schwer, und in seinen Augen lag ein Ausdruck, den Wiebke nicht zu deuten vermochte.

»Es tut mir leid«, sagte er heiser. »Entschuldige, Wiebke! Ich wollte das nicht. Das war nicht ...«

Er brach ab, ließ sie los und drehte sich von ihr weg. Noch ehe sie etwas erwidern konnte, hatte er sich auf die Beine gekämpft, humpelte zur anderen Seite des Kellers hinüber, so weit von ihr weg, wie er nur konnte, und starrte zu den winzigen Fenstern hinauf.

Wiebke war viel zu verwirrt, um die Gedanken, die ihr durch den Kopf schossen, in Worte zu fassen. Also schwieg auch sie. Die Stille lastete schwer im Raum und machte ihr das Atmen schwer.

»Wir sollten nachsehen, ob die Plünderer noch irgendetwas Essbares hiergelassen haben«, sagte Freerk schließlich leise. »Und vor allem brauchen wir etwas zu trinken.« Er drehte sich wieder zu Wiebke um, vermied es aber, ihr in die Augen zu sehen. »Gibt es hier eine Zisterne?«

»Ja, da drüben«, sagte sie und deutete in die hinterste Ecke des Kellers. »Aber ich kann mir nicht vorstellen, dass das Wasser genießbar ist. Nach so langer Zeit muss es doch brackig sein.«

Offenbar wollte Freerk über den Kuss kein weiteres Wort verlieren. Sein Tonfall war ernst und übertrieben sachlich. »Einen Versuch ist es wert. Ich weiß nicht, wie es dir geht, aber ich habe ziemlichen Durst. Und bis es dunkel wird und wir hier wegkönnen, sind es noch etliche Stunden. Ich werde nach der

Zisterne sehen, und du schaust vielleicht mal nach, ob hier noch Konserven oder so was rumliegen.«

Freerk kam auf sie zu und streckte ihr die Hand hin, um ihr aufzuhelfen. Sobald sie auf den Füßen stand, ließ er ihre Rechte wieder los und ging zur Zisterne hinüber, während Wiebke sich daranmachte, das Durcheinander, das die Plünderer hinterlassen hatten, zu durchsuchen. Doch sie fand nichts Essbares.

»Du hast recht, das Wasser stinkt schon«, sagte Freerk aus der anderen Ecke des Kellers und deutete auf eine niedrige Holztür neben der Zisterne. »Was ist denn dahinter?«

»Das ist der Zugang zum Nachbarhaus. Zum Hotel von Jans Onkel. Die Hansens hatten einen eigenen Luftschutzbunker, aber der war zu klein für uns alle. Darum sind wir immer in die Tunnel gegangen, wenn Alarm war«, erwiderte Wiebke im Flüsterton. »Das war unser Glück. Er und seine Frau sind nicht mehr rausgekommen, als das Haus eingestürzt ist.«

Freerk griff nach der Klinke, und die Tür öffnete sich mit einem protestierenden Quietschen ein kleines Stück. Wiebke lief zu ihm und legte ihm eine Hand auf den Arm, um ihn aufzuhalten.

»Bitte nicht! Das hat etwas davon, ein Grab zu öffnen.«

Er hielt inne, und zum ersten Mal nach ihrem Kuss sah er ihr in die Augen. »Ich weiß nicht, ob wir uns so viel Pietät leisten können, Wiebke. Vielleicht finden wir in dem Luftschutzkeller Wasser oder sonst noch was Nützliches. Die Toten können für sich selber sorgen.« Er griff nach ihrer Hand, die noch immer auf seinem Arm lag, und schob sie beiseite. »Ich werde allein gehen«, sagte er.

Freerk holte die Taschenlampe aus seiner Hosentasche und kurbelte ein paar Mal, bis ein schwacher Lichtkegel über den grob behauenen Felsboden glitt. Dann verschwand er durch die Tür.

Wiebke blieb vor dem Gang stehen und lauschte angestrengt. Seine unregelmäßigen Schritte entfernten sich, dann war es still, ehe sie ein Poltern wie von herabfallenden Steinen hörte.

»Alles in Ordnung?«, rief sie halblaut in den Gang. »Freerk?«

»Ja, alles gut«, hörte sie ihn aus einiger Entfernung. »Die Decke vor mir ist eingestürzt. Da ist kein Durchkommen. Einen Moment, ich komme gleich zurück. Ich will nur …«

Wieder ein Poltern.

»Freerk?«

»Moment noch! Ich komme sofort.«

Die Sekunden dehnten sich zu einer Ewigkeit, bis Wiebke das schwache Licht der Taschenlampe sehen und Freerks Schritte hören konnte.

»Was war denn?«, flüsterte sie, als er sie erreicht hatte.

»Ungefähr da, wo der Gang eingestürzt ist, war eine Nische in der Wand, die vorher wohl mit Bettern zugenagelt war. Ich denke, das war früher mal ein Schmugglerversteck. Schau mal, was ich gefunden habe.« Er streckte ihr die linke Hand entgegen und öffnete sie. Im schwachen Schein seiner Taschenlampe schimmerte es golden.

»Was ist das?«, fragte Wiebke.

»Alte Goldmünzen«, sagte er heiser. »Sehr alte sogar. Sieh dir mal das Schiff darauf an: Das ist eine Hansekogge.« Ein Lächeln flog über Freerks schmales Gesicht und brachte seine Augen zum Leuchten. Für einen Moment sah er aus wie ein kleiner Junge. »Ich glaube, ich habe den Schatz gefunden, nach dem du mit Jan gesucht hast! Oder besser das, was davon noch übrig ist. Mehr als diese vier Münzen waren nicht mehr da. Aber die dürften sehr viel wert sein.«

Oben im Haus klappte eine Tür, und eine Männerstimme rief auf Englisch: »In diesem Haus war es! Ich hab mir das nicht eingebildet, egal, was du sagst. Na komm schon!«

Wiebke schrak zusammen.

Eine andere Stimme antwortete etwas Unverständliches. Der zweite Soldat schien sich noch draußen auf der Straße zu befinden.

Ohne zu zögern, griff Freerk nach Wiebkes Armen und zog sie unsanft zu sich in den Gang hinein, ehe er die Holztür zuzog.

Wiebkes Herz klopfte bis zum Hals. Sie wagte kaum zu atmen. Wieder schlug eine Tür zu, diesmal näher, und dann waren Schritte auf der Treppe zu hören.

»Hier ist nichts«, rief eine Männerstimme auf Englisch.

Wiebke schlug sich die Hand vor den Mund und hielt die Luft an.

»Ach ja? Und was ist das?«, fragte eine zweite, dunklere Stimme.

»Was soll das schon sein? Eine alte Jacke, die jemand hiergelassen hat.«

»Kein Fischer lässt seine Wachsjacke irgendwo zurück. Glaub mir, ich weiß das. Mein Onkel ist auch Fischer. Und schon gar nicht, wenn ...« Eine kurze Pause entstand. Wiebke vermutete, dass die beiden Soldaten die Jacke genauer untersuchten. »Hier. Die ist frisch gewachst. Der Besitzer muss ganz in der Nähe sein.«

Ein metallisches Klacken ertönte. Vermutlich hatte einer der Soldaten seine Waffe entsichert.

»Schluss mit die Verstecken!«, rief eine erhobene Stimme in gebrochenem Deutsch. »Rauskommen! Sofort! Und Hände über Kopf!«

Aus und vorbei. Jetzt kam es nur noch darauf an, am Leben zu bleiben. Wenn Wiebke die Gelegenheit hätte, zu erzählen, dass sie nur im Sperrgebiet waren, um Penicillin für ihre sterbende Tochter zu suchen, vielleicht würden die Tommys dann Gnade vor Recht ergehen lassen. Vielleicht hätten sie genug Mitleid mit ihr, um sie laufen zu lassen.

Wiebke holte tief Luft und streckte langsam die Hände in die Höhe. Freerk musste aus dem Augenwinkel die Bewegung wahrgenommen haben. Er fuhr entsetzt herum und schüttelte heftig mit dem Kopf. Wiebke formte das Wort »Doch« mit den Lippen und machte eine Bewegung in Richtung Tür. Freerk griff nach ihren Schultern und hielt sie fest.

In diesem Moment wurde die Tür von außen aufgerissen, und sie starrten in den Lauf eines Gewehrs.

Kapitel 25

Ohne dass Wiebke die Gelegenheit gehabt hätte, irgendetwas zu erklären, brachten die beiden Soldaten sie und Freerk in ein Haus in der Nähe des Hafens, nachdem sie sie gründlich durchsucht hatten. Das Haus, das weitgehend unbeschädigt geblieben war, diente den Briten offenbar im Moment als Einsatzzentrale. Sie wurden in die ehemalige Stube geführt, die bis auf einen Tisch, ein paar Stühle und eine Bank leer war.

Freerk behielt den Soldaten an der Tür im Blick, der sein Gewehr im Arm hielt. Er ließ sich mit einem leisen Ächzen auf der Bank nieder und streckte sein Bein aus.

»Ich weiß nicht, ob das so eine gute Idee ist, wenn du dich hinsetzt«, sagte Wiebke leise.

»Dann soll der Kerl doch was sagen«, knurrte Freerk. »Von der vielen Lauferei ist mein Stumpf schon ganz wund, und vom Stehen wird es nicht besser.« Er funkelte den Soldaten herausfordernd an und zog sein Hosenbein ein Stück hoch. »Holzbein!«, sagte er. »Nix stehen.«

Der Soldat antwortete nicht, machte aber auch keine Anstalten, Freerk am Sitzen zu hindern. Wiebke nahm ihren ganzen Mut zusammen und trat ein paar Schritte auf den Soldaten zu.

»Entschuldigen Sie bitte, Sir«, sagte sie auf Englisch. »Das alles hier ist ein großes Missverständnis, verstehen Sie? Ich stamme von Helgoland, und das Haus, in dem Sie uns gefunden haben, gehört meiner Familie. Wir sind nicht hergekommen, um zu plündern.« Sie deutete auf den Tisch, auf dem die vier Goldmünzen lagen. »Dass wir die Münzen gefunden haben, war nur ein Zufall. Wir sind hergekommen, weil meine Tochter ...«

Der Soldat warf ihr einen erstaunten Blick zu. Vermutlich hatte er nicht damit gerechnet, auf Englisch angesprochen zu werden. »Das können Sie dem Captain erzählen«, erwiderte er knapp. »Er müsste gleich hier sein.« Er machte eine Kopfbewegung in Richtung der Bank, auf der Freerk saß. »Hinsetzen!«

Weiter auf den Soldaten einzureden erschien Wiebke zwecklos. Er hatte nichts zu entscheiden, und sie mussten auf den Captain warten. Sie drehte sich um, ging zur Bank und nahm nervös ganz vorn auf der Kante Platz.

Über dem Tisch hing eine große Wanduhr, ein hässliches graues Ding mit großen, eckigen Ziffern und einem Sekundenzeiger, der sich quälend langsam fortzubewegen schien. Eine Minute, dann eine zweite, dann fünf …

Schließlich war eine Viertelstunde vergangen, ohne dass jemand sich gerührt hatte oder der diensthabende Offizier gekommen war. Inzwischen ging es auf neun Uhr zu. Gerade als Wiebke sich entschlossen hatte, den Soldaten doch noch einmal anzusprechen, öffnete sich die Tür, und ein hochgewachsener, dunkelhaariger Offizier trat ein, in der Hand ein paar Papiere, die er offenbar gerade las.

Wiebke entfuhr ein Keuchen, als sie ihn erkannte.

Captain Watson hob den Kopf und starrte sie einen Moment lang verblüfft an. »Wiebke«, murmelte er. Dann drehte er sich zu dem Soldaten an der Tür um. »Danke, Corporal, das wäre alles.«

Der Soldat nickte ihm zu und ging hinaus.

Watson warf die Papiere, die er in der Hand hielt, auf den Tisch, griff nach einem der Stühle und setzte sich Freerk und Wiebke gegenüber. Mit gerunzelter Stirn sah er von einem zum anderen.

»Haben Sie überhaupt eine Vorstellung davon, in welchen Schwierigkeiten Sie stecken?«, fragte er scharf. »Als die Patrouille heute früh das Boot am Nordufer gefunden hat, sind wir natürlich sofort davon ausgegangen, dass sich jemand auf die Insel geschlichen hat, um die Sprengung zu sabotieren. Allein schon in die Nähe von Helgoland zu kommen ist eine Straftat, das dürfte Ihnen doch wohl bekannt sein. Das hier ist militärisches Sperrgebiet, und unbefugtes Betreten wird mit Gefängnis bestraft.«

Noch nie hatte Wiebke Captain Watson so wütend gesehen. »Gefängnis?«, stieß sie hervor und schluckte hart. »Bitte, Sir, das ist völlig ausgeschlossen! Sie müssen mich gehen lassen. Ich muss unbedingt zurück nach Hause.«

»Das hätten Sie sich besser überlegt, bevor Sie hierhergekommen sind!« Watson schüttelte den Kopf. »Tut mir leid, Wiebke, aber ich fürchte, ich kann nichts für Sie tun.«

Wiebke holte tief Luft und biss sich auf die Unterlippe, um die aufkommende Panik in den Griff zu bekommen. »Sir, Sie kennen mich! Sie wissen, dass wir nichts sabotieren wollten. Wir hatten einen guten Grund herzukommen.«

»Zum Plündern?«, fragte er beißend und deutete auf die vier Goldmünzen, die auf dem Tisch lagen.

»Wir haben nicht geplündert«, rief Wiebke entrüstet. »Das war *mein* Haus, in dem wir festgenommen worden sind. Wir wollten uns dort nur verstecken. Es war purer Zufall, dass wir im Keller die Goldmünzen gefunden haben.«

»*Ihr* Haus?« Watson beugte sich ein Stück vor. Die hellen Augen unter den zusammengezogenen Brauen funkelten. »Die Insel ist jetzt britisches Gebiet. Ihnen gehört hier gar nichts mehr!«

Wiebke ballte die Fäuste, doch bevor sie Watson eine Antwort geben konnte, spürte sie, wie Freerk, der von dem Gespräch kein Wort verstanden haben konnte, sie am Arm berührte. Er hatte recht, sie durfte jetzt keine Dummheit begehen.

»Richtig«, sagte sie bemüht ruhig. »Uns gehört gar nichts mehr, und das ist genau das Problem.« Sie sah auf und suchte Watsons Blick. »Meine Tochter Ike ist krank. Sehr krank. Sie hat eine Lungenentzündung und hohes Fieber. Der Arzt sagt, Penicillin könnte ihr das Leben retten, aber es gibt keins. Nirgends! Uns läuft die Zeit davon, und da hatten wir die Idee, im alten Militärhospital könnten vielleicht noch Medikamente sein. Darum sind wir hergekommen und haben uns nachts in die Tunnel geschlichen. Aber dort war schon alles geplündert. Und weil es draußen hell wurde, als wir wieder herauskamen, haben wir uns im Keller meines Hauses versteckt. Dass wir dort die Münzen gefunden haben, war bloßer Zufall. Bitte, Sir, bitte lassen Sie uns gehen! Wenn wir schon keine Medizin für Ike bekommen können, will ich wenigstens bei ihr sein.«

Sie blinzelte, um die Tränen, die ihr beim Gedanken an Ike in die Augen stiegen, zurückzudrängen. Watson musterte sie ohne eine sichtbare Regung, dann drehte er den Kopf und wandte sich an Freerk.

»Es ist wahr, dass Wiebkes Tochter ist krank? Dass sie hat hohen Fieber?«, fragte er auf Deutsch.

»Ja, das ist richtig«, antwortete Freerk. »Deswegen sind wir hergekommen. Um Penicillin für die Kleine zu suchen.«

Watson nickte, aber sein Gesicht war vollkommen ungerührt. Wiebke war sich nicht sicher, ob der Brite ihnen auch nur ein Wort der Geschichte glaubte.

»Sir, bitte!«, sagte sie. »Lassen Sie mich nach Hause zu meiner Tochter! Sie wissen, ich habe schon Piet verloren und war nicht bei ihm, als er starb. Sie waren doch dabei. Das ertrage ich nicht noch einmal.«

Captain Watson holte tief Luft, erhob sich ohne ein weiteres Wort und ging zur Tür.

»Bitte, Sir, Sie haben mir mal gesagt, sie wären mein Freund.

Bitte tun Sie mir das nicht an!«, rief Wiebke ihm hinterher. »Bitte nicht, Jim!«

Beim Klang seines Vornamens hielt er mitten in der Bewegung inne und wandte sich wieder um. »Wissen Sie, was Sie da von mir verlangen?«, fragte er leise.

Wiebke nickte. »Ja, das weiß ich. Einen Freundschaftsdienst. Den größten. Und den einzigen, den ich je von Ihnen verlangen werde.«

Watson ließ die Türklinke los und musterte Wiebke einen Moment lang. Schließlich stieß er einen Seufzer aus. »Also gut, Wiebke«, sagte er, und seine hellen Augen begannen warm zu strahlen, als ein schmales Lächeln über sein Gesicht flog. »Um unserer Freundschaft willen.«

Gegen Mittag wurden Freerk und Wiebke auf freien Fuß gesetzt. Captain Watson erzählte, dass es ihn einiges an Überredungskunst gekostet hätte, seine Vorgesetzten dazu zu bringen, die beiden Eindringlinge laufen zu lassen. Er begleitete sie zum Hafen, wohin die Jolle gebracht worden war. Ein kleines Motorboot würde sie zur *Margarethe* schleppen und sicherstellen, dass der Kutter das Sperrgebiet auf schnellstem Weg verließ.

Als sie am Kai angekommen waren, streckte Watson Freerk seine Rechte entgegen. »Mr Cordes, ich bin froh, dass Sie sind ein gut Nachbar für Wiebke. Ich hoffe, so soll es bleiben, dann ich muss keine Sorge haben.«

Freerk zögerte den Bruchteil einer Sekunde, ehe er die Hand ergriff. Aufrecht stand er da und sah dem Briten direkt in die Augen. »Das wird so bleiben, da können Sie sicher sein. Sie müssen sich keine Sorgen machen«, sagte er bestimmt.

Wiebke sah von einem zum andern, und auf einmal wurde ihr bewusst, wie ähnlich sich die beiden waren. In anderen Zeiten hätten sie vielleicht sogar Freunde werden können, aber hier und jetzt war zumindest eines deutlich sichtbar: Sie waren keine Feinde mehr.

Freerk nickte dem Captain zu und stieg vorsichtig die schmale Eisenleiter zur Jolle hinunter.

Watson drehte sich zu Wiebke um. »Das ist dann jetzt wohl unser endgültiger Abschied voneinander.«

»Ja, so sieht es wohl aus«, erwiderte sie.

»Eines sollten Sie noch wissen, Wiebke«, sagte Watson. »Als ich Sie damals gebeten habe, mit nach Hannover zu kommen, wusste ich nicht, was dort meine Aufgabe sein würde. Das habe ich erst an dem Tag erfahren, als wir beide dort angekommen sind. Ich weiß, wie sehr Sie an Ihrer Heimat hängen, und ich hätte Ihnen sofort reinen Wein einschenken sollen. Aber ich dachte ...« Er brach ab und sah zu Boden.

»Ist schon gut, Sir«, sagte Wiebke. »Ich bin Ihnen nicht böse deswegen. Dass die Insel gesprengt werden soll, ist ja nicht Ihre Schuld. Ich mache Ihnen keine Vorwürfe. Das hab ich nie getan.« Sie lächelte. »Und ich bin Ihnen unendlich dankbar für das, was Sie heute getan haben. Ich wünschte, ich könnte das irgendwie wiedergutmachen.«

Watson winkte ab. »Das war ein Freundschaftsdienst, und unter Freunden sollte kein Dank nötig sein. Wichtig ist jetzt, dass Sie schnell nach Hause zu Ihrer Tochter kommen.« Er griff in die Manteltasche und zog etwas heraus, das er in ihre Handfläche legte. »Hier«, sagte er. »Die können Ihnen vielleicht noch von Nutzen sein. Für Medikamente oder für was auch immer.«

»Aber Sir!«

»Nehmen Sie sie mit. Sie gehören schließlich Ihnen.« Seine Augen leuchteten, als er Wiebke voller Wärme anlächelte. »Ich hoffe, die Münzen stehen für eine goldene Zukunft für Sie, Wiebke. Es gab eine Zeit, da habe ich mir sehr gewünscht, daran teilzuhaben. Ich wünsche Ihnen alles Glück der Erde. Sie haben es verdient.«

Er streckte ihr seine Hand entgegen, und als sie sie ergriff, beugte er sich ein wenig vor und küsste sie auf die Wange. »Leben Sie wohl, Wiebke!«

Damit ließ er ihre Hand los, wandte sich um und lief mit großen Schritten auf die Gebäude am Hafen zu, ohne sich noch einmal umzusehen.

»Leben Sie wohl, Jim«, murmelte Wiebke, während sie die Leiter zur Jolle hinunterstieg, und wischte sich verstohlen eine Träne von der Wange.

»Was hatte das denn zu bedeuten?«, fragte Freerk finster, als sie sich neben ihn auf die Ruderbank setzte.

Sie sah seine schmalen Lippen, die gerunzelte Stirn, die zusammengezogenen Augenbrauen und seufzte. Das Boot, das die Jolle im Schlepptau hatte, legte ab und setzte sich langsam in Bewegung. Wiebke schaute zu, wie der Abstand zu dem hoch aufragenden roten Felsen, der einmal ihre Heimat gewesen war, immer größer wurde.

»Das war der Abschied von einem guten Freund«, sagte sie leise. »Nicht mehr und nicht weniger.«

Während der Rückfahrt war Freerk ausgesprochen wortkarg, und Wiebke war es recht so. Sie ließ ihn in der Kajüte allein, setzte sich an Deck auf eine umgedrehte Fangkiste, lehnte sich mit dem Rücken an die Reling und starrte zum Horizont. Dabei versuchte sie, nicht darüber nachzudenken, was sie zu Hause erwarten mochte.

Es half nichts. Die Fahrt dauerte fünf Stunden. Fünf Stunden, in denen sie noch hoffen konnte, dass alles gut werden würde – irgendwie. Die Sehnsucht nach Zuhause war ebenso groß wie die Angst, erneut zu spät zu kommen.

Das gleichmäßige Tuckern des Motors, der sanfte Wind, der ihr Haar zerzauste, die schlaflose Nacht oder die Aufregung der letzten Stunden – was auch immer der Grund war, Wiebke fielen die Augen zu. Wirre Träume, in denen sie durch dichten Nebel lief und schrecklich fror, quälten sie. Dann glaubte sie eine dunkle Stimme zu hören, die leise raunte, dass alles gut werden würde, und plötzlich war ihr Vater bei ihr und strich ihr über das Haar, wie er es früher immer getan hatte.

Sie wurde wach, als jemand sanft an ihrer Schulter rüttelte.

»Wach auf, Wiebke! Wir sind zu Hause.«

Mit Mühe öffnete sie die Augen einen Spaltbreit und blinzelte in die Abendsonne. Sie war noch immer an Deck der *Margarethe*, nur lag sie jetzt auf der Seite auf den Planken, und jemand hatte eine alte Felddecke über sie gebreitet. Freerk beugte sich über sie und streckte ihr eine Hand entgegen, um ihr aufzuhelfen.

»Ich muss eingedusselt sein«, murmelte sie.

»Du hast tief und fest geschlafen«, sagte Freerk mit einem schmalen Lächeln. »So fest, dass du nicht einmal mitbekommen hast, wie wir angelegt haben.«

Wiebke warf die Decke zurück, griff nach seiner Hand und zog sich hoch. »Wie spät ist es?«

»Gleich sechs«, sagte Freerk. »Onno de Buhr war schon hier und wollte wissen, wo ich mich mit der *Margarethe* rumgetrieben habe, aber ich hab ihm gesagt, ich komm morgen bei ihm vorbei und erklär ihm alles. Wir sollten jetzt sehen, dass wir zu dir nach Hause kommen. Deine Leute werden sich schon Sorgen machen.«

Nach Hause ...

Da war sie wieder, die Angst vor dem, was sie dort erwarten mochte. Wie ein kalter Klumpen lag sie in Wiebkes Magen. Sie holte tief Luft, doch noch während sie überlegte, wie sie diese

Angst in Worte fassen konnte, drückte Freerk beruhigend ihre Hand.

»Ja, natürlich komm ich mit dir«, sagte er leise, so als hätte er ihre Gedanken erraten.

Ohne ein weiteres Wort stiegen sie die Leiter zum Kai hinauf, und Wiebke wartete, bis Freerk sein Fahrrad geholt hatte. Sie sah, dass er den Fischern, die mit Onno de Buhr zusammen vor der Fischereigenossenschaft standen, knapp zunickte und an seine Mütze tippte.

»Bis morgen früh dann!«, rief er.

Morgen würde für die Fischer ein Tag wie jeder andere sein. Und für sie? Sie kam zurück mit nichts in den Händen als zwei Röhrchen Schmerztabletten und vier alten Goldmünzen. Nichts davon würde Ike helfen. Die ganze Fahrt nach Helgoland war eine gewaltige Dummheit gewesen. Und wenn Ike jetzt in der letzten Nacht ...

Wiebke schloss die Augen und kämpfte gegen die grauenvolle Schwärze an, die am Rande dieses Gedankens lauerte. *Hör auf, denk nicht weiter! Gib nicht auf, bevor du nicht Gewissheit hast.* Sie straffte die Schultern und folgte Freerk die Straße zum Deich hinauf.

Schon von der Deichkrone aus sah sie das Auto, das neben der Auffahrt stand.

»Ob das der Doktor ist?«, fragte sie Freerk, doch der schüttelte den Kopf.

»Der Wagen von Doktor Haase ist kleiner«, sagte er. »Keine Ahnung, wer das ist.« Er schob das Fahrrad bis zum Fuß des Deiches hinunter und machte Anstalten aufzusteigen. »Spring hinten drauf«, sagte er und fuhr los.

Wiebke lief ein paar Schritte neben ihm her, setzte sich dann auf den Gepäckträger und hielt sich an Freerks Hüften fest, um nicht von dem wild hin und her schaukelnden Fahrrad herunterzufallen. Nur ein paar Minuten später fuhren sie an dem dunklen Wagen vorbei und bogen in die Auffahrt der Hansens ein.

Wiebke sprang vom Fahrrad und lief zum Eingang. Ohne auf Freerk zu warten, stürzte sie ins Haus und blieb wie angewurzelt im Flur stehen. Aus der Küche erscholl lautes Gelächter.

»Was zur ...«, murmelte Freerk, der inzwischen hinter ihr stand. Er humpelte an Wiebke vorbei und öffnete die Küchentür.

Keiner der vielen Menschen, die sich um den Küchentisch drängten, schien die Neuankömmlinge zu bemerken. Zwischen Gerd und Enno saßen zwei junge Männer, die Wiebke noch nie gesehen hatte. Der Kleinere von ihnen unterhielt die versammelte Gesellschaft mit Döntjes. Onkel Emil nahm die Pfeife aus dem Mund und wischte sich lachend die Augen. Almuth lächelte wohlwollend, und Tante Fenna ... Tante Fenna drückte Ike an sich, die in eine Decke gewickelt auf ihrem Schoß saß und einen Löffel in der Hand hielt.

Jetzt sah die Kleine zur Tür herüber, strahlte über das ganze Gesicht und zeigte mit dem Finger auf Wiebke. »Mama ist wieder da!«

Sie rutschte von Tante Fennas Schoß herunter, hielt die Wolldecke mit beiden Händen fest und zog sie ein Stück hoch.

Wiebke ging in die Knie und breitete die Arme aus. »Wer kommt in meine Arme ...« Weiter kam sie nicht, weil ihr die Stimme den Dienst versagte.

Ike ließ die Decke fallen, hüpfte auf ihre Mutter zu und schlang die Arme um ihren Hals. »Ihr kommt aber spät. Wir haben nicht mit dem Essen auf euch gewartet. Wo warst du denn, Mama?«, fragte sie vorwurfsvoll.

Ike, Ike, Ike ...

Ihr kleiner weicher Körper, ihre feuerroten Haare, die grauen

Augen, die im Schein der Küchenlampe strahlten und nicht mehr fiebrig glänzten. Wiebke konnte nicht fassen, was sie sah. All die Angst, die sie in den letzten Tagen gehabt hatte, fiel mit einem Schlag von ihr ab und machte einer grenzenlosen Erleichterung Platz. Sie drückte ihre Tochter so fest an sich, wie sie nur konnte, und wurde von Schluchzern geschüttelt.

»Ihr seid mir vielleicht ein paar Strategen!«, rief Enno grinsend. »Die ganze Fahrt nach Helgoland hättet ihr euch sparen können, wenn ihr nur etwas Vertrauen in uns gehabt hättet.«

»Das hat mit Vertrauen nicht viel zu tun«, sagte Freerk. »Ihr wart am Abend nicht wieder da, wie ihr versprochen hattet. Da blieb uns nichts anderes übrig, als selbst loszufahren.«

Der kleinere der beiden Fremden, ein blonder Mann von vielleicht zwanzig Jahren mit einem spitzen Gesicht und tiefen Grübchen in den Wangen, meldete sich zu Wort. »Penicillin zu bekommen ist nicht so einfach«, sagte er. »Ich musste bis nach Bremen fahren, um was zu organisieren, und wegen der Ausgangssperre konnte ich erst morgens zurück. Gerd und Enno sind über Nacht bei meiner Oma in Oldenburg geblieben, und damit sie nicht so lange auf den Zug warten mussten, haben wir sie hergefahren. Das passte ganz gut, weil wir sowieso die Gastwirte hier in der Gegend abklappern wollten, um zu gucken, wer von ihnen Interesse an Selbstgebranntem hat.«

»Als die Jungs hier ankamen, hat Ike noch vor Fieber phantasiert«, sagte Tante Fenna. »Aber schon eine Stunde, nachdem der Doktor ihr die Spritze gegeben hatte, sank das Fieber. Man konnte dabei zugucken, wie es ihr besser ging.«

Almuth nickte bekräftigend. »Ja, es war wie ein Wunder.«

Ike stemmte ihre Arme gegen Wiebkes Brust und schob sie ein Stück zurück, um ihr ins Gesicht schauen zu können. »Guck, Mama, es geht mir schon wieder gut. Du brauchst jetzt nicht mehr traurig sein und weinen!«

Wiebke lachte und weinte zugleich. »Ach, Muschen! Ich weine nicht, weil ich traurig bin, sondern weil ich so froh bin, dass du bald wieder gesund wirst.«

Sie stand auf, nahm Ike auf den Arm und ging mit ihr zum Tisch hinüber. Voller Dankbarkeit wanderte ihr Blick zwischen den beiden fremden jungen Männern und ihren Brüdern hin und her.

»Wenn ihr wüsstet, wie stolz ich auf euch beide bin!«, sagte sie zu Gerd und Enno. »Wenn Papa euch jetzt sehen könnte, würde er sagen, dass ihr euch benommen habt wie Männer. Wisst ihr noch? Das hat er immer zu euch gesagt, wenn ihr etwas wirklich gut gemacht habt und er stolz auf euch war.«

Gerds Lippen wurden schmal, seine Wangen glühten, und seine Augen schimmerten verdächtig. »Ich kann mich gut daran erinnern«, sagte er mit rauer Stimme.

Enno hingegen strahlte einfach nur.

»Und Sie beide«, fuhr Wiebke fort und wandte sich den fremden jungen Männern zu. »Wenn es nur irgendwas gäbe, womit ich Ihnen zeigen könnte, wie dankbar ich bin!«

Der kleine Blonde winkte ab. »Nicht nötig. Hannes und ich haben wirklich gern geholfen. Besonders als Gerd erzählt hat, was mit Ihrem Sohn passiert ist. Außerdem haben Gerd und Enno doch bezahlt. Sie sind uns also nichts schuldig! Aber vielleicht können Sie uns einen Gefallen tun: Wir sind heute bei einigen Gastwirten gewesen und haben unseren Selbstgebrannten verkauft. Mit einem von denen – wo war das noch mal, Hannes?«

Sein Begleiter, ein schmaler, hochgewachsener Mann Mitte zwanzig mit welligem dunklen Haar, schob seine Nickelbrille hoch. »In Mitteldeich.«

»Ah, ja stimmt! In Mitteldeich. Der Wirt da hat uns angeboten, dass wir bei ihm im Saal im Mai einen Tanztee veranstalten können. Wir haben nämlich eine eigene Tanzkapelle, die richtig gut ist«, erklärte Sigi mit sichtlichem Stolz. »Wenn Sie dafür hier im Freundes- und Bekanntenkreis ordentlich Werbung machen könnten, würde uns das sehr weiterhelfen. Wir würden uns natürlich auch sehr freuen, wenn Sie selbst kommen, um ein bisschen zu feiern.«

Hannes verdrehte kurz die Augen. Vermutlich kannte er die aufdringliche Art seines Freundes schon. »Wir sollten mal langsam zusehen, dass wir zurück nach Hause kommen, Sigi«, sagte er. »Nicht dass wir noch in eine Kontrolle geraten.«

Almuth hatte inzwischen zwei Teller für Wiebke und Freerk aus dem Schrank geholt und stellte sie auf den Tisch. »Aber vorher essen Sie noch einen Teller Hühnersuppe mit uns, der Hahn soll ja nicht umsonst sein Leben gelassen haben!«, sagte sie.

Mitten in der Nacht wurde Wiebke wach. Obwohl sie eigentlich noch immer todmüde war, gelang es ihr nicht, wieder einzuschlafen. Leise, um keinen in der Kammer zu wecken, stand sie auf, lauschte Ikes ruhigen Atemzügen und tastete nach ihrer Stirn. Die Kleine drehte sich auf die Seite und nahm ihre Puppe fest in den Arm. Sie schlief ihrer Gesundung entgegen.

Auf Zehenspitzen schlich Wiebke hinaus in den Flur. Flocki erhob sich vom Bettvorleger, wedelte halbherzig mit dem Schwanz und trottete hinter ihr her. Im Halbdunkel fiel ihr Blick auf ihren Mantel an der Garderobe, und plötzlich fielen ihr die Goldmünzen wieder ein, die sie achtlos in die Tasche gesteckt hatte.

Die hätte ich den beiden jungen Männern aus Oldenburg geben können, dachte sie, während sie in der Manteltasche nach den Münzen tastete. *Das wäre nur gerecht gewesen.*

Das Gold schimmerte schwach im Licht des Mondes, der durch das Fenster in der Haustür schien.

Na ja, das kann ich immer noch, wenn wir zum Tanztee gehen, dachte sie und ging in die Küche hinüber, um die Münzen in ihr Schatzkästchen zu legen.

Sie machte Licht und öffnete den Küchenschrank. Das Schatzkästchen stand ganz unten auf den Kladden mit den Briefen an Jan. Als sie es anhob, um es herauszuholen, rutschte der Deckel herunter. Etwas Dunkles rollte heraus und fiel zu Boden, wo es mit einem Klacken auseinanderbrach. Es war die Kugel mit Jans Ehering. Golden schimmerte der Ring in dem dunklen Lehm. Wiebke bückte sich, befreite ihn von der Erde und hob ihn auf.

Sie setzte sich auf einen der Stühle, legte die vier Münzen und den Ring vor sich auf den Tisch und betrachtete sie lange. Dann griff sie nach dem Ring und steckte ihn zu ihrem eigenen Ehering auf den rechten Ringfinger.

»Jetzt bin ich deine Witwe, Jan«, murmelte sie und wusste plötzlich, dass noch eine Sache zu tun war.

Sie stand auf, holte ihren Stift und die letzte Kladde aus dem Schrank und öffnete sie. Dann begann sie zu schreiben.

Mein lieber Jan!

Dies wird mein letzter Brief an dich. Solange ich dir geschrieben habe, war ich noch immer mit dir verbunden und hatte die Hoffnung, dass du eines Tages wieder zu mir zurückkommen würdest. Erst als dein Kamerad vor mir stand und mir die Kugel mit deinem Ehering gegeben hat, habe ich aufgehört, dir von allem zu berichten, was hier in der Zwischenzeit passiert ist. Und selbst danach hat es lange Zeit gedauert, bis ich dich in Gedanken nicht mehr um Rat gefragt habe, wenn ich nicht mehr weiterwusste.
Dieses Band zwischen uns war so stark, dass es mich getragen hat. Etwas, an dem ich mich immer festgehalten habe. Jetzt aber muss

ich es loslassen, denn ich bin nicht mehr deine Frau, sondern deine Witwe. Dein Ring steckt zusammen mit meinem an meinem Finger. Und wenn ich die Ringe abnehme, heißt das nicht, dass ich dich je vergessen werde. Es heißt, dass ich Platz machen muss für ein neues Band und einen neuen Ring.
Lieber Jan, ich hoffe, ich war dir eine gute Frau. Jedenfalls habe ich mir alle Mühe gegeben, besonders in den Jahren, in denen du nicht bei mir warst. Ich habe versucht, alles allein zusammenzuhalten, für die Familie zu sorgen und mich um alles zu kümmern. Das war meine Pflicht, und ich habe es gern gemacht, aber manches Mal war es einfach mehr, als ein einzelner Mensch schaffen kann. Auf Dauer will und kann ich das nicht allein.
Freerk ist Fischer, so wie du, aber damit hören die Gemeinsamkeiten zwischen euch auch schon auf. Trotzdem glaube ich, ihr beide würdet euch gut verstehen. Er ist ruhig und ernst und macht nicht viele Worte, aber er ist jemand, auf den man sich verlassen kann. Wenn er sein Wort gegeben hat, dann gilt das. Für Gerd und Enno ist er wie ein großer Bruder und für Ike wie der Vater, den sie nie kennengelernt hat. Er vergöttert die Kleine geradezu. Mit deiner Mutter und Tante Fenna kommt er gut aus und kümmert sich um sie ebenso wie um seinen eigenen Onkel.
Ob er mich liebt, fragst du? Er hat es mir nicht gesagt, aber ja, ich glaube, er liebt mich. Jedenfalls weiß ich genau, dass er alles für mich tun würde.
Und ob ich ihn liebe? Nicht so, wie ich dich geliebt habe. Aber ich bin auch nicht mehr das junge Mädchen, das damals mit dir vor dem Traualtar gestanden hat, das Hartjen der Hansens auf der Brust. So viel ist seitdem passiert. Wie sollte ich diese himmelhochjauchzende Liebe noch einmal fühlen können? Mein Herz ist jetzt voller Narben. Das Gefühl für Freerk ist ruhiger, weniger leidenschaftlich, aber dennoch tief. Ich habe es lange nur für Freundschaft gehalten, aber ja, ich glaube, es ist Liebe, die ich empfinde. Wenn

man zwei unterschiedliche Menschen liebt, so kann sich diese Liebe nicht gleich anfühlen.
Mein lieber Jan, du wirst immer in meinem Herzen sein, und ich werde dich nie vergessen. Bitte sei mir nicht böse, wenn ein anderer deinen Platz an meiner Seite einnimmt. Bitte gib mir deinen Segen dazu.

Deine dich liebende Frau
Wiebke

Sie senkte den Kopf, und ein paar Tränen fielen auf das raue Papier, das von der Feuchtigkeit wellig wurde. Langsam zog sie die beiden Ringe vom Finger und legte sie neben die Münzen.

Wiebke zuckte zusammen, als sie eine Hand auf ihrer Schulter spürte. Sie blickte hoch und sah in das ernste Gesicht ihrer Schwiegermutter, die unbemerkt hinter sie getreten war. Ein Lächeln überflog Almuths Gesicht, und ihre Augen strahlten.

»Meinen Segen hast du«, sagte sie.

Die Sonne war gerade erst aufgegangen und färbte die Schönwetterwolken am Himmel rötlich, als Wiebke Freerks Haus erreichte und energisch gegen die Haustür klopfte. Es dauerte eine Weile, bis sie seinen unregelmäßigen Schritt auf dem Flur hörte und er die Tür öffnete. Sie hatte ihn offensichtlich aus dem Schlaf geholt. Sein Haar war zerzaust, und auf seinen Wangen waren deutliche Bartstoppeln zu sehen.

»Nanu, Wiebke, was ist denn los?«, fragte er verwundert. Dann wurde sein Gesichtsausdruck angespannt. »Ist was mit Ike?«

Wiebke schüttelte den Kopf. »Mit Ike ist alles in Ordnung«, sagte sie, atemlos vom schnellen Laufen. »Ich muss dich nur dringend was fragen.«

Er zog die Augenbrauen zusammen. »Was ist denn so dringend, dass es nicht bis heute Abend warten kann?«

Auf dem Weg hierher hatte sich Wiebke die Worte genau zurechtgelegt, aber jetzt, wo sie vor Freerk stand, waren sie wie fortgeblasen, und ihr fiel nur noch eine einzige Frage ein.

»Warum hast du mich geküsst, Freerk?«, stieß sie hervor. »Sag mir, warum du mich im Keller geküsst hast! Bitte, ich muss es wissen!«

Die Farbe wich aus seinen Wangen, und sein Kehlkopf hüpfte ein paar Mal auf und ab, als er schluckte. »Ich …«, begann er stockend. Dann straffte er die Schultern. »Das war nur, weil ich vor Müdigkeit wie besoffen war. Ich hätte das nicht tun dürfen. Es war nicht richtig, und es tut mir leid.«

»Ich will keine Entschuldigung von dir. Ich will den Grund wissen, warum du es getan hast.«

Er schwieg. In seinen Augen lag so viel Schmerz, dass sich Wiebkes Inneres vor Mitleid zusammenzog.

»Bitte, sag es mir!« Sie griff nach seiner Hand und hielt sie fest. »Freerk! Ich muss es einfach wissen.«

Er sah auf, und ihre Augen trafen sich. »Bitte nicht, Wiebke! Ich kann es dir nicht sagen. Bitte zwing mich nicht dazu!«

»Du kannst nicht? Warum nicht? Du hast mir das Medaillon geschenkt, du hast mich geküsst. Warum sagst du mir nicht die Wahrheit?«

»Warum? Es gibt keine Wahrheit. Oder vielleicht doch. Die Wahrheit ist, dass du was Besseres verdient hast als einen verbitterten Krüppel.«

»Ein verbitterter Krüppel?«, fragte sie entrüstet. »Das warst du vielleicht mal, aber das ist lange her! Ein verbitterter Krüppel wäre nicht mit mir nach Helgoland gefahren. Er würde sich nicht um meine Brüder kümmern und wäre für meine Tochter nicht der beste Vater, den man sich vorstellen kann. Ein verbitterter Krüppel würde sich verkriechen und über die Ungerechtigkeit der Welt jammern. Aber so bist du nicht mehr! Und dass dir ein Fuß fehlt, hat mich nie gestört. Also, bitte, sag mir die Wahrheit: Liebst du mich, Freerk Cordes?«

Er betrachtete ihre Hand, die seine umfasst hielt, dann hob er den Blick und sah ihr fest in die Augen. »Ich habe dich vom ersten Tag an geliebt, Wiebke«, sagte er leise.

Sie trat einen Schritt auf ihn zu, schlang ihre Arme um seinen Hals und zog ihn an sich.

»Und ich liebe dich«, erwiderte sie und küsste ihn.

Epilog

Sommer 1953

Es ist wie ein Wunder! Er ist immer noch da, der rote Felsen, dachte Wiebke und beschirmte die Augen gegen die blendende Mittagssonne. *Trotz allem, was sie versucht haben, um ihn zu zerstören. Sie haben ihn mit Bomben beworfen, bis kein Stein mehr auf dem anderen war, und versucht, ihn in die Luft zu sprengen. Aber der rote Felsen hat allem standgehalten.*

Das Schiff schaukelte ein wenig in der Dünung, und Wiebke legte die Hand auf die hölzerne Reling vor sich. Als sie damals im April 1947 zusammen mit Freerk in der Jolle gesessen hatte und die Insel vor ihren Augen immer kleiner geworden war, war sie fest davon überzeugt gewesen, dass es ein Abschied für immer sein würde.

So viel war seit damals passiert.

»Ganz ehrlich? Ich hätte nie gedacht, dass ich Helgoland noch einmal wiedersehen würde«, hörte sie Almuth neben sich sagen und schrak aus ihren Gedanken hoch. Sie drehte den Kopf und sah das glückliche Strahlen in den Augen ihrer Schwiegermutter, das Almuth wie ein junges Mädchen wirken ließ.

Wiebke griff nach ihrer Hand und drückte sie kurz. »Nein, ich auch nicht! Wahrhaftig nicht.«

»Was sind denn das für Boote, die da kommen, Mama?«, fragte Ike, die neben den beiden Frauen an der Reling des Ausflugsdampfers stand. Sie deutete auf die Hafenmauer, von wo aus sich drei kleine Boote näherten.

»Das sind die Börteboote«, erwiderte Wiebke. »Die holen die

Gäste am Schiff ab und bringen sie an Land.« Sie strich Ike über den feuerroten Haarschopf. »Wenn der Lütte dir zu schwer wird, musst du ihn Oma oder mir geben«, sagte sie und deutete auf den zweijährigen Jan, den Ike auf dem Arm hatte. »Oder setz ihn ab und nimm ihn an die Hand.«

Ike warf ihr einen vorwurfsvollen Blick zu. Sie liebte es, ihren kleinen Bruder herumzutragen. »Das geht schon, Mama, ich bin ja kein kleines Kind mehr.«

Nein, Ike war kein kleines Kind mehr. Elf Jahre alt war sie inzwischen, groß und schlaksig für ihr Alter, mit hellen, klugen Augen und jeder Menge Sommersprossen im schmalen Gesicht.

»Je älter sie wird, desto mehr ähnelt sie dir«, sagte Freerk gerne, der seine Stieftochter abgöttisch liebte. »Sie wird immer hübscher!« Und dann lachte er und küsste erst Ike und dann Wiebke.

Die ersten Häuser auf dem Oberland sollten im Herbst fertig werden, und spätestens im nächsten Frühjahr würden Wiebke und ihre Familie eines davon beziehen. Freerk und Enno waren schon seit dem Frühling auf der Insel, wo sie zusammen mit den anderen Handwerkern in Baracken auf dem Nordostgelände wohnten, Trümmer beiseiteräumten und neue Häuser bauten. In der ganzen Zeit waren die beiden nur einmal für ein paar Tage in Fedderwardersiel gewesen. Gerd hingegen gehörte zu den Fischern, die die Männer auf der Insel mit allem Nötigen versorgten, wenn er nicht gerade mit der *Margarethe* auf Krabbenfang ging oder im Felswatt die Hummerkörbe einholte. Vor zwei Jahren hatte er den alten Kutter von Onkel Emil übernommen.

Heute würden sie sich alle auf Helgoland treffen und Richtfest für die ersten neuen Häuser feiern. Nur eine fehlte: Tante Fenna.

»Lasst mich mal besser zu Hause«, hatte sie gesagt. »Wenn

ich die Insel sehe, blutet mir höchstens das Herz, und ich überleg es mir vielleicht doch noch anders und komm mit euch.« Als sie das erschrockene Gesicht von Onkel Emil sah, hatte sie schallend gelacht. »Nee, du oller Döskopp! Ich werde schön bei dir hier in Fedderwardersiel bleiben. Ohne mich kommst du doch gar nicht mehr zurecht. Und dich alten Baum kriegen wir nicht mehr auf die Insel verpflanzt. Da gehst du doch ein wie eine Primel.«

Die beiden hatten im Frühling beschlossen, ihre »Plünnen zusammenzuschmeißen«, wie Tante Fenna das ausdrückte, und zu heiraten, bevor der Rest der Familie nach Helgoland ziehen würde. »Außerdem muss sich so niemand Gedanken um Piets Grab machen«, sagte sie. »Darum kümmern wir beide uns in Zukunft.«

Die drei Boote hatten den Dampfer erreicht und gingen längsseits. In der Seitenwand des Schiffes öffnete sich eine Luke, und die ersten Gäste wurden ausgebootet.

»Müssen wir nicht auch langsam mal runtergehen?«, fragte Ike.

Wiebke schüttelte den Kopf. »Nein, wir haben noch Zeit, wir kommen zuletzt dran. Erst mal werden die Gäste zur Düne hinübergebracht, danach kommen die Familien der Helgoländer dran, die zum Richtfest wollen.«

Jan, der zu Hause längst Mittagsschlaf gemacht hätte und deshalb todmüde auf dem Arm der großen Schwester hing, zog den Daumen aus dem Mund und zeigte auf die Männer im Boot. »Papa!«, sagte er fest.

»Ach, Jan, Papa ist doch nicht im Boot«, sagte Ike lächelnd. »Er wartet am Hafen auf uns. Stimmt doch, Mama?«

»Das hat Gerd wenigstens gesagt. Die Männer warten am Kai auf die Familien, und wir gehen dann alle zusammen zur Baustelle.« Wiebke griff nach dem Kleinen und nahm ihn auf den

Arm. »Komm mal zu mir, Jan«, sagte sie. »Ike muss doch schon ganz lahme Arme haben.«

Ihr Sohn schlang einen Arm um ihren Hals und seufzte zufrieden, ehe er wieder den Daumen in den Mund steckte und den Kopf müde auf ihre Schulter legte. In diesem Moment bewegte sich das Kind in ihr und versetzte ihr einen Tritt dorthin, wo Jans Bein auf ihren gewölbten Leib drückte.

Wiebke legte kurz eine Hand auf ihren Bauch. »Immer schön friedlich«, murmelte sie schmunzelnd.

Erst als die Boote leer wieder zurückkamen, gingen sie unter Deck zur Ladeluke.

»Mensch, guck an, das ist ja Almuth Hansen!«, rief einer der Fischer im Boot und streckte Wiebkes Schwiegermutter die Hand entgegen. »Das ist ja schön, dass man dich mal wieder sieht! Dann komm mal rüber, junge Frau!«

Almuth lachte und begrüßte den Fischer herzlich. Wiebke musste lächeln. Was doch in den letzten Jahren für eine Veränderung mit ihrer Schwiegermutter vor sich gegangen war!

Nach Almuth sprang Ike so leichtfüßig ins Boot, als hätte sie nie etwas anderes getan, als Börteboot zu fahren, und setzte sich neben ihre Oma auf die Ruderbank.

Als der Fischer Wiebke sah, grinste er über das ganze Gesicht. »Oha, schwere Fracht!«

Wiebke lachte. »Noch geht's!«, gab sie fröhlich zurück. »Drei Monate hab ich noch.«

Sie strich sich mit der Hand über den gewölbten Bauch, ehe sie dem Mann den kleinen Jan reichte und dann vorsichtig das Boot bestieg.

»Ja, Freerk sagte schon, dass ihr wieder was Lüttes kriegt«, erwiderte der Fischer. »Wenn ihr diesen Herbst noch umzieht, dann könnte das wohl das erste Kind sein, das wieder hier auf der Insel geboren wird.«

Als alle Helgoländer an Bord waren, setzte sich die kleine Flotte langsam in Bewegung und tuckerte gemächlich auf die Kaimauer zu, wo sich bereits eine Gruppe Männer versammelt hatte, die auf sie wartete.

Ike beugte sich zu dem kleinen Jan hinunter und deutete mit der Hand auf die Männer. »Guck, Jan, da drüben ist Papa! Siehst du ihn?«

Jan zog den Daumen aus dem Mund und sagte mit einem zufriedenen Nicken: »Papa da!«

Wiebkes Herz machte einen Freudensprung, als sie Freerk entdeckte. Gut sah er aus, drahtig, braun gebrannt, mit von der Sommersonne ausgeblichenen Haaren und kurz geschnittenem Bart. Neben ihm standen Gerd und Enno, der über das ganze Gesicht lachte. Sie hob den Arm und winkte den dreien zu. Jetzt hatte Enno sie entdeckt und winkte heftig zurück.

Als das Börteboot angelegt hatte, liefen alle Handwerker zum Kai, um ihre Lieben zu umarmen. Wiebke bahnte sich einen Weg durch die Menge auf Freerk zu. Einen Moment lang strahlte sie ihn nur an, dann zog sie ihn fest an sich und küsste ihn.

»Papa da!«, sagte Jan, den Ike an der Hand hielt, und streckte seine Arme nach ihm aus.

Freerk bückte sich, nahm seinen Sohn auf den Arm und küsste ihn prustend auf die Wange.

Der Junge quietschte und lachte vor Vergnügen. »Papa kratzt.«

»Na, du Stummel?«, sagte Freerk grinsend. »Alles gut?«

Statt eine Antwort auf die Frage zu geben, jauchzte der Junge: »Noch mal: Papa kratzt.«

Alle lachten.

Ike schlang die Arme um Freerks Taille und schmiegte sich einen Moment fest an ihn. »Hallo, Papa!«, rief sie strahlend.

Freerk zog sie an sich und gab ihr einen Kuss auf die Stirn.

»Hallo, min Deern! Sag mal, bist du schon wieder gewachsen? Bald musst du mit einem Backstein auf dem Kopf herumlaufen, sonst spuckst du noch allen jungen Männern auf den Kopf, die was von dir wollen.«

»Junge Männer! Pah!«, rief sie lachend. »Ich heirate sowieso dich.«

Freerk lachte. »Da könnte deine Mutter was dagegen haben.« Er ließ Ike los und legte seine Arme um Wiebke. »Und wie geht es dir?«

»Prima!«, erwiderte Wiebke lächelnd. »Wenn ich ein Kind bekomme, geht's mir immer am besten.«

Enno trat von hinten an Freerk heran und zupfte ihn am Ärmel. »Nun mach schon, Freerk, gib Tante Almuth das Ding!«

Freerk drehte sich halb zu ihm um. »Lass mich doch wenigstens erst mal Guten Tag sagen«, meinte er, ging zu Almuth hinüber und gab ihr die Hand. »Dann machen wir das eben zuerst. Enno gibt ja sonst doch keine Ruhe«, sagte er mit einem Seufzen. »Almuth, wir haben beim Räumen was gefunden.«

Almuth zog verständnislos die Augenbrauen hoch.

»Ja, Tante Almuth!«, rief Enno aufgeregt. »Im Haus vom alten Hansen. Wir schachten doch alles ganz tief aus, weil überall noch Blindgänger sein können. Und da haben wir vor ein paar Tagen auch den Keller vom Hotel gefunden, und da …«

»Nun lass mich doch erzählen, Jung!«, unterbrach ihn Freerk streng. Enno verstummte sofort. »Also, es war so: Wir haben den Luftschutzbunker vom Hotel Hansen gefunden. Den, in dem dein Schwager und seine Frau zu Tode gekommen sind. Die hatten wohl ihre Wertsachen mit in den Bunker genommen. Jedenfalls haben wir das hier gefunden.« Er machte eine Pause und zog aus seiner Jackentasche ein flaches, mit fleckigem schwarzen Samt bezogenes Etui heraus. »Gerd, Enno und ich waren der Meinung, dass du das haben solltest.«

Es kostete ihn ein bisschen Mühe, die Schatulle zu öffnen, aber schließlich gelang es ihm doch. Im Inneren, auf rotem Samt, lag eine große herzförmige Fibel. Das Silber war schwarz angelaufen, aber die Goldmünzen, die daran hingen, glitzerten in der Sommersonne.

Almuth zog scharf die Luft ein, als sie das Etui in die Hand nahm und den Inhalt betrachtete. »Das *Hartjen* der Hansens ...«, sagte sie tonlos. Ihre Finger strichen über die silbernen Blüten, die Verzierungen, die Münzen. Es sah aus, als würde sie sie streicheln.

»Ja«, sagte Freerk. »Und weil du doch die Letzte der Hansens bist, gehört es wohl dir.«

Almuth sah auf, und in ihren Augen schimmerten Tränen. Ein dankbares Lächeln überflog ihr Gesicht. »Das ist lieb von dir, Freerk«, sagte sie leise. »Aber das *Liekedeeler Gold* steht mir nicht zu.«

Freerk runzelte die Stirn. »Wieso denn nicht?«

Almuth sah auf die Brosche hinunter, und wieder strich sie mit den Fingern die Konturen und Verzierungen entlang. »Das *Hartjen* der Hansens hat immer der Frau gehört, die das Herz der Familie ist.«

Sie straffte die Schultern, ging einen Schritt auf Wiebke zu und streckte ihr mit einem warmen Lächeln das geöffnete Etui entgegen. »Es gibt nur eine, die das *Hartjen* verdient hat, und das bin nicht ich«, sagte sie. »Das Herz der Familie bist du, Wiebke!«

ENDE

Danksagung

Obwohl die INSELTOCHTER natürlich eine fiktionale Geschichte ist, so beruht sie doch im Kern auf wahren Begebenheiten, und ich möchte hier meine uneingeschränkte Bewunderung für all jene Frauen zum Ausdruck bringen, die nach dem Krieg gezwungen waren, nach Flucht und Vertreibung in der Fremde ihre Familie durchzubringen und sich eine neue Existenz aufzubauen.

Ich bitte um Nachsicht dafür, wenn ich gelegentlich tatsächliche Orte und Begebenheiten etwas abwandeln musste, damit sie besser in die Geschichte um Wiebke, Freerk und all die anderen passten.

Mein Dank gilt:

... meiner Familie für ihre Geduld und ihre Nachsicht. Dass aus meinem Hobby inzwischen ein zeitaufwändiger Beruf geworden ist, war für meinen Mann und meine Töchter sicher nicht immer einfach.

... meinen Helgoländer »Quellen«, Herrn Olaf Ohlsen, Herrn Kalle Block, Herrn Kapitän Erich-Nummel Krüss und dem Leiter des *Museums Helgoland* Herrn Jörg Andres für die vielen Gespräche und wertvollen Informationen die Insel und ihre Bewohner betreffend, ohne die das Buch nie entstanden wäre.

... den Mitarbeitern des Museums *Nationalpark-Haus Fedderwardersiel* für die Hilfe und die Materialien über Krabbenfischerei und die Geschichte des Hafens.

... meinen lieben Testleserinnen: Dagmar, Tate, Karola, Anke

S., Ulla, Bärbel, Susanne, Sandra, Anke P., Diana, Inga, Katharina und Monika. Eure Rückmeldungen haben mir gezeigt, dass ich auf dem richtigen Weg bin, und mir den Rücken gestärkt.

… meiner Lektorin Lena Schäfer für die großartige Zusammenarbeit trotz des Zeitdrucks, unter dem wir bei diesem Buch standen.

Die Community für alle, die Bücher lieben

In der Lesejury kannst du
★ Bücher lesen und rezensieren, die noch nicht erschienen sind
★ Gemeinsam mit anderen buchbegeisterten Menschen in Leserunden diskutieren
★ Autoren persönlich kennenlernen
★ An exklusiven Gewinnspielen und Aktionen teilnehmen
★ Bonuspunkte sammeln und diese gegen tolle Prämien eintauschen

Jetzt kostenlos registrieren: www.lesejury.de

Folge uns auf Instagram & Facebook:
www.instagram.com/lesejury
www.facebook.com/lesejury